정택진 장편소설

곳

꽃

정택진 장편소설

문학들

| 차례 |

엄마야 누나야

　윗목 모서리에 걸린 등잔대에는 초꼬지불[1]이 켜 있다. 꼬마는 그 옆에 서 있고, 할머니와 아버지, 그리고 동생을 안은 어머니가 꼬마를 쳐다보며 앉았다. 평소와 달리 상에는 꽁보리밥 대신 흰 쌀밥이 놓였고 반찬도 너덧 가지나 된다. 초저녁에 상이 걸게 차려졌으니 제사는 아닌 듯하다.

　"아들, 얼른 노래 한 자리 해 보니라."

　아랫목에 앉은 아버지가 꼬마를 재촉한다.

　무슨 노래를 부를까. 귀 너머로 배운 '학교종'이나 '짝짜꿍' 같은 노래가 있지만 그것들에서는 왠지 젖내가 난다. 그런 시시한 것들 말고 좀 세련된 것을 부르고 싶다. 두어 숨을 고르던 꼬맹이는 노래가 준비됐는지 그예 두 손을 맞잡으며 자세를 바룬다.

　　　　엄마야 누나야 강변 살자

---

1) 참치캔만한 양철깡통에 등유를 채워 심지로 켠 불.

자기만한 꼬마가 엄마와 누나와 살고 있는 강변이다. 강은 잔잔히 흘러가고 강변에는 강만큼이나 예쁜 초가집이 옹크렸다. 강은 엄니의 옷고름처럼 곱게 굽이졌고 초가지붕은 강의 굽이처럼 동그맣다.

뜰에는 반짝이는 금모래 빛

초가집 앞에는 강의 눈썹인 듯 허리띠 모양의 모래밭이 길게 흐르고 있다. 석양이 비치어 모랫벌이랑 강물이 금빛으로 빛난다.

붉은 해는 뉘엿뉘엿 수평선을 넘어가고 바다는 불이 난 듯 활활 탄다. 모래톱은 잇꽃 색 보자기의 길고 너른 주름이다.

꼬마네 동네의 해질녘 풍경이다. 노래의 풍경과 섬의 풍경이 똑땄다.

뒷문 밖에는 갈잎의 노래

꼬마네 뒤란에는 담을 따라 조그마한 꽃밭이 만들어져 있다. 꼬마는 거기에 해바라기랑 나팔꽃이랑 분꽃을 심었다. 해바라기를 사다리 삼은 나팔꽃 줄기는 지붕마루에 닿아 이엉을 타고 실핏줄처럼 퍼졌다. 햇살에 얼굴을 내민 보라색 꽃이 꼭 난쟁이나라의 종만 같다.

노래 속의 초가집 뒤란은 갈대가 우거졌나 보다. 해바라기만한 갈대들이 이리 쓸리고 저리 쓸리며 바람의 노래를 연주하는갑다.

엄마야 누나야 강변 살자

강변의 꼬마는 누나와 함께 금모래로 집을 지으며, "두껍아 두껍아 헌 집 주께 새 집 다오!" 하겠다. 엄마는 담 모퉁이에 기대어 오누이를 바라보고 있겠지. 석양은 강 저편으로 흘러내리며 붉다란 맨드라미 꽃잎을 풍경 가득 뿌려주겠다.

꼬마는 노래의 강변에서 빠져나와 살며시 눈을 뜬다. 할머니와 아버지와 어머니는 아직도 눈을 감은 채이다. 아마도 물이 찐 저 아랫동네 모랫벌에, 노을은 져 꼭두서니로 붉은 그 모래밭에, 호미로 금을 그어가며 캐내던 하얀 무명조개와, 소금을 넣으면 구멍을 솟구치던 맛조개와, 갯벌을 헤적여 캐내던 바지락과, 씹으면 달착지근한 맛이 입안 가득 고이던 기다란 진줄[2]과, 모래톱의 석양에 어우러졌던 이웃들과, 그리고 생각하면 다사롭고 아늑했던 옛날을 거닐고 있는 모양이다.

방 안의 풍경에 초꼬지불이 다숩다.

---

2) 잘피. 긴 줄처럼 생긴 해초로. 씹으면 단맛이 난다.

밤의 사람들

누가 옆구리를 콕콕 찔러댄다. 똥 마려운 동생이 혼자서 통시에 가기 무섭나 보다.

엔간하믄 아침까지 그냥 참어라.

동생을 등지며 돌아눕는다. 그런데 이번에는 등거리를 쿡쿡 찌른다. 뼛성을 내며 일어나 눈을 비비고 보니, 할머니가 봉창문의 쪽유리에 눈을 바짝 붙이고 있다. 무슨 일인가 싶은데, 밖에서 우당탕탕 소리가 난다. 할머니가 속치마 바람으로 후다닥 뛰쳐나간다.

문고리 줄을 잡은 채 밖을 내다보았다. 사달은 작은방 쪽이었다. 두 사람이 팔 하나씩을 잡아 끌어내려 하고, 아버지는 문턱에 발을 버티며 안 나오려 안간힘이다. 내를 안 건너려 네 발로 뻗장이는 소 같다. 토방을 내려섰던 사람이 뒤로 돌더니 아버지의 머리채를 휘어잡아 소고삐 끌 듯 끄숙여버린다. 아버지가 코뚜레 잡힌 소가 되어 맥없이 끄들려진다. 머리와 양팔이 잡힌 아버지는 옴나위를 못하고 마당으로 끌려 나온다.

할머니가 나무벼늘에서 솔가지 하나를 빼들더니 마구 휘젓는다.

"누군데 이라요! 누가 밤에 노무 집 와서 이란다요!"

아버지의 머리채를 잡아끌던 사람이 한 손으로 할머니를 밀쳐버린다. 할머니가 마당에 휘뜩 널브러진다. 아버지가 크게 도리머리를 치면서 무슨 말을 하는 듯한데, 소리가 없다. 재갈을 물려 아갈잡이라도 한 모양이다. 그 사람들이 앞으로 끌자 아버지가 발뒤꿈치로 흙마당에 버팅기어 본다. 앞의 사람이 뒤로 돌더니 아버지의 배를 깊게 차버린다. 순간적으로 아버지가 썩대리[3]처럼 풀썩 주질러진다.

"유제 사람드을! 잔, 나와보게에!

우리 진헥남[4] 재페 가네에!

오따, 나 어차믄 조끄너으!"

할머니가 앞에 선 사람의 바짓가랑이를 잡으며 담이 들썩거리도록 왜장을 친다. 그러자 그 사람이 발을 들어 할머니를 그대로 밀어버린다. 할머니가 뒤로 벌렁 나동그라진다. 아버지가 뭐라뭐라 울부짖는 듯하다. 하지만 이번에도 소리는 없다.

나무벼늘 앞을 지난 세 사람은 반은 끌고 반은 걸려 아버지를 질앞[5]으로 데려 나간다. 이제 코뚜레를 당기는 고삐 없이도 아버지는 침 맞은 뱀처럼 시르죽었다.

할머니는 마당에 쓰러진 채 손바닥으로 땅을 치고 있다. 태풍에,

---

3) 땔감으로 쓰는 썩은 나무 그루터기.
4) 부모가, 결혼한 자식을 부르는 호칭. 맏이 이름 뒤에, 아들에게는 '~ 남'을, 며느리에게는 '~ 넘'을 붙임.
5) 길앞. 집의 출입구나 좁은 골목.

바다에 나간 아들을 잃은 어미 같다. 간신히 토방까지 엉금거린 엄니는 그 자리에서 옹송망송이다. 작대기로 머리를 된통 얻어맞은 염소 같다.

나는 재빨리 옷을 주워 입었다. 무섭기는 하지만 따라가 봐야 할 것 같았다. 고무신을 꿰고 질앞으로 나섰다. 그 사람들이 저만큼 내려가고 있다. 아버지가 순순히 안 따라 가려는지 주먹으로 퍽퍽 치는 소리가 난다. 그 사이에 이 새끼 저 새끼가 낀다. 찔벅대는 소리가 날까 봐 고무신을 벗어 양손에 든다. 그러고는 총싸움할 때처럼 담벼락에 몸을 바짝 붙이며 고양이걸음으로 사붓사붓 발소리를 제긴다. 혹시 저들이 뒤를 돌아볼지도 몰라 가슴은 콩닥콩닥이다. 그 사람들은 삼거리에서 길을 안 꺾고 곧바로 내려간다. 아버지를 지서로 끌고 가는 것이면 분명 왼쪽으로 꺾어져 고랑 길을 타야 하는데, 이상한 일이다. 그리고 보니 세 사람 모두 순경아저씨의 옷이 아니라 검은 잠바 차림이었다.

아버지가 버티는 걸 포기했는지 그들의 걸음이 빨라진다. 고양이 발소리도 들릴 만치 고요한 고샅에 검은 발소리만 뚜벅거린다. 팔딱팔딱 뛰어대는 내 심장소리가 조심스레 뒤를 따른다. 발소리들은 담벼락 사이의 골목을 걸어 국민학교와 정미소를 지나고 도개집양조장 삼거리에 이른다. 거기서라도 왼쪽으로 틀면 지서로 갈 수 있는데 그들은 선창 쪽으로 길을 잡는다. 순경아저씨들이 아닌 게 확실하다. 아마도 육지에서 왔지 싶다.

상점의 빈지문들은 모두 잠겨 있어 바람의 숨소리도 들릴 만큼 휘휘하다. 규칙적인 세 개의 발소리와 허치럭대는 발소리 하나가 고요한 길을 울린다. '수사반장'이나 '113수사본부'에서 형사들이 범인이나 간첩을 체포해가는 장면 같다. 무슨 죄를 지었는지는 모르지만 아버지가 범인이나 간첩이 되어 끌려가고 있다. 그들이 수협, 철공소를 지나 선창으로 나선다. 설마 아버지를 바다에 빠치려는 건 아니겠지. 해방이 막 되고 나서, 그리고 6·25전쟁이 났을 때, 한쪽이 다른쪽을 돌을 묶어 바다에 던져버렸다 했다. 혹시 그때처럼 아버지를 바다에 던져버리려는 것은 아닐까. 머리를 흔들어 무서운 상상을 털어낸다. 매립지를 지나 배다리를 건너 그들이 삼바시[6]로 넘어간다. 삼바시에는 경비정처럼 생긴 배가 시동을 건 채 대기하고 있다.

삼바시에까지는 오를 용기가 안 나 배다리 옆에 몸을 숨기고는 상황을 살핀다. 앞장섰던 사람이 말뚝에서 고를 벗겨 배로 던진다. 배에 태워지기 전 아버지가 마지막으로 한번 버티어보는 듯했는데, 머리를 끄숙였던 사람이 다시 발길질을 했고, 양쪽의 두 사람이 아버지를 끌어 억지로 배에 태운다. 곧이어 기계소리가 높아지더니 배가 뒷걸음질 치기 시작한다. 저만큼 멀어진 배가 왼쪽으로 머리를 틀더니 내팽개치듯 바쁘게 물을 찬다.

눈 깜짝할 사이에 배는 사라져버렸고 그때까지는 모르겠던 바람이 갑자기 차게 느껴졌다. 잊고 있었던 듯 발도 시려온다. 나는 아직도 양손에 고무신 한 짝씩을 들고 있는 채였다. 발 시린 것도 못 느낄 만큼 긴장했었나 보다. 두 발에 고무신을 꿰고는 조금 전의 길을 되짚는다.

배는 분명 경비정이었다. 가끔씩 삼바시에 허구리를 대놓고는, "하

---

6) 배를 대기 편하게 선창에 띄워놓은 철판으로 된 잔교.

나이삼넷 하나이삼넷, 감도 넷 감도 넷, 여기는 청산도, 여기는 청산
도, 칠둘셋 답하라, 오바!" 하고 무전을 치던 그 배와 똑같았다. 그런
데 아버지를 잡아갔던 그 사람들은 경비정에 있던 해군아저씨들의 복
장도 순경아저씨들 차림새도 아니었다. 셋 다 똑같이 검은 잠바를 입
고 있었다. 대체 그 사람들이 누구길래 야밤에 남의 집에 들이닥쳐 사
람을 잡아가는 걸까. 아버지가 죄를 지었으면 낮에 데려가면 될 터인
데 왜 한밤중에 나타나 그런 것일까. 아버지는 대체 무슨 죄를 지었기
에 복날 개처럼 두들겨 맞으며 끌려간 걸까. 아무리 궁리해 봐도 가늠
이 안됐다. 정말로 전쟁 때처럼 아버지가 돌에 묶여 바다에 빠쳐지는
것은 아닐까. 그래서 누구네처럼 진짜로 우리집이 아버지 없는 집이
되는 것은 아닐까. 또 무서운 상상이다. 머리를 흔들어 불길한 생각을
떨어낸다. 얼른 집에 가봐야겠다.

할머니의 치료법

　참치캔만한 깡통에 기름을 채우고 심지 달린 뚜껑을 잠가 불을 켜는 초꼬지는 우리집의 유일한 빛이었다. 저녁밥을 먹고는 윗목 모서리에 걸린 등잔대에서 초꼬지를 내린다. 나는 숙제를 한답시고 동생은 만화를 본답시고 둘이는 나란히 방바닥에 배를 깐다. 책장을 넘기는 작은 서슬에도 우리들의 약한 콧바람에도 초꼬지불은 심하게 흔들거렸다. 그러다가 잘못해 불이 꺼지기라도 할작시면, 할머니는 얼른 불 안 쓰냐고 야단이지만, 나와 동생은 그 틈을 타 가댁질을 한다. 한참 있다 성냥을 그어 다시 불을 켜고는, 만화책을 건너다본다고 몸을 조금 밀어 올리면, 찌지직 소리와 함께 이마에서 개털 그슬리는 냄새가 났다. 그러다가 동생 고추만큼이나 불꽃이 작아졌다 싶으면, 써서 꽃이 없는 성냥개비로 심지의 똥을 톡톡 떨어주었다. 초꼬지는 어둠을 밝히는 도구이면서 우리와 저녁시간을 함께하는 다정한 동무였다.

　초꼬지 뒤에 들어온 호야는 석유 담는 통이 스덴밥그릇만 해서 매일 석유를 안 부어도 됐다. 호야는 심지가 퉁거워[7] 밝기도 했지만, 플라스크 같은 유리가 불을 감싸고 있어 이마빡에서 개털 타는 냄새를 안 피워도 됐고, 지게문이 열릴 때마다 애써 불후리를 안 만들어도 괜찮았다. 하지만 호야불은 밝은 만큼 기름이 많이 들었으므로, 기름 한 방울 안 나는 가난한 나라에서, 더군다나 먼 나라에서 가져온 것을 다시 배로 실어 와야 하는 가난한 낙도落島에서 마음껏 쓸 수는 없는 일이었다. 그래서 설이나 추석이나 제삿날 같은 때에만 호얏불을 썼고 평소에는 우리 할머니만큼이나 오래된 초꼬지로 만족해야 했다.

간신히 제 앞가림이나 하는 초꼬지를 내려놓고 동생과 나는 밀고 당기며 배로 방바닥을 문대고 있었다. 엄니가 정지에서 설거지하는 소리가 흙벽을 타고 들려왔다. 할머니는 봉창문에 귀를 쫑긋 대고 있다가, 밖에 작은 기척이라도 있으면 재빨리 봉창문을 열었다. 그때마다 문틈을 타고 드는 바람 때문에 초꼬지불이 사정없이 흔들거렸다. 마당에는 아무도 없고, 스쳐가는 바람이었다는 걸 확인한 할머니가 봉창문을 닫으면, 또 한 모숨의 바람이 따라 들어와 등잔불을 휘청이게 했다. 그때마다 나는 재빠르게 두 손으로 불을 감싸는 것이지만, 바람 뒤에 닿는 할머니의 한숨은 전혀 예상 못한 것이어서, 그 순간에는 어쩔 수 없이 비츨대는 녀석을 바라보고 있을밖에 없었다. 그제서야 나는, 할머니의 한숨이 아버지와 관련돼 있다는 걸 깨닫고는, 장난치려 엉겨 붙는 동생에게 꿀밤을 먹여 조용히 등잔 앞에 엎드리게 하는 것이었다.

질앞에서 사람소리가 나더니 우리집으로 들어오는 듯하다. 할머니

---

7) 원통 모양의 것의 지름이 커.

는 벌써 문을 열고 뛰어나가 마당에 내려 서 있다. 우리들도 뛰쳐나가 토방에 섰다. 한 사람이 앞서 들어오고 바지게를 진 사람이 낑낑거리며 뒤를 따른다. 그 뒤에 또 한 사람이 따르고 있다. 바작[8] 안에는 두엄 비슷한 것이 들어 있다.

"오또곰세에! 이 일을 어차끄녀으!

이 기맥힌 일을 내 어채사 좋다냐으!

시상에 먼 이런 일이 다 있다냐으!"

할머니는 아버지가 끌려가던 때처럼 땅바닥을 치며 초가집이 들썩댈 정도로 소리를 질러댄다. 어머니는 정지문 앞에 얼이 빠진 채이고, 우리 형제는 토방에 선 채 휘둥그런 눈이다. 아랫목에서는 진향이가 세차게 울어댄다.

아버지가 시체가 되어 바지게에 얹혀 온 줄 알았다. 바다에 나갔다가 물에 빠져 죽은 시신을 가마때기나 거적에 말아 지게에 짊어지고 올라오는 것을 볼 수 있었는데, 그것과 똑같았다. 바작 안에 있는 것이 시신으로 보였다. 절구대가 정수리를 내리찍은 듯 머릿속이 깜깜 칠통이 됐다.

아, 아버지가 죽어버렸구나. 그 사람들이 아버지를 바다에 던져버렸고, 아버지가 파도에 업혀 갯가로 떠밀렸구나. 그래서 저 어른들이 아버지 시신을 바지게에 짊어지고 올라왔구나. 아, 이런 일이 벌어졌구나. 이렇게 무서운 일이 우리집에 일어났구나. 그때 했던 그 무서운 상상이 현실이 되었구나.

---

8) 발채. 싸리나 대오리를 조개 모양으로 엮어, 지게뿔과 지겟가지에 벌려 묶어 짐을 담아 진다.

후들거리는 다리로 간신히 마당에 내려서는데…, 그런데 바작 안에서 신음소리가 흘러나온다. 안에 있는 것에 생명이 붙어 있는 것이다. 아버지가 안 죽은 것이다.

"오또매! 우리 진햑남 안 죽었더으! 우리 진햑남 살았더으!
그라믄 그라제. 오떠으! 그라믄 그래야제!"

땅을 치던 할머니는 벌떡 일어나 지겟발을 잡았고, 엄니는 뛰어가 바지게를 부축했다. 우리는 맨발인 채로 지게의 뒤를 따랐다.

지게를 작은방 앞에 받치자 두 사람이 아버지를 마주잡이로 들어 방에 부렸다.

"어뜬 베락 맞을 놈들이 우리 진햑남을 이랬다냐!
어뜬 쎄 만발 빠질 놈들이 이런 지서리를 했다냐!"

할머니는 손바닥으로 토방 널을 치며 소리소리 질러댔다. 엄니는 행주를 가져와 아버지의 얼굴을 닦으며 "애아부지! 애아부지!"를 연발했다. 나와 동생은 토방 앞에 선 채 "아부지! 아부지!" 하며 울먹거렸다.

죽은 상쾡이 같은 것이 삼바시에 부려져 있어 들여다보니 아버지였단다. 그래서 신음하고 있는 아버지를 바지게에 짊어지고 올라왔단다. 두어 해 뒤에 '새마을 운동'으로 동네 안길이 이삼 미터로 넓혀지고, 리어카가 들어와 사람들의 어깻죽지를 가볍게 해줬지만, 아직은 지게가 가장 흔한 운반수단이었다. 세 사람에게 붙들려 개처럼 끌려갔던 아버지가 다른 세 사람의 바지게에 두엄처럼 엎혀 사흘 만에 돌아온 것이다.

아버지가 곤죽이 되어 작은방에 눕자마자 할머니는 미리 생각하고 있었던 듯 다음날 바로 통시 구덕을 헤집었다. 예로부터 장독杖毒에는 똥물만한 게 없다는 건데, 그것을 마련하는 할머니의 태도가 예사롭지 않았다.

제사를 지낼 때면 할머니는 건넛샘에서 첫 물을 길어다 몸을 씻은 뒤 음식을 마련했는데, 똥물 액을 만드는 때에도 똑같이 했다. 첫새벽에 직접 물동이로 샘에서 물을 길어 온 할머니는 뒤란에서 깨끗이 몸을 씻었다. 그런 뒤 통시로 가 긴 대나무를 구덕[9]에 찔러 넣었다. 조심스레 빼내는 대통의 끝마디에는 바닥에 고여 있던 액이 담겨 있었고, 할머니는 그것을 그릇에 긁어내고는 다시 대나무를 구덕에 찔러 넣었다. 그렇게 몇 번을 반복하자 흰 사발에는 거무칙칙한 액이 반 이상 담겨졌다. 할머니는 그렇게 모은 것을 약두구리에 넣고 화덕에서 살짝 달인 뒤 삼베로 받쳐냈다. 그 일은 항상 마래[10] 앞에서 했는데, 구태여 마랫문을 열어놓은 것은, 조상들의 신령이 거기 깃들기를 소망해서였을 것이다. 할머니는 그렇게 정성스레 마련한 암죽 같은 액을 마래로 들고 가서는 조상들의 신위를 향해 한참을 비손했다. 할머니는 그렇게 조상들의 마음까지 대접에 담고 나서야 작은방 앞으로 가 아버지를 깨웠다.

"아야, 진헥남아, 저것 잔 묵어봐라!"

아버지는 대답이 없다.

"진헥넘아, 진헥남 잔 깨봐라. 마래 가서 저것 잔 묵으라 해라."

할머니가 엄니를 부른다.

---

9) 통시에서, 똥과 오줌이 모여지는 공간.
10) 큰방 옆에 붙었으며, 벽을 둘러 커다란 독에 곡식을 저장하고, 정면에는 조상들의 신위를 모셔 제사를 지낸다.

"애아부지! 어머니 뭐라 하요!"

엄니가 지게문을 열고 내다본다.

"뭔데라우?"

"금메 그런거 있다. 언능 일나 보라 해라."

'똥물'이라는 이름을 그대로 들먹이면 부정이라도 탄다는 듯 할머니는 그것을 '저것'이나 '그런거'로 지칭했다.

"뭔 사람이, 똥물을 다 묵은다요!"

아버지의 불퉁거리는 소리다. 아버지는 벌써 그것이 무엇인지 알고 있었던 모양이다.

"그래도 어머니 정성인데 나가보기나 하제나."

어머니가 할머니 편을 들어준다.

"시끄러! 이녁이나 묵어!"

아버지는 어만 엄니한테 신경질이다.

"어머니, 안 묵은단데 어찬다요?"

지게문을 연 채 몸을 반쯤 내밀고 있는 엄니는, 방 안의 아버지와 토방 앞의 할머니 사이에서 어중뜬 채다.

더 보채면 부정이 탄다 싶은지 할머니는 애써 마련한 대접의 것을 도로 구덕에 갖다 부었다. 그리고 뒷날 또 그것을 마련했다. 그렇게 똑같은 과정을 서너 번 되풀이한 끝에 결국 할머니가 이겼다. 아버지가 못이긴 척 방문을 열고 나온 것이다.

처음 두어 번은 아버지가 마랫문을 밀치고 뛰쳐나와 행랑 모퉁이에 쭈그린 채 한참을 웩웩댔다. 약탕기에 살짝 데우기는 했지만, 그것은 어쨌든 세상에서 가장 독하다는 사람의 똥 찌꺼기였다. 그것도 수십

년을 구덕에서 삭혀지고 삭혀져 이제는 더 이상 삭혀질 것도 없는 독한 액인 것이다. 그러니 그것이 쉽사리 사람의 목구멍을 넘어갈 리 없었다. 아버지가 담벼락을 짚은 채 고블락닐락 속엣것을 게워내자, 할머니는 마래 앞에서 더 깊이 허리를 숙이고 더 부지런히 손을 비볐다. 그리고 다음날 또 대접을 마련했다. 할머니 정성과 아버지 창자와의 밀고 당기는 싸움이었다. 그러다가 끝내 할머니가 이겼다. 오래 삭혀진 것이 살짝 무릎을 굽혀준 것인지, 아니면 할머니의 정성에 조상들께서 응감하셨는지, 그것도 아니면 아버지의 몸이 스스로 필요성을 느껴서였는지는 몰라도, 아버지가 기어이 하얀 대접의 것을 탕약 마시듯 꿀꺽꿀꺽 들이켠 것이다. '지성'인데 '감천'이 아닐 수는 없는 모양이었다.

　하얀 대접에 죽처럼 담긴 그것은 구덕에서 모아 낸 똥 찌꺼기를 데운 것이었지만 전혀 더럽다는 생각은 안 들었다. 그 액이 정말로 아버지의 장독을 풀어줄지 어쩔지는 몰라도 나에게는 그것이 왠지 진짜 보약처럼만 여겨졌다. 그것은 사람의 몸에서 나와 구덕에서 삭혀진 독한 똥 찌꺼기가 아니라, 산에 있는 귀한 약초들을 캐 모아 정성껏 달인 약 같다는 생각이 들었다. 할머니는 지금 세상에서 가장 효험이 있다는 약재를 구해 와 약두구리에 데우며 거기에 조상들의 마음까지 담았으니, 흰 대접에 담긴 그것은 전혀 다른 어떤것이 되었다는 느낌이 드는 것이다. 그래서 그것에서는, 몸이 약한 광영이 먹이려고 그 집 엄니가 마당 귀퉁이에서 달이던 한약에서와 똑같은 냄새가 나는 듯했다. 할머니가 사발에 담아 소반에 놓은 그 거멓빛의 묽숙한 것에서는 틀림없이 진한 한약 냄새가 풍겨 났다. 참말로 그런 향내가 내 코에 스몄다.

뱀 성제

　겨우내 여러 번 구덕을 헤집은 할머니가 해토머리가 되자 뱀이나 지네를 잡아오라 했다. 골병에는 잘 먹는 게 제일인데 뱀과 지네가 딱이라는 것이다. 벽장에 쟁였던 고구마도 긴 겨울 동안 헤실바실 굴어들어 바닥을 드러냈고, 버글버글한 보리밥으로 허기를 채워야 하는 보릿고개의 꼭지였다. 보리쌀을 삶아 대바구니에 퍼서 처마에 걸어 두었다가, 밥을 할 때면 한 솥 가득 둘러 안치고, 가운데다만 속닥하니 옵쌀 한 줌을 두는 것이지만, 그 쌀밥은 고스란히 아버지의 밥그릇에만 담겨졌다. 그 옵쌀 한 줌도 놓을 게 없어서 솥 안이 전부 보쌀로 안쳐지는 윤사월 보릿고개에, 설이나 추석 때처럼 소나 돼지를 잡을 수도 없는 노릇이었다. 그나마 남아 있는 옹타리[11]나 얼마 되지 않는 까끔[12]을 팔아 소나 돼지를 잡는다 해도, 그것들이 뱀이나 지네보

---

11) 자투리땅을 가꾸어 만든 조그만 전답.
12) 개인 소유의 산.

다 영양가가 있을 것 같지도 않았다. 뱀과 지네는 구하기도 쉬운 데다 영양가까지 높아 예로부터 천혜의 보양식으로 여겨져 온 터였다.

고무신 바닥에 짚 두어 줌을 깐 뒤 새끼로 꽁꽁 동이고는, 나는 지 겟작대기를 총처럼 메고 동생은 플라스틱 병을 포탄처럼 들고 집을 나선다. 비탈을 오르며 연습 삼아 길가의 독[13]을 몇 개 뒤집어 본다. 독 밑에 옹크리고 있던 겨울잠이 화들짝 놀라며 눈을 똥그린다. 거기 까지 닿기에는 봄은 아직 멀다.

산에 들어서면 뱀이 있을 만한 독을 떨신다. 혼자서 버거운 것은 동생과 힘을 합쳐 뒤집는다. 아직은 녀석들이 꼬리 끝의 겨울잠을 못 털어내고 꼼지락대고 있을 시기이다. 봄이 몇 걸음 더 올라와야 녀석 들은 겨울의 집에서 봄의 숲으로 미끌어질 것이다. 그때는 녀석들을 잡는 게 더 꺼려워질 것이므로 녀석들이 몸을 풀기 전에 잡아야 한다. 어떤 날은 아직도 겨울잠에 빠져 세상모르고 자고 있는 놈을 만나기 도 하고, 어떤 날은 홀라당 날아가버린 독지붕 밑에서 무슨 일인가 싶 어 고개를 두리번거리는 녀석을 만나기도 했다. 또다른 날은 지망지 망 서둘러 밖으로 나와 느럭느럭 숲을 기어가는 녀석과 마주치기도 했다. 아직 잠이 덜 깬 듯 녀석들은 멍한 눈으로 우리를 쳐다보았는 데, 나는 그 순간을 안 놓치고 작대기로 잽싸게 녀석들의 모가지를 눌 러버렸다.

처음에는 목을 누르려다 놓치는 놈도 있고, 물릴까 무서워 머뭇대 다 그대로 보내기도 했지만, 나중에는 보는족족 녀석들은 바로 손아

---

13) 돌.

귀에 들어왔다. 닭발처럼 벌어진 지겟작대기의 홈으로 목을 누른 뒤, 준비해 간 노끈으로 고를 만들어 모가지를 조이면 게임은 끝이었다.

작대기에 목이 눌려 캑캑대는 녀석들을 보면 가엾다는 생각이 들기도 했다. 생김새가 그래서 그렇지 녀석들의 눈은 정말로 맑고 투명했는데, 그 눈을 들여다볼 적마다 송아지나 강아지나 토깽이의 눈을 보는 듯한 착각이 들었다. 그 순간에는 녀석들을 놓아주고 싶은 생각이 슬몃거렸지만 급한 것은 방에 누운 아버지였다. 녀석들의 생명도 소중하기는 하지만 아버지가 낫는 일은 더 중요했다. 이제 녀석들은 껍질이 벗겨진 뒤 조사져서 생으로 먹어지든가, 다른 뱀들과 고아져 뽀얀 국물이 될 것이다. 봄의 향내를 제대로 맡아보지도 못한 채 잡혀와야 하는 녀석들에겐 미안한 마음이 들었지만 아버지를 위한 것이니 어쩔 수 없었다.

수십 개의 마디에 갈퀴 모양의 누런색 발이 달린 지네도 우리의 사냥감이었다. 지네는 작은 독을 들추면 그 밑에 옹크리고 있었다. 조금 큰 독 밑에는 두 마리가 엉겨붙어 있기도 했다. 지네는 크기가 작아 작대기를 쓸 필요도 없었다. 발로 지그시 몸뚱이를 밟고는 모가지를 쥔 뒤, 독이 있는 큰 이빨 두 개를 떼어내고 플라스틱 병에 넣으면 그만이었다. 이제 녀석들은 병에서 술로 담가지든가, 솥에서 뱀과 함께 고아지든가, 꼬들꼬들 말려져서는 확돌에 마아지든가 해서 약으로 바뀔 것이다.

그렇게 돌을 뒤집으며 한나절을 훑고는, 나는 뱀이 돌돌 말린 작대기를 들고 동생은 지네가 꿈질대는 병을 들고 개선장군처럼 산을 내려왔다. 산에 있던 뱀과 지네가 끈에 묶이고 병에 담겨져 함께 내려왔다. 사람들은 그런 우리들을 '뱀 성제'형제라 불렀다.

그 와중에 약으로 쓸 수 있는 한 가지가 더 늘었다. 할머니가 어디에서 굼벵이가 장독에 좋다는 얘기를 듣고 온 것이었다. 매년 덧씌워져 수십 겹이 된 마람[14]의 더께에나, 퇴비를 만들기 위해 인분과 고갯돔[15]을 켜켜로 쌓은 두엄벼늘 밑이나, 깃으로 쓰려고 남새밭 한쪽에 쌓아 놓은 볼대짚벼늘에는 하얀 몸뚱이에 고동색 머리가 달린 굼벵이가 사는데, 그게 암에 특효약일 뿐 아니라 장독에도 더할나위없다는 것이다. 구덕에서 똥 찌꺼기까지 긁어낸 할머니가 그걸 놓칠 리 없었다. 할머니는 그 당장에 호미와 소쿠리를 들고 굼벵이를 찾아나섰다. 우리 두엄벼늘이나 볼대짚벼늘은 말할 것도 없고 동네의 벼늘이란 벼늘은 모조리 밑을 헤적였다. 그 중에서 굼벵이가 최고로 많은 곳은 초가지붕이었다. 두엄벼늘은 농사 때문에 금방 논밭으로 쳐내지고, 보릿대짚 역시 조만간 외양간이나 돼지막으로 들어갔으므로, 그곳에 살기에는 기간도 짧았고, 한둘 있다 해도 새끼손가락만도 못했다. 그런데 초가지붕은 오랜 세월 마람이 덮여 있었으므로 굼벵이가 살기에는 최적의 곳이었다.

내가 올라가려 했으나 할머니는 극구 이녁이 하겠다고 했다. 이녁 손으로 직접 잡아야 약효가 더해진다고 생각하는 모양이다. 맨발로 담을 오른 할머니는 소쿠리를 들고 조심조심 지붕물매로 걸어 들었다. 그리고 마치 예전에 해보기라도 한 듯 썩은 마람을 헤집으며 지붕

---

14) 이엉.
15) 깃으로 넣어준 짚이나 보릿대짚이 소나 돼지의 똥오줌과 섞인 것. 인분과 켜켜로 쌓아 퇴비를 만든다.

깊숙이 손을 찔러 넣었다. 한참을 더듬거리다 빼내는 할머니의 손에는 대체로나 몸을 잔뜩 옴츠린 굼벵이가 들려 있었고, 굼벵이를 확인하는 할머니 얼굴에는 알 듯 모를 듯한 미소가 스쳐갔다.

할머니는 그렇게 파낸 굼벵이를 묵은지에 싸 아버지에게 내밀었다. 사그락사그락, 굼벵이가 김치를 갉고 있는 소리가 들리는 듯했다. 처음에는 머뭇대던 아버지가 할머니를 못이기겠는지 굼벵이를 싼 묵은지를 쌈을 먹듯 으적으적 씹으셨다. 통시바닥의 똥 찌꺼기도 들이켠 아버지에게 그깟쯤은 식은 죽 먹기일 것이었다.

우리 지붕을 다 더트고 난 할머니는 몇 개의 남의 집 지붕을 더 더듬었다. 아무리 약을 구하기 위해서라고는 하지만 남에게 초가지붕을 내주는 것은 쉽지 않는 일이었다. 일단 올라가기만 하면 마람을 얽는 새끼가 끊어질 수밖에 없고, 바람 많은 섬에서 그것은 곧 지붕이 날리는 것을 의미했기 때문이다. 친척집이나 아버지 친구들 집이기는 했지만, 그런 현실에서 그네들이 굼벵이를 캐라고 지붕을 내주기까지에는, 아버지를 회복시키려는 할머니의 눈물겨운 애원이 있었으리라는 것은 우리집 똥개 '메리'도 짐작할 수 있는 일이었다.

우리는 피리 부는 사나이

동네 어른 누군가가 노름에 미치듯 사람들은 아버지가 정치에 미쳤다고 했다. 내가 보기에도 그 사람들의 눈이 맞는 것 같았다. 소 뜯기러 아침 일찍 골목을 나서다 보면, 저 아래에서 부스스한 머리에 퀭한 눈으로 비칠비칠 올라오는 어른을 볼 수 있는데, 그 오춘[16]은 틀림없이 몇날며칠 누구네 골방에서 화투장을 쪼다가 판돈을 모두 떨고 오는 것이었다. 맞나 틀리나 그 집 담벼락에 귀를 대 보면, 아니나다를까 곧바로 고함소리가 터져 나온다. 죽네 사네, 죽이네 살리네, 사네 못사네, 너 죽고 나 죽네 하며 싸우는데, 아침의 그 야단은, 집문서나 땅문서를 노름밑천으로 가져가려는 남편과, 그것을 필사적으로 막으려는 아내가 죽자살자 아닥을 치는 소리였다. 노름꾼이 밑천 될 만한 것은 무엇이든 집에서 들고 나가듯, 아버지는 할아버지가 물려주

---

16) 촌수에 상관없이, 한 동네에 사는 한 세대 위의 남자어른은 '오춘', 여자어른은 '숙모'라 불렀다.

신 댓 마지기의 전답과, 엄니가 몇 달을 걸려 키운 돼지와, 그리고 내가 친구처럼 뜯기러 다닌 소까지 팔아먹었다. 그 대상이 노름에서 정치로 바뀌었다뿐, 반은 어디에 미쳐 있다는 것과, 돈이 될 만한 것은 있는 대로 거기에 쑤셔 넣었다는 측면에서 아버지는 노름꾼이나 진배없었다. 아버지는 영락없이 정치 노름꾼이 돼 있었다.

시골에서 소는 집과 전답 다음가는 재산이었다. 소는 식구이고 농사였지만, 상황에 따라서는 여운 자식 살림 내는 밑천이었고, 아픈 부모의 병원비였고, 육지에 유학하는 자식의 학비였다. 몇몇 집을 빼면 대부분이, 식구이며 농사이자 때로는 급전이 되는 소 한 마리씩을 키웠는데, 우리집에도 사릅잡이 암소 한 마리가 있었다. 절대 우리 소라서 그러는 게 아니고, 우리 소는 정말로 동네 소들 중에서도 틀스럽기가 단벌났다. 옆으로 반듯하게 뻗은 긴 뿔로 해서 벌써 그 폼이 달랐고, 싸움으로 결정되는 소들의 서열에서도 다른 소들을 압도했다. 괜히 옆에서 깐죽대다가는, 이마빡을 된통 받히고는, 앗뜨거라, 줄행랑치기에 바빴다. 우리 소는 나의 자랑이자 자부심이었다.

학교를 마치고 집에 오면 우리들의 일은 소를 뜯기러 가는 것이었다. 등거리에 비스듬히 메고 온 책보를 토방에 던지고는, 솥에 있는 푸석푸석한 보리밥 서너 숟갈이나, 아직 고구마가 남아 있는 집이라면 찐 고구마 두어 개를 먹고는, 소를 앞세워 사장캐[17]로 향한다. 먼저 온 아이들은 돌에 고삐를 감아놓고 저수지에 올라가 멱을 감거나, 원숭이처럼 사장나무에 올라가 잠을 자거나, 납작한 바위에 풀물로

---

17) 당제를 지내는 동네의 넓은 마당. 커다란 당나무가 서 있다.

판을 그려 곤을 둔다.

아이들이 다 모이면 소를 몰고 산으로 향한다. 대장이 맨 앞에서 한 녀석만 끌고 가면 다른 소들은 자동으로 졸래졸래 그 뒤를 따른다. 목적지에 닿으면, 고삐를 뿔에 감기거나 아예 풀어내고는 소를 놓는다. 이제 저물녘까지는 소는 소들끼리 우리는 우리끼리다. 우리들은 주전자에 정금[18]이나 딸[19]을 따거나, 양철판으로 만든 솥에 보리쌀을 볶거나, 자장개비[20] 불에 서리해 온 고구마를 굽거나, 산을 돌면서 뱀이나 지네를 잡는다. 그것들이 지루감스러워지면 묵전[21]에 모여 바람 빠진 공으로 축구를 한다.

묵전에서의 축구가 씨익씩해질[22] 때쯤이면, 발범발범 흘러내린 해가 서녘하늘이다. 대장은 철수를 명하고 아이들은 소를 찾아 나선다. 날마다 뛰노는 산은 동네의 골목만큼이나 빠삭한지라 우리들은 소가 어디에 있을지 다 어림하고 있다. 일단 소를 찾으면 손오가리를 해 서로에게 알린다.

"성욱어으, 느그 소 찾었더으!"

"알었더으! 묵전으로 끄꼬 온너으!"

"느그 소는 여깄더으!"

"알었더으!"

왜장들이 숲을 타고 전해진다. 이녁 소가 됐든 남의 소가 됐든 소

---

18) 초봄에 익는, 블루베리처럼 생긴 산 열매.
19) 산딸기.
20) 불쏘시개로 쓰는 작은 나뭇가지.
21) 산속에 만든 작은 잔디마당.
22) 너무 많이 해서 물리는.

를 찾으면 무조건 묵전으로 끌고 온 뒤 거기에서 고삐를 맨다.

소를 다 찾으면 산을 내려온다. 나뭇잎과 풀들은 바람에 살랑거려, 곤충들은 찌르르찌르르 소리 내어 울어, 오늘도 우리 재미있게 놀았다며, 내일 또 만나 재미지게 놀자며 아이들을 배웅한다. 아이들도 손을 흔들어 내일을 기약한다. 숲이 끝나는 들길, 서녘하늘은 엄니의 한복치마처럼이나 붉고 소도 노을에 취해 부륵부륵 방귀를 뀌어대는 어스름, 우리들의 노래는 여지없다.

"광영이! 노래 일발 장전!"

광영이는 벌써 그 말이 나올 줄 알고 목청을 가다듬어 있다.

"발사!"

장전돼 있던 노래는 곧바로 노을을 향해 발사된다.

　　　나는 피리 부는 사나이

　　　바람 따라 도는 떠돌이

우리들의 주제곡이고 우리들의 애국가이다. 우리들의 노래는 여기에서 시작되었다가 여기로 돌아와 끝을 맺는다.

　　　모진 비바람이 불어도

　　　거센 눈보라가 닥쳐도

　　　입에 피리 하나 물고서

　　　언제나 웃고 다닌다

우리들은 비바람과 눈보라를 헤치며 이곳저곳을 떠돌아다니는 목동이다. 모진 비바람이 불거나 거센 눈보라가 닥치면 피리를 꺼내 불며 잠시 쉬었다가, 바람 따라 나그네는 다시 길을 떠난다. 우리는 피리를 불며 세상을 떠도는 멋진 사나이들이다. 이름하여 '피리 부는 사나이'.

광영이가 거기까지 부르면 이제 아이들이 다같이 소리를 발사한다.

　갈 길 멀어 우는 철부지 새야

　나의 피리 소릴 들으려므나

　삘릴리 삐일리리

어스름이 깃든 들길의 피리 부는 아이들의 노랫소리는 밭둑을 지나고 논둑을 넘어 멀리멀리 서녘으로 물결쳐 간다. 어떤 아이는 '송창식'처럼 팔을 벌린 채 밭둑 위를 걷기도 하고, 어떤 녀석은 소 등에 올라탄 채 발을 굴러 장단을 맞추기도 한다. 북새 진 서녘하늘은 짙은 꼭두서니다.

너빠통에 오면 해는 바다로 들어가버리고 대선산에서 내려온 어둠이 우리보다 먼저 동네로 흘러내린다. 비탈길을 걸어 내린 아이들은 사장캐 삼거리에서 저저금 집으로 흩어진다. 우리들은 소에게 물을 먹여 왱[23]에 넣고는 보리밥 한 그릇을 뚝딱 해치운다. 그러고는 보리방귀가 나오기도 전에, 꼼빨재에서 달이 뜨면 좋고 안 떠도 괜찮고, 눈썹달이어도 좋고 반달이면 더 좋고 온달이면 더더욱 좋고, 우리들은 벌써 골목으로 달려 나와 맥대로 밤을 논다.

저수지에서 소에게 물을 먹이고 집으로 내려오는데 쓰레기장 옆에서 어른 둘이 앞을 막아선다.

"아가, 그 깨삐 이리 내라."

다짜고짜 고삐를 달란다.

"야?"

---

23) 외양간.

나는 뒤로 물러서며,

"우리 손데 왜라우?" 하고는 뒤춤에 고삐를 감춘다.

"이리 주라께!"

"안돼라우. 우리 손데 어째 그라요?"

싫다고 뿌리치며 두 손으로 고삐를 곱쳐 잡으며 몸을 모로 돌리는데, 그 어른이 거칠게 고삐를 빼앗아버린다.

"우리 소 주시요! 우리 소 주라고라우!"

어른들의 뒤를 따라가며 와랑와랑 소리를 질렀다. 동네사람 누구라도 좀 도와줬으면 싶은데 길에는 아무도 안 보인다. 영문을 모르고 고삐에 끌려가는 우리 소만 뒤를 돌아보며 "음무! 음무!" 울어댈 뿐이다. 나도 울고불고 다랑귀를 떼며 따라가다가 그 어른들을 지나쳐 뛰었다. 길이 어차피 우리집을 지날 수밖에 없으니 얼른 가서 할머니나 아버지께 이르면 될 것이었다.

"함마이, 어뜬 어런들이 우리 소를 끄꼬 가베네!"

할머니는 토방에 다리를 뻗고 앉은 채 무릎만 주무르신다.

"함마이! 누가 우리 소 끄꼬 가벤다께!"

소락지를 질러도 할머니는 묵묵부답이다. 이제는 어둠이 차지한 통시지붕 너머만 망연히 쳐다볼 뿐이다.

"아따 참말로, 우리 소를 놈이 끄꼬 가벤단데 함마이는 카만히 있는가!"

울먹이며 뺏성을 내고는 밖으로 달려 나갔다. 소는 집으로 들어오려 하고, 한 사람은 앞에서 고삐를 당기고, 다른 한 사람은 뒤에서 엉치를 밀고, 그러다가 우리 소는 코뚜레의 아픔을 못이긴 듯 질앞을 지나 한 발 한 발 아래쪽으로 끌려 내려간다.

"엄니! 어뜬 사람들이 우리 소 끄꼬 가베네. 어치께 잔 해 보게!"

다시 집으로 들어와 엄니에게 소리를 질렀다. 엄니는 부삽만 내려 다볼 뿐 말이 없다.

"이잉이, 우리 소 잡어줘이! 우리 소 잡어주라고!"

나는 마당에 주저앉아 두 발로 흙바닥을 비벼대며 지다위를 했다.

"느가부지가 소 폴아벳단다!"

할머니가 한마디 하시더니 길게 한숨을 내쉰다.

"함마이 뭐라고? 소 폴아벳다고? 그것이 뭔 말이당가?"

나는 벌떡 일어나며 할머니께 물었다.

"함마이! 소를 폴아베다니? 누가 우리 소를 폴아벳당가?"

나는 토방 앞으로 다가서며 다시 물었다.

"느그아부지가 소 폴아벳단다. 긍께 인자 울어봐야 소양없다."

할머니는 다시 통시지붕 너머를 쳐다보더니 그곳에 가 닿을 만큼이나 길게 한숨을 내쉰다.

하아, 소를 팔아버렸단다. 아버지가 소를 팔아버렸단다. 나를 보면 눈을 깜빡거리며 긴 꼬리를 탁탁 치는 우리 소를, 풀을 뜯다가도 내가 다가가면 음매, 하며 알은척을 하는 그 소를, 세상에, 아버지가 소장수에게 넘겨버렸단다. 그래서 작별 인사도 못하고 산에서 뜯겨 오는 길로 끌려가버린 것이란다. 참으로 어이없는 일이었지만, 눈이 뒤집힌 노름꾼이 식구들 몰래 집문서 논문서를 노름판에 내놓듯, 아버지는 내 소중한 친구를 정치판에 판돈으로 건 것이다. 우리 소는 노름꾼을 주인으로 둔 탓에, 여운 자식의 살림 내는 밑천도 아니고, 아픈 할머니의 병원비도 아니고, 그렇다고 우리들 학비도 아닌, 그저 정치판에 테는 판돈이 돼버린 것이다.

다시 질앞으로 나가 아래쪽을 내려다보았다. 안 가겠다고 네 다리로 뻗정대보지만 코뚜레를 못이겨 한 발 한 발 끌려가면서, 왜 나를 끌려가게 내버려 두느냐고, 정말로 나를 이렇게 팔아버려도 되느냐고, 그렁한 눈으로 질러대는 우리 소의 울음소리가 저기 삼거리쯤에서 들리는 듯했다.

나는 담벼락에 이마를 박은 채 내 친구와의 영이별의 눈물만 뚝뚝 흘리고 있었다.

보지 말았어야 했던 장면

할머니는 신경통 때문에 노대로 무릎에 파스를 붙이고 지내셨다. 우편엽서 크기의 흰 헝겊에 볼대짚만한 구멍이 여러 개 뚫려 있는 '사랑빤스'가 할머니의 유일한 치료약이었다. 얇은 비닐막을 떼어내고 파스를 붙여주면, 할머니는 두 손으로 무릎을 주무르며 방아깨비마냥 허리를 굽혔다폈다 하셨다. 할머니는 겨우내 새끼를 꼬아 우리 지붕을 해이고, 나머지는 팔아서 돈을 사서는, 잎전[24]은 혼자만 아는 마래의 독아지에 보관하고, 잔전[25] 몇 닢은 쌈지에 담아 허리춤에 차고 다녔다. 그러다가 우리들이 졸라대면, 눈깔사탕 사먹으라고 일원짜리 하나를 주기도 하고, 석유를 받거나 제사 때 쓸 양초를 사는 등 자잘한 가용에 댔다.

할머니 심부름으로 파스를 사고 석유 한 병을 받아 집으로 올라오

---

24) 종이돈. 좀 큰 돈.
25) 작은 돈. 거스름돈.

는 중이었다. 도개집 갈림목이다. 사람들이 우세두세 서 있고 그 안쪽
에서 누군가 싸우는 소리가 난다. 웅긋중긋 서 있는 사람들 뒤쪽을 통
과하려는데 들려오는 목소리가 귀에 익다. 카랑카랑한 것이 아버지
같기도 하다. 설마 아버지가 이런 데서 싸움질이나 하고 있을까? 그래
도 혹시나 해서 사람들 틈으로 끼어들었다. 어섯만 보이는데, 어른들
서넛이 싸우고 있다. 이 새끼 저 새끼 개새끼 쌍노무새끼, 온갖 새끼
들이 난무한다. 사람들을 비집고 더 안쪽으로 들어갔다. 한 사람이 다
른 사람의 멱살을 아귀세게 쥐고 있고, 다른 두 사람이 멱살 잡힌 사
람의 어깨 한쪽씩을 나누어 잡고는 벽에다 밀치고 있다. 멱살 잡힌 사
람은 빠져나오려 해보지만 세 사람의 힘에 눌려 굽도접도못한다. 멱
살과 어깻죽지가 잡힌 채 뭐라 뭐라 고함을 질러대는 사람은, 아버지
가 맞다. 아버지가 세 사람에게 눌려 저번의 그밤처럼 옴나위를 못하
고 있는 것이다. 아버지가 소리를 지르며 반항할 때마다 어깨를 잡고
있는 두 사람이 주먹을 들어 치려는 시늉을 한다. 사람들은 빙 둘러서
서 구경만 하고, 나는 구경꾼들 틈에 끼어 가슴만 졸인다.

　아버지의 멱살을 쥐었던 사람이 뭐라고 소리치더니, 오른손을 들
어 짝! 하고 아버지의 귀쌈을 갈긴다. 한 번으로는 부족했는지 연이어
짝! 짝! 두어 번을 더 후린다. 그것이 고동이라도 되는 듯 어깨를 누르
고 있던 두 사람이 아버지를 주먹으로 치고 발로 찬다. 동시에 세 사
람의 공격을 받은 아버지는 오래된 썩대리처럼 그 자리에 풀썩 주저
앉는다.

　아, 그 장면은 보지 말았어야 했다. 고개를 돌리든가 얼른 자리를
피하든가, 아니면 그 사람의 허벅지를 물어뜯어서라도 아버지가 뺨을

얻어맞고 주저앉는 모습은 안 보았어야 했다. 아들로서 그랬어야 하는 것이었다.

바닥에 고꾸라진 아버지를 향해 그 사람이 야죽거리는 듯 비아냥 대는 듯 거들거들 두어 마디를 던졌다. 그러고는 두 사람과 함께 뒤돌아선다. 나는 눈을 크게 뜨고 그들을 쳐다보았다. 어깨를 잡았던 둘은 모르겠고 귀쌈을 때린 사람은 알겠었다. 가을이면 삼치를 들고 와 회를 쳐 아버지와 소주를 나누기도 하고, 겨울이면 방 안에 둘러앉아 동치미 얹은 고구마를 먹기도 하고, 계거리 때는 나에게 노래를 시키기도 하고, 가끔씩 작은방에서 울컹불컹 목소리를 높이기도 하고, 거의 우리집에서 살다시피 하면서 할머니를 '어머니'라 부르는, 바늘로 새끼손가락을 찔러 피를 섞은 술을 나누어 마시며 아버지와 의형제를 맺었다는 세 사람 중의 하나였다. 그 사람이 아버지의 따귀를 서너 차례 올려붙이고는, 일이 끝났으니 어디 가서 술이라도 한잔 하자는 듯 선창 쪽으로 길을 잡는 것이다.

세 사람에게 얻어맞고 쓰러져 있는 아버지를 차마 알은체할 수는 없어 얼른 사람들 사이를 빠져나왔다. 아무리 생각해 봐도 가량이 안 됐다. 아버지가 다른 사람에게 얻어맞고 주저앉다니. 겨울이면 아침마다 저수지에서 웃통을 벗고 냉수마찰을 하는 아버지가, 동네 굿을 하면 포수가 되어 맨 앞장구에 서는 자랑스러운 아버지가, 영리하고 똑똑하다고 동네에서 인정받고 있는 아버지가, 세상에 그깟 한 주먹감도 안되는 시쁘디시쁜 오춘한테 치욕스럽게 그것도 뺨다구를 얻어맞다니, 이게 대체 말이 되는 소리인가.

육지에서 불어온 바람은 말이 안되는 것도 말이 되게 하는 듯했다.

37

어른들이 대통령 선거라는 바람에 섭슬리던 어름이었다. 사람들이 많이 지나다니는 어판장과 면사무소와 도개집 삼거리에는 여러 장의 벽보가 날라리 붙었다. 그것은 눈에 익은 국회의원 달력과 같은 듯 하면서도 또 달랐다. 기름을 발라 가르마를 탄 머리와 잘먹어 번들번들한 얼굴, 그것을 받쳐주는 흰 와이셔츠와 붉은 넥타이, 그렇게 찍힌 큼지막한 사진이 한가운데를 차지한 반면, 일년열두달의 달력은 사진 한쪽에 국민학교 일학년의 콧수건처럼 조그맣게 붙었고, 사진 아래쪽에는 그 사람이 살아온 내력이 줄줄이사탕으로 빼곡히 적혔으며, 맨 밑에는 국회의원 ○○○라는 글자가 길바닥에 퍼드러진 소똥만큼 크단하게 박혀 있어, 달력을 주려는 게 아니라 자신의 얼굴과 이름을 알리는 게 목적임을 어린 우리들도 빤히 알 수 있는 국회의원 달력이었다. 해마다 연말이면 집집마다 한 장씩 돌려져, 안 붙여 놓으면 그 당장 나라에서 잡아가기라도 하는 줄 알아, 동네의 모든 집이 내남없이 바람벽에 조상님 초상화처럼 떡하니 붙여 놓고, 일년 내내 지겹게 쳐다보는 국회의원 사진이었다. 그런데 시멘트벽에 붙은 것들은 인물의 사진이 종이 전체를 차지할 만큼 큼지막했고, 달력이 있어야 할 자리에는 '못참겠다 갈아보자!' 같은 구호가 적혔으며, 사진 밑에는 살아온 내력도 없이 덩그러니 이름만 박혀 있었다. 맨 오른쪽 기호 1은 '박정희'라 적힌 대통령이었고, 그 왼쪽의 기호 2는 대통령에 도전하는 '金김大대中중'이라는 후보였다. 두 사람 다 조금 위쪽을 쳐다보는 모습을 비껴 찍은 것이었는데, 서로 대결하는 입장인지 두 사람은 횡하니 틀어진 표정으로 반대 방향을 응시하고 있었다. 2번 왼쪽으로 서너 사람이 더 있었지만 아무래도 그들은 여줄가리로 보였다.

1번 대통령이야 여기저기에서 수없이 보아 왔고, 2번 인물은 그 벽보와는 다른 사진을 집에서 본 게 있었다. 수많은 사람들 앞에서 검정 두루마기 차림의 그 사람이 당수하듯 한 손을 내뻗은 채 무언가를 호소하는 모습이었다. 구름처럼 모여든 군중들에게 자신이 그 무엇을 손칼로 쳐버리겠다고 외치는 것 같았는데, 도대체 서울에는 얼마나 많은 사람이 살고 있기에, 선창에 있는 이백여 척의 삼치잡이배가 동시에 만선을 해 와, 물양장[26]은 물론 동네 골목골목까지 덮어버린 삼치만큼의 사람들이 그렇게 모여 들었는지, 참으로 감이 안 잡혀 머릿골이 다 칠 지경이었다.

　　대통령이란 게 무언지 모를 적에도, 할머니처럼 대통령과 임금님을 같은 것으로 안 때에도, 대통령과 임금님은 다르다는 걸 사회시간에 배우고 난 뒤에도, 나랏님 자리에는 그 사람이 앉았었고, 그 사람이 임금님이고, 그 사람이 대통령일 것이므로, 대통령을 새로 뽑는다는 사실 자체가 이해가 안되었다. 면사무소나 농협이나 수협은 그렇다 쳐도, 학교에 가면 교무실에, 동네에 오면 동사무소에, 군인처럼 짧은 머리에 조금 위쪽을 치어다보는 대통령의 옆얼굴 사진이 걸려 있었다. 귀의 맨 위쪽 끝이 눈사부랭이보다 아래쪽에 처져 있는 게 사진 속 인물의 특징이라 했는데, 그렇게 생겨야 대통령처럼 큰사람이 된다기에, 우리들은 거울 앞에서 살포시 턱을 들어 올리며 귀의 위쪽 끝이 눈귀보다 아래쪽에 처져 있다 믿고 싶었고, 애들끼리도 자기의 귀는 눈보다 처졌다며, 봐보라고 봐보라고 빡빡 우겨대면서 자꾸 고

---

26) 배를 대기 편하게 시멘트를 부어 만든 선창.

개를 잣바듬히 하는 것이었다.

우리들은 시도때도없이 이곳저곳도없이 대통령 사진을 볼 수밖에 없었으므로 그 얼굴은 우리들 머릿속에 단단히 자리잡게 되었는데, 어쩌면 그것이 그 사진을 그렇게 오만데다 걸어둔 진짜 목적인지 몰랐다. 그런데 그 사진은 누구네 큰방 문틀 위에 걸린 할아버지나 할머니 초상화처럼 얼굴로만 기억되는 게 아니라, '대통령 박정희'나 '박정희 대통령'이라는 여섯 글자로 된 이름과 꼭 붙어서 똬리를 틀게 되었다. 달달달 외워야 집에 보내주는 '국민교육헌장'이나, 가끔씩 도개집 삼거리 시멘트벽에 붙는 담화문에도 그 여섯 글자는 꼭 붙어 다니는 것이어서, 어느새 '대통령'이라는 호칭은 그 사진과 이름에 붙은 고유명사가 돼 있었다. 그 사진은 바로 '대통령 박정희'라는 이름을 당겨냈고, '대통령 박정희'는 곧바로 그 사진을 떠올리게 했다. 엄숙한 얼굴의 사진과 여섯 글자로 된 이름은 한살된 상태로 머릿속에 각인됐으므로, 다른 이름이나 사진에 '대통령'이라는 글자가 붙는다는 건 도무지 상상도 할 수 없는 일이었다.

그런데 뒷산 꼭대기의 '범바구'만큼이나 단단히 우리들 머릿속에 박혀 있는 대통령의 사진이 바뀔 수도 있고, 여섯 자의 이름인 줄 알았던 것의 앞의 석 자나 뒤의 석 자가 갈아질 수도 있다는 것이다. 이게 대체 말이 되는 소리인가. 어떻게 대통령이 딴 사람으로 바뀔 수 있고, '대통령'이라는 호칭 뒤에 '박정희'라는 이름 말고 다른 이름이 들어갈 수 있으며, '박정희'라는 이름이 아닌 다른 이름 뒤에 '대통령'이란 호칭이 붙을 수 있단 말인가. 그것은 생전 안 보이다가 건빵두어 _{달마다 학교에서 건빵을 나누어주었다} 타는 날에만 귀신같이 나타나는 코찔찔

40 곳

이 복동이가, 건빵 배급이 다 끝나가는데도 학교에 안 나타나는 것처럼이나, 두 줄기로 흘러내리는 누런 코에 침까지 질질 흘리는 그 복동이가 약방집 아들 태인이를 제치고 우리반 반장이 되는 것만큼이나, 결코 절대로 있을 수 없는 일이었다. 건빵 귀신 복동이가 어떻게 건빵 타는 날을 깜빡할 수 있겠으며, 그 칠칠래비 복동이가 어떻게 전교에서 혼자만 상고머리를 하여 전혀 섬 아이 안 같은 데다가 공부까지 일등인 태인이의 자리를 빼앗을 수 있겠는가. 그것은 가능할 수는 있겠지만 있을 수는 없는 일이었다. 그런데 '대통령'과 '박정희' 사이를 당수로 떼놓겠다며 '2번' 그 사람이 그 폼으로 나섰다는 것이다. 아무리 보아도 그것은 건빵을 더 타오겠다며 복동이가 뗏마[27]를 타고 노를 저어 읍에 가겠다 나선 것이나, 나락 다섯 뭇을 지는 성욱이가 열댓 뭇을 지고도 일어설 수 있다며 낑낑대는 것이나, 이제 국민학교 2학년인 이웃집 소연이가, '면민의 날' 씨름대회에서 송아지를 탄 길옥이형님을 자빠뜨리겠다고 달려드는 것처럼이나 무모하고 불가능할 뿐 아니라 위험해 보이기까지 했다.

그런데 문제는, 아버지가 그 일에 힘을 보태겠다고 나선 것이었다. 아버지가 '2번' 그 사람의 청산도 선거총책으로 뛴다 했다. 세 사람에게 끌려가 사흘 만에 바지게에 두엄처럼 얹혀 돌아와서는, 등창난 사람처럼 작은방에 누워 풍물 액을 삼키며 겨울 두어 달을 보낸 아버지가, 뱀과 지네와 굼벵이로 몸이 회복되고 나자, 내가 언제 시난고난한 구들장 늙은이였냐며 다시 싸움닭이 되어 이 마을 저 마을을 돌기 시

---

27) 노로 움직이는 작은 목선.

작한 것이다. 그 밤에 그 사람들이 마구잡이로 아버지를 잡아간 것이 단단히 영금을 뵈려는[28] 것이었다면, 그렇게 당하고도 아버지가 정은 정아니었으니[29], 그 '다구리'—그건 분명 양아치들의 다구리였다. 셋이서 하나를 해대는 것은 거지새끼들도 안하는 짓거리이다—는 결국 공염불이 된 셈이다. 굳은 결심으로 오른손가락을 자른 노름꾼이 나중에 벽이 도지면 왼손으로 화투장을 쥔다는데, 잠깐 숙지근해 있던 아버지가 여지없이 그 습벽이 도져 다시 패를 잡은 것이다. 그러다가 저런 사달이 났음에 틀림없었다.

씨근벌떡 집에 들어서니, 역시나 할머니는 토방에 앉아 예의 그 앞뒤로 몸을 흔드는 방아깨비 폼으로 무릎을 주무르고 계신다. 나는 할머니께 조금 전에 본 사실을 씩뚝깍뚝 일러바쳤다.

"함마이, 아부지가 저기 도개집 앞에서 상채오춘하고 쌈하든마. 그란데 상채오춘이 아부지 뺨다구를 쌔레베든디. 아부지는 그냥 맞고 섰고."

아버지가 세 사람에게 차이고 짓밟혔다고 말하기는 좀 그랬다.

할머니는 들은 듯 만 듯 다리만 주무르신다.

"함마이, 그란데 아부지는 혼자고 저짝은 셋이어서 아부지가 오무락달싹을 못하것든마. 둘이가 어깨짝을 꽉 눌러벤데 어떻게 하것는가?"

할머니는 여전히 말이 없으시다. 그러다가 내가 봉지를 뜯어 무르

---

28) 혼뜨검을 내려는.
29) 당하고도 정신을 못 차리는.

팍에 파스를 붙여줄 때에야 혼잣말처럼 웅절거렸다.

"급살 맞을 놈. 아무리 저짝에 붙었어도 그라제. 둘도 없는 동무한테 그라믄 쓸 거이냐. 저가 어추쿠 느가부지한테 그런다냐. 쎄 만발빠질 놈."

할머니는 다시 무릎을 주무르시며 통시 너머의 저뭇한 하늘만 쳐다보신다.

나는 방으로 들어가 초꼬지에 석유를 채우고는 불을 켜 등잔대에 올려놓았다. 방 안에 감색 초꼬지불이 희미하다. 멱살 잡힌 채 벽에 몰려 친구한테 뺨을 얻어맞고, 두 사람의 주먹질과 발길질에 주저앉은 아버지의 모습이 불꽃 위로 스쳐간다. 삼 대 일, 아버지가 더넘스런 상황에 처해 옴짝달싹 못하는 모습을 벌써 두 번이나 목격한 셈이다.

선거 바람은 어른들을 두 패로 갈랐다. 아버지처럼 소와 돼지에다 얼마 안되는 전답을 팔아넘기는 쪽과, 소와 돼지에, 없던 전답까지 장만하는 쪽이었다. 어느 집은 초가지붕을 벗겨내고 깔끔한 양철지붕을 씌웠지만, 어느 집은 일 년에 한번 하는 초가지붕도 제대로 못 해이어, 마람을 얽은 새끼줄이 토막토막 끊어져 바람에 귓기슭이 들썩거렸다. 누구네는 '고무신'이 세 컬레인데 누구네는 한 컬레이고, 또 누구네는 씨매이야매이없다[30] 했고, 어느 골목은 '막걸리'가 몇 말인데 어느 골목은 국물도 없다 했다. 어느 쪽에 줄을 서느냐의 차이였다. 힘을 쥐고 있는 자의 줄은 풍성했고, 힘을 쥐려는 자의 줄은 빈약하거나 아예 없었다. 그 줄에 따라 이웃들의 관계에도 변화가 생겼다. 같

---

30) 아예 없다.

은 줄이냐 다른 줄이냐에 따라 차돌같이 딴딴하던 삼이웃도 마른 흙덩이 바스라지듯 푸석푸석해졌고, 개와 고양이처럼 으르렁거리던 원수지간도 죽고못사는 아삼육으로 바뀌었다. 한성바지가 등을 돌려 타성바지처럼 되기도 하고, 타성바지가 마음이 맞아 한성바지처럼 어우러지기도 했다. 육지에서 불어오는 그 바람은, 의형제 맺은 친구의 귀싸대기 후리는 것쯤을, 땅바닥에 잔술 뿌려버리는 것만큼이나 하찮게 만들어버렸다.

"밥상 들고 가제 뭐하냐!"

아무것도 모르는 엄니는 토방에 밥상을 가져다 놓는다.

아버지는 지금쯤 집으로 올라오고 있을까. 혹시 모르니 아무것도 못 본 척 그냥 한번 내려가 볼까. 아까 그 사람을 찾아가, 남자가 비겁하게 삼 대 일로 붙지 말고 정정당당히 일 대 일로 떠보라고, 사나이가 쩨쩨하게 떼거리로 덤비냐고 따져라도 볼까.

그런 생각을 하며 밥상을 들어다 놓는다.

그나저나 이따침에 아버지가 집에 들어올 때 어떤 태도를 취해야 할지 새삼 고민되었다.

깊은 밤 토시등 하나

　며칠 동안 아버지는 사람들의 부축을 받으며 집에 들어왔다. 이승의 밭인지 저승의 논인지 구별 못할 정도로 술에 취한 채로였다. 인사 불성인 아버지의 그런 모습에서, 당수 폼의 그 '2번'이 '박정희'와 '대통령' 사이를 손칼로 가르고 '박정희'라는 이름 대신 '김대중'을 갈아 넣는 데 실패했다는 걸 알 수 있었다. 역시 그것은 불가능한 일이었다. 건빵 가지러 읍에 간다며 모얏줄[31]을 풀고 뗏마를 띄웠지만, 노도 못 젓는 복동이가 어떻게 선창이라도 벗어날 수 있을 것이며, 다섯 뭇도 겨우 지는 성욱이가 어떻게 즈네아버지처럼 열두어 뭇을 지고 오금이라도 펼 수 있을 것이며, 이제 국민학교 2학년인 소연이가 무슨 재주로 청산도 장사인 길옥이형님의 다리라도 걸어볼 수 있겠는가. 그것은 갯물이 산꼭대기까지 차오르는 것처럼이나, 그래서 뗏마가 그 꼭두에 놓인 것처럼이나 도저히 있을 수 있는 일이 아니었다. 세상에는 바다

---

31) 배를 매는 줄.

가 산이 되고 산이 바다가 되는 것만큼이나 절대 불가능한 일이 있는 법이다. '2번'의 당수질도 그런것들 중의 하나일 것이었다.

어머니 심부름으로 아랫동네에 내려가 보면 확연히 다른 두 부류의 어른들을 목격할 수 있었다. 흥이 나고 신이 나 술집에서 고래고래 소리를 질러대는 얼마간의 사람들과, 점빵 구석에 쪼그려앉아 침울하게 강소주를 주고받는 그보다 훨씬 많은 사람들이었다. 무모하고 불가능해 보이는 일에 도전한 이를 지지했던 섬의 많은 사람들이 코가 빠져 시르죽은 반면, 귀의 위 끝이 눈귀보다 아래인 이를 지지했던 얼마 안되는 사람들은 승리의 기쁨을 만끽하는 듯했다.

뒤이은 바람도 두 갈래로 부는 듯했다. 패자들에게는 차가운 된바람이 불어 그들을 더욱 고개 숙이게 하고, 승자들에게는 봄날의 꽃바람이 불어 그들의 고개를 더욱 빳빳이 세워주는 것 같았다. 아버지는 패자의 쓰라림을 안고 원양 간다며 부산으로 떠났고, 아버지의 귀쌈을 갈겼던 그 사람은 승리의 전리품으로 수협조합장 자리를 꿰찼다. 멱살 잡힌 쪽은 내내 멱살 잡히고, 멱살 잡은 쪽은 쌈북[32] 멱살을 잡는 것이 어른들의 세상인 듯했다. 어른들의 알 수 없는 그 시소게임은 광영이와 나의 땅따먹기처럼 서로 엇비슷이 땅을 나눠가지는 그런 놀이는 아니어서, 이긴 쪽이 '아도를 쳐' 전부를 가져버리는 무지하게 얀정머리 없는 진흙탕의 개싸움으로 보였다. 상대에게 조금이라도 나눠주는 놀이였더라면 적어도 아버지가 원양까지는 안 갔을 터이고, 그랬더라면 아버지의 삶이 그리도 쉽게 무너지지는 않았을지도 모르니

---

32) 쭉. 계속해서.

말이다.

할아버지가 심장마비로 갑자기 길굼턱을 돌아가버리자 열다섯의 아버지는 고등공민학교를 그만두고 집안을 책임져야 했다. 식구는 할머니와 고모로 단출했지만, 할아버지가 맡았던 남의 농사도 지어야 했고, 세 명이 얼러서 했던 어장인지라 할아버지 몫으로 다른 어른들과 방질[33)도 따라다녀야 했다. 열다섯의 나이에 쟁기질을 하며 농사를 지은 사람도, 어른들을 따라 멀리 제주 앞바다까지 고기잡이를 다닌 사람도 그 또래에서는 아버지 혼자였다 하니, 아버지의 살이가 얼마나 신산했을지는 짐작하고도 남았다. 임시 중학과정인 고등공민학교라도 제대로 졸업했으면 혹여 아버지의 인생이 조금은 다른 쪽으로 가 졌을지도 모르겠다. 이제 국민학교 오학년인 꼬맹이가, "왜 백점만 있습니까? 백오십 점은 왜 없는 겁니까?" 하고 전교생 앞에서 교장선생님께 따졌단다. 그 당돌한 아이가 아버지였다. 월총 좋고 도라졌던 아이였던 것은 분명하다.

할아버지가 돌아가신 어려운 상황에서도 아버지는 앎의 허기를 채우려고 나름대로 애썼던 것 같다. 작은방 선반 위에는 수십 권의 책이 꽂혀 있었고 읍으로부터는 하루 늦은 신문이 배달돼 왔었다. 『주간한국』이라는 잡지를 뒤적이는 것이 국민학교 시절 내 즐거움의 하나였던 걸 보면 그 잡지도 정기적으로 구독했던 듯하다. '양주동'이란 사람이 스스로를 '국보國寶'라 부른다는 것도, '최백호'라는 '대형신인가수'가 등장했다는 사실도 그 잡지를 보고 알았다. 책 읽는 사람이 그리

---

33) 저인망 어장.

많지 않은 섬에서 아버지는 책도 읽었고 신문도 보았다. 집안형편 때문에 백오십 점을 받을 수 있는 학교는 갈 수 없었어도 혼자서 나름대로 배움에 열심이었던 것 같다. 그런 노력들이 있었기에 농협에도 다니고 그 정치인의 섬 총책도 될 수 있었을 것이다.

항상 단정한 잠바차림에 노란색 각대봉투를 들고 출퇴근하는 모습만 보아 왔는데, 대통령 선거가 끝나자 아버지가 느닷없이 원양어선을 타러 간다 했다. 그것도 반년이나 일년짜리가 아닌 삼년짜리를 가겠다 했다. 독해도 너무 독한 것이었다. 어떻게 삼치잡이배도 안 타본 사람이 선원수첩을 내 처음으로 원양을 가면서 다들 감옥 간다 여기는 삼년짜리를 간단 말인가. 죽어도 가기 싫은데 나라에서 부르니 할수헐수없어 눈물 짜고 콧물 짜며 끌려가는 군대도, 죽어올지 살아올지 모른다며 몇날며칠 송별식 하는 것도 모자라, 떠나는 날 선창에서 몇 시간이고 풍타낭타 꽹과리를 치며 놀다가, 눈물로 보듬다 콧물로 헤어지고도 객선 난간에서 손수건을 흔들면, 객선이 개창 안을 두 바퀴나 돌도록 선창에서도 손을 뱅뱅 돌리고 난 뒤에야 보로시 떠나보내는데, 그렇게 억지로 끌려가는 것도 아니고 죄를 지어 잡혀가는 것도 아닌데 어떻게 삼 년이라는 세월을 머나먼 이국의 배래에 떠 있는단 말인가. 빼도박도못하는 절박한 현실이어서 아버지가 사지死地에 가는 심정으로 그런 독한 선택을 했다는 것은 알겠는데 아무리 봐도 너무 지나치다는 생각밖에 안들었다. 할머니와 어머니는 사정하고 애원하며 극구 말렸겠지만, 고집 세고 독한 아버지는 가방 하나 멘 채 새벽 객선을 타버렸다.

식구들 중 누가 원양이나 군대에 갔거나 육지에 나가 있으면 대부분의 집에서는 처마 밑에 토시등을 걸었다. 특히 원양 떠난 식구가 있는 집에서는 저녁밥 먹기 전에 끼니처럼 등불을 켰다. 그니들은 그 토시등이 망망대해에 떠 있는 식구의 앞길을 밝혀주리라 믿는 것일 게다. 등을 걸 사연이 없는데도 처마 밑에 등이 걸리는 경우도 더러 있었다. 이를테면 그 등은 장독대에 정화수를 떠놓고 두 손 모아 우러르는 하늘의 달과 비슷한 존재였다. 달이야 이울 때도 있고 구름에 가릴 때도 있겠지만, 그 등이야 이녁의 정성만 있으면 비가 오나 눈이 오나 사시장철 켤 수 있고, 무엇보다 매일매일 마음을 기울여 등을 닦고 불을 쓰는 과정이 이미 하나의 비손이 될 터이었다. 밤새도록 처마 밑에 걸린 그 등은 할머니나 엄니들의 또하나의 신앙인 셈이었다.

아버지가 원양을 떠나자 할머니는 땅거미가 지기 전에 등을 켜 처마에 걸었다. 그러고는 마당에 서서 두 손을 모은 채 허리를 굽혔다폈다했다. 비손을 끝낸 할머니는 토방에 앉아, 마치 그 너머가 이국의 바다이기라도 한 양 어둠에 덮인 통시지붕 저편을 쳐다보며 혼잣말을 이어갔다. 찬바람머리가 되면 할머니는 봉창문 앞으로 자리를 옮겨 흐느낌과 기원을 갈마들였다. 느린목으로 흐느끼는 창唱 같은 울먹임은 우리들의 끄먹거리는 눈꺼풀을 스치며 밤으로 깊어갔다.

> 금쪽 같고 달쪽 같고 옥쪽 같은 내 새끼야
> 귀하고 귀해서 목숨 같은 내 아들아
> 공들이고 싱디레서 어찌어찌 너 얻어서
> 업었다 보듬었다 금쪽같이 키웠는데
> 어차고 있으끄나 어차고 있으끄나
> 내 새끼야 내 아들아 내 귀한 내 상수야

할머니는 신경통으로 저리는 다리를 두 손으로 주무르면서 혼자만의 소리를 이어갔다. 방아깨비처럼 구불럭거리는 그 몸짓은 나름의 가락을 가지고 있었는데, 할머니의 한탄은 그 가락에 실려 길래길래 이어졌다.

한탄의 내용은 거의 똑같았다. 하도 자주 들은 탓에 나는 할머니의 그 느릿한 노래를 거의 외울 수 있었고, 그래서 할머니 곁에 누워 손바닥으로 살짝살짝 배를 두드리며 따라하기도 했다.

　　　돈 없어서 못 갤치고 돈 없어서 못 배아서
　　　간판 없는 내 새끼가 저리토록 고상하네
　　　이 썩을년 에미라고 안 갤치고 뭐 했으까
　　　하나 있는 내 자석을 안 갤치고 뭐 했으끄나

할머니의 독백 속에 들어 있는 그 '간판'이란 단어가 도대체 이해가 안되었는데, 그것이 널빤지에 검정 페인트로 '중앙상회'나 '칠성상회'라 써서 상점의 처마 밑에 걸어 놓는 그런 간판이 아니라, 할아버지의 죽음 때문에 그만두어야 했던 아버지의 '학벌'이란 것은 아주 나중에야 안 사실이었다.

먼 이국에, 그것도 언제 뒤집힐지 모르는 바다 위에 아들을 띄워놓고 걱정하지 않을 부모가 어디 있을까만, 할머니의 슬픔이 그토록 유난했던 것은, 아버지를 정말로 어렵게 얻은 내력이 덧들어 있어서였다. 할아버지와 할머니는 자식을 기다리고 기다리다, 그 기다림이 가슴속에서 다 타버려 숯이 되었다가, 그 숯이 숫제 재로 변해버렸을 즈음에야 자식을 보았다. 할머니 나이 서른둘에 고모를 봤고 서른넷에 아버지를 낳았다 하니, 열대여섯에 시집가 스물예닐곱이면 막둥이를 끝내는 시절이었음을 감안하면 당시에는 '할머니'가 아이를 낳은 거나 진배없었다.

결혼한 지 십여 년이 지나도 자식이 안 생기자 두 분은 두 시간이 넘게 걸리는 '백련암'까지 일주일에 두어 번씩 공을 드리러 다녔다 한다. 저녁을 먹는 둥 마는 둥 두 분은 농사일에 지친 몸을 이끌고 서둘러 집을 나섰으리라. 손전등도 없는 시절이라 할아버지는 토시등으로 어둠을 밝혔을 터이고 할머니는 조근조근 그 뒤를 따랐을 것이다. 오직 자식을 얻겠다는 일념으로 두 분은 어두컴컴한 들길을 엎더지고 곱더지며 길도 제대로 안 난 산속을 안돌이로 넘고 지돌이로 걸었으리라. 달이라도 떠 있는 밤이야 좀 수월타 해도, 사방 어디를 봐도 깜깜칠통인 그믐의 밤에 바람이라도 세게 불어 토시등이 꺼지기라도 할 작시면, 아, 두 분은 어찌했을까. 발을 내디딜 한치 앞도 안 보이는 칠흑의 밤에 두 분은 그 산길을 어떻게 걸터듬었을까. 네둘레는 바늘 끝도 안 들어갈 어둠으로 깡깡하고 휘몰이가 토시등의 불까지 핥아버린 그믐의 그때, 바람만이 우듬지를 쓸고 가는 산길에서 할머니는,

"새끼 하나 못 낳는 년이 살믄 뭐하것소. 남의 집 손 끊어지게 하는 년이 무슨 면목으로 숟구락을 들것소. 그냥 이 재리자리서 자진해 죽든가, 길을 돌아가 머리 깎고 중이나 될라요."
하며 어둠속에 주저앉아 서럽게 흐느꼈으리라.

할아버지는 할머니의 등을 다수리며,

"어야, 다 내 잘못이네. 내가 일본 가서 너머 늦게 나온 탓이네. 님을 봐야 뽕을 딴단 말이시 나가 없는데 이녁 혼자 무슨 재주로 자석을 낳것는가. 그라게 이녁은 아무 잘못 없네. 그라니 해나 그런 소리 말

51

게. 우리 정성이 다하믄 소원 안 이뤄지것는가. 긍께 인자 그만 우소."
하고 달래었으리라. 그리고 할머니를 안아 일으켜 어색하게 손을 잡
아주며, 꼭 자식을 얻기 위해서라기보다는 부처님께 비손하는 마음으
로 세상을 살아가자고 다독였으리라. 두 분은 그렇게 어둠의 벼룻길
을 조심조심 걸어 내렸고, 이녁들의 인생길을 그렇듯 존조리 걸었으
리라.

절에 가는 것이 멀리 있는 절대적 존재에 대한 기도였다면 동네 사
장나무에 드리는 당제는 가까이 있는 신령을 향한 비손이었다. 섣달
그믐날 지내는 당제는 동네의 제사였으므로 온 정성을 다해야 했다.
당주堂主는 일 주일간 마람으로 둘러친 움막에서 생활하며 매일 아침
찬물로 목욕을 하며 몸을 깨끗이 해야 했다. 아무리 따뜻한 남쪽의 섬
이라고는 해도, 겨울에도 눈보다는 비가 내리는 곳이라 해도, 토방에
놓아 둔 놋그릇의 자리끼가 꽁꽁 얼 정도로는, 마당을 쓸고 가는 된바
람에 문풍지 떨리는 소리를 들으며, "또 어느 논어덕에 사람 얼어 죽
것다"며 우리할머니 애드러워할 만큼은 추웠다. 그런 일주일을 움막
에서 지내며 할아버지는 매년 당주를 맡았다는 것이다.

두 분의 그런 공력과 치성이 서른둘의 '함마이'에게 출산의 기적을
만들어준 것이다. 애가 들어선 것을 안 두 분은, 지성에 감천해 준 하
늘님과, 밤길에 다녔던 백련암 부처님과, 정성스레 제사상을 올렸던
마래의 조상님과, 당제를 지냈던 수백 년 묵은 사장나무와, 깊고 깊은
바닷속 용왕님과, 함께 정을 나누며 사는 이웃들과, 토시등 불빛을 스
쳐간 나뭇잎 하나와 풀잎 하나와 풀벌레 하나에도 무한한 감사를 올
렸으리라. 그 하나의 생명이 어디 할아버지 할머니 두 분에 의해서만

만들어졌겠는가. 세상의 모든 생명이 그러하듯 그 생명 역시 세상에 존재하는 모든 것들의 정령이 깃들여져 빚어진 것 아니었겠는가.

아들이 절대적인 시절이었으니 내심 고추를 소망했겠지만, 그러나 딸이었어도 실망하지는 않았으리라. 공력과 정성의 결과에 감사했을 터이고, 치성의 힘을 믿게 됐을 것이며, 더 정성스레 비손하고 더 선하게 살아가리라 마음먹었을 것이다. 그 결과가 바로 아버지였다. 그랬으니 아버지는, 두 분 사이에서 빚어진 단순한 하나의 생명체가 아니라 당신들이 기도 드리고 비손했던 그 모든 영령이 만들어준 기적의 고갱이었다. 하니, 내 아무리 상상의 나래를 펼친다 해도 어찌 아버지에 대한 그분들의 마음의 끝자락이라도 그려볼 수 있겠는가. 귀하고 귀해서 땅에 안 닿도록 업어서만 키운 그분들의 정성을 내 어찌 짐작이나 할 수 있겠는가. 그런데 그렇게 얻은 천금보다 귀한 아들이, 할머니는 도대체 상상도 할 수 없고, 아버지를 얻기 위해 드렸던 그 정성을 다 들여도 가볼 수 없는 머나먼 타국에, 그것도 바다 위에 떠다니며 고기 잡는 배를 타고 나갔으니, 할머니는 매순간 살점이 저며지는 심정이었을 것이고, 그래서 시도때도없이 그렇게 신음의 한탄을 이어갔을 것이다. 그런 사연을 알고 있는 나는, 약비나도록 반복되는 할머니의 탄식을 충분히 이해하고도 남았다. 아니 가끔은 속으로, 나도 따라 울었다.

짐승들의 시간

"야 이, 씨발년아! 이 사기꾼 에미년아!"

술 취한 누군가가 우리 질앞을 지나가며 질러대는 소리인 줄 알았다. 술 먹고 그렇게 고래고래 고함을 치거나, 담을 지팡이 삼아 허짓거리며 올라가는 어른들이야 술에 취한 사람만큼이나 많았다. 그런데 그게 아니다. 분명 우리 마당을 들어서서 방문 앞으로 다가오며 독장치는 소리다.

"이리 기 나와 씨발년아!"

영각치듯 게목 지르는 소리와 함께 누군가가 토방으로 올라서며 거칠게 문고리를 잡아당긴다. 문이 열리자 밖에서 덜덜거리고 있던 찬바람이 부리나케 달려든다. 바람을 뒤이어 커다란 신발이 괴물처럼 문턱을 넘는다. 나와 동생은 엉겁결에 벌떡 일어나 이불로 몸을 감으며 구석으로 옹송그렸다. 할머니는 벌써 깨었던 듯 덧옷을 걸치고는 요 위에 앉았다. 그 누군가가 다짜고짜 할머니의 머리채를 휘어잡아 밖으로 끌고나가더니 마당에 팽개쳐 버린다. 할머니가 헝겊 쪼가리처럼 흙바닥에 맥없이 흩뿌려진다.

"이 씨발년아! 니 새끼 땜세 나 죽것다!"

그 사람은 나동그라진 할머니를 지근지근 밟으며 계속해서 욕을 해 댄다.

나와 동생은 옷 입을 염도 못내고 내복바람으로 슬금슬금 마당 가장자리로 돌아 나왔다. 금방이라도 그 사람이 뒷덜미를 잡아챌 것 같아 가슴이 팔뜨락팔뜨락 뛰고 있다. 질앞으로 나와 담독[34] 귀에 발을 딛고 올라서서 담 너머로 눈만 빠끔히 내민 채 집 안을 넘어다보았다.

"나 죽게 생겼으께 언능 느그 새끼 데꼰나, 이, 씨발년아!"

그 사람이 다시 소리치며 할머니를 짓밟는다.

"아야 진철남아, 너 어채 이라니? 술 묵고 강정 나서[35] 너 어채 이라니? 우리 진헥남이 뭘 잘못했으끄나?"

할머니는 발길에 짓밟히면서도 그 말만 되풀이하신다.

이웃사람들이 웅긋중긋 몰려나와 무슨 일인가 싶어 담을 넘어다보지만 아무도 들어가 말릴 엄두를 못낸다. 괜히 남의 일에 끼어들었다가 무슨 봉변을 당할지 모른다.

엄니는 담벼락에 기대어 흐느끼고 동생들은 엄니를 붙잡은 채 훌쩍이고 있다. 나는 담을 넘어다보며 그가 하는 말의 조각조각들과 후려치는 손길질 하나하나와 내리밟는 발길질의 부스러기까지 고스란히 머리에 담았다. 그 장면은 너무도 충격적이어서 내 머릿속에 파낼 수

---

34) 담을 이루는 돌.
35) 만취 상태에서 정신이 헤까닥 돌아.

없는 문신으로 새겨지고 있었다.

누구인지도 모르는 사람들이 밤중에 들이닥쳐 다짜고짜 아버지를 잡아간 것은 그 대상이 아버지였으니 그렇다 쳐도 이것은 연약한 할머니에게 가해지는 폭력이다. 팔팔한 사십 대의 사내가 일흔이 다 되어 가는 할머니를 무지막지하게 짓밟고 있는 것이다. 담독 하나를 집어 들고 뛰어들어가 망나니의 꼭뒤를 찍어버리고 싶다. 욕을 퍼붓고 있는 더러운 주둥아리를 돌로 조사버리고 싶다. 하지만 담독의 뾰쭉한 귀를 밟고 있는 다리는 후들거리기만 할 뿐 움직여지지가 않는다. 저 사람은 지금 온 바다를 홀딱 뒤집는 미쳐 날뛰는 태풍이고, 나는 그 속을 헤엄치는 작은 뗏마밖에 안된다. 어린애라는 것이 참으로 원망스러웠다.

"이 씨발노무 집구석, 탱탱 때레 부사뻴 판이여!"

할머니를 짓이기던 그가 한마디를 씹어뱉으며 방으로 들어간다. 그러더니 방 안에 있는 물건들을 하나씩 던지기 시작한다. 안쪽 선반에 놓인 이불과 옷을 담은 종이상자, 그리고 삐삐선으로 엮어 짠 양말망태가 팽개쳐지더니, 와장창 소리를 내며 등잔 위쪽 선반에 얹힌 스테인리스 시루며 그릇들이 흩뿌려진다. 우리집이 '때레 부사지고' 있는 중이다. 조금 있으면 마래로 들어가 가장자리로 빙 둘러 있는 커다란 독들도 모두 탕탕 깨뜨려버리는 건 아닌지 모르겠다. 그러고는 정면에 놓인 조상들의 신위마저 내동댕이친 뒤 끝내는 우리집에 불을 질러 버릴지도. 아버지가 없는 집은 미친개가 마음대로 휘저어도 되는 난장판이 돼버렸다.

"내 새끼야! 내 새끼야! 어차자고 너 생게나 이 서런 꼴 당하끄나!"

마당에 널브러진 할머니는 땅을 치며 그렇게 흐느낌을 이어간다.

이제 더 이상 던질 물건이 없는지 그 사람이 토방을 지나 마당으로 내려선다. 다행히 마래까지는 안 들어갈 모양이다.

"이, 도둑노무 집구석, 내가 가만 놔둔가 봐라."

그가 할머니에게 한마디를 뱉고는 질앞으로 나온다. 나는 얼른 담에서 내려와 동생들을 데리고 후다닥 위쪽으로 뛰었다. 질앞으로 나온 그가 흘낏 우리 쪽을 쳐다본다. 어둠속에서 푸른 광선이 쏘여온다. 언젠가 버버리오춘이 고랑에서 잡던 개가, 털이 반쯤 그슬려진 채로 저수지둑 아래의 시멘트굴로 들어간 적이 있다. 그슬려지다가 불에서 뛰쳐나간 개가 도대체 어떻게 하고 있나 싶어 굴속을 들여다보았는데, 그때 안에서 쏘아대던 개의 그 눈빛이다. 금방이라도 어둠 저 안쪽에서 달려 나와, 호기심 가득한 눈으로 안을 들여다보고 있는 우리들의 목을 지져댈 것만 같던 바로 그 푸른빛이다. 그 무서운 빛이 그의 눈에서도 쏘여 나온다. 상황은 다른데 이상하게 빛은 같다. 나는 얼른 동생의 뒷덜미를 잡고 너덧 발짝 뒷걸음질쳤다. 여차하면 뒤로 돌아 달릴 참이었다. 그런데 다행히 이쪽을 째린 개눈깔이 아래쪽으로 몸을 튼다. 내려가는 품이 멀쩡한 걸음새다. 술에 취한 것 같지도 않다. 아마 쥐약은 먹었는데 물은 안 먹은 듯싶다.

오들거리며 얼마를 더 거기에 서 있었다. 그 사람이 집에 가서 술을 한잔 마시고는 다시 올라올지도 모르는 일이었다. 엄니와 동생들은 옆에서 덜덜 떨고 있다. 한참을 있다 용기를 내어 집으로 들어갔다.

할머니는 불도 안 켠 채 "아이고 내 새끼야! 불쌍한 내 새끼야!"로 흐느끼고 있다. 불컥 짜증이 일었다. '저 급살 맞을 놈'이든지, '저 베락 맞을 놈'이든지, '저 눈말 빠질 놈'이든지, 내가 알고 있는 욕만도 너 덧 가지는 됐다. 그런데 그렇게 치욕적인 일을 당하고도 고작 "내 새 끼야"인 것이다.

"아따, 함마이! 그만 좀 하게! 어째 맨날 울기만 한가? 그렇게 울기만 한 것이 아부지한테 좋것네 좋아!"

나는 애성이 나서 소리 질렀다. 듣는지 마는지 할머니는 자신의 한탄만 이어갔다.

혹시나 몰라 질앞을 흘끔거리며 마당에 흩어진 물건들을 주워 모았다. 언제 왔는지, 그래도 저도 남자라고 동생도 곁에서 주섬거렸다.

물건을 다 추심하고는 동생과 이불속에 옹크렸다. 엄니는 여동생을 데리고 이웃집에 피신한 상태다. 설마 그 사람이 다시 오는 건 아니겠지. 그래서 또 난리를 피우는 건 아니겠지. 그래도 마음 한켠에는 불안감이 스멀댄다. 한기 탓인지 무서움 탓인지 이불속에서도 계속 몸이 덜덜거린다. 내 쪽으로 새우처럼 옹크린 동생도 오스스 떨고 있다. 손바닥으로 방바닥을 두드리며 흘려내는 할머니의 흐느낌도 문풍지처럼 바르르 떨고 있는 듯하다. 시위잠을 자듯 잔뜩 곱송그린 채 바들거리고 있는 동생을, 할머니가 우리들을 그러듯 꼭 안으며 토닥여 주었다.

짐승의 밤이 있고 얼마 뒤였다. 저녁을 먹고는 초꼬지를 내려놓고 방바닥에 배를 깔고 있었다. 나는 숙제를 하고 동생은 만화를 보고 있었을까. 방문이 벌컥 열렸다. 불길한 예감이라도 드는지 초꼬지불이 유난히 심하게 비츨거렸다.

"진혁이 너, 이리 나와!"

얼마 전에 망나니로 왔던 그 사람의 둘째아들이다. 광주에서 전문대학에 다니는데 방학이라 집에 내려와 있었다.

"야?"

영문을 몰라 엉거주춤 일어나 앉았다.

"너 이리 나오라고 임마!"

소리를 빽, 지르며 살차게 눈을 지릅뜬다. 그 소리에 놀란 듯 초꼬지불이 아까보다 더 심하게 흔들거린다.

"어채 그라니?"

봉창문 안쪽에 있던 할머니가 이쪽으로 몸을 기울이며 묻는다.

"언능 나오라께!"

할머니 말에는 콧시늉도 않은 채 크게 골부림하며 다시 소리를 꽥 지른다. 겁질려 방을 나서지만 왠지 용천맞다.

"먼 일인데 그라까?"

작은방 문이 열리며 엄니도 내다본다.

"아무것도 아니라우."

대수롭지 않게 대답하고는 나를 밀고 나가 위쪽으로 몸을 튼다. 저수지나 중학교로 올라가는 길이다. 잠잘 시간인데 왜 나를 그쪽으로 데려가는지 모르겠다.

"어디 가는데라우?"

잔뜩 겁을 먹은 채 물었다.

"암말 말고 따러와 이 새끼야!"

무엇엔지 몹시 화가 나 있는 투다.

나는 그 형에게 잘못한 게 없다. 그 형에게만이 아니라 그날 하루

나는 아무에게도 책잡힐 일은 안했다. 사장캐에서 애들이랑 삼팔선 놀이 하고, 저수지 떼밭에서 깡통차기 하고, 쓰레기장에서 고무신 주워다 불 피운 게 그날 내가 한 전부였다. 겨울이어서 남의 밭에 들어가 고구마 서리할 일도 없고, 김장도 진즉에 끝났으니 무 뽑아 먹으려고 남의 밭둑을 타 넘을 일도 없었다.

그는 내가 못 도망치게 아귀세게 목덜미를 쥐고 있다. 무엇에 쓰려는지 왼손에는 새끼줄을 사려 들었다. 보리가실 때도 나락가실 때도 아니고, 소여물 썰려고 짚뭇 가지러 가는 것도 아니것고, 그렇다고 산에 철나무를 묶으러 가는 것도 아닐 테고, 대체 이 겨울밤에 새끼줄을 들고 어디에 가려는 걸까.

쓰레기장을 지나 저수지둑으로 나를 끌고 오른다. 둑 위에 서자 세찬 겨울바람이 귀때기를 때린다. 방에 엎드려 있던 차림새 그대로 나는 내복바람이다. 춥다. 내 목덜미를 쥔 손아귀의 의도를 종작할 수 없어 더 춥다.

"여기 서!"

둑 끝에 이르더니 그가 나를 쇠기둥에 밀친다.

빨래나 하고 멱이나 감는 저수지에 무장간첩이 독이라도 풀 걸 염려했는지 저수지를 둘러 구덩이를 파 시멘트를 붓고, 거기에 우리 키 한곱반은 될 ㄱ자 모양의 쇠기둥을 세운 뒤, 쇠기둥을 이어이어 일곱 줄의 철조망을 쳤다. 시간이 흘러 철조망은 군데군데 끊겨져 나갔지만 쇠기둥은 녹이 슨 채로 보초처럼 서 있다. 그 쇠기둥이다. 그가 나를 왼쪽 어깨로 덩거칠게 밀쳐 못 도망치게 하면서 새끼로 쇠기둥에 친친 감는다.

아, 진짜로 가리산을 못하겠다. 이 밤에 왜 뜬금없이 나를 여기 데려와 이렇게 쇠기둥에 묶는 것이냐!

"이잉, 헹님, 어째 이라요오? 나 집이 갈라요. 이이잉."

그는 말없이 새끼줄만 감고 있다. 어깨에서 무릎까지 빙빙 감겨버렸다. 나는 이제 손도 발도 옴짝 못한다.

"헹님, 나 집이 보내주시요오. 잉이이."

나는 울면서 사정했다.

"조용히 해, 이 새끼야! 너 어째 함마니 말 안 들어!"

그가 고함을 치며 대뜸 싸대기를 갈긴다.

울음이 뚝 그쳐진다. 내가 할머니 말을 안 듣다니. 내가 우리 할머니 말을 안 듣다니. 저수지 붕어가 웃으면서 둑 위로 튀어오를 소리다. 할머니 말을 잘 듣기로 소문나 동네사람들도 내가 할머니 아들인 줄 아는데, 나도 어쩔 때는 어머니 자식이 아니라 할머니 자식이라 생각하기도 하는데, 그런데 대체 이 무슨 황당한 소리인가. 아무래도 다른 아이 대신 나를 잘못 혼내고 있지 싶다. 설사 내가 할머니 말을 잘 안 듣는다 치자. 그런데 그게 자기와 무슨 상관이 있는가. 자기는 즈네할머니 말이나 잘 들으면 되지 왜 우리집 일에까지 흥야붕야 나서는가. 그래서는 이 밤에 나를 여기까지 끌고와 이렇게 쇠기둥에 묶어놓고 귀때기를 때리는가.

"쌍노무새끼."

그가 다시 내 귀때기를 후려친다. 스물셋의 건장한 청년이 이제 열한 살 먹은 국민학생의 뺨을, 그것도 새끼로 온몸을 쇠기둥에 친친 감아놓고 거칠게 갈긴다.

"헹님 잘못했어라우! 잉이이. 함마이 말 잘 들으께라우! 이잉잉."

나름대로 할머니 말을 잘 듣는다 자신했는데 그 형이 보기에는 못마땅했던 모양이다.

"헹님, 진짜로 잘못했어라우. 잉이이. 인자 안그라께라우. 잉이이이."

우선 여기를 빠져나가야 한다. 그러려면 무조건 비는 게 상책이다. 무릎을 꿇고 두 손 두 발 다 모아 빌고 싶은데 그럴 수도 없으니 입으로라도 빌어야 한다. 입이라도 안 묶인 게 그나마 다행이다. 그 밤의 아버지처럼 새끼줄로 아갈잡이까지 해버렸다면 쇠기둥에 묶인 채 끽소리도 못하고 밤새 귀때기를 얻어맞다 얼어 죽을지도 모를 일 아닌가.

"시끄러 이 새끼야!"

그가 몸을 감고 난 새끼줄로 회초리를 만들어 가슴이며 배며 아랫도리며를 휘감아친다.

"함마이! 나 잔 살레주게! 이이잉!"

자칫하면 그 자리에서 죽을 수도 있을 것 같아 죽을힘으로 소리쳤다. 밤인지라 소리는 충분히 동네까지 가 닿을 수 있겠지만, 위급한 상황에서 애터지게 지르는 소리이니 부역을 알리는 성기오춘의 왜장소리[36]처럼 동네 저 아래까지 뻗어갈지 모르겠다.

"엄니이! 나 잔 살레주라께! 잉잉이!"

눈물은 코로 들고 콧물은 입으로 들었다. 울음보다는 살려달라는 소리가 더 클 것 같아 눈물과 콧물을 삼켜가며 창자가 끊어져라 소리

---

36) 크게 외치는 소리.

소리 질렀다. 저기 아래쪽에서 사람 소리가 나는 것 같다.

"함마이! 살레주게! 나 잔 살레주라고! 잉잉이."

저수지둑이 무너질 만큼 크게 외쳐댔다.

"진혝아!"

저쪽에서 빛처럼 소리가 들려온다. 엄니다.

"진혝아으!"

이참에는 할머니다.

"엄니이! 나 잔 살레주게에! 이이잉."

이제 기진해서 소리도 기진해져 버렸다.

그는 자신의 목적을 다했는지 소리 지르는 나를 내버려둔 채 담배를 피워 문다. 두어 모금 빨더니 미친개처럼 으르렁댄다.

"도둑노무 집구석."

그가 유리를 씹듯 말을 뱉었다. '도둑노무 집구석!' 그것은 얼마 전 그의 아버지가 마당에서 전망나니가 되어 할머니를 짓이기며 한 말이었다. 우리집을 '땡땡 때레 부사벤다'며 방 안의 물건들을 마당으로 내던지며 한 말이었다. 그런데 이번에는 그의 아들이 나를 쇠기둥에 묶어놓고 한참을 때리고 나서 그 말을 한다.

나는 울며 소리치다, 지쳐 뻐드러져 고개를 떨구고 눈물 콧물 훌쩍이다가, 그 말에 깜짝 놀라 그 인간을 올려다보았다. 할머니를 짓밟고 나와 위쪽을 처다보던 그 사람에게서 쏘아져 오던 그 파란불이 그의 눈에서도 일고 있다. 그때 시멘트굴에서 쏘여져 나오던 시퍼런 개의 눈빛이 거기에도 있는 것이다. 영락없다. 어둠속의 그 퍼런 개눈깔이다.

"너 이 새끼, 내가 이랬다고 느가부지한테 꼭 일러! 안 일르믄 그때
는 진짜로 죽을지 알어!"

그러면서 내 목에 무언가를 갖다 댄다.

이건 뭐지? 송곳처럼 날카롭고 쇠처럼 차가운, 이건 뭐지? 그때 굴
속에서 쏘여나와 금방이라도 목을 쑤시고 들 것 같던 그 광선 같은 으
스스한 이것은 대체 뭐지?

흘낏 아래를 내려다본다. 아, 그런데…, 그런데…, 칼이다. 자치기
채나 연살을 깎을 때 쓰는, 접으면 칼날이 칼집으로 쏙 들어가 한손에
딱 쥐어지는, 동네 아이들이 내남없이 하나씩은 갖고 있는 '아주칼'이
다. 그 칼을 펴서, 자치기채도 연살도 아닌 사람의 목에, 그것도 열한
살짜리의 가녀린 목에 갖다 댄 것이다. 정말로 찌르려는지 어쩌려는
지는 몰라도 여하튼 그것을 아이의 목에 겨눈 것이다. 순간, 내 목에
닿이는 송곳처럼 차가운 것이 칼끝이라는 것을 안 순간, 나는 온몸을
벌벌 떨며 오줌을 싸버리고 있었다.

"느그 집구석은 더 당해도 싸!"

창자까지 떨며 오줌을 질질거리고 있는 나에게 한마디를 더 뱉더
니 그는 어둠 저편으로 사라졌다.

나는 먹처럼 짙은 어둠속에서 쇠기둥에 묶인 채 울고 울고 있었다.

우표와 짜장면

　원양의 아버지는 편지를 자주 보내왔다. 가장자리를 둘러 파랑과 빨강의 사선이 겨끔내기로 찍힌 항공봉투는 빠침[37]이라도 든 듯 항상 두툼한 채로였다. '어머님께 드립니다'로 시작되는 할머니것과, '애들아 보아라'의 우리들것이, '사랑하는 당신에게'의 엄니것과 따로 접혀 있었다.

　할머니것은 내가 읽어드려야 했는데, 필체가 좋다는 평을 듣는 아버지라 해도 상대를 고려 않고 휘갈겨 쓴 글씨를 국민학교 5학년이 알아먹기는 몹시도 더넘찼다. 내용은 둘째 치고 흘려 쓴 글씨를 읽으려면 거름지게를 지고 비탈길을 오를 때처럼 진땀을 빼야 했다. 거기에 한자漢字라도 한 자 곁들여지면 이건 도대체 앞뒤가 막막해지는 것이었고, 그럴 때는 어쩔 수 없이 슬그머니 건너뛰거나 대충 얼버무릴 수밖에 없었다. 그렇다고 앞뒤 조리가 안 닿는다며 할머니가 따지고 들

---

37) 딱지.

것도 아니었고, 무슨 편지를 그따위로 읽느냐며 나무랄 것도 아니었다. 할머니에게는 그저, 아버지한테서 소식이 왔다는 사실이 중요하지 그 내용이야 들어도 그만 안 들어도 그만일 터였다. 할머니는 예의 무릎을 주무르는 그 품새로 내가 읽어주는 편지에 귀를 기울이는 것인데, 아무런 맥락 없이 "내 새끼야"의 추임새를 넣는 바람에 그때마다 나는 잠시 숨을 가누고 읽던 것을 멈추어야 했다. 아버지의 참말에 한자를 메우려는 내 공감을 보태 어찌어찌 편지를 다 읽고 나면 이제 할머니의 한탄은 본격적으로 이어졌다. 그것이 너무 습관처럼 반복되자 때로는 은근히 애성이 나기도 했다.

엄니는 앺두로[38] 접혀진 것을 들고 작은방으로 건너갔다. 외가는 살림이 넉넉했어서 엄니는 섬에서 두 명밖에 못 간 읍의 중학교에 입학했는데 그시로 살림이 기우는 바람에 중도에 그만둘 수밖에 없었단다. 그리됐든 저리됐든 엄니는 나보다 학력이 높았으므로 내 힘을 빌릴 필요가 없었다. 내가 먼저 봉투를 뜯은 경우에는 엄니것의 두어 줄을 흘끔거리기도 해보는 것이지만, 할머니것과 우리들것을 읽기에도 버거웠으므로 그것으로 그만이었다. 거기에다 아버지와 어머니 사이에는 내가 보면 여러울[39] 두 분만의 이야기도 있을 것이었다. 그래서 아버지도 엄니것을 따로 접을 테고 말이다.

아버지가 자식들에게 보내는 편지이니 당연히 그렇겠지만 대부분이 교훈적인 내용이어서 새로울 것도 재미있을 것도 없었다. 매번『바

---

38) 따로.
39) 부끄러울.

른생활』 같은 내용이 반복되자 나중에는 솔직히 신물이 나기도 했다. 편지에는 특히 나에게 하는 말이 많았는데, 내가 아무리 장남의식을 갖고 있다손쳐도 이제 국민학교 5학년짜리가 그런 어른스런 행동을 이해하고 실천하기에는 나는 아직 너무 어렸다.

답장을 쓰는 것도 일이었다. 처음 두어 번은 엄니도 양면지 한 장은 채우더니 나중에는 슬그머니 나에게 넘겨버렸다. 한글을 뗐으니 개발새발로라도 답장을 쓰라고 동생에게도 양면지를 내어 미는 것인데, 녀석은 연필에 침을 묻히며 이리저리 방바닥을 뒹굴다가 그예 머리를 박고 잠들어버리는 것이어서 답장은 온전히 내 몫이 될 수밖에 없었다. 편지를 받았으니 답장을 쓰는 것은 당연하겠고, 더군다나 머나먼 이국에서 우리들을 위해 고생하시는 아버지께이니 즐거운 마음으로 정성을 다해야 했으나, 그게 꼭 말처럼 그렇지가 않았다. 우연히 선창에서 만나 펜팔을 하게 된 군산 어딘가의 동무에게는 하루가 멀다 하고 손이 잘 가지는데, 아버지를 향해 연필만 잡으면 자꾸 방바닥을 뒹굴며 해찰만 부리게 되는 것이었다.

산에 들에 봄이 와 꽃들이 만발하고 어른들은 농사 준비에 바쁘다든가로 문을 연 뒤, 할머니 건강하시고 엄니도 잘 계시고, 저도 공부 열심히 하고 진필이도 학교 잘 다니고, 진향이는 심부름 잘 한다 쓰고 나면 이제 더 이상 연필이 나가지지가 않았다. 그래도 양면지 두 장은 채워야 할 것 같아 방바닥에 배를 깔고 엎제서는,

"함마이, 아부지한테 하고 재핀 말 하게. 써서 보낼라네." 하면,

예의 그 "내 새끼야, 내 아들아"의 흐느낌이 흘러나와,

"아따 함마이, 그라지 말고 알어들을 수 있게 말로 하라께!" 해도

할머니는 여전히 울음으로 말을 하는 것인데,

"정 그라믄 함마이 말은 안 쓰네이!" 하고 으름장을 놓아도 할머니는 계속해서 글로 적을 수 없는 말을 하는 것이어서, 나는 이내 등잔 쪽으로 몸을 돌리며 머리를 싸매는 것이었다.

모르겠다. 괴발개발 한 글자 한 글자 써 가는 침 묻은 내 연필심에 할머니의 그 애절한 마음이 스며들어 원양의 아버지에게 전해졌을지도. 비록 내 글씨에는 안 나타나지만 양면지에 배어 있는 할머니의 흐느낌을 아버지가 들었을지도. 그래서는 개발 같고 새발 같은 내 글씨 위에 눈물 몇 방울이 떨어졌을지도.

염불보다 잿밥이라고, 나는 동봉해 온 그림엽서와 우표에 관심이 갔다. 『역사과 부도』에서 찾아본 아프리카는, 왼쪽으로 잦혀지며 굽었다가 윗부분이 부러진 채 덩그러니 서 있는 오래된 우리동네 사장나무와 똑땄는데, '라스팔마스'는 왼쪽으로 굽어진 나무의 겨드랑이에 매미처럼 붙어 있었다. 아프리카라는 곳이, 시커먼 사람들이 나뭇잎 팬티로 사추리만 가린 채 활과 창을 들고 동물을 사냥하거나, 식인종들이 백인을 돼지처럼 들쳐메고 가 바비큐로 구워먹어 버리거나, 허리에 칼을 찬 '타잔'이 긴 넝쿨을 타고 '치타'와 함께 이 나무에서 저 나무로 건너다니다가, 상아나 다이아몬드를 약탈해 가려는 백인들을 물리치기 위해 손오가리로 "아아아! 아아아!" 고함을 치면, 코끼리를 필두로 수많은 동물들이 우르르르 몰려드는 곳으로만 알았는데, 우리 섬보다 몇 곱절 푸르고 깨끗한 그림엽서의 풍광은 아프리카에 대한 내 생각을 송두리째 바꾸어 놓았다. 그렇게 아름다운 곳에서 어떻게 사람이 사람을 잡아먹는지 도무지 이해가 안 갔다.

그림엽서가 그곳의 풍광을 전해준다면 편지와 함께 온 외국우표는 나에게 짜장면을 먹여주었다. 태인이네 아버지는 해녀사업으로 돈을 많이 벌었는데 그래서인지 태인이의 취미는 우표수집이었다. 우리 같은 애들은 꿈도 못 꿀 취미였다. 취향도 취향이었지만 돈이 드는 게 더 큰 이유였다. 볼펜 껍데기에 새끼손가락보다 짧은 몽당연필을 꽂아, 오므려 쥘 수 있을 때까지는 끝까지 안 버리고 써야 하는 옹색한 형편에서, 현실적 유용성이 없는 우표수집은 돈이 남아도는 애들이나 하는 애장 빠진[40] 취미가 아닐 수 없었다.

우리집에 놀러왔던 녀석이 빼닫이에 아무렇게나 굴러다니는 항공봉투를 보더니 조개에서 진주라도 발견한 듯 눈이 휘둥그레졌다.

"진혁아, 이 우표 너 필요 없지야? 이거 나 주라."

자신에게는 진주이지만 나에게는 꿀쩍[41]이나 마찬가지라는 투다. 필요 없다는 말도 안했는데 녀석은 벌써 우표에 호호 입김을 불고 있다. 고작해야 우체국에서 국내우표나 사 모으는 녀석에게 항공봉투에 붙여진 외국우표는 눈이 헤까닥 뒤집힐 진주이기는 할 것이다.

나는 잠시 머뭇거렸다. 나야 우표수집은 안하지만 그래도 그것은 아버지가 보낸 것이었다. 함부로 떼어내 남을 주면 안될 것 같았다. 물론 외국에서 보내온 것이니 귀하다는 생각도 들었다. 내가 멈칫대고 있으니까 녀석이 한 방에 보내버리겠다는 듯 초강수로 나왔다.

"짜장면 사줄게."

---

40) 정신이 빠진. 속이 없는.
41) 갯바위에 붙어 있는 굴껍데기 같은 것들.

아랫동네에 중국집은 있지만 그곳은 면사무소나 지서처럼 그저 존재할 뿐 우리와는 무관한 곳이었다. 심부름 때문에 그 앞을 지나가노라면 야릇한 냄새가 흘러나와 혼을 빼놓는 것이지만, 동전 한 푼 없는 우리들에게 그곳은, 들어갈 수는 없는데 '쎄만 탱탱 꼴리게 하는' '나쁜 노무' 곳이었다. 가게를 해서 집에 돈이 좀 도는 아랫동네 애들은 가끔씩 드나드는 모양이지만, 돈이라고는 추석이나 설이 돼야 겨우 몇 닢 구경해보는 가난한 우리들에게는, 왠지 짭짜름하면서도 달콤할 것만 같은 그 짜장면이라는 것은 언감에다 생심인 먼 나라의 음식이었다. 그렇기에 '면'이라는 말이 들어가니까 라면과 비슷한 것이겠구나 짐작만 할 뿐, 실제로 본 적이 없으니 어떻게 생겼는지, 먹어본 적은 더구나 없으니 대체 무슨 맛인지 모를 수밖에 없었다. 그런데 녀석이 꿈속에서나 먹어 볼 그 짜장면으로 치고나온 것이다.

"그래에!"

이번에는 내가 녀석의 말에서 보물을 발견하고는 눈이 휘둥그레졌고, 잽싸게 서랍을 열어 그전의 편지 두어 통을 더 내밀었다.

녀석은 입김으로 불고 손톱으로 깔짝거리더니 조심스럽게 우표를 떼어 주머니에 넣었다. 녀석의 손이 주머니로 들어가는 그 눈 깜짝할 순간에는 슬핏 아깝다는 생각이 안 든 것은 아니지만 그러나 그것으로 그만이었다. 짜장면에 대면 우표 그깟것이야 새발의피도 안되는 종이조각에 불과했다.

녀석은 아무렇지도 않게 발을 헤쳤다. 그러더니 쬐끄만 녀석이 건방지게 어른한테 "짜장면 둘이요!" 하고는 안쪽으로 들어간다.

"앉어!"

녀석은 어른스런 품으로 자리에 앉는다. 한두 번 와 본 본새가 아니다. 촌티를 내기 싫어 나도 그냥 앉기는 했지만 내심 좀 불안은 했다. 조그만 녀석이 중국집에 들어다닌다는 이야기가 엄니 귀에라도 들어가면, 그것도 아버지에게서 온 우표를 짜장면과 바꾸어 먹으려 그랬다면, 아마 엄니는 "속창아지 빠진 놈!"이라며 눈을 부릅뜰 게 뻔했다. 그러니 가능하면 빨리 먹고는 안 먹은 듯 입을 싹 씻고 얼른 집으로 올라갔으면 싶었다.

그런 생각으로 앉아 있는데 문이 열리며 희한한 냄새가 풍겨왔다. 그것은 그집 앞을 지나며 맡았던 냄새와는 차원이 또 달랐다. 그 앞으로 지나다닐 때 창틈이나 빈지문 새로 흘러나오는 냄새가, 방파제에 부딪혀 한풀 꺾인 숨죽은 파도 같다면, 바로 앞에서 코를 후비고 들어오는 그것은, 먼바다에서 무섭게 밀려와 돌섬을 타고 오르는 뉘누리 같았다.

내가 내음새에 취해 정신을 잃은 사이 녀석은 나무젓가락을 찢어 능숙한 솜씨로 짜장면을 비볐다. 녀석을 곁눈질하며 나도 서툴게 따라했다. 입안 가득한 거위침이 금방이라도 쏟아져 나올 것만 같아 대고[42] 먹어버리고 싶었지만, 아무래도 녀석보다 먼저 먹으면 안될 듯 싶어 간신히 참고 있었다. 그 순간만은 녀석이 내 '오야붕'이었다. 오야붕이 젓가락을 들어 짜장면을 입으로 가져간다. 나도 조심스럽게 젓가락을 들어, 드디어 짜장면 그것을, 세상에 나서 처음으로 한 입, 가져간다.

---

42) 아무렇게나. 그냥.

"우르릉 쾅쾅!"

여름이면 태풍과 함께 몰려와 저 대선산 어디쯤에 쳐 내리던 벼락이 내 입안에 떨어졌다. 아니, 하늘의 벼락은 이미 익숙해져 이제는 무서울 게 없고, 또 정 무섭다면 방구석으로 숨어들면 그만이지만, 한순간에 실핏줄을 타고 온몸 구석구석 퍼져버리는 이 벼락은 어찌할 재간이 없는 그런 것이었다. 고작 젓가락으로 무언가를 한 입 넣었을 뿐인데, 고동색으로 무쳐진 우동 같은 면발을 한 입 먹었을 뿐인데, 그런데 글쎄 진짜로 전기가 오나 보려고 노란 전기가오리에 살짝 손을 댔을 때처럼 온몸이 찌르르 떨어버리고 있는 것이다.

"찌르르르 쾅쾅!"

짜장면을 한 젓가락 먹을 때마다 내 몸으로는 뇌성과 벼락이 번갈아 쳐 내렸다. 입에서 치는 뇌성이 창자로 흘러내려 벼락이 되었고, 연이어 치는 뇌성에 몸은 벼락을 맞아 시커멓게 타 버렸다. 뇌성과 벼락의 젓가락질이었다.

나는 정신을 못 차리고 너덧 번 만에 그 맛난 걸 다 먹어버렸다. 녀석은 싸가지 없게 면발만 먹고 나머지는 대궁으로 남겼지만, 나는 배고픈 돼지가 밥그릇에 남은 느맛겨[43] 한 점까지 깨끗이 핥듯 검은 반점 하나 안 남기고 싹싹 바닥을 핥았다. 녀석이 먼저 집에라도 가버린다면, 그렇지는 않더라도 녀석이 자기 그릇에 남은 턱찌끼를 먹으려냐고 물어라도 본다면, 나는 정말로 감사하는 마음으로다 그것 역시 단숨에 핥을 것이었다. 그런데 네가 남긴 것을 먹어도 되느냐를 차마

---

43) 벼와 보리를 도정할 때 나오는 겨. 닭이나 돼지의 사료로 씀.

못 물어 침만 꼴깍여야 했다. 도대체 인간에게 자존심은 왜 있는지 모르겠었다.

짜장면의 벼락을 맞고 난 뒤 아버지에게 내 취미는 우표수집이 돼버렸다. 아버지는 우표 너덧 장을 동봉해주는 것으로 그 취미생활을 응원해주었다. 짜장면의 위력을 눈치챘는지 녀석은 그후로도 심심찮게 그 유혹을 내밀었다. 그때마다 저 멀리 아프리카에서 비행기를 타고 온 우표 몇 장이 녀석에게 건네졌다. 먹기는 먹으면서도, 처음처럼은 아니지만 그래도 여전히 짜장면에 넋을 빼앗기면서도, 나는 저 머나먼 아프리카의 바다 위에서 아들에게 보낼 우표를 위해 그물을 뽑고 있을 아버지를 생각하며, 그 맛난 짜장면에 가끔씩, 목이 메이기는 했다. 나도 모르게 그러기는 했다.

'와신상담', 당신과 함께!

보자기를 펴 공책과 책을 놓고 그 위에 필통을 얹은 뒤, 둘둘 말아 끝을 옷핀으로 꿰어 등거리에 엇비슷이 메고는, 딸깍대는 연필들과 함께 마당에 들어섰다. 집 안이 어른들로 웅성거리고 있다. 읽기 힘든 편지와 이국의 풍광이 담긴 그림엽서, 그리고 먹을 때마다 눈알이 휘뜩 뒤집히는 짜장면을 보내주던 아버지가 돌아와 있다. 삼 년의 계약 기간에서 넉 달을 못 채우고 이년팔개월 만에 귀국한 것이다. 저만치 방 안쪽에 말없이 앉았는 아버지는 많이 여위었는데, 창백한 얼굴이 왠지 새들해보인다. 어른들은 서로 술잔을 권하기는 하지만, 멀리 떠났다 온 사람을 맞는 것치고는 어쩐지 분위기가 찌무룩하다. 나 역시 오랜만에 보는 아버지인데도 괜히 울가망한 기분이어서 토방 앞에서 꾸벅 인사만 하고 말았다.

사람들이 돌아가고 난 뒤 아버지는 나에게 조그만 꾸러미를 건네주었다. 내 몫으로 사 온 선물이었다. 꾸러미 속에는 『셰익스피어 4대 비극』, 『노틀담의 꼽추』, 『장발장』, 『죄와 벌』 같은 책들이 들어 있었다.

제목들은 벌써 들어보았고, 태인이의 방 우표수집 앨범 옆에 항상 같은 모양새로 꽂혀 있어, 빌려보고 싶었지만 아직 말을 못 꺼내고 있는 것들이었다.

세상에 나서 처음으로 받아보는 책 선물이었다. 그때까지 우리가 받은 선물이라야 추석이나 설에 비음으로 얻어 입는 옷이나 고무신 정도가 전부였다. 가난한 집 애들은 그마저도 없어 명절에도 헌 옷을 빨아 입어야 했다. 특별한 경우에는 운동화 한 켤레를 얻어 신기도 하지만, 그것은 땅을 밟는 것보다 벽장이나 선반에 모셔지는 시간이 더 많았다. 그런것에만 익숙했는데 뜬금없이 책 선물을 받으니 새삼스레 내가 많이 컸다는 느낌이 들었다.

어렵사리 생긴 사탕을 아드득 으깨면서, 아차차, 아까운데 천천히 빨아먹을 걸, 하며 후회하듯, 마음 한켠으로는 아깝다는 생각이 들기는 했지만, 나는 이야기의 재미에 빠져 그 책들을 단숨에 읽어버렸다. 거짓으로 죽은 '줄리엣'이 진짜로 못 깨어나면 어쩌나 조마조마했고, '코제트'에 대한 '장발장'의 눈물겨운 보살핌에 가슴이 울었다. '라스콜리니코프'를 변화시키는 '소냐'의 사랑에 마음이 먹먹해졌고, '에스메랄'을 향한 '콰지모도'의 마음이 애홉었다. 바다 건너 육지뿐 아니라 그보다 더 멀리에는 전혀 다른 세계가 있어 '줄리엣'이나 '코제트' 같은 이국소녀가 살고 있다는 상상에 마음이 부레처럼 부풀어 올랐다.

아버지가 사다 준 그것들은 그때까지 내가 보았던 책들과는 전혀 다른 세계였고 그 이전에는 상상도 못해 본 세상이었다. 학교에서 배운 '세종대왕'이나 '이순신 장군'이 과거에 진짜로 살았었을까 하는 의문이 아직 안 풀린 상태였는데, 시공간적으로 너무도 멀리 떨어진 곳에서 펼쳐지는 이야기들을 읽으며, 바다 건너 저편에는 정말로 거대한 세계가 있다는 생각을 하게 되었다. 과거에 살았었던 '세종대왕'이나 '이순신 장군'이나 '링컨'이나 '뉴턴'뿐만 아니라 현재 나와 같은 시간을 살고 있는 그 셀 수 없는 사람들과 가량할 수 없는 세계 말이다. 섬에 사는 내가 육지나 미국이나 프랑스나 영국의 아이들을 그려보듯 그 애들 역시 나 같은 섬 아이를 그려볼 수 있을 것이겠다. 그뿐만이 아니라, 밤이 되면 반짝거려 그 존재를 드러내는 수많은 별에도 지구의 나를 상상하는 아이들이 있을지 모르는 일이었다. 그러면 이 우주에는 나만한 아이들만 해도 우리 섬의 여기저기에 펼쳐진 모래밭의 알갱이들만큼이나 무수할 것 아니겠는가. 아, 도대체 내가 서 있는 여기는 어디이며 이 우주는 어디까지인가. 또 그 안에는 얼마나 많은 존재들이 살고 있는가. 아버지가 사다 준 몇 권의 책은 낯선 이국의 이야기에서 광활한 우주공간으로 나를 끌어갔고, 내 작은 머리는 그 이상을 가늠할 수 없어 그저 아득하고 막막할 따름이었다.

멀고 아름다운 세계로 나를 데려다주고는 정작 아버지 자신은 누워 지내는 시간이 많아졌다. 작은방에서는 기침소리가 잦아지면서도 점점 더 커졌고 그럴수록 밖으로 나오는 아버지의 발길은 뜸해져 갔다. 작은방에서는 가끔씩 목갈린 생선뼈를 뱉어내는 듯한 소리가 들렸는데, 그때마다 엄니가 들고 나오는 세숫대야에는 시뻘건 핏물이 풀어져 있었다. 그 붉은색을 보며 나는, 우리집에 어떤 어두운 그림자가 다닥치고 있음을 직감했다. 아마 작은방에서의 저 고통스런 기침소리가 멎는 날 내가 알던 한 사람이 이 세상에서 저 광활한 우주 어디로 떠나리라는 예감이었다.

할머니는 이제 가축의 갓난이를 구하려고 개나 돼지나 염소의 배만 보면서 온 동네를 돌았다. 어미 뱃속에서 막 나와 아직 어섯눈도 안 뜬 애기보 같은 강아지나, 세상 바람을 덜 쐰 돼지새끼나 염소새끼는 영험한 약이라는데, 그것을 구하기 위해 할머니는 우리동네는 물론 왼동네까지 샅샅이 훑고 다녔다. 아무리 약에 쓰려 한다지만, 아무리 아들을 살리려는 어미의 정성이라지만, 키워 팔면 가용에 보탬이 될 가축 새끼들을 쉽게 넘겨줄 사람은 많지 않았다. 할머니는 그것들이 키워져 팔릴 때만큼은 아니더라도 그 어슷한 정도의 금사는 지불해야 했을 것이다. 그것도 손이 발이 되게 사정사정해서 말이다. 그런 상황에 대비해 할머니는 새끼를 꼬아 판 몇 닢씩을 독아지에 꼬깃꼬깃 모아왔는지도 모르겠다.

어찌어찌 힘들게 구한 아직 눈도 안 뜬 강아지 서너 마리를 메꼬리[44)]에 이고 고샅길을 오르며 할머니는,

"그러기를 잘했네라, 그러기를 참말로 잘했네라. 내 손부닥이 도팍[45)]이 되고 꺼펑[46)]이 되드래도, 샌나꾸 꽈서 한 닢 두 닢 모테놓기 잘했네라. 안그랬으믄 어찰 뻔 했으끄나, 어찰 뻔 봤으끄나." 하고 웅얼거렸으리라.

그 새끼들을 삼베보자기에 싸 약탕기에 넣으면서는,

"아야, 아그들아, 느그들한테 죽을죄를 짓는구나. 안직 눈도 안 뜬 느그들을, 눈 뜬 세상도 한번 못 본 느그들을 이라고 해야 하는구나.

---

44) 멱둥구미. 짚으로 엮어 만들어 여자들이 짐을 나르는 데 씀.
45) 주먹만한 정도의 돌.
46) 누룽지 긁을 때 쓰는 전복껍데기.

느그들도 세상에 난 귀한 생멩인데 이래야만 쓰는구나. 애드럽제마는 내 아들 살릴라께 이럴 수뱊이 없구나. 이라고 할 수뱊이 없구나. 그라께 사람 하나 살리는 셈치고 좋은 약이 되거래이. 그라거래이."

하며 할머니는, 약탕기 안에서 스러져가는 여린 생명들의 명복을 빌었으리라. 남매를 얻는 과정을 통해 할머니는, 하나의 생명이 이 세상에 오는 게 얼마나 귀한 일인가를 알고 있었고, 아버지 때문에 어쩔 수 없이 어린 생명을 빼앗아야 하지만, 그 어린것들 역시 세상에 하나밖에 없는 소중한 목숨이란 것도 알고 있었을 테니 말이다. 하지만 아무리 할머니가 생명의 소중함을 인식하고 있었다 해도, 그러니 생명을 함부로 해서는 안된다는 마음을 갖고 있었다 해도, 만일 그즈음 동네 어느 집에서 송아지를 낳았다면, 할머니는 아마 당신의 목숨을 저당 잡히고서라도 그것을 고았을 것이다. 이녁 목숨이라도 내놓을 만큼 할머니는 간절하고 절실했다.

　나는 뱀을 잡기 위해 다시 동생과 산을 더듬었다. 운이 좋은 날은 용케 돌 밑에 서리서리 따리를 틀고 있는 놈을 만나기도 했는데, 그것은 정말 조상님들의 가호나 할머니와 엄니의 기도에 대한 응감이라고밖에 볼 수 없었다. 아직 해토머리는 서너 조금[47] 남아 뱀이 나오기에는 때이른 겨울의 끝자락이었으니 말이다. 보통때는 검은색과 회색이 어우러진 살모사나, 얼룩덜룩 빨간 무늬가 져 있는 게 벌써 격이 달라 보이고 좀처럼 만나기 어려워 잡으면 횡재라고 하는 느단불독사만 잡았지만, 사정이 사정인지라 풀에 싸서 황소에게나 먹이는 꽃뱀에서, 뱀

---

47) 조수 차가 적은 물때. '그리 길지 않는 기간'의 관용어.

축에 끼지도 못해 어린애들의 놀이감이나 되는 늘뱀까지, 뱀이라고 생긴 것은 '찬밥 떤밥' 안 가리고 대나캐나[48] 모가지를 쥘 수밖에 없었다. 그 녀석들이 정말 작은방의 기침소리를 멎게 해준다면 토시등을 들고 서라고 산과 들을 뒤지고, 그것들로 해서 아버지가 회복될 수만 있다면 동생과 나는 산을 파서라도 뱀을 잡을 것이었다.

기침의 어느날 아버지가 우리 삼형제를 작은방으로 부르셨다. 아버지는 베개를 등에 괸 채 벽에 기대었고 우리는 그 앞에 무릎을 꿇고 앉았다. 보통은 진향이는 빼고 나와 진필이만 부르는데 그날은 웬일인지 진향이까지 다 불렀다.

"진혁아, 거기 단스 아래빼닫이 열어봐라."

어머니가 시집올 때 해 온 '단스'다. 큰방 선반 위의 두 개의 농짝과 그 아래 놓인 재봉틀과 함께 우리집 가구의 주요 항목이다. 세로로 긴 거울이 붙어 있고, 문을 열면 이불장, 그 밑에 두 개의 빼닫이가 달렸다. 아랫것을 당기니 엄니의 옷가지들이 담겨 있다.

"맨 밑에 봐봐라."

옷을 들추자 아래에는 신문지가 깔려 있다.

"신문지 들춰봐라."

신문지를 들췄더니 참종이에 무언가가 싸여 있다.

"그거 이리 내 온나."

아버지는 기침을 참으며 종이를 폈다. 그리고 사진처럼 보이는 것을 한참 들여다보신다. 크기로 보아도 액자에 들어 있는 할아버지의

---

48) 아무것이나 상관없이.

초상화는 아니다. 또 할아버지 초상화는 제사 때 꺼냈다가 제사를 지내고는 다시 보자기에 싸 마래에 보관하니까 그것일 리 없다.

아버지가 그것을 나에게 건네었다. 누구의것인지는 모르지만 사진임이 분명한 것을 조심스레 받아들었다. 그리고 들여다보았다.

세상에, 세상에 이럴 수가! 할아버지 사진은새레간에[49] 아버지 사진도 아니고, 그렇다고 우리 가족사진도 아니고, 우리와는 아무 관계도 없는, 아니 관계가 없다기보다는 오히려 아픔과 고통만 준 사람의 사진이다. 그밤 낯선 사람들에게 아버지를 잡혀가게 했고, 의형제 맺은 친구에게 따귀를 맞게 했고, 내 사랑스런 소를 팔게 했고, 아버지를 머나먼 아프리카로 떠나게 했고, 미친 망나니에게 할머니를 짓밟히게 했고, 쇠기둥에 묶인 내 목에 칼끝이 대이게 했고, 아버지를 끝내 저렇게 반 죽은 모습으로 벽에 기대게 한 장본인이다. 그 사람의 사진이다. 그 사람의 사진을 그토록 소중하게 보관했다가 이리도 엄숙한 상황에서 꺼내 보이는 것이다. 이럴 수가 있는가. 아버지로서 어떻게 이럴 수가 있는가. 한참을 나는 멍하게 있었다. 뭐라 한마디 하고 싶지만 분위기가 분위기인지라 말은 못하고 그 잘난 사진을 다시 들여다보았다.

단상 위에는 여러 개의 마이크가 놓였고 그 사람은 양 손바닥을 활짝 펴 앞으로 내밀고 있다. 사진에는 일부만 찍혀서 그렇지 사진 밖에는 사진 속의 수십 배는 될 사람들이 그를 쳐다보고 있을 것 같다. 그는 자신을 향한 그 눈길들에 간절히 무언가를 호소하는 듯, 무언가를

---

49) ~은커녕.

넘치게 확신하는 듯, 그 무언가를 삑삑이 약속하는 듯하다. 사진 오른쪽 아래에는 흰 글씨가 친필로 비스듬히 휘갈겨 있다.

당신과 함께! 김대중!

순간적으로 머리카락이 쭈뼛해 왔다. 그렇게 모진 시간들 속에서도 아직까지 그 사람을 간직하고 있다니. 그래서 그 사람의 사진을 뺴닫이 바닥에 몰래 감춰놓고 있다니. 오른손가락을 자르고 왼손가락까지 잘랐지만, 끝내 안되겠어서 발가락으로 패를 쥘, 질기고 질긴 독종의 노름꾼이다, 저 아버지라는 사람은.

"애들아 잘 들어라."

아버지의 말은 그렇게 시작되었다. 평소와는 영 다른 말투였고 겁이 나도록 엄숙한 표정이었다. 내가 아버지의 아들로 커 온 그때까지에서 처음 대하는 모습이었다.

"신념을 지키자! 그게 내 인생관이었다. 지금까지 나는, 나름대로 신념을 지키려고 애쓰며 살았다. 그래서, 가난하지만 부끄럽지는 않다."

아버지가 우리 삼형제를 한 번 훑더니 내가 들고 있는 사진으로 눈을 내린다.

"너희들은 어찌 생각할지 몰라도, 그 사람은 내 신념이었고, 그 사람의 신념은 곧 내 신념이었다. 나는 그 신념과 함께 세상을 살았다."

모두들 아버지가 그 사람에게 미쳤다고 하는데 정작 본인은 그게 아니란다. 그 사람과 그 사람의 신념을 자신의 신념으로 삼아 세상을 살았단다. '신념'이란 게 대체 무엇이고, 그 사람이 왜 아버지의 신념이어야 하며, '그 사람의 신념'이란 게 도무지 무엇이고, 또 그 사람의 신념이 왜 아버지의 신념이어야 하는지, 설령 그 사람이 아버지의 신념이고 그 사람의 신념이 아버지의 신념이라 하더라도 그것이 팔려간 우리 소와는 무슨 상관이냐고 따져 묻고 싶다. 하지만 그럴 계제가 아니다. 아버지는 지금 이 세상에서 마지막으로 속에 품고 있는 이야기를 하고 있는지도 모르겠다. 그래서 입을 다물고 듣고 있기로만 한다.

'신념, 당신과 함께!'

느닷없이 그런 구호가 머리를 스쳐갔다.

기침이 잠깐 아버지를 괴롭히더니 고자누룩해졌다. 아버지가 말을 이으셨다.

"두 번씩이나 끌려가 두들겨 맞음시로도 나는 내 신념을 안 꺾었다. 마음만 바꾸면 그들은 농협에도 계속 다니게 해주고 나중에는 농협장까지 보장한다 했다. 하지만 나는 그럴 수 없었다. 그런것들 때문에 내가 정치운동을 한 것이 아니어서다. 그때 그들이 하자는 대로 했으면 우리 식구들은 지금보다는 어네이[50] 편하게 살고 있을 거다만, 그러나 나는 스스로에게 얼마나 부끄러웠겠느냐. 나는 그런 병든 사회는 안 살고 싶었다."

내가 아는 것 말고 한 번 더 끌려갔던 모양이다. 집을 비운 며칠이 출장을 위해 읍에 간 게 아니라 그날밤처럼 또 끌려간 것이었던갑다. 갑작스레 농협에 안 나간 것도 스스로 그만둔 게 아니라 어떤 힘에게 쫓겨나서 그랬나 보다.

사진 속의 그 사람이 '대통령 박정희'나 '박정희 대통령'의 가운데를

---

50) 훨씬.

당수로 쳐 가른 뒤, 거기에 '김대중'이라는 이름을 갈아 넣고, 그 덕으로 아버지가 농협장이 되었더라면 얼마나 좋았을까. 남들 못 먹는 흰쌀밥 먹으면서, 김일의 레슬링도 우리집 부순방[51]에 누워 편안히 볼 수 있고, 레슬링 보려는 애들을 내 맘대로 까댁일 수 있었을 테니. 그런데 아버지는 그런 게 '병든 사회'란다. 그런 사회는 안 살고 싶었단다.

'병든 사회는 살지 말자!'

아버지 말이 만든 두번째 구호다.

"원양 가서 나는 어획량을 기록하는 처리사였다. 그런데 선장이 어획량을 공갈로 쓰라 했다. 차이 진 것을 빼돌리려는 수작이었다. 그 사람은 나에게도 몫을 주겠다고 했지만 나는 못한다고 했다. 그것은 선원들의 피를 빨고 내 양심을 파는 짓이었기 때문이다."

두어 번 숨을 가누시더니 아버지는 말을 이으셨다.

"그 때문에 나는 석 달 동안 선상감옥에 갇혀야 했다. 거기서 병을 얻어 이 모양 이 꼴이 됐다. 몇 번이나 무릎을 꿇을까도 생각해 봤다만, 나는 정신과 양심을 지키는 인간이고 싶었다. 끝내 넉 달을 못 채우고 강제 귀국 당했으나 결코 후회는 않는다. 나는 내 자식들에게 남이 훔칠 수 없는 정신적 유산을 상속하고 싶었다."

아마 아버지는 그 '정신적 유산'을 말씀하시고 있는 듯하다. 남이 훔칠 수 없는 유산으로서의 '정신' 말이다.

'남이 훔칠 수 없는 정신적 유산을 상속하자!'

아무것도 없이 '정신'만 있으면 뭘 먹고 살 것인가. 정신이 배를 불

---

51) 온돌방의 아랫목.

려주는 것은 아니잖겠는가. 사람이 우선은 살아 있어야 정신이고 뭐고 있을 것 아니겠는가. 죽은 육체에 무슨 놈의 정신이 깃들이겠는가. 아버지는 아직도 정신을 다 못 차렸다. 봐봐라. 친구의 뺨을 때렸던 그 사람은 수협장을 하고, 또다른 그쪽 사람은 농협장을 하고, 또 누구는 대의원을 하고 있지 않는가. 그 사람들이라고 정신이란 게 없겠는가. 다 나름대로의 정신을 가지고 있을 터이다. 정신이 장땡은 아닌 것이다. 원양 가서도 그렇다. 양심이 얼마나 중요한지는 모르겠으나 아무리 그래도 그것이 어떻게 목숨보다 중하겠는가. 생명이 있고 난 뒤에야 양심도 있을 것이었다. 양심과 정신을 지켰다는 아버지는 지금 생명이 꺼져가는 상황에 놓여 있고, 아버지를 이 지경으로 만든 사람들은 떵떵거리며 잘들 살고 있지 않는가. 세상이 그 모양인데 양심은 무슨 양심이고 정신은 또 무슨 정신이냐. 그런 말들은 패배한 자들의 자기 언턱거리에 불과할 뿐이다.

"신념에 대한 집념이 내 몸을 이렇게 만들었고, 그게 결국은 내 인생을 자빠뜨렸다. 그래도 나는 집념은 복수보다 강하다고 믿는다. 집념은 절대로 복수보다 강하다."

'집념은 복수보다 강하다!'

아버지의 네번째 말이다.

'복수'라는 글자는 월남에서 베트콩을 개 잡듯 잡았다는 철식이형의 왼쪽 팔죽지에 문신으로 새겨져 있었다. 월남에 가기 전에는 안그랬는데 월남에 가서 무슨 일이 있었는지 성질이 완전히 쇄서 돌아왔다. 걸어다닐 때는 어깨에 어찌나 '후까시'를 주는지 어깻죽지가 거의 귓불에 닿을 듯하고, 잔뜩 치올려진 양팔은 쩍 벌어진 채 부자연스럽게 흔들거린다. 거기에 거슬거슬한 팔자걸음이어서 건너편 방파제를 걷고 있어도 대번에 누구인지 알아 볼 수 있었다. 그런 형이 항상 술이 이마빡까지 가릉한 상태로 동네를 누볐다. 한동네에서 살아온지라 사람들 사이에는 위아래가 있는 법인데 그 형은 거의 윗사람이 없었다. 어지간하면 말을 터버렸고, 왼동네 사람들에게는 거의 반말지거리였다. 술에 취해 뗑깡을 부리거나 '면민 체육대회'에서 '곤조'를 부릴 때면 여지없이 웃통을 벗어젖혔는데, 몸도 별로인데 구태여 웃통을 벗은 것은, 수직으로 꽂힌 단도 양옆으로 '복'과 '수'가 한 글자씩 새겨진 왼쪽 팔죽지의 녹파랑 문신을 드러내려는 의도로 보였다. 단어의 뜻도 섬뜩했지만, 월남에 갔다온 그 형의 팔죽지에 단도와 함께 문신으로 새겨져 있어 베트콩의 목과 귀를 자르는 장면까지 연상돼 더욱 으스스한 느낌을 주었다. '복수'라는 단어가 펄펄 살아 시퍼런 단도를 들고 녹파랑 물을 풉풉 뿜어내며 칼춤을 추는 듯한 상상이 들었다. 그런데 거기 칼과 함께 새겨졌던 그 '복수'보다 더 강한 게 있는데 그게 바로 '집념'이란다. 아버지가 그러는 것이다. 그러면 '집념'이라는 것은 '복수의 칼'보다 몇 십 배 무서운 것이 되겠다.

"자식 때문에 험한 꼴 당한 느그 할마이한테는 정말로 죄송하다. 무엇보다 내가 이렇게 돼버려 자식으로서 죄인이다."

자신 때문에 짐승 같은 망나니에게 당해야 했던 그날밤 할머니의 치욕을 말하나 보다. 그러면서 어쩌면 자신이 할머니보다 먼저 떠날지도 몰라 자식으로서 가장 큰 죄를 지을 것 같은 예감이 드나 보다.

"느그 어머니한테도 미안하고, 무엇보다 느그들한테 미안하다."

뭔가 진지한 분위기인 걸 느꼈는지 진향이가 아앙, 울음을 터뜨렸다. 여느 때 같으면 어르고 달랬을 아버지가 그냥 말을 잇는다.

"진혁이 진필이, 느그들 와신상담해야 쓴다아."

그 말은 나와 동생에게만 해당되는지 진향이는 뺀 채 나와 진필이만 들먹였다.

"야!"

얼떨결에 동생과 나는 야무지게 대답했다.

'와신상담!'

처음 들어보는 말이다. 어려운 한자어 같은데 그렇다고 무슨 뜻이냐고 물을 수 있는 분위기도 아니다. 어감이나 어투로 보아 뭔가 참고 견딘다는, 그리고 뭔가를 되갚아준다는 '복수'와도 통하는 말인 듯싶다. 뜻은 모르지만 여하튼 말의 생김새가 그렇다. 말이라고 하는 게 정확한 뜻은 몰라도 그 본새로 말무늬를 짐작할 수도 있다는 생각이 들었다.

'와신상담! 와신상담!'

'당신과 함께, 와신상담!'

'복수보다 강한 집념으로, 남이 훔칠 수 없는 정신적 유산을 상속하자!'

말은 그렇게 만들어졌다. '신념을 향한 복수보다 강한 집념'으로 '남이 훔칠 수 없는 정신적 유산을 상속'하기 위해 '와신상담'하라는 말일 터이다. 신념과 정신을 목숨보다 소중하게 여기라는 말일 것이다. 나는 몇 번이나 마음속에서 그 말들을 도슬렀고, 그 말들은 철식이형 팔죽지의 문신처럼 내 마음 어딘가에 깊이깊이 새겨지고 있었다.

아버지의 말이 끝나자 나는 작은방을 나와 저수지둑으로 올라갔다.

군데군데 별들이 떠 있었지만 계절치고는 없는 거나 마찬가지였다.

"와신상담!"

어쩌면 아버지가 남기는 마지막 말일 것 같았다.

"와신상담!"

무슨 뜻인지도 모른 채 나는 먼 하늘을 치어다보며 그 말을 중얼거렸다. 이상하게 어금니가 맞물려지는 느낌이었다. 그런 마음을 갖게 하는 말인 듯했다. 그런 마음을 갖고 살아야 하는 말인 것 같았다.

대선산을 훑고 온 바람이 뺨을 스치며 불어간다. 나는 아버지의 유언일 듯 싶은 말을 나직이 되뇌었다.

"남이 훔칠 수 없는 정신적 유산을 상속하기 위해,

복수보다 강한 집념으로,

당신과 함께,

와신상담!"

하늘로 올라간 말들이 멀리의 별들에 가 닿고 있었다.

아버지는 꽃상여를 타고

    겨울을 잔방에서 누워 지낸 아버지가 한 이틀 기침이 너누룩해지더니 자신을 큰방으로 옮겨 달라 했다. 병이 숙지려나 했는데, 어떤 예감이 들었는지 할머니는 토방 기둥을 잡고 흐느꼈고, 엄니는 훌쩍이면서 정지로 들어가 지게문을 닫았다. 영문을 모른 채 동생과 부축해 아버지를 큰방으로 옮겨드렸다. 기침 증세는 고자누룩해졌지만 이틀 뒤에 아버지는 조용히 눈을 감으셨다. 꼼빨재에 동살이 잡히자, 부지런한 샘북산 뻐꾸기가 똥구멍에 해 비쳤다며 맹두산 뻐꾸기를 깨우는 갓밝이쯤이었다. 그제서야 나는, 며칠 전 할머니와 어머니의 울음을 이해할 수 있었다. 아버지는 마지막을 큰방에서 맞으려고 했던 것이다. 그리고 이어진 이틀간의 평안은, 지상에서 떠나려는 자를 끝까지 괴롭힐 수는 없다는, 병이 보여준 그나마의 염치였던 셈이다.

    할머니는 몇 번이나 졸도를 했고 엄니는 마냥 흐느꼈으며 동생들은 애타게 아버지를 불러댔다. 하지만 나는 삐져나오려는 울음을 어금니에 물었다. 이 세상에는 어떤 간절한 치성이나 애절한 기도로도 절대 돌이켜질 수 없는 게 있다는 걸 나는 지난겨울 동안 깨달아오고 있었다. 아버지의 죽음이 그런 것이었다. 아버지는 이제 영원히 돌아올 수 없는 길을 떠난 것이다. 그리하여 다시는 이 세상에 올 수 없는 것이다. 그러니 울어봐야 소용이 없는 것이다. 그런 생각에다, 장남으로서 가지는 책임의식이 덧들여졌을 것이다. 이제 집안을 책임져야 할 사람인데 그런 사내가 함부로 울면 안될 것이었다.

집안어른이 오셔서 아버지의 얼굴을 손으로 쓸어 눈을 감긴 뒤 입과 코와 귀를 솜으로 틀어막았다. 그러더니 두 어른이 아버지를 맞들어 칠성판에 올리고는 홑이불을 덮었다. 집안어른은 밖으로 나가 마당 저쪽에 작은 술상을 차렸다. 술을 따라 상 위에 놓고는, 아버지의 흰 두루마기를 들어 지붕을 향해 흔들면서, "염상수 복!"이라 외쳤다. 아버지에게 가지 말라는 듯 한 번, 얼른 여기로 돌아오라는 듯 또 한 번, 그러면 이제 영영 가버린 걸로 알겠다는 듯 마지막으로 한 번, 그렇게 세 번을 외친 어른은 두루마기에 작은 돌을 싸서 지붕 위로 던져 올렸다. 이름을 부르는 소리에 행여 아버지가 대답을 하며 일어날까도 싶어 마당을 내다보다 아버지를 내려다보다 겨끔내기 했지만, 발끝에서 머리끝까지 홑이불을 덮어쓴 아버지에게서는 어떤 인기척도 느낄 수 없었다. 아버지는 이제 이름만 남겨 놓은 채 아무리 애터지게 불러도 대답할 수 없는 먼 곳으로 가버린 듯했다.

언제 그랬는지 흰 광목이 갓머리를 가로질러 초가지붕의 앞뒤로 길게 걸쳐졌다. 흰색의 광목과 두루마기는 우리집에 초상이 났다는 걸 알리는 표시였다. 동네사람들은 이제 지붕 위의 흰것들을 보며 우리집에서 흘러나오는 울음의 곡절을 알게 될 것이다. 그들은 지붕 위의 흰것들에 대해 귀엣말을 할 것이고, 그럼으로써 아버지의 죽음은 온 동네로 퍼져나가, 우리집 일은 우리집만의것이 아니라 온 동네의 일이 될 것이다.

앉은뱅이책상과 이불과 종이박스를 밖으로 치우고 그 자리에 아버지를 뉘었다. 한 어른이 병풍을 가져와 그 앞에 쳤다. 아버지는 숨을 멈춘 채 병풍의 저쪽에 누웠고 우리는 숨을 쉬며 병풍의 이쪽에 앉았다. 병풍은 숨을 멈춘 자와 숨을 쉬는 자 사이에 벽을 만들어, 누웠다 일어날 수 없는 존재와 누웠다가도 일어설 수 있는 사람을 가르고, 영원히 잠들어 누운 자와 잠들었다도 깨어날 수 있는 이를 구별지었다. 조그만 방이 병풍을 금으로 해서, 앉아 있는 삶과 누워 있는 죽음으로 갈리는 것이다.

이제 호상을 맡은 집안어른은 부고를 할 것이다. 이웃 형들과 친구들이 두엇씩 짝을 지어 이 동네 저 동네로 돌며 부고장을 돌릴 것이다. 들일을 나가 사람이 없는 집은, 부고장은 집 안에 안 들이는 관례에 따라 질앞의 담에다 노란 봉투를 꽂아둘 것이다. 부고장을 받은 어른들은 내일이나 모레쯤 뒷병 하나씩을 메고 마지막으로 아버지를 들여다보러 올 것이다. 마당 저켠에서는 죽어가는 돼지의 비명이 들릴 것이고 버버리오춘의 손은 바빠질 것이다. 동네 숙모들은 밥을 하고 국을 끓이고 생선을 삶느라 분주하게들 움직일 것이며, 예닐곱의 어른들은 마당 한쪽에 둘러앉아 발인 때 나누어 줄 포[52]를 쌀 것이다. 한 무리의 어른들은 이웃집 행랑채에 모여 색색의 종이로 연꽃을 만

---

52) 발인 때 주는, 종이처럼 얇은 나무곽으로 된 도시락. 활명수, 초코파이, 돼지고기, 장어 등이 들어 있다.

들 것인데, 빨강 노랑 초록 보라의 종이들은 어른들의 손에서 한 송이 꽃으로 피어날 것이다. 어른들은 한 겹 한 겹 정성스레 꽃을 접으며, 한동네에서 보냈던 서로의 시간들을 꽃에 담으리라. 좋은것이었든 나쁜것이었든 이제는 어쩔 수 없으므로, 과거의 것들은 모두 좋은것으로만 기억하자며, 한 번 접고 또 한 번 접고 또 한 번을 접을 것이다. 운상꾼들은 내일쯤 상여막에 보관된 대채와 동아줄을 가져와 상여채를 꾸릴 것이다. 상여채 위에는 관이 놓이고, 그것은 오색의 연꽃으로 덮여 극락강을 건네주는 꽃의 배가 될 것이다. 예전에 내가 초상집에서 보았던 일들이 이제 우리집에서 벌어지는 것이다.

쑥내 나는 양판 네 개가 아버지의 양 어깨와 두 다리 끝에 놓였다. 나만 남고 다른 식구들은 모두 나가라 했다. 나는 이만치 물러서서 어른들이 시키는 대로 "아이고! 아이고!" 곡을 했다. 한 어른이 양판에 담긴 쑥물로 아버지의 머리를 감기는 동안, 다른 어른은 솜에 쑥물을 적셔 얼굴을 닦고, 새 솜을 적셔 가슴팍을 닦고, 또 새 솜을 적셔 사타구니와 다리를 닦았다. 누구보다 건장했던 몸피였건만 맨몸을 드러내고 누운 아버지는 솔가리 다 떨어진 소나무처럼 앙상해져 있었다. 육신을 말려, 가능하면 새처럼 가볍게 세상을 떠나고 싶으셨던 모양이다.

몸을 씻고는 수의를 입으셨다. 버선 신고 바지 입고, 몸을 일으켜 저고리도 입고 복건도 썼다. 스스로가 아니라 어른들이 입혀주고 있다는 사실이 아버지가 이제 더 이상 이 세상 사람이 아니라는 사실을 환기시켜주었다.

옷을 다 입고는 진지를 드셨다. 염을 한 어른이 물에 불린 쌀 한 술을 나무숟가락으로 떠서, "백석이오!" 외치며 입에 넣어드렸다. 또 한 술을 뜨더니 "천석이오!" 했고, 다시 한 술을 더 떠 넣으면서 "만석이오!" 했다. 조금 전에 마지막으로 몸을 씻고 수염을 깎았듯 이것도 지상에서의 마지막 식사이리라. 아버지는 '만천백석'의 식량을 입에 머금고 저승길 한 걸음을 쌀 한 톨씩으로 걸어야 하리라. 가는 길에 양식까지 떨어지면, 그러잖아도 외롭고 쓸쓸한 그 먼 길을 배까지 주린 채로 어찌 가시겠는가.

씻고 입히고 먹이고 나더니 이제 베로 싸서 묶었다. 소렴포를 써서 가로 세로로 묶었는데, 발로부터 위로 세 매듭을 차례로 훑쳐 묶고, 머리 쪽에서 내려오며 세 매듭을 묶은 뒤, 맨 나중에 가운데를 묶어 전체를 일곱 매듭으로 갈무리했다. 그렇게 촘촘히 싸고 단단히 묶어버리면 세상 어떤 장사라도 오므락달싹을 못할 것 같았다. 육신이 움직이는 만큼 영혼은 구속되는 것일까. 그래서 영혼이 더 자유롭게 떠나라고 그렇게 단단히 육신을 옭아매는 것일까. 육은 이제 영을 따라갈 수 없으므로 영에의 미련을 버리는 게 나았다. 그것이 영을 위한 육의 길일 것이었다.

염을 끝낸 두 어른이 관을 들고 오더니 관 위에 홑이불을 팽팽히 걸쳤다. 그러고는 포에 싸인 아버지를 들어 그 위에 놓더니 네 귀에서 조금씩 이불자락을 주었다. 아버지가 천천히 관 속으로 흘러내렸다. 그런 다음 짚 뭉치와 옷가지와 수건들로 보공을 삼아 관의 사이사이를 빈틈없이 채우더니, 밖으로 흘러 있는 이불자락을 여며 아버지를 덮었다. 아버지는 이제 얼굴만 내놓은 채 영원한 잠을 잘 준비를 끝냈다.

모든 절차가 끝났는지 식구들을 들어오라 했다. 할머니는 아버지의 얼굴을 쓰다듬으며 창자가 끊어지도록 울었다. 어머니는 관을 부여잡은 채 "애아부지! 애아부지!"만 연발했고, 두 동생은 "아부지! 아부지!"를 외치며 슬프게 울었다. 나는 허리를 굽혔다폈다 하며 "아이고! 아이고!" 곡을 했다.

"진혁아, 마지막으로 한번 보거라. 이제 영영 끝이니라."

저승 가는 정장을 하고 관 속에 누운 아버지는 꽃잠을 자는 듯 편안해 보였다. 숨이 넘어가버린 그 너머의 세상은 그렇게 하잔한지도 모르겠다.

아버지를 들여다보고 있는데, 관 속에 누운 아버지가 무슨 말을 하시는 것 같았다.

'병든 사회는 살지 마라!'

아버지가 엄하게 말씀하셨다.

'남이 훔칠 수 없는 유산을 상속해라.'

이상하다 싶어 아버지에게로 조금 더 몸을 수그렸다.

'집념은 복수보다 강하다.'

아직 말이 남아 있는 것 같아 그대로 있었다.

'아들아, 와신상담해야 쓴다.'

끝말인 것 같았다.

"야."

나는 단단히 대답했다.

"인자 됐어라우."

내가 관에서 물러나자 관 뚜껑을 덮고는 나무못을 박았다. 아버지는 숨을 거둔 채 관에 들어 닫혔고 우리들은 숨을 쉬며 밖에 있다.

농협 앞에 서 있으면 사탕 사먹으라고 일원짜리를 주고, 줄을 친 백

로지를 등사해 일기장을 만들어준 사람. 한 정치인을 위해 마을마다 돌아다니며 선거운동을 하고, 혼자 외롭게 외치다 끌려가거나 뺨을 맞고, 인생을 견디기 위해 이국의 바다에서 쓰라리고 쓰라렸던 사람. 이제 그 사람이 영영 먼 길을 떠나려고 저 안에 든 것이다. 그래서 다시는 살아 움직이는 대상으로는 만나질 수 없는 것이다. 죽음이 그렇게 만든 것이다. 세상 그 어떤것도 이기지 못하는 가장 아귀센 그것이 아버지를 데려간 것이다. 아버지는 절대로 그 손아귀에서 못 빠져나오는 것이다. 그래서 이제는 영원한 이별인 것이다. 결, 별, 인 것이다.

다음날, 아침 일찍 교의交椅에 영정을 모시고 지붕에 있던 두루마기를 참종이에 싸 그 위에 혼백상자를 올렸다. 그 앞에 상을 차리고 향을 피워 영좌靈座를 마련했다. 그 일을 마친 호상어른이 굴건제복을 가져와 나와 동생에게 입히고는 대나무 지팡이를 들게 했다. 그 차림으로 아버지께 분향하고 술잔을 올린 뒤 두 번 절을 했다. 굴건제복을 하는 '성복제'가 끝나자 정식으로 문상객을 받았다. 전날 왔던 문상객들은 분향만 했지만, 나와 동생이 상복 차림을 하자 이제 문상객들은 아버지에게 절을 했다. 무시로 하던 곡은 아침 저녁으로만 하면 됐다.

아버지가 나서 자라고, 그 아버지가 우리들을 낳아 기른 그 집에서의 마지막 밤이다. '마지막'이라는 말을 정말 '마지막'으로 써야 하는 밤이다. 초상 치를 준비를 해주던 이웃들도, 판을 놀면서 시끄럽던 윷꾼들도 돌아가고 난 뒤다. 슬픔에 지친 할머니는 아랫목에, 곡을 하다 지친 동생은 내 옆에, 이틀을 울고 있는 엄니와 여동생은 윗목에 오그렸다. 나는 소켓의 스위치를 돌려 백열등을 껐다.

두 개의 촛불이 방 안을 비추고 있다. 향을 더 피우고는 술을 따라 올렸다.

"아부지, 이제 내일이면 진짜로 가실라는갑네요. 가시드래도 항상 식구들 곁에 있어주시요이. 그래주시요, 아부지."

절을 하고는 그대로 엎드려 있었다. 아버지가 없을 우리 식구들의 세상이 그믐밤의 바다 가운데처럼 막막해졌다. 우리들만 남겨놓고 무책임하게 떠나려는 아버지가 원망스럽기도 했다.

일어나 다시 술 한 잔을 올렸다.

"함마니 엄니 잘 모시고 동생들 잘 보살필께라우. 그리고 아부지 말씀 명심하께라우. 와신상담하께라우."

나는 아버지께 약속했다.

"아부지, 인자 안 아픈 세상 가셔서 편안하게 사시요이."

그러고는 엎드린 채 깜빡 잠이 들었던 모양이다.

아버지가 망종길을 떠나는 날이다. 아침부터 떠나보낼 준비로 온 집안이 부산했다. 아버지께 술을 한 잔 올리고 나자 운상꾼들이 봉태줄[53]에 손을 꿰어 큰방 네 구석을 향해 관을 세 번씩 올렸다내렸다 했다. 그렇게 하직 인사를 하고는 방을 나섰다. 동네어른이 문턱에 살짝 톱자국을 냈고, 운상꾼들이 문턱 앞에 엎어진 바가지를 관으로 눌러 깼다. 죽은 아버지가 다시는 문지방을 못 넘게 하려는 '양밥'이라 했다. 한번 이 세상을 떠났으면 다시는 안 오는 게 산 사람에게도 좋다는 것이겠다.

아버지가 먼길을 가기 위해 집을 나선다. 앞소리꾼이 북을 치며

---

53) 관을 들기 위해 묶는 줄. 왼새끼로 꼰다.

"가남보살! 가남보살!" 선창하자, 관을 든 상여꾼들이 "가남보살! 가남보살!" 뒤이었다. 할머니는 그예 마당에 쓰러진 채 통곡으로 울었고, 엄니는 흐느끼기만 했으며, 동생들은 있는 대로의 울음을 다 울었고, 나는 "아이고! 아이고!" 곡을 했다.

상여꾼들의 소리에 맞춰 아버지는 평생을 살았던 동네의 골목을 천천히 빠져나가고 있다. 관이 고샅을 지나는 동안 사람들은 집의 문들을 다 닫았다. 동네의 집들은 하나같이 사립문이 없으므로 닫아 봐야 큰방이나 잔방의 지게문과 정지문이 전부였다. 살아 있을 때는 이웃으로 정다웠지만 이제 죽어 관으로 나가는 시신이 뿜어낼 수 있는 안좋은 기운을 집 안에 안 들이고도 싶고, 떠나는 사람이 더 이상 이 세상에 미련을 안 갖도록 정을 떼려는 것이기도 하겠다. 상여다룸을 하는 정미소 마당까지 못 나가 보는 할머니들은 지나가는 관을 보며 손수건에 눈물과 콧물을 찍었다. 어떤 할머니는 쯧쯧쯧 혀를 찼고, 어떤 할머니는 "애드러서 어차끄나! 애드러서 어차끄나!"를 반복했다.

정미소 마당에 이른 관은 상여채에 올려져 새끼로 단단히 동여진 뒤 꽃가마로 덮였다. 이제 아버지는 꽃의 배를 타고 저승의 강을 건너가려는다. 아무리 험한 밤에 누추한 잠자리일지라도, 그래도 개똥밭 같은 그 이승이 저 저승보다는 나은 것이라서, 그래서 저승으로 가는 것은 슬픈 일이라서, 사람들은 저리도 화려한 꽃의 배를 마련해 쓸쓸한 저승길을 위로하는지 모르겠다.

상여 앞에 상을 차리고 마지막 제사를 지냈다. 술은 한 잔만 올리고 한 번만 절을 했다. '발인제'였다.

그게 끝나자 앞소리꾼이 다시 "가남보살! 가남보살!"을 선창했고,

상여를 든 운상꾼들도 "가남보살! 가남보살!" 합창하며 상여를 세 차
례 올렸다내렸다 했다. 다시 북잡이가 "가남보살! 가남보살!" 메김소
리를 하자, 운상꾼들이 "가남보살! 가남보살!" 뒷소리를 합창하며 상
여를 어깨에 멨다.

　　저승길이 멀다더니 대문 밖이 저승이네

앞소리꾼이 메김소리를 하면,

　　어어널 어어허널 어너리 너엄차 너어가 너엄

운상꾼들이 뒷소리로 받으며 두어 발짝 앞으로 나아갔다 두어 발
짝 뒤로 물러났다 했다.

　　만당 같은 내 집 두고 천금 같은 자식 두고

　　어어널 어어허널 어너리 너엄차 너어가 너엄

　　문전옥답 다 버리고 십이군정 어깨 벌려

　　칠성으로 요를 삼고 띠장으로 이불 삼아

　　만첩청산 들어가서 구척 광산 깊이 파고

　　살은 썩어 물이 되고 뼈는 썩어 진토 되니

　　산혼철벽 흩어지니 어느 친구 나 찾으리

소리는 음악시간의 이부창처럼 잘 맞았고, 그래서 더 애절했다.

　　엄매 엄매 우리 엄매 불쌍한 우리 엄매

　　공들이고 싱들여서 이내 몸 낳아 갖고

　　금과 같이 옥과 같이 귀하게도 키웠는데

　　불초 소자 이내 몸은 무상하게 떠나가요

　　못난 아들 용서하고 몸성히 잘 계시요

앞소리꾼의 한 소절이 끝나면 운상꾼들의 뒷소리가 따랐고, 뒷소

리가 끝나면 다시 앞소리꾼이 소리를 받아, 앞소리와 뒷소리가 겨끔내기로 놀았다.

그렇게 놀다가 앞소리꾼이 소리를 멈추더니 북을 빠르게 둥둥거렸다. 정미소 마당보다 허리만큼 높은 길에 상여가 숙여졌고 그예 한 사람이 앞머리에 올랐다. 그 밤에 할머니를 흙반죽처럼 짓이겼던 사람이다. 그 사람이 먼길 떠나는 아버지의 상여에 버젓이 올라탄 것이다. 당장 내리라고, 거기가 어디인데 당신이 함부로 타느냐고 소리치고 싶지만 그럴 상황이 아니다. 미칠 일이다. 그런 사정도 모른 채 아버지는 죽어 관 속에 누웠다.

> 논도 없고 밭도 없는 가난한 집 시집 와서
> 나 따러 사니라고 고생도 많이 했네
> 내가 이리 죽어지니 누굴 믿고 살라는가
> 나 간다고 설워 말고 맘 단대이 묵고 사소

앞소리꾼이 상엿소리를 하며 운상꾼들과 노는 동안 상여를 탄 그 사람은 길게 잘라 늘이운 유소流蘇의 흰 종이에 천 원짜리 몇 장을 묶었다. 노자를 더 내라며 아래서 짚몽둥이로 올려치자, 상여 위의 사람은 이리저리 피하는 시늉을 하더니 천 원짜리 한 장을 더 묶었다.

> 상주 상주 내 상주야 함니 엄니 잘 모셔라
> 느들 두고 내 어찌 발이 떨어 지것냐만
> 저승사자 가자 하니 아니 갈 수 없것구나
> 아비 없는 세상이 서럽고 뼈치드래도
> 울지 말고 서러 말고 다구 있게 살어라아

다시 북이 둥둥거리더니 아까처럼 상여의 머리가 숙여졌고, 그 사람이 내리고 다른 사람이 상여에 올라섰다. 아버지의 뺨을 때렸고, 나중에는 수협장을 한 아버지 친구 그 사람이다. 뺨을 맞았던 아버지는 죽어 관 속에 누웠고, 뺨을 때렸던 그 사람은 살아 상여를 타고 있다. 그래서는 마치 뺨을 때린 값이라는 듯 천 원짜리 서너 장을 저승길의 노자로 묶는 것이다.

아, 세상은 그런 거였구나. 세상은 그런 것이었구나. 그런 곳이 바로 세상이었구나.

나는 지팡이에 이마를 박은 채 느껴느껴 울었다.

　　　식구들 다 버리고 어느 곳으로 가실려오
　　　집안 걱정 잊어베고 영결종천 잘 가시오
　　　옥황님 전 가신 님아 슬퍼 말고 고이 가오
　　　비나이다 비나이다 극락세계 가옵기를
　　　고이 가소 고이 가소 극락세계 고이 가소

열명길을 축수하는 상엿소리였다. 아버지가 제발 슬퍼 말고 극락세계로 편히 가셨으면 좋겠다.

그 사람을 내리고는 북소리가 빨라지더니 상여가 정미소 마당을 나섰다. 붉은색 헝겊에 은색 글씨로 '學生廉常秀之柩학생염상수지구'라 쓰인 명정이 맨 앞에 섰다. 동생이 아버지의 영정을 받쳐 들고 뒤를 따랐고 만장과 공포功布, 운아삽이 그 뒤에 섰다. 상여는 그 다음이었다. 한 어른이 상여 네 귀에 주렴처럼 늘여진 흰 종이를 뜯어 예닐곱 걸음마다 두어 개씩 공중으로 날렸다. 너풀거리다 떨어지는 연꼬리 같은 흰 종이는, 뒤지는 사람들과 세상에 보내는 아버지의 고별의 손짓 같았다.

　　　어이 갈꼬 어이 갈꼬 산 설고야 물 선 곳에

못 가것네 못 가것네 노자가 없어 못 가것네

중간에 상여가 쉬면서 술 한잔을 따라 올렸고, 우리 식구와 친척들이 천원짜리 몇 장을 돌로 눌러 노자를 놓았다. 운상꾼들도 술 한잔씩을 하고는 다시 상여가 움직였다.

황천 가는 이 길에 노자 한 닢 보태주니

간다 간다 나는 간다 황천길로 나는 간다아

어어널 어어허널 어너리 너엄차 너어가 너엄

산에 들에 봄이 오고 있었다. 부지런한 진달래는 진즉에 꽃을 피워 올렸고 나무들은 이제 막 싹꽃을 내미는 시간이다. 붉은색과 보라색과 흰색과 노란색 꽃들로 장식된 상여가 또하나의 꽃이 되어 봄의 풍경 속으로 섞여들고 있었다. 삼베옷을 입은 채 아버지의 영정을 든 조그만 아이와, 삼베옷에 굴건을 쓰고 작대기를 짚은 그보다 큰 아이와, 소복을 입은 채 흐느끼는 아낙과, 이제 막 코흘리개를 벗어난 여자아이도 그 풍경 속으로 걸어 들었다. 모두들 자신의 발로 걸어가는데 아버지만 상여 위에 '누운' 채 봄 속으로 묻혀들고 있었다.

상여가 물매 싼 산길을 오를 제는 소리가 두 박자로 바뀌면서 마른 목으로 돌았다. "천하 명산!" 앞소리에, "어널 넘차!" 뒷소리가, "올라 간다!", "어널 넘차!", "일심 받어!", "어널 넘차!", "땡겨 주소!", "어널 넘차!", "올라 갈 때!", "어널 넘차!", "심이 든다!", "어널 넘차!"로 비탈을 올라 상여는 할아버지 묘가 있는 밭에 이르렀다.

아버지는 바로 땅에 안 묻히셨다. 풍수 보는 어른이 생장을 할 것이냐 초분[54]을 할 것이냐 물었을 때 할머니가 초분을 한다고 했다. 나중에 이장해야 하는 번거로움 때문에 엄니는 반대했지만 할머니의 태도는 완강했다. 내 생각을 묻자 나는 할머니 편을 들어주었다.

초분은 밭 귀퉁이에 만들어졌다. 주변에서 돌을 주워와 '덕발'을 만들고는 평평한 위에 솔가지를 놓았다. 솔가지 위에 덕석을 펴 '덕장'을 만들고 관을 놓았다. 그리고 덕장으로 관을 싸서는 위와 아래와 중간을 새끼로 단단히 묶었다. 다시 그 위에 차곡차곡 솔가지를 놓아 봉긋하게 틀을 만들었다. 그러고는 마람으로 빙 둘렀다. 맨 아래의 마람은 짚의 뿌리가 아래로 가게 하고, 다음부터는 모가지가 아래로 가게 해 빗물이 잘 흘러내리도록 했다. 그렇게 마람을 두르고는 맨 위에다 갓머리를 얹었다. 그런 다음 아래로부터 위까지 새끼로 일곱 바퀴를 빙 둘렀다. 그리고 갓머리를 뚫어 석 줄의 새끼를 끼워 세로로 둘러 있는 일곱 줄의 새끼와 얽어 내리더니 그 끝에 돌을 묶었다. 갓머리 양 끝에도 새끼를 묶어 아래로 엮어 내려서는 그 끝에 돌을 달았다. 새끼에 묶인 여덟 개의 돌이 마람을 잡고 있는 모양새였다. 마지막으로 거름벼늘이나 짚벼늘이 아니라 죽은 사람의 집이라는 표지로 마람 위에 솔가지 서너 개를 꽂았다. 작은 집 하나가 완성된 것이다.

상여꾼들과 어른들은 왔던 길을 되짚어 사람들의 세상으로 돌아갔다. 엄니와 동생들도 뒤따라갔다. 나는 혼자 남아 아버지 집 앞에 섰다. 새로 해 덮은 초가지붕처럼 노란 마람으로 만들어졌지만 숨을 거둔 아버지가 누워 있는 집이다. 우리가 사는 집과 모양은 똑땄지만 산속에 외따로 지어진 집이다. 거기 떼어놓은 채 우리만 돌아가야 하는 아버지의 집이다.

---

54) 육탈시킨 뒤 뼈만 추려 묻기 위해 만든 임시 묘.

혼이 떠난 아버지의 육신은 이제 이 집에 누워 비와 바람 속에서 썩혀지리라. 살을 썩히는 것은 '육肉의것'을 육의 세상에 돌려보내는 과정일 터이니, 쉽게 썩는 육의것들은 먼저 썩어 세상의 육에 섞일 것이고, 쉽게 안 썩는 뼈는 나중에 추려져 땅에 묻히리라. 초분에서의 시간들은 육의 세상에 살았던 아버지가 혼의 세상으로 가기 위해 육을 버리는 과정이리라. 아버지가 온전히 혼의 공간으로 옮겨갔을 즈음이면, 아버지의 육에 길들여졌던 우리들도 아버지의 혼에 익숙해졌을 터이고, 그럼으로써 아버지는 온전히 '혼'의 존재로 기억될 것이다.

아버지가 누워 있는 집 앞에 나는 깊게 엎드렸다. 그리고 그때까지 참았던 울음을 한꺼번에 토해내었다. 속으로 스며드는 흐느낌도 아니었고, 감정을 감춘 곡소리도 아니었고, 지난 이틀 동안 내 속에 눌러 놓았던 있는 대로의 울음이었다. 소장수에 끌려 멀어지는 송아지가 어미를 뒤돌아보며 울어대는 애가 타는 울음이었다. 소장수에게 새끼를 떼이고는 몇날며칠 밤낮없이 애끓어대는 어미의 질기고 질긴 울음이었다. 나는 초분 앞에 엎드려 송아지가 되었다가 소어미가 되었다가, 동시에 그 둘이 되었다가, 울었다가 울었다가 또 울었다.

대선산 산마루 어디쯤에서 뻐꾸기 한 마리가 나를 따라 울고 있었다.

배를 타야겠다

어깨부들기를 무겁게 내리누르는 거름지게를 추켜올리며 회똑회똑 비탈길을 오르노라면, 이마빡에 슬맺혔던 땀방울은 고무신코에 들고, 목덜미에서 돋아난 땀방울은 등거리를 지나 장딴지로 타고 내린다. 위쪽에서 내려오는 어른이, "아따, 내 아들놈, 거름 내구나!" 해도, 두 어깨에 얹힌 지겟짐에 눌려 고개를 들 엄을 못낸다. 잠깐 쉬었으면 싶지만 지게 받칠 곳이 마땅치 않아 간신히 몇 발짝을 더 떼어보는데, 어깻죽지를 누르는 밀빵의 무게를 더는 못견디겠다 싶으면 반갑게도 너럭바위 '너빠통'이다.

휴! 됐다.

몸을 돌려 네모진 바위에 목발을 받치고 지게를 살짝 젖히면 뒤쪽의 바위벽이 지겟가지를 받아준다.

꽃향기를 실은 봄바람이 대선산에서 불어내려 동네로 흘러간다. 국민학교 운동장에는 공을 차는 아이들, 밭에는 북과 골을 만드는 숙모들, 논에는 "이이랴! 자아라!" 쟁기질로 물을 잡는 오춘들. 봄을 맞

103

아 산과 들이 꿈틀거리며 깨어나고 있다. 눈을 멀리로 옮기면 양식장 여기저기에 매어 있는 뗏마들, 물마루에 금을 그으며 섬을 잇고 있는 배들. 일찍 봄을 맞았던 바다는 벌써 파란 물감을 풀어놓은 잔잔한 호수다.

고무신을 벗어 바스라진 풀잎 쪼가리를 털어내고 새로 한 줌을 깐다. 땀이 차 찔벅거리는 고무신에는 마른 풀만한 게 없다. 발등을 둘러 고무신 테가 까맣다. 거기에 다시 고무신을 꿴다. 좀 쉬었더니 어깨가 훨씬 가볍다. 바위벽에 기대 놓은 지게를 당겨 밀빵을 꿰고 지겟작대기에 힘을 주며 오금을 편다. 작대기를 왼 겨드랑이에 끼어 바작을 받치고는 들길을 간다. 길섶의 풀들은 장딴지를 스치고 산에서 날아오는 꽃향기는 코를 간질인다.

봄은 밀려와 산에 들에 꽃을 피웠지만 아버지가 떠난 집은 회색 안개로 덮여버렸다. 할머니의 한탄은 갈수록 심해졌고 엄니는 아궁이 앞에서 자주 멍해 있었다. 우리 삼형제는 들판에서 우두커니 비 맞고 섰는 새끼염소들 같다. 할머니와 엄니의 품만으로는 비를 피하기에 역부족이다. 아버지의 빈 자리가 너무 크다. 여섯 개의 말뚝으로 만들어진 울타리였는데 가장 통겁고 튼튼한 지주가 부러지는 바람에 팽팽했던 새끼줄이 축 처져버린 것 같은 집이다.

입학식 날 상여가 나갔으므로 입학식에는 당연히 못 갔지만 삼우제가 끝나고도 나는 학교에 안 갔다. 집안 분위기 때문인지 중학교에 진학하는 것이 별로 달갑지 않았다. 다른 애들처럼 새 교복이나 가방이나 운동화를 사지 않아서였는지도 모르겠다. 새 물건이 새 기분을 만드는지는 몰라도 엄니가 얻어온 헌 교복과 남이 썼던 가방을 보자

학교 가는 게 영 심드렁해졌다. 아직 입학식도 안했는데 설빔으로 받은 교복에 모자까지 눌러쓰고 동네 골목을 재고 다니는 녀석들이 유치해 보이기까지 했다.

엄니는 학교에 가라고 매달렸지만 내 마음은 이미 돌아서 있었다. 딱히 특별한 이유가 있는 것은 아니었고 그냥 가고 싶지 않았다. 중학교 간다고 잔뜩 들뜬 아이들의 표정도, 하얗게 빨아 잘 다려 붙인 여자애들의 교복 카라도 보기가 싫었다. 우리집은 어둡고 우울한데, 밝고 환하기만 한 세상도 꼴보기 싫었다. 그 세계에 끼어들기보다는 그냥 나만의 우울 속에 갇혀 있고 싶었다.

우리집은 중학교 올라가는 길목에 있어서 아침이면 친구들이 담을 넘어다보며 학교 가자고 자꾸 불러댔다. 어떤 녀석은 집에까지 들어와 방문을 열고는 빨리 나오라며 보채기도 했다. 그것이 귀찮아 일어나자마자 산으로 올라가버리거나, 나중에는 염소 한 마리를 사 달래서 아침마다 산으로 염소를 매러 다녔다. 낮이면 엄니를 도와 거름을 내거나, 일이 없으면 이 산으로 저 골짝으로 염소처럼 돌아다녔다. 애들이 하교할 시간이면 산에 올라 염소와 놀다가, 어스름을 뒤따라 집으로 내려왔다. 그런 나를 보며 엄니는, 물속 깊이 들어갔다 올라와 내지르는 해녀의 휫개소리[55]보다 더 깊은 한숨을 쉬었지만 내가 돌아설 기미가 안 보이자 그예 포기하셨다. 단 내년에는, 하늘이 두 쪽 나도 학교에 간다는 것과, 그렇지 않으면 우리 식구 모두 목매달아 죽자는 다짐을 받고서였다.

---

55) 숨비소리. 해녀들이 잠수 후에 물 밖에 나와 길게 내쉬는 숨소리.

엄니는 그래도 어찌어찌 하루하루를 견뎌내는 것 같았지만 할머니는 급격히 무너져 내렸다. 우리할머니는 기골이 장대하기로 소문난 여장부였다. 또래의 할머니들에 비해 아직도 청년처럼 허리가 꼿꼿했다. 저기 멀리 여서도에서 자라서인지 생활력도 무척 강했다. 태왁을 띄워놓고 물질하는 모습은 제주 해녀들 뺨친다 했고, 갯것도 남의 두 곱을 했다고 한다. 갯일뿐 아니라 들일은 또 들일대로 잘 하셨다. 보리가실이나 나락가실 때 보면, 그것이 할머니의 임인지 젊은 엄니의 임인지 구별이 안될 정도였다. 그중에 뭐니뭐니해도 할머니의 최고는 장작 패는 일이었다. 일흔이 다 된 할머니가 한번에 쩍쩍 나무를 가르는 모습을 보고 있노라면 내 가슴이 다 후련해졌다. 따라 해본다고 나도 도끼를 잡아보는 것이지만, 내 도끼날은 매번 이리저리 비껴나가 애먼 나무껍질만 벗겨댔다. 그렇게 장사 같던 할머니였는데, 그런데 머리에 수건을 두르고 드러눕는 일이 잦아졌고, 누워서는 노대로 한탄으로 울었다.

그런 할머니가 가엽기는 했지만 그것이 너무 지나치자 나도 모르게 뼛성이 났다. 어렵게 얻은 아들을 먼저 보내버린 할머니의 심정을 이해 못한 바는 아니지만 내 속의 짜증은 또 저대로의 뿌다구니를 가지고 있었다. 이미 끝나버렸고 이제는 어찌 해 볼 도리가 없는데, 슬퍼한다고, 그래서 흐느낀다고 달라질 게 무엇이겠는가. 그렇게 울음에 잠길수록, 울음에 잠겨 흐느낄수록, 기둥을 쓰는 좀벌레처럼 슬픔은 초라한 집안을 갉을 것이었다. 마음속으로는 어떤 경우든 할머니를 이해해야지 해놓고도, 토방에 앉아 넋을 잃고 울먹이는 할머니를 보고 있노라면 마음속에서 스멀스멀 애성이 일었다. 머리로 이해하는 것과 눈으로 보고 귀로 듣는 것은, 머리와 눈처럼, 또는 머리와 귀처럼 다를 수밖에 없었다. 할머니가 그렇게 시도때도없이 흐느껴대자 엄니는 또 엄니대로 찜부럭을 내기 시작했다. 자신의 슬픔도 가누기 힘든 엄니에게는 할머니것을 거들어줄 마음의 자투리가 없을 터이었다. 아버지가 떠나버린 빈 공간에 슬픔만 쌓이는 게 아니라 할머니와 엄니의 날카로운 신경질까지 들어앉고 있었다. 집안의 그런 꼴이 보기 싫어 더욱더 산으로 들로 쏘다녔다. 집을 나가버릴까 생각도 해봤지만 한번도 안 가본 육지는 아직은 두려운 대상이었고, 아버지가 떠난 지 얼마 안된 상황에서 나마저 없으면 안될 것 같아 그 생각은 일단 접기로 했다. 그러다가 생각해낸 게 배를 타는 것이었다.

섬은 '어업전진기지'로 지정돼 한창 흥성거리고 있었다. 삼치 파시가 섬을 쓸고 있는 중이었다. 내가 태어나기 전에는 고등어를 썩혀 두엄으로 썼다고 하는데, 그 말은 고등어가 많다는 걸 과장하기 위한 비유가 아니라 사실에 대한 진술이었다. '고기 반 물 반'이라는 말이 그냥 해보는 소리가 아니라 진짜로 바다의 절반을 고등어가 차지했을 만큼이었단다. 그런데 고기들끼리 인수인계라도 했는지 어느 때부터는 고등어 대신 삼치 떼가 몰려들기 시작했다. 그것은 곧 돈의 물결이 밀려오는 의미였다. 고등어는 많이 잡히기는 했지만 금사가 안좋아 큰돈이 되지는 못했다. 그런데 삼치는 크기도 고등어의 너덧 배인데다 고깃금까지 좋았다. 전량이 일본으로 수출되어서였는데, 그래서 '금치'로 불렸다. 라면 한 개가 삼십 원, 과자 한 봉지가 십 원인데, 가을에 삼치가 잡히기 시작하면 지나가는 개도 천원짜리 지폐를 물고 다닌다는 소리가 나올 정도였다.

배를 태워달라는 부탁에 친구아버지는 호통이 먼저였다. 아버지가 돌아가셔서 집안이 어려울 수 있다지만 아직은 공부해야 할 때며, 내가 하기에는 너무 힘든 일이라는 거였다. 삼치 떼를 따라 멀리 군산 앞바다나 제주도로, 가까이는 거문도까지 가야 하므로 몇날며칠 집을 떠나 있기도 하고, 날을 잘못 만나면 위로 튕겼다 아래로 꼰지며 까파질[56] 듯한 배를 타고 물의 계곡을 끼어야 하는데 너만한 녀석이 그 험한 상황을 견뎌내겠냐는 것이었다. 그 말을 듣고 나는 오히려 필사적으로 매달렸다. 사실은 돈을 벌려는 게 아니라 집을 떠나려는 게 내 진짜 목적이었기 때문이다. 거기에다 거친 파도의 아수라장 속으로 들어가 갑갑하고 우울한 현실로부터 단절될 수 있으니 덤까지 얻을 수 있지 싶었다.

내 사정을 듣고 난 오춘은 일단 엄니의 허락을 받아오라 했다. 배를 타겠다는 녀석이 이제 갓 국민학교를 졸업한 탓도 있겠지만, 그런 녀석을 배에 태우는데 한동네 사람으로서 부모의 허락을 안 받을 수도 없는 노릇일 터였다.

문제는 엄니였다. 말을 꺼내자마자 엄니는 길길이 날뛰며,

"차라리 내가 죽을란더으!

새끼를 뱃놈 만듦시로 내가 살어서 뭐하끄너으?

자식새끼가 하라는 공부는 안하고 배 탄단데 에미년이 추접하게 살어서 뭐하끄너으?

느그아부지가 초분에서 달레 나오것더으!"

---

56) 배가 뒤집힐.

하시더니, 초가집 기둥이 흔들리도록 길래길래 한숨을 내쉬었다.

엄니의 반응은 당연한 것이었다. 섬이니까 배를 타는 일이야 가장 흔한 것이었지만 그러나 고되고 힘들어서 어지간하면 안하려 했다. 사람들은 가능하면 땅을 밟고 살기를 원했다. 사무실에서 넥타이 매고 제때에 월급 딱딱 받으며 사는 면서기나 농협직원은 선망의 대상이었고, 육지에서 건너온 선생님들은 저 높은 딴 나라에서 온 사람들이었다. 배를 부리는 선주들이나 잘나가는 선장이야 그런 월급쟁이 안 부럽다 하지만, 젓꾼[57]으로 따라다니는 것은 그러구러 생활을 유지하는 정도였다. 게다가 그 일은 자칫하면 목숨을 잃을 만큼 위험하기도 했다. 바다에 나갔다 실종돼 시신도 못 건져, 그가 쓰던 옷가지와 물건으로 시신을 대신해 조용히 장사 지내고, 그 관을 한갓진 데 묻어 만든 '공갈묏등'이 동네에 여럿 있었다. 배 타고 나간 누구도 그렇게 되지 말라는 법이 없었다. 그러니 어느 부모도 중학교 일학년짜리 아들이 배 타는 것을 선선히 승낙하지는 않을 것이었다. 어쩌면 그것이 올깎이가 되어 영영 그 길로 가버릴지도 모르는데 어떤 부모가 쉽사리 그것을 허락하겠는가. 그런 걸 아는지라 배는 가을어장이 끝날 때까지 한 철만 탈 것이며 내년에는 반드시 학교에 가겠다고 약속했다. 학교를 안 다니는 것은 꿈에도 생각을 안해봤으므로 엄니와의 약속은 밑져야 본전일 것이었다. 삼치어장은 찬바람머리에 끝이 나고 겨울이면 배를 섶에 묶는데 그때 나의 화장[58] 생활도 막음할 것이었

---

57) 품삯을 받고 배를 타는 사람.
58) 배의 허드렛일을 맡아 하는 초짜선원.

다.

간신히 엄니의 허락을 얻어 삼치잡이배를 타게 됐다. 섬에서 나서 섬에서 자랐다고는 하지만 고작해야 어른들을 따라 뗏마를 타고 '지치섬'에 건너가거나, 그 옆에 닻을 놓고 상사리를 낚아 본 것이 전부였다. 배를 타고는 가까운 돌섬에도 안 가본 상태였다. 그런 나에게 삼치잡이는, 중학교를 건너뛴 채 바로 고등학교로 올라가는 거나 마찬가지였다. 지치섬 다음에는 돌섬을 가보고 그 다음에 먼바다로 가야 할 텐데 바로 삼치잡이를 타고 배래로 나가게 됐으니 말이다.

일단 배를 탈 수는 있게 됐지만 마음 한켠에는 두려움이 인 것이 사실이다. 미역양식장의 뱅꼬[59]를 산 위에까지 올려붙이던 엄청난 바람과, 돌섬과 방파제를 덮어버리던 산 같은 파도와, 그 파도 속을 하나의 점으로 끼던 조그만 어선만 머릿속에 그려지는 것이다. 내가 탄 배가 그 바람과 파도와 태풍 속에 있는 모습만 상상되는 것이다. 그래서 몇 번이나 그만둘까도 했다. 하지만 이미 결정된 것을 뒤집는 것은 사내대장부가 아니라는 생각이 한켠에서 머리를 들었다. 어디론가 잡혀가 두들겨 맞으면서도 끝내 자신의 신념을 지키고, 선장의 부당한 지시를 거부해 선상감옥에 갇혔다가, 이제는 초분으로 누워 있는 한 사내도 떠올려졌다. 그 사내의 아프리카에 비하면 내 삼치잡이는 마당에서 팽이를 치는 것이나 저수지에서 연을 날리는 정도밖에 안될 것이었다. 무엇보다 그 사내보다 못하면 안된다는 생각이 내적의지를 다지게 했다.

---

59) 물공. 바다에 띄워 밑에 달린 것을 뜨게 만드는 플라스틱 공.

짐을 쌌다. 그리고 선창으로 내려갔다. 다행히 선원들은 동네어른들과 형들로 다 아는 사람들이었다. 그들은 안쓰러운 표정으로 나를 맞았지만 나는 위축되기 싫어 환한 모습으로 배에 올랐다. 그 웃음이 몇 조금이나 갈지는 사실 나도 자신할 수 없었다.

화장의 시간

선장이 깨워 일어났지만 무슨 일을 해야 할지 몰라 기관방 옆에 우두커니 서 있었다. 갑판으로 나가자니 일에 방해될 성 부르고, 그물 뽑는 일을 돕자니 요령을 몰라 서털구털이다.

"워매, 이거 거북이 아니라고!"

그물의 아바[60] 쪽을 잡아 올리던 영남이형이 뱃전을 넘어다보며 소리친다.

반은 잠에 반은 멀미에 취했던 귀가 번쩍 뜨였다.

거북이라니? 자다가 무슨 봉창 두드리는 소리인가.

부리나케 갑판으로 나가 보았다. 참말로 그물에는 등짝이 가마솥 뚜껑의 두 배는 됨 직한 커다란 거북이 버둥거리고 있다. 빠져나가려고 날개 같은 물갈퀴를 버르적대지만 한번 그물에 걸린 물고기는 용

---

60) 위쪽에는 물에 뜨는 주먹만한 고동색 '아바'가, 아래쪽에는 돌을 그물로 싸 묶은 '빵독'을 달아 그물이 위아래로 잘 펴지게 한다.

빼는 재주가 있어도 못 빠져나간다. 더구나 매끄러운 유선형도 아닌 솥뚜껑 같은 거북은 더더욱일 것이었다.

"이놈 갖다 폽시다 폴아! 돈 되것소."

"이런 영물은 포는 거 아니여."

"아따 어찬다요! 솔찬히 비싸다 글든데."

"그러다가 살※ 끼믄 자네가 책임질랑가?"

거북을 들여다보며 선원들이 한마디씩 한다.

"진혁아, 소주 갖고 오니라."

타락[61]을 타고 걸어와 거북을 내려다본 선장이 나에게 말한다.

"야?"

영문을 몰라 되물었다. 그물에 거북이 걸렸는데 소주를 갖고 오라니. 아직 그물도 다 안 뽑았는데 즉석에서 회를 치려나?

"선실에 소주 갖고라고!"

선장이 나를 보고 소리를 높였다.

나는 부랴부랴 선실 구석의 나무궤짝에서 됫병 하나를 꺼내왔다.

"아야 영남아, 거북이 잔 보듬어 봐라이."

영남이형이 거북을 안아 올렸다. 늘찬 것이 처음 해보는 품이 아니다. 거북은 배를 드러낸 채 닭 날개 같은 물갈퀴를 파닥댄다. 약장수 원숭이를 더 구경하겠다며 장터 바닥에 다랑귀 뛰는 아이를 엄마가 뒤에서 안고 있는 형국이다. 다른 형이 막대기로 거북의 입을 살짝 벌리자 선장이 얼른 됫병 주둥이를 거북에게 갖다 댄다. 거북이 정말로

---

61) 배의 가장자리를 두른 넓고 두꺼운 널.

술맛을 알아 꿀꺽이는지, 입이 벌려 있으니 그냥 흘러드는지는 몰라도 소주가 한하고 들어간다. 오후내 산에서 풀을 뜯은 소가 저수지에 걸어 들어 쭈욱쭉 물을 들이켜는 모습과 흡사하다.

"아따, 겁나게도 잘 묵구마이. 술이 짠뜩 고팠는갑네라."

선장이 병을 곧추세우더니,

"한 벵 더 믹이까?" 한다.

"아따, 그만 믹이시오. 새벽부터 술 채서 집 찾어 가 지것소?"

옆에 있는 형이 거북을 들여다보며 말린다.

"그냥 해본 소리여. 해장술에 채베믄 안되제."

선장이 병을 내리며,

"아야 영남아, 바닥바다에다 사알 내려줘라이" 한다.

영남이형이 조심스럽게 거북을 바다에 내려준다.

"술 이빠이 줬응께 우리 고기 마이 잡게 해주시요이이."

선장이 거북을 내려다보며 기도하듯 한마디 한다.

바다에 내려진 거북이 바로 물속으로 안 들어가고 물 위로 빼꼼히 머리를 내민 채 둘레거린다. 그러더니 고맙다는 인사인 듯 고개를 두어 번 앞뒤로 끄덕인다. 선장의 말에 대한 답인지 살려준 것에 대한 고마움인지, 아니면 마신 술에 취한 것인지는 모르겠으나, 누가 보아도 그것은 우리를 향한 인사가 틀림없었다. 거북은 서너 숨 동안 밀긋이 배를 올려다보더니 이내 바닷속으로 사라졌다.

"아따, 마수걸이로 거북이 든 것 보께 우리 진혜이가 복덩어린갑다야. 올 가을에 마이구리 몇 번 할란갑네. 요이씨!"

선원들 들으라는 듯 선장이 큰 소리로 나를 띄우며 등을 두드려주었다. 나도 갑자기 힘이 났다. 처음으로 삼치 배를 타는 날에, 영물이어서 길하다는 거북을 만난 것이다. 우연히 걸린 것이겠지만 그날은 내가 배를 탄 첫날이었으므로 나는 그것이 나로 해서 생긴 필연적인 사건으로 받아들일 수밖에 없었다. 나를 환영하기 위해 거북이 일부러 그물에 걸려준 것으로 보이는 것이다. 그래서 나는, 할아버지와 아버지의 혼령과 할머니의 비손과 어머니의 기도 같은 것이 항상 나와 함께한다는 생각을 하게 됐다. 그럼으로써 내 안에 있던 일말의 두려움을 조금은 삭칠 수 있었다.

점심을 먹고 자위를 뜬 배들은 출항을 시작한다. 저물기 전에 투망 작업을 끝내야 하므로 대부분의 배들은 비슷한 시각에 모야를 풀고 닻을 올린다. 최신 엔진을 장착한 몇몇 배를 빼놓고는 대부분이 화약으로 엔진을 일으키는 '약기다마'여서 엔진소리가 무척이나 크다. "통! 통! 통! 통!" 하는 기계소리는 산과 방파제로 둘린 개창 안을 못 빠져나가 선창과 동네를 울렸고, 삼치가 고흥반도 쪽으로 흘러나가는 초겨울까지 섬의 오후를 메아리쳤다.

선창을 나선 어선들은 밥알을 향해 줄지어 기어가는 개미 떼처럼 꼬리에 꼬리를 물고 배래로 달려 나간다. 하늬가 불어 바다는 잔잔하다. 멀리 여서도를 보고 한 시간 소수 달리던 배는 거문도를 보고 또 그만큼을 달린다. 그렇게 두어 시간 배밀이를 하면 어느새 거문도가 가깝고 청산도가 멀다. 해는 저 멀리 사수도 위에 머물러 있다. 선장은 주변의 섬들을 지형지물 삼아 위치를 가늠하면서 물의 흐름을 살핀다. 크게 물때를 안 타는 삼치지만 물길을 따라 그물을 놓아야 힘은 덜 들고 고기는 더 들 수 있다. 갑판에는 붉은 깃발의 부표를 든 선원

115

이 선장의 지시를 기다리고 있다. 치켜들고 있던 손을 내리며 선장이 "투하!" 하면, 선원은 바다에다 부표를 던지고, 네 사람이 호흡을 맞추어 그물을 놓는다. 맞춤한 곳을 가늠하는 선장의 눈길에도, 그물을 던지는 선원들의 손길에도 만선의 소망이 깃들어 있다.

밥을 먹은 선원들은 곧바로 선실로 들어가 눈을 붙인다. 그동안에도 선장은 혼자 깨어 밤을 지켜야 한다. 물의 흐름도 살펴야 하고 다른 배의 그물과 엉키는가도 봐야 한다. 그것은 선장만의 미립이고 그에 따라 어획량이 좌우되므로 다른 사람에게 맡길 수도 없다. 배는 그물을 편 채 밤새도록 삼치 떼가 지나가기를 기다린다. 떠다니는 그물이어서 유자망流刺網흘림그물이고, 그런 형태의 어장을 하는 배라서 '나가시ながし흘림배'라 한다.

어찌나 삼치가 많이 들었는지 그물에 끌려 배가 가라앉고 있다. 아무리 만선도 좋지만 목숨까지 버리고서야. 삼치야 또 잡으면 되는 것이니 우선 살고 봐야 한다. 아깝기는 하지만 그물을 자르는 수밖에 없다.

"얼른 짤라야! 안 까랑질라믄 얼른 그물 짤라불라고! 얼른!"

누군가에게서 잠꼬대가 흘러나온다. 행복에 겨워, 차라리 가라앉고 싶은 꿈이다.

닭울이의 새벽 바다는 차다. 갑판에 달린 세 개의 전등이 힘겹게 어둠을 밀어내고 있다. 바다 위 여기저기에도 불빛들이 떠 있다. 브리지에 선 선장의 표정에서 벌써 그날의 어황을 알 수 있다. 선장의 표정이 밝으면 그물 뽑느라 힘은 들지만 선원들의 얼굴도 환하고, 선장의 표정이 찡그려졌으면 그물은 가볍지만 허탕 쳤다는 생각에 선원들의 마음은 허허롭다. 그물을 뽑기 시작하면 이제 나도 바빠진다. 그물에서 고기를 따 입찰 가능한 삼치와 반찬거리밖에 안되는 고시[62]로 분류하고, 담배에 불을 붙여 작업 중인 선원들의 입에 물려주어야 한다.

갑판에 쪼그려 고기를 따고 있는데 그물을 뽑던 형이 내 이름을 불렀다. 뭔가 하고 쳐다보니, 입을 앞으로 쭉 내민다. 영문을 몰라 선장을 올려다보았다. 이리 오라고 갈퀴손을 까딱인다. 선실에 들어가 담배를 붙여 선원들 입에 물려주라는 것이다. 뻔히 알고 지내는 한동네 사람으로서 이제 열넷밖에 안된 꼬마에게 담배를 물리고 싶지는 않을 것이다. 그렇다고 담뱃불 붙이자고 뽑던 그물을 놓아두고 선실로 들어갈 수도 없는 노릇일 것이었다. 선원들에게 담배를 공급하는 것도 화장의 일이었다.

머리가 핑 돈 것은 멀미 때문이 아니라 담배 탓이었다. 선실에 들어가 네 개비를 입에 물고 성냥을 그어 한 입 빤 순간, 머리가 어찔하면서 스르르 다리가 풀려 내렸다. 몽둥이로 뒤통수를 한 대 얻어맞은 느낌이었다. 그렇다고 그대로 주저앉았다가는 바로 욕이 날아올 판이다. 평소에는 한동네 동생이라고 잘 대해주지만 작업이 시작되면 화장은 하인 취급이다. 그게 배의 질서였다. 담배를 들고 갑판으로 뛰어가 하나씩 물려주고는 잠시 그 자리에 쭈그려 앉았다. 메스꺼움에 현기증까지 더해져 서 있을 수가 없었다.

첫날 어질거리던 멀미는 시간이 지나면서 숙져 갔고 메스껍던 담배도 점점 익숙해졌다. 처음에는 한 모금 빨고 넘겼던 것을 나중에는

---

62) 1킬로 미만 되는 삼치새끼.

한 모금을 더 빨게 됐다. 형들은 내가 두세 모금 빨고 온다는 것을 눈치챘고, 꾀꾀로 몰래 한 대씩 피운다는 것도 알게 됐고, 그래서 선장이 없는 자리에서는 한 대씩 권하기도 했다. 친구들이 못하는 '짓'을 나는 하고 있다는 묘한 자긍심과, 친구들은 학교에 있는데 나는 배를 타고 있다는 열등감이 자꾸 담배에 손을 내밀었다. 엄니가 알면 대들보에 목을 매리란 생각을 안한 것은 아니지만 시간이 지날수록 죄책감은 담배연기에 실려가버렸고, 연기를 뿜어낼수록 그런 생각 자체가 얼씬대지 않게 되었다. 담배라는 녀석은 황소만큼이나 힘이 셌다.

너덧 번 담배를 배달하고 나면 이제 그물뽑기도 막바지다. 그물 끝에 묶인 붉은 깃발의 부표가 올라오면 양망작업도 끝이 난다. 거문도 어름에는 동살이 잡혀 있다. 작업을 끝낸 선원들은 회를 안주 삼아 소주 한잔씩을 건넨다. 중발에 따라 마시는 소주가 하도 맛있어 보여 나도 끝자리에 끼어 고양이처럼 두어 모금 할짝여 본다. 그러는 사이 동쪽 바다에서는 꼭두서니가 올라온다. 배는 붉은 동녘을 등에 지고 어제 왔던 길을 되짚는다. 햇귀가 따라오며 피곤한 귀로를 밀어준다.

선창에 들어서면 물양장은 먼저 들어온 배들로 흥성대고 있다. 못잡은 배가 있으면 잘잡은 배도 있는 법이다. 입찰할 삼치가 많은 배는 기계소리도 요란하게 삼바시에 옆구리를 대겠지만, 고시나 몇 마리 잡은 배는 시르죽은 품으로 다른 배 옆에 슬며시 허구리를 붙인다.

갈매기가 파먹은 것이나 상품성이 없는 고시는 선창에서 팔거나 선주 집으로 가져갔는데, 선원들도 한두 마리 가져갈 수 있었다. 나도 흠집 난 지스러기 한 마리를 들고 선창에 내린다. 짬을 내 집에 올라갔다 오려는 것이다.

팻국물이 어룽진 추레한 차림으로 삼치를 덜렁거리며 집에 오르는 길은 많이 서글펐다. 내가 선택한 일이지만 서글픈 건 서글픈 것이었다. 양쪽으로 상점들이 늘어선 길을 지날 때는 나도 모르게 걸음이 빨라졌고, 저 앞에서 동무라도 오고 있으면 시나브로 걸음이 느려졌으며, 아는 여자애라도 보이면 아무 집에나 들어가 잠시 길을 피해야 했다. 애들이 선창까지 내려올 일은 없으니 안심은 되었지만, 국민학교에서 '공산당을 무찌르고 김일성을 때려잡으려'는 궐기대회가 있어 애들이 떼를 지어 교문 앞에 어정거리면 길게 에돌아 집에 올라야 했다.

할머니는 머리에 수건을 댕킨 채 자리에 누웠고 들에 나갔는지 엄니는 집에 없다. 삼치를 손질해 소금을 뿌려 독에 넣고는 방으로 들어간다. 병자 냄새와 노인 냄새가 뒤섞인 문뱃내에 코가 애린다. 할머니와 한방에서 지내야 하는 진필이 녀석이 어찌 견디는지 걱정스럽다. 할머니는 옆에 앉은 나를 올려다보며 말없이 눈물짓는다.

"함마이, 오늘도 고기 많이 잡았네라."

나는 거짓말을 좀 섞는다.

"딴 배는 멫 마리 못잡었는데 우리 배만 그라고 잡었구마. 암만해도 내가 복을 달고 댕긴갑서. 뱃사람들이 전부 그러드라께."

나는 자못 자랑스럽게 말한다.

"오따, 내 새끼. 불쌍한 내 새끼."

할머니의 눈이 그렁해진다.

"정지에 삼치 한 마리 간해 놨으께 그놈 잡숫고 얼른 일어나게이. 그래야 장작도 때리고 벽장에 감재[63]도 재고 안것는가. 함마이가 노꺼 있으께 엄니가 더 고생한가 안. 긍께 얼른 일어나야 쓰네이."

할머니가 더 이상 예전의 모습으로 돌아올 수 없으리라는 생각은 들었지만 그래도 한켠에는 어서 떨치고 일어났으면 좋겠다는 소망이 간절했다.

할머니의 눈귀로 눈물이 흘러내린다. 그것이 아버지에 대한 그리움이란 걸 나는 안다. 식구들에 대한 안쓰러움과, 특히나 어린 나이에 배를 타고 있는 손자에 대한 짠한 마음도 거기에 보태졌으리라. 내 눈에도 눈물이 고인다. 딱히 어디서 오는지는 알 수 없으나 슬픔은 온 곳에서 밀려와 나를 울게 했다. 나는 나만의 현실은 얼마든지 헤쳐 나갈 자신이 있었다. 학교에 안 가고 배를 타고 있는 것이나, 얼떨결에 발을 들여놓았다가 발목이 잡혀버린 담배의 늪 같은 것은 아무것도 아니었다. 하지만 아버지와 할머니, 그리고 엄마와 동생들을 둘러싼 것들은 끝내 나를 눈물짓게 했다. 그것들은 도저히 내가 어찌 해볼 수 없는 내 키 너머의 것들이었다. 마당에 팽개쳐져 짓밟히는 할머니를 보면서도 이빨만 갈고 있었듯, 쇠기둥에 묶어 놓고 때리는 그 사람에게 용서해 달라 빌기만 했듯, 세상에는 내 힘으로 감당할 수 없는 것들이 선창 여기저기에 버려진 삼치대가리만큼이나 많았다.

그렇게 눈물짓다 할머니의 손을 잡고 곁에 눕는다. 처음 방에 들어설 때 나던 그 지독한 냄새는 사라지고 없고 옛날부터 맡았던 할머니 특유의 냄새만 코에 들어온다. 나는 냄새를 따라 할머니와의 옛날로 돌아간다. 이녁 몫으로 준 것을 안 먹고 손주들을 위해 항가치에 싸온 이바지 떡이었다. 초상집에서 고무줄도 안 풀고 곱다시 가져온, 활

---

63) 고구마.

명수와 돼지고기 한 점과 빵 하나와 장어 한 도막이 들어 있는 도시락 포였다. 할머니라고 왜 그것들이 안 잡수고 싶었겠는가. 귀한 손주들 준다며 침만 삼키다 오신 것이다. 가을에 고구마를 캐서 벽장에 쟁이던 일이며, 무릎에 파스를 붙여드린 일이며, 그리고 그것들보다 더 먼 옛날 할머니의 쪼그라든 젖가슴을 만지작이며 잠들던 밤이며를 떠올린다. 할머니와 나는 그런 기억들로 이 세상에서 인연이 되었다. 그런데 그런 인연의 날이 얼마 안있어 끝나리라는, 분명히 아버지의 일 같은 할머니의 일이 점점 다가오고 있다는 예감이 든다. 그래서 슬프다.

천장을 쳐다본다. 종도리에 걸쳐진 서까래가 양쪽으로 열두 개씩 모두 스물네 개다. 저 서까래에는 초상화 한 장으로 남아 있는 할아버지의 손길이 묻어 있을 테다. 나무를 베어와 잘 다듬어 종마루에 걸치고는 제대로 되었나 뻠어보는 모습과, 마당에서 지붕캐를 올려다보며, "어야, 쫌만 왼짝으로 밀게! 아따, 너머 갔구마. 쫌만 오른짝으로. 이이, 됐구마 됐어!" 하는 모습도 그려진다. 그 할아버지가 천장의 어디에 자리하고는 할머니와 나를 내려다보고 있는 것만 같다. 어쩌면 생명으로 났다 사라진 존재들은 눈에는 안 보이지만 어디엔가 머물러 내내 함께하고 있는지도 모르겠다. 그렇지 않다면 어떻게 얼굴 한번 못 본 할아버지가 뜬금없이 내 머릿속에 떠올라 저기 천장에 자리한 눈길로 생각되겠는가.

종도리 위쪽에는 검은 글씨가 길게 씌어 있다. 저 높은 곳에다 뭐라고 써 놓았을까. 얼마나 중요한 내용이기에 저렇게 꼭지에다 써놓았을까. 읽어보고 싶은데 아직 내가 안 배운 한자로 돼 있고 키도 거기에 안 자란다. 중학교에 가면 한자는 배울 테니까 그렇다 쳐도, 이

윗집 기다란 일자 사다리를 빌려다 어떻게 놓아야 할지 아무리 궁리해도 방법이 안 찾아진다. 이리저리 머리를 굴리다 할머니의 야윈 손을 잡은 채 까무룩 잠이 든다.

어둠의 혀

선주가 얼마씩의 돈을 나누어 주었다. 일명 '중간간조'였다. 가을 어장이 끝나면 최종 결산을 하겠지만, 선원들도 새중간에 돈 쓸 일이 있겠고, 선주 입장에서는 선원들 기분을 살려주는 것도 필요하겠다. 선창에는 배를 댈 공간이 부족해 남의 배 꽁지부리를 이중 삼중으로 물고 있는데, 선원은 약에 쓰려는 개똥처럼이나 귀했다. 그래서 일곱이 다니던 배에 여섯이 타기도 하고, 잔뜩 급하면 다섯이 나가기도 했다. 그런 상황이니 선주는 밑밥을 던져 선원들을 배에 묶어 두어야 했다. 그것을 받아먹고도 배를 옮겨 탈 만큼 염치없는 선원은 없었다. 나에게도 천 원짜리 석 장이 주어졌다. 산이나 들을 돌며 뱀이나 지네를 잡아 팔아 과자를 사먹었던 데 비하면 액수가 크기도 했지만, 고생한 보람이어서 소중하기도 했다.

고시 두 마리를 들고 서둘러 배를 나선 참이었다. 빨리 가서 식구들에게 자랑하고 싶었다.

"진혁아, 이따 저녁밥 묵고 백화주점으로 오니라. 바람 터져 오늘어장 못 나간다.”

영남이형이 해죽거리며 한쪽 눈을 찌긋했다. 돈을 탔으니 한잔 할 모양이다.

'백화주점'은 육지에서 온 누나들이 '색시'로 있는 술집이다. 저녁 때가 되면 '색시누나'들은 짙은 화장에 깡똥한 치마 차림으로 담배를 붙여 문 채 술집 앞에 다리를 꼬고 앉아 있었다. 누나들과는 아무 상관없는 꼬맹이들이 그 앞을 왔다갔다 해보는 것인데, 꼬맹이들의 눈은 깊게 파인 누나들의 가슴골이나 여차하면 팬티가 보일 것 같은 허벅지에 가 있다. 부두 근처에는 그런 술집이 예닐곱 군데인데, 조그만 마을치고는 많은 숫자였다. 뱃사람들이 삼치를 쫓아 섬에 모여들 듯 그 누나들은 뱃사람들을 따라 섬에 들어온 것일 게다. 어장이 한창인 때 선창에 내려가 보면 노랫소리와 젓가락 두드리는 소리가 어우러지고, 술에 취해 어깨동무를 하고 가며 고래고래 질러대는 소리에는 낯선 경상도 사투리가 섞여 있었다. 그것들의 이에짬으로 여자들의 앙칼진 목소리도 뚫고 들었다. 백화주점은 선원들이나 어른들이 색시누나들과 술을 마시고 젓가락을 두드리며 '산다이'를 하는 곳이지 내가 갈 만한 장소는 아니다. 그런데 뜬금없이 영남이형이 나를 그곳으로 오라는 것이다.

할머니 손에 삼천 원을 쥐여드렸다. 할머니는 돈을 꼭 쥐어보더니 나에게 돌려주었다. 마래의 조상님들께 놓으라는 것이리라.

“엄니, 함마이가 이거 상에 노라네.”

깅⁶⁴⁾을 씻고 있는 엄니에게 돈을 드렸다. 삼천 원을 받아 쥔 엄니의 그렁거리는 눈길이 서녘 저편으로 향한다. 거기 어드메 그리운 얼굴이 있나 보다. 엄니의 갈쌍대는 눈물을 안 보려고 얼른 고개를 돌렸다.

보리밥 두어 술로 저녁을 시늉하고는 두근거리는 마음으로 아랫동네로 향했다. 같이 배를 타는 형의 말이어서 거스를 수도 없었지만 마음 한구석에는 그런 곳에 대한 호기심도 스멀대고 있었다. 젊은사람이 길에 담배를 물고 다녀도 느자구빠졌다고 지청구하는 동네어른들이, 무릎치마만 입어도 뉘집 딸 시집 다 갔다고 혀를 차는 어른들이, 이제 스물서넛밖에 안됐을 누나들이 허벅지를 드러낸 채 담배까지 버젓이 피워 물고 앉았는데 아무 말도 않는 그 안에서는 대체 무슨 일이 벌어지고 있을까. 그곳에는 어른들만의 세계가 있는 듯한데 대관절 그게 어떻게 생겼을까. 궁금했다. 그래서 뒤꼭지에 피도 안 마른 녀석이 영남이형을 핑계로 색싯집에 쪼그리게 된 것이다.

영남이형과 다른 형이 앉아 있고 나중에 한 사람이 더 들어왔다. 누나들은 양쪽으로 둘이다. 어느새인지 형들의 손은 누나들의 젖가슴에 들어가 있다. 그러다가 누나들에게 뺨을 비비더니 입을 맞춰댄다. 귀찮다는 듯 또는 익숙한 듯 누나들은 그냥 내버려 둔다. 앞에 앉은 형이 갑자기 누나의 윗도리를 확 걷어 올리자 젖가슴에 박힌 까만 콩알 두 개가 쫑긋 드러난다. 못볼것을 본 것처럼 얼른 고개를 숙였다.

"어이 김양, 노래 하나 불러봐봐!"

까르르르 터지는 웃음소리 끝에 박수가 달리더니 젓가락 두드리는 소리로 바뀐다.

사아랑을 파알고오 사아는 꼬옻바람 소옥에

---

64) 설거지.

숟가락 젓가락이 타닥타닥 장단을 맞춘다.

너어 호온자 지이키려는 수운정에 드응불

누나의 노래가 끝나고 술잔을 드느라 분위기가 잠시 눅어졌다.

내가 있을 자리가 아니었다. 아무리 학교를 쉰 채 배를 타고 있대도 나는 고작 열네 살의 까까머리 중학교 일학년짜리였다. 담배를 피운다는 소리만 들어도 엄니는 들보에 목을 맬 판인데 색싯집까지 드나든다는 소리를 들어봐라. 담배 때문에 목을 매려다 우리들 때문에 마음을 돌렸던 엄니가 기어코 새끼줄로 목을 걸어버리리라. 같이 배를 타는 영남이형이 오라 했고 거기에 내 호기심이 덧들기는 했지만 이건 아니다. 안되겠다. 가야겠다. 막 일어서려는데 드르륵 문이 열린다.

"술 먹는데 미안하네. 잠깐 좀 볼라고."

얼마 전 육지에서 들어와 부모님이 하던 술집을 물려받은 사람이다.

"이 애기는 여기 있기 그러니까 내보내소. 아무래도 좀 그러구마."

나보다 열 살쯤 많고 섬에서 쌈북 살았던 사람도 아니어서 길에서 만나면 그냥 고개나 끄덕이고 지나는 형이었다.

잘됐다 싶어 얼른 일어나 형들에게 인사를 하고 방을 나왔다. 등 뒤에서 다시 젓가락이 술상을 때렸고 거기에 노래가 얹혀진다.

밖에서 기다리고 있던 그 사람이 내 손을 잡더니 빈지문을 열고 나선다. 어린녀석이 색싯집에 왔다고 야단이라도 치려는 모양이다. 그런데 손을 잡은 게 영 어색하다. 아주 어렸을 때 엄니나 할머니가 잡아준 것 말고는 사람의 손을 잡은 기억이 없다. 남자와 남자가 그렇게 손잡는 것은 말할 건덕지도 없었다. 서로 몸을 부딪치며 욕 아닌 욕 한마디 하는 게 자라면서 몸에 밴 우리들의 표현방식이었다. 그런데

이 사람은 손을 잡고 있다. 육지사람들은 남자끼리도 이렇게 손을 잡고 그러나 보다.

큰길을 벗어나 샛길로 빠진다. 뗏마를 띄우려고 축항으로 나갈 때나 다니는 후밋길이다. 길을 꺾더니 그 사람이 약국의 외벽에다 나를 밀쳐 세운다. 그러고는 두 팔을 벽에 짚어 내 얼굴을 에워싼다. 단단히 혼내려는 것 같은데 모양새가 영 이상하다. 꾸지람하려는 게 아니라 뭔가 속삭이려는 듯한 자세다. 뭐라 뭐라 얘기를 하는데 하나도 귀에 안 들어온다. 도대체 이 상황이 뭔가에만 신경이 곤두서 있다.

파도가 선창에 부딪고 있다. 한갓진 곳이라 사람들의 발길도 없다. 삼봉을 치는지 저만치 선실 몇 군데에 불이 켜 있고 술집의 불빛도 두엇 보인다. 선창에 부딪는 파도를 서너 개쯤 세었을까. 까칠한 수염이 턱에 닿더니 뜨거운 무엇이 입술을 훑는다. 이건 뭐냐? 소냐?

풀을 뜯는 소 옆에 서 있다 바다로 잠깐 한눈을 팔면, 장난이라도 치려는 듯 녀석이 긴 혀로 볼이나 머리를 훑곤 한다. 한 살 아래 창석이는 이마빡에도 가마꽁지가 하나 있는데, 어릴 때 소가 훑아서 그리 됐단다. 장가 두 번 가서 좋겠다며 우리는 녀석을 킬킬댔었다. 그런데 사람도 소처럼 사람을 훑나 보다. 이 사람이 내 이마빡을 훑아 가마꽁지가 하나 더 생기면 나도 장가를 두 번 들지 모르겠다. 사람의 운명이라는 것도 한순간에 바뀔 수 있는 모양이구나. 그런 생각을 하고 있었을까. 가리산을 못하겠었다. 이 사람이 왜 나를 여기 데려와 벽에 밀쳐 옴짝 못하게 해 놓고 소가 되는 것이냐. 어른이 되면 남자와 여자가 이런 행위를 하는 모양이지만, 나는 아직 어른도 아니고, 더군다나 나는 여자도 아니지 않는가. 나는 엄연히 고추가 달려 있고, 고추

달린 남자는 정지에 들어가면 안된다 해서 숭늉 뜨러도 잘 안 가는, 나는 곧죽어도 사내대장부란 말이다. 그런 나에게 대관절 왜 이러는 것이냐.

입술을 핥던 혀가 잠깐 떨어지는가 싶더니 그가 손으로 내 턱을 오므려 입이 벌어지게 한다. 그러더니 조금 전의 그 혀가 입 안으로 쑥, 들어온다. 그리고는 이리 날름 저리 낼름 지랄댄다. 뱀의 혀가 입안에서 놀고 있는 듯하다. 얼마를 그렇게 하더니 혀가 빠져나가고 까끌대던 수염도 떼어지고 헐근거리던 숨결도 물러간다.

"내일 저녁에 우리집으로 내려 온나. 바람 터져서 며칠 어장 못 갈 거다."

이제 뜨악해서 그런곳에는 안 갈 참인데 왜 나한테 오라는지 알 수 없다. 설마 옆에 색시누나를 앉혀놓고 술을 가르치려는 것은 아니겠지. 어쩌면 오늘 같은 짓을 또 하려는지 모르겠다. 이런 칙칙한 일을 당한 내가 왜 또 당신을 만날 것이냐. 미안하지만 이제 다시는 당신네 집에 안 간다. 죽어도 안 간다.

뒤쪽에서 온 것

후밋길에서의 그 일은 마치 찐 고구마를 먹다 늘컹하게 썩은 데를 왈칵 깨문 것 같은 역겨움이었다. 여러 번 침을 뱉고 물로 입을 헹구었는데도 다 안 눈 오줌처럼 뒤끝이 남았다. 기분이 몹시 더러웠다. 그런것은 분명 남자와 여자 사이에 이루어지는 것으로 알았는데, 남자와 남자 사이에서, 그것도 내가 그 대상이 됐다는 것에 생각할수록 괴란쩍었다. 마치 내가 그 사람의 노리개가 된 느낌이었다. 행여 지나가다 누가 보지는 않았을지 마음이 조마거렸다.

그 일이 있고 며칠 뒤였다. 바람이 터져 어장을 못 나간 날이어서 배의 물을 푸고 오는 길이었다[65]. 집에 가려면 그 술집을 지날 수밖에 없다. 갯가로 난 샛길이 있지만 큰길을 두고 구태여 거기로 돌아야 할 까닭이 없었다. 음충스런 느낌이 들어서 그렇지 내가 그 사람에게

---

65) 왕대나무의 마디를 뚫어 긴 대통을 만들고, 피스톤 역할을 하게끔 끝에 고무패킹을 단 긴 막대를 찔러 넣는다. 마중물을 붓고 막대를 밀었다당겼다 하면 배 밑바닥에 고여 있는 물이 빨려 나온다.

잘못한 것은 없었다. 뒤꼭지에 피도 안 마른 녀석이 색시가 있는 술집 문턱을 넘은 것은 잘못이었지만 그 사람도 그걸 문제 삼지는 않았다. 그래도 왠지 울가망해 빠르게 걸어 그 집을 지났다. 문이 닫혀 있어 다행이라 여기고 안도의 숨을 내쉬는데, 아뿔싸, 마치 장맞이하려 했다는 듯 저 앞에서 그 사람이 걸어오고 있는 게 아닌가.

내가 찔끗, 하며 지밋거리자 그가 가까이 다가오며 상그레 웃는다. 알은척으로 머리를 까딱, 하고는 진둥걸음으로 지나치려는데, 그가 몸을 돌려 팔로 내 어깨를 껴잡는다. 그러더니 엊그제처럼 약국 가는 길로 꺾어든다. 집에 가야겠다고 생각은 하면서도 나는 얼떨결에 딸려간다. 누가 아비 없는 호로자식 아니랄까봐 벌써 담배를 피우고 색싯집까지 드나든다고 소문을 내버릴까 두려웠는지도 모르겠다.

"왜, 오라니까 안 왔냐?"

똑같은 장소의 똑같은 상황이다. 그 사람은 엊그저께처럼 앞에 선 채 두 팔을 뻗어 시멘트벽을 짚고 있다. 나는 정면의 그를 바라볼 수밖에 없다. 소의 콧김 같은 훈김이 얼굴에 와 닿는다. 정말로 찐덥지 않은 상황이다.

"가자!"

그 짓이 또 반복되려나, 그러면 어떡해야 하지, 하고 있는데 그가 손을 잡아끈다. 괜한 걱정을 했나 보다. 큰길로 나와 오른쪽으로 꺾는다. 집에 올라가는 길이다. 집이야 눈 감고도 갈 수 있는데 뭘 데려다주려는 걸까. 중국집을 지나 도개집 삼거리다. 곧바로 가면 국민학교를 거쳐 집에 오른다. 그런데 그쪽으로 안 가고 상점들이 늘어선 오른쪽으로 길을 튼다. 궐기대회가 있어 중학생들이 국민학교 교문에서 웅성거릴 때, 혹은 저 앞쪽에서 아는 여자애가 오고 있을 때, 양쪽으로 상점들이 늘어서 있어 좀 창피는 하지만 길게 돌아가는 에움길이다. 그 사람은 형처럼 다정히 내 어깨에 팔을 두르고 걷고 있다. 가게들에서 흘러나온 불빛들이 길을 비추고 있다. 나는 죄인이 되어 끌려가는 기분인데 아무도 그리 볼 것 같지 않다. 상점이 끝나는 우체국 앞에서 그 사람이 왼쪽으로 길을 튼다.

길은 오른쪽에 고랑을 끼고 오른다. 서로 마주치면 한쪽이 몸을 비껴야 할 만큼 좁은 길이다. 밀고 올라온 갯물이 고랑의 허리춤까지 차 있다. 고랑 위에 걸쳐진 나무다리 세 개를 지나고 농협창고를 지난다. 이제 갯물은 더 이상은 오르지 못한다. 거기까지가 갯물이 오를 수 있는 꼭짓점이다. 계속해서 길을 걸어 오른다. 건넛샘 앞이다. 왼쪽으로 틀어 다릿독을 건넌다. 길을 더 올라가 두어 번 골목을 꺾으면 우리집이다. 그런데 그 사람이 길로 안 올라가고 바로 앞의 집으로 들어간다. 그 사람의 친척집이다. 왜 그곳으로 나를 데려가는지, 조금만 올라가면 우리집인데 나는 왜 꼭뒤가 잡혀 그를 따라가는지 도무지 감을 못 잡겠었다.

큰방 문을 열어 뭐라 인사를 하고는 나를 앞세워 잔방으로 들어간다. 그리고 바로 문고리를 건다. 무슨 짓을 하려는 걸까. 불도 켜지 않는 걸 보면 밝은 일은 아닌 듯하다. 아랫목에 나를 눕히더니 옆에 누우며 팔베개를 해준다. 며칠 전의 모습에서 한 발 더 나갔다는 느낌이다. 나는 어찌 할 줄 모른 채 멍하니 있다. 어둠속의 천장에는 지렁이 몇 마리가 기어다니고 있다. 그나저나 나는 왜 이런 이상한 꼴로 지금 여기에 있는 걸까. 아까 자빡치고 욱걸어서 핑 집으로 올라갈 수 있었는데 왜 바보처럼 아무 말 못하고 따라왔을까. 지금이라도 당장 뛰쳐 나갈 수 있는데 왜 못 그러고 있는 걸까. 내가 이 사람에게 책잡힐 무 엇이라도 있는 걸까? 어질머리다.

그가 엊그제께처럼 입술을 핥더니 턱을 잡아 입을 벌려 혀를 들이 민다. 느끼한 혀가 이리저리 입속을 저어댄다. 그는 입으로는 그러면 서 손으로는 내 몸을 더듬는다. 커다란 뱀 한 마리가 온몸을 휘감은 채 꿈지럭대는 느낌이다. 뱀의 손이 아랫도리로 들어와 내 잠지를 쪼 무락댄다. 이건 또 뭐냐? 어른들이 깨벗은 아이들의 고추를 따먹으며, "아따 그놈, 꼬치 잘 여물었네라!" 하지만, 그것은 이제 갓 종짓굽이 떨어진 서너 살 된 애에게나 하는 장난이다. 나는 사추리와 코밑이 검 숭해지고 있는 열네 살 소년이란 말이다. 그런 나한테 왜 이따위 장난 을 치는 거냐.

아침 일찍 눈을 비비며 소고삐를 잡고 나선 질앞이나, 일요일 아 침 마을길을 청소하러 빗자루를 들고 내려가는 고샅에, 가끔씩 개 두 마리가 엉덩이를 맞붙인 채 낑낑대고 있다. 사람들의 눈을 피할 수 있 어 가장 간내 붙기[66] 좋은 시각인지 이른 아침에 특히 그런 광경이 많 았다. 사람들이 안 보였을 때는 둘만이 오붓했을 텐데, 사람들이 하나 둘 보이기 시작하자 둘은 이리저리 눈동자를 굴리며 안절부절못해진 다. 사람이 지나갈 때마다 이리 끌고 저리 당기면서도 끝내 못 떨어지 는 녀석들에게, 어떤 애는 주먹만한 돌을 던지기도 하고, 덕구진[67] 녀

---

66) 교미하기.
67) 장난기가 심한. 개구진.

석은 지겟작대기를 들고 와 둘이 맞붙은 지점을 내리치기도 한다. 그런 모습이 애들 교육에 안좋다며 동네 어른 누군가는 펄펄 끓는 물을 한창의 두 마리에게 들이붓기도 한다. 사람들의 눈을 견뎌내며 어찌 저찌 뒤를 붙이고 있던 그 두 마리도, 둘을 맞잇고 있는 것에 내리쳐진 작대기의 아픔이나, 가죽이 데일 것 같은 뜨거움은 견디기 어려웠는지, 깨갱! 소리를 지르며 본래대로 갈려나간다. 어쩔 수 없이 멀어지면서도 둘은 서로의 욕망이 아직 다 안 끝났는 듯, 암놈은 가랑이 사이에 꼬리를 사린 채 할끗힐끗 뒤를 돌아보고, 수놈 역시 배 밑에 덜렁대는 호미자루만한 붉은것을 입으로 핥으며 힐끗할끗 암놈을 돌아본다. 아마 내일 갓밝이쯤에는 한갓진 저수지나 선창 모퉁이 어디쯤에서 둘은 다시 뒤를 맞댈 터이다.

순간적으로 그 장면을 떠올렸나 보다. 그런것들이 사실은 새로운 생명을 낳고, 그럼으로써 땅 위의 것들은 사라지지 않고 대를 이어 가는구나. 그러니 거기에다 작대기를 내리치거나 뜨거운 물을 쩍드려서는 안되는 것이겠구나. 인간도 그런 행위를 통해 씨가 안 마르고 대대로 이어지는 것이겠구나. 하지만 나는 개가 아니잖는가. 더군다나 나는 여자도 아니고, 아직 그런짓을 하기에는 당당 멀었는 이제 겨우 중학교 일학년 아닌가. 그런데 나한테 대체 왜 이런 짓을 하는 거냐. 너는 개냐!

그 사람이 바지를 벗더니 내 손을 자신의 자지에 가져다 댄다. 무성한 붓꽃 속에 낫자루만한 게 빳빳이 서 있다. 깜짝 놀라 손을 빼려는데 그가 내 손을 감싸 잡아 그 뭉툭한 것을 쥐게 한다. 그러더니 위아래로 왕복하기 시작한다. 한참을 그렇게 하더니 그가 내 바지를 벗기려 든다. 반사적으로 몸을 곱송그리며 옆으로 돌아누우려자 그가 한 손으로 내 몸을 바로 눕히며 다른 손으로 바지를 내려버린다. 이게 대체 무슨 상황이냐! 갯물이나 저수지에 헤엄치러 들어갈 철도 아닌데 왜 나를 깨딱 벗긴다냐!

꿀꿀대며 고샅을 더듬어 수놈을 찾아가는 암놈은 몹시도 허둥거린다. 암놈이 가까이 온 것을 알아챈 수놈은 주둥이 가득 느끼한 게거품을 문다. 흥분한 수놈은 깃으로 깔아준 볼대짚과 밥그릇에 남은 느뭇겨 찌꺼기를 막의 여기저기에 흩뿌려댄다. 콧구멍에 고춧가루라도 한 대접 들어간 품이다. 송아지만한 수놈이 그 반만밖에 안한 암놈을 게거품으로 맞는다. 막에 들어간 처음에는 암놈도 주둥이로 수놈을 들이받지만, 계속해서 수놈이 코로 뒤를 비벼대면 암놈도 어느새 게거품을 버글거린다. 암놈의 마음을 알아차린 수놈은 연습인 듯 몇 번 등에 올라타 본다. 그렇게 서너 번을 깔짝대며 어른 수놈은, 이참이라는 듯 힘차게 암놈의 등에 올라탄다. 수놈의 배받이에는 빨갛게 칠한 팽이채만한 것이 나와 있다. 짱짱하게 당겨진 새끼줄처럼 배배꼬인 그것은, 배를 짓고 고치는 도크에서 나무에 구멍을 뚫을 때 쓰는 드릴과 똑땄다. 이리저리 하체를 움직거려 드릴이 들어갈 곳을 찾은 수놈은 온 힘을 뒷다리에 모아, 몸을 최대한 암놈의 등거리에 올라 태우면서 팽이채만한 드릴을 구멍 깊숙이 밀어 넣는다. 송아지보다 큰 수놈을 등에 태운 채 드릴처럼 깊게 뚫고 드는 팽이채를 받은 암놈은 금방이라도 숨이 넘어갈 듯 "꽤액! 꽤액!" 소리를 질러댄다. 하지만 그 소리가, 설이나 추석에 나일론줄에 다리가 묶인 채 머리에 도끼를 맞고 죽어갈 때 지르는 그 소리와는 확연히 구별된다는 것을 우리는 다 알고 있다. 암놈의 그 소리에는, 입에 한가득 물고 있는 게거품에서 풍기는 비릿한 냄새가 그득하다.

그 사람이 나를 모로 누이더니 뒤에서 껴안는다. 그러고는 엉덩이 사이로 낫자루 같은 것을 들이댄다. 손바닥으로는 내 입을 쓸어 침을 묻혀간다. 귓불에 닿는 숨결이 가빠지고 엉덩이에 닿는 느낌도 거세진다. 이것이 동물들의 그것과 비슷한 것이구나. 남자와 여자가 아니라 남자와 남자 사이에도 이렇게 개나 돼지 같은 모습을 하는구나. 그나저나 내가 왜 깨를 벗은 채 이리 괴상한 상황에 놓여 있는 거냐.

소의 간내는 너빠통 올라가는 비탈의 공터에서 붙였다. 거기에는 평행봉처럼 말뚝 두 개가 박혀 있고, 팔뚝 굵기의 밧줄이 소의 목 높이로 묶여 있다. 줄은 암소의 목에 받쳐져, 뿌락지[68]가 올라탈 때의 힘에 암놈이 앞으로 안 튕겨나가게 잡아주는 역할을 한다. 암소가 먼저 와 밧줄에 목을 받친 채 기다리고 있으면, 저 아래에서 뿌락지가 쿵쿵 길바닥을 울리며 바쁘게 올라온다. 할아버지가 뒤에서 고삐를 당겨보지만 암내를 맡은 뿌락지에게 코뚜레는 코걸이에 불과하다. 할아버지를 저만치에 팽개치고 부리나케 올라온 뿌락지는 곧바로 암소의 엉덩이에 코를 갖다 댄다. 암소는 왼쪽으로 살짝 오른쪽으로 살짝 꼬리를 털어 은밀한 곳을 드러내며 더 진한 냄새를 풍겨주고, 그것에 맛이 간 뿌락지는 하늘을 향해 윗입술을 뒤집는다. 입념을 훤히 드러내고 웃는 품이, 아행행! 기가 막히다는 표정이다. 진둥한둥 올라온 할아버지가, "이놈들, 저리 안 갈라냐!" 소리치지만, 우리들은 두어 걸

---

68) 소나 염소의 성장한 수놈.

음 물렀다가 다시 다가서며 침을 꼴깍 삼킨다. 흥미가 진진한 데다가 묘한 느낌까지 주는 기막힌 구경거리 앞에서 쉽게 물러설 우리들이 아니다.

뿌락지는 암소의 가랑이에 코를 박은 채 그곳의 냄새를 들이마시고는 다시 하늘을 향해 콧구멍을 벌씸거린다. 좋아 미치겠는지 뿌락지는 앞발로 땅을 쿵쿵 찍어대고는 저 멀리 돌섬을 향해 길게 영각을 친다. 음무우! 음무우! 그러고는 다시 그곳에 코를 들이대 냄새를 맡은 뒤, 또한번 먼 하늘을 향해 아햏햏! 아햏햏! 윗입술을 까뒤집는다. 이제 도저히 더는 못 참겠다는 듯 뿌락지는 암소의 등에 훌떡 올라타는 것인데, 배 밑에는 지겟작대기만한 시뻘건 것이 길게 뻗어 있다. 그때만을 기다리고 있던 할아버지는 그 시뻘건 작대기를 암소의 통통 부어오른 곳에 들이대준다.

그렇지요, 주인님! 바로 그것이여라우!

뿌락지는 힘차게 암소를 타오르며 그 굵고 기다란 붉은작대기를 마치 떡메가 도구통의 반죽을 내리치듯 힘차게 속으로 찔러 넣는다. 푹! 순간적으로 암소의 허리가 활처럼 깊게 휘어지고, 그예 죽기라도 할 듯 먼 하늘을 우러르며, "음무우! 음무우!" 자지러지는 것인데, 허리가 꺾인 암소가 정말로 금방이라도 숨이 넘어갈 것만 같다. 하지만 암소가 질러대는 그 소리는, 송아지를 떼고 몇날며칠 울어대는 어미 소의 울음이나, 배가 고프다고 구유를 핥으며 보채는 소리와는 확연히 구별된다는 것을 우리들은 또 다 알고 있다. 금방이라도 숨이 넘어갈 듯한 그 소리는, 그렇게 허리가 꺾이고 싶다고 요 며칠 외양간을 뱅글거리며 칭얼대던 그 소리가 확성기를 타고 들어 몇십 배 확대된 것이었다.

어느 순간 그가 내 몸을 방바닥에 굴린다. 내가 바닥에 배를 깔고 엎드려버리자 손으로 내 배를 당겨 올려 바닥에서 띄운다. 가을운동회 때 맨 아래는 여덟, 그 위는 일곱, 다음은 여섯, 그렇게 해서 맨 꼭대기에 한 명이 무릎을 꿇고 올랐다가, 선생님의 호루라기 소리에 와르르 무너지는 탑을 쌓을 때와 같은 자세다. 대체 이게 뭣하는 짓거리인가. 내가 왜 죄인처럼 이렇게 엎드려 있는가. 미치고 환장할 일이다.

토끼는 우리들의 살아 있는 장난감이었다. 심심하면 애들은 암놈을 꺼내 수놈의 막에 집어넣는다. 아직 중토끼밖에 안된 녀석에게 새끼를 배게 하겠다는 욕심에서였다. 토끼가 새끼를 낳아야 그걸 팔아 병아리를 사고, 병아리를 잘 키워 얼른 암탉을 만들고, 그 암탉이 알을 낳아야 염소를 사고, 염소를 키워 팔아 돼지를 사고, 돼지를 키워 팔아 송아지를 사고, 그 송아지는 기어이 최종 목표인 암소가 될 것이었다. 그 암소를 조금이라도 빨리 갖기 위해 이제 갓 털갈이를 끝낸 중토끼밖에 안된 녀석을 중中개만한 수놈에게 집어넣는 것이다. 전혀 크기가 안 맞는 짝이지만 그런 건 중요치 않다. 병아리를 사는 것만이 관심일 뿐이다. 하지만 아무래도 소망을 들어줄 입장이 안되는지 암토끼는 막에 들자마자 잔뜩 겁을 집어먹은 채 구석에 박혀 옴짝을 않는다. 마음이 급한 수놈은 팔짝팔짝 뛰어다니며 막의 여기저기에 오줌을 갈겨대지만, 그럴수록 암놈은 더욱 오므라들어 숫제 흰 수건뭉치 같다.

안되겠다 싶은 아이들은 막에서 암놈을 꺼내 지푸라기로 꼬리를 묶는다. 그리고 앞쪽으로 질끈 당겨 뒤를 바짝 들어준다. 언제 나왔는지 수놈은 뒷발을 탁탁 차올리고 있다. 몹시나 급한 듯 수놈은 곧바로 암놈 등에 올라타, 다다다다, 천공질을 시작한다. 수놈에게 덮인 암놈은 영문을 모른 채 잔뜩 웅크려 있다. 눈을 지그시 감은 채 빠르게 몸을 움직여대던 수놈이, 어느 순간 "끼익! 끽!" 하며 뒤로 벌렁 나자빠진다. 입에는 암놈의 흰 털을 한 움큼 뽑아 물었고, 시뻘건 눈은 개개 풀렸으며, 콧구멍은 씨근벌떡 숨이 바쁘다. 바닥에 벌렁 드러누운 채 헉헉거리고 있는 수놈의 뒷다리 사이에는 홍고시 같은 것이 축 늘어져 있다. 물속에 한번 잠갔다 나온 듯한 홍고시 토막에도, 두려움에 떨며 몸을 잔뜩 웅크린 암놈의 하얀 등거리에도, 어서 빨리 병아리를 사야 한다는 생각으로 암놈을 붙잡고 있던 아이의 손등에도 뜨물 같은 끈적한 액체가 늘축하니 흘러내린다. 하지만 몸을 못 가눈 채 가쁘게 숨을 몰아쉬고 있는 수놈의 앞쪽에는, 미련이 남아 돌아보는 암캐의 아쉬움도, 어석소만한 수놈 밑에서 앙버티며 울어대던 암퇘지의 강그러진 울음소리도, 지겟작대기만큼이나 긴 물건을 속에 받아 넣고 깊게 꺾인 허리로 질러대는 암소의 숨넘어갈 듯한 외침도 없고, 고작해야 작다란 몸을 행주처럼 오므린 작은 암토끼 한 마리가 오들오들 떨고 있을 뿐이다.

뭔가 뭉툭한 것이 자꾸 뒤에 닿는다. 내 뒤의 수놈도 엉덩이에 낫자루를 들이밀며 천공질을 하고 있다. 뒤가 찢어질 듯 아프다. 순간적으로 신음을 흘리자 수놈이 손으로 내 입을 막는다. 두 마리의 토끼 같다. 수놈은 너무 크고 암놈은 너무 작다. 수놈은 들어가려 하지만 그럴수록 암놈은 꼬리를 바짝 내리며 몸을 더욱 곱송그린다. 암놈의 사정은 아랑곳 않고 수놈은 제 천공질에만 열심이다. 암놈이야 죽든 말든 수놈은 자신의 목적을 끝내야만 이 짓을 멈출 것이다.

작은 암토끼를 생각했다. 우리에게는 재미였겠지만 그 암토끼에게
는 죽을 듯한 두려움이었으리라.

'막에서 놀고 있는 저를 왜 이렇게 엎드리게 하시나요. 저는 아직
그런 거 몰라요. 저는 이제 막 밍털을 벗었을 뿐이에요. 어미가 되려
면 당당 멀었어요. 앞으로도 서너 달은 더 커야 해요. 그러니 이러지
마세요. 제발 절 좀 놓아주세요. 무서워 죽겠어요.'

그래, 아무리 빨리 병아리를 사고 싶다 할지라도 가녀린 토끼에게
그런 잔인한 짓은 하지 말았어야 했다. 어린 토끼의 꼬리를 당겨주면
서 수놈을 거드는 것은 아니었다. 그것은 나쁜 짓이었다. 그 조그만
토끼는 얼마나한 공포와 두려움으로 터지려는 심장이었겠는가.

내 등을 타고 있던 수놈이 "끼익!" 대신 "아! 아!" 신음을 뱉는다.
토끼수놈이 아니고 사람수놈이었던갑다. 그제서야 나는, 지금 나에게
벌어지고 있는 일을 짐작할 수 있었다. 내 뒤에는 벌렁 자빠져 헐떡거
리는 토끼수놈 같은 것이 있을 것이고, 그 가랑이에는 축 늘어진 홍고
시 같은 것이 있을 것이며, 거기에서는 묽숙한 풀 같은 것이 느적는적
흘러내리고 있을 것이었다.

나는 방바닥에 엎드린 채로 흐느껴 울었다. 창피도 하고 치욕도 스
러웠다. 내가 왜 암토끼가 되어 엎드려 있어야 했는지, 뿌리치고 뛰쳐
나갈 수 있었는데 왜 천치처럼 그냥 있었는지를 모르겠었다. 그가 혹
자기 집에 왔던 걸 까발릴 거라 해도 그렇게 맥없이 엎드려 있어서는
안되는 것이었다. 궁금해서 가 본 것이라며 용서를 빌면 되는 것이었
다. 그런데 왜 그것을 못했을까. 그것을 모르겠었다.

그래도 이건 아니다. 이건 절대 아니다. 아무리 내가 잘못한 게 있어도 이건 아닌 것이다. 작은 토끼를 데리고 이런짓을 해서는 안되는 것이다. 이건 정말로 나쁜 짓이다. 이놈은 정말 나쁜 놈이다. 그러니 그냥 놔둬선 안된다. 언젠가는 반드시 갚아줘야 한다. 그건 그렇더라도 나에게도 잘못은 있다. 작은 토끼처럼 맥없이 당하고만 있어서는 안되는 것이었다. 그건 비겁한 태도였다. 거부하지도 저항하지도 않는 것은, 그건 결국 용인한 거나 마찬가지 아닌가. 그러니 그래서는 안되는 것이었다. 그가 만약 다시 한번 내 목을 껴안고 약국 뒤로 데려간다면 그때는 정말 돌을 들어 찍어버려야겠다. 이마빡이 안되면 뒤통수라도 까버려야겠다. 정말 그래야겠다. 이제는 절대로 멍청하니 있지는 말아야겠다. 벌벌 떨고만 있는 그 어린 토끼처럼 옹송그리고만 있어서는 안되겠다. 그래서는 정말 안되겠다.

밥을 다 먹었는지 큰방에서는 상을 내는 소리가 바람벽을 타고 들려왔다.

흙과 물과 불과 바람의 집

　　할머니는 이제 지팡이를 짚어야 간신히 통시에도 다닐 수 있을 만큼이나 쇠약해져 있었다. 그런 할머니를 육지의 병원에라도 한번 모시고 가 봤으면 싶었지만 여건이 허락지 않았다. 새벽에 객선을 타고 읍으로 나가는 것도 쉽지 않았고, 마음먹고 간다 해도 읍에 변변한 병원이 있는 것도 아니었다. 결국 광주까지 가야 하는데, 가는 데만 거의 하루가 걸렸다. 그런 사정 때문에, 죽을병에 걸려도 감기나 몸살인 듯 누워 앓다가 저승사자가 데리러 오면 그대로 따라 나서는 게 섬사람들의 습성이 돼 있었다. 목숨이 촌각을 다투는 급작스런 상황이면 사선私船을 띄워 보기도 하는 것이지만, 갑판에 누워 더펄더펄 흔들리며 읍을 향해 가다가, 배에서도 못 내려보고 그대로 하늘나라로 떠나는 경우가 대부분이었다. 병원에는 못 데려갈지언정 보약이라도 한 첩 해드리면 좋겠는데 그것도 여의치 않았다. 읍쌀 한 줌 없는 버글버글한 보쌀밥도 감사해야 할 판이니 할머니에게 쓸 돈이 있을 리 없었다.

아무것도 해드릴 수 없는 가난한 형편을 한탄만 하고 있는데 엄니가 어디에서 들었는지 엉겅퀴뿌리를 캐오라 했다. 그것이 신경통에 특효약일 뿐 아니라 기력회복에도 그만이라는 것이다. 갯물에 빠져 허우적대고 있는 참에 지나가는 뗏마를 만난 격이었다. 돈을 들이지 않고도 우리의 노력으로 할 수 있는 방법이 생겨난 것이다. 마음 같아서는 섬의 산들을 이 잡듯 뒤져 산삼이라도 한 뿌리 캐서 달여 드렸으면 싶었지만, 그 귀한 산삼이 우리 섬에 있는지도 모르겠고, 설사 있다 해도 어떻게 생긴지도 모르니 그저 마음만 가질 뿐이었다. 그런데 마침 엉겅퀴가 대신 나타나준 것이다.

아침밥을 입매하고는, 안 가려고 빼무락대는 동생을 반은 어르고 반은 윽박질러, 나는 괭이를 메고 동생은 비료포대를 들고 집을 나선다. 동네를 두른 산과 들은 어디나 우리들의 놀이터인 것이어서, 어디에 의자처럼 생긴 바위가 있어 지나면서 앉아보고, 어디에 움푹 들어간 곳이 있어 바람막이가 되며, 어디에는 떼밭이 있어 축구를 할 수 있고, 어디에는 뱀이, 어디에는 칡이, 어디에는 산딸기가 많은지 손바닥 들여다보듯 빠삭했지만, 엉겅퀴는 전혀 관심을 안 갖던 것이어서 들과 산을 발맘발맘 뒤져야 했다. 첫날은 샘북산으로, 골기미재로, 정골밭골로, 다음날은 너빠통으로, 대세이로, 속은배미로, 그리고 그 다음날은 수통절로, 큰덜로, 논골창으로……, 나와 동생은 엉겅퀴뿌리를 찾아 이없이[69] 산과 들을 뒤지고 다녔다. 만약 갯바탕[70]에도 엉겅

<hr />

69) 쉬지 않고.
70) 물이 난 갯가.

퀴가 있다면 우리는 물이 나기를 기다려 거기까지 샅샅이 뒤졌을 것이다.

온몸에 가시를 달고 있는 엉겅퀴는 그 생김새만큼이나 까탈스러워 논어덕이나 밭둑 저 안쪽에 뿌리를 두고 있었다. 까딱 잘못하면 손을 찌르는 가시나, 자칫하면 논바닥으로 떨어져 내릴 것 같은 높은 어덕도 할머니를 위한 우리들의 마음을 가로막지는 못했다. 대선산을 넘어오는 된바람은 차가웠고, 그 바람에 실린 겨울은 우리들의 귀때기를 베고 갔지만, 할머니를 위한 우리 형제의 정성은 그것들을 이기기에 충분하고도 남았다.

우리가 엉겅퀴뿌리를 캐오면 엄니는 그것을 깨끗이 씻어 말린 뒤 탕기에 달여 냈다. 한약 같은 탕액이 든 흰 대접을 갖다 드리면, 딴기가 적어진 할머니는 간신히 몸을 일으켜, "오따, 내 우래이들! 오따, 내 새끼들!" 하시며 간장 같은 액을 한 모금씩 입 안으로 넘기셨다. 그렇게 깔짝깔짝 한 대접을 다 드시고는, "나가 언능 죽어야 쓸 건디. 나가 언능 가얄 것인디." 하는 앞쪽은소리에 긴 한숨을 섞으셨다.

우리 식구의 정성이 담긴 그 엉겅퀴 액이 할머니의 기력 회복에 얼마나 도움이 될지는 알 수 없지만, 그 탕액으로 할머니가 자리를 털고 일어서는 것은 무망해 보였다. 할머니는 몸이 아파 자리에 누웠겠지만 그보다는 마음의 상실감이 진짜 원인일 것이기 때문이었다. 그렇게 '공들이고 싱들여' 낳아 금이야 옥이야 키운 아들의 죽음 말이다. 할머니는 혹여, 모퉁이를 돌아 저승의 강을 건너버린 아들이 다시 이 세상에 돌아올 수 있을지도 모른다며 하루에도 수십 번씩 산마루를 올려다보고, 하룻밤에도 수십 차례 바람소리에 귀를 모았는지 모

른다. 그러다가 할머니는, 멀쩡하던 샘북산이 바다로 흘러내리는 것
처럼이나, 저 앞바다가 가물의 저수지처럼 바짝 말라버리는 것처럼이
나, 자신의 바람이 불가능하다는 걸 인정하게 됐을 것이다. 아들의 죽
음을 기정의 사실로 받아들이고, 그래서 이제 다시는 이 세상에서 아
들과는 생으로 만나질 수 없다는 것을 확인한 순간에, 할머니는 차라
리 자신이 모퉁이를 돌아 강을 건너자고 작정해버렸는지 모르겠다.
그때부터 할머니의 마음속에는 삶의 의지보다 죽음의 빨판이 승해버
렸을 것이다. 이미 그런 마음의 상태에 가 있는 할머니에게 엉겅퀴뿌
리보다 더한 것도 어쩔 수 없으리라 생각은 하면서도, 그래도 우리들
이 할 수 있는 마지막 정성이라 여겨, 정말로 그악스레 온 산을 더트
고 또 더텄다. 엉겅퀴뿌리가 가득 든 비료포대를 메고 내려오는 우리
형제를 보며, "아야, 들에 산에 항갈쿠 씨매이야매이없것다[71]"고 동생
의 머리를 쓰다듬는 동네어른들이었다.

　맹두산 양지쪽 보리밭이 초록색으로 짙어지고 들판의 유채도 파릇
하게 올라왔지만 할머니는 외려 갱신을 못할 정도가 돼버렸다. 음식
도 간신히 떠 넘겼고 대소변도 받아내야 했다. 방에 들어서면 오만 가
지 냄새로 금방이라도 코피가 터질 것 같았다. 진필이 녀석이 그 냄새
를 못 견디고 자주 잔방으로 도망쳤다. 나도 속으로는 그러고 싶었으
나, 아무도 곁에 없으면 죽음의 송곳니가 더 빨리 할머니를 갉을 것
같아 냄새를 참으며 할머니 곁을 지켰다.

　할머니가 곡기를 못 들인 지 사흘째다. 할머니의 눈은 떠져 있는

---

71) 아예 씨도 없어지다.

시간보다 감겨져 있는 때가 더 많았다. 얼굴도 조금 창백해졌고 볼도 눈에 띄게 여위어졌다. 힘들게 눈꺼풀을 열어 천장을 보는 듯 하다가는 곧바로 다시 긴 잠에 빠져들었다. 해녀들은 바닷물에 몸을 가라앉히기 위해 허리에 너덧 개의 납덩이를 차는데, 할머니는 너무 많은 납덩이를 두르고 잠의 바다에 빠져든 듯했다. 떠오르려 애는 써 보지만 두 발은 죽음의 뻘밭에 깊이 파묻혔고, 온몸 가득 둘려진 무거운 납덩이는 할머니가 죽음의 갯물을 털고 생의 갯가로 나오는 걸 불가능하게 하는 것 같았다.

아적나절에 백련암 스님이 오셨다. 절에 올라가는 길목인지라 그전에도 가끔씩 들러 시주를 받아가시곤 했다.

"보살님, 숨이 가쁘요?"

스님이 할머니의 손을 잡으셨다.

"인자 할아버지랑 아드님 만내러 가실라는갑소. 두 분이서 마중 나올 거니까 걱정 말고 편히 가시믄 되어라우."

할아버지와 아버지를 생각한 것일까. 감고 있는 할머니의 눈귀로 또르르 눈물이 흘러내렸다.

"애야, 할머니 어디 가실 것 같으냐?"

스님이 할머니의 손을 놓고는 나를 보며 물으신다.

"……?"

갑작스런 물음에 나는 스님만 멀뚱히 쳐다보았다.

"애야, 할머니는 이제 모든 생명이 가야 하는 길을 떠나려는 것이다. 이승에서의 마지막 길 말이다."

스님은 나를 이윽히 내려다보시더니 말씀을 이으셨다.

"사람이라는 존재는 오감과 오대로 이루어져 있다. 귀로 듣고, 눈으로 보고, 코로 냄새 맡고, 혀로 맛보고, 피부로 느끼는 것을 오감이라 하고, 땅과 물과 불과 바람과 허공을 오대라 한다. 이런것들이 모여서 사람을 이루느니라."

처음 들어보는 소리다. 사람은 엄니 뱃속에서 만들어져 세상에 나오는 걸로 알고 있는데 느닷없이 오감五感과 오대五大로 이루어졌단다. 그것들이 사람을 구성하는 요소란다. 그런데 구태여 그 이야기를 왜 지금의 할머니 앞에서 하시는 걸까. 아마 나에게라기보다는 할머니 들으라고 일부러 그러는 듯하다. 그러면 스님은 할머니의 오감이 아직 살아 있다고 보는 것이겠다.

"사람이 죽는다는 건 이 오감과 오대가 차례로 흩어지는 것이란다. 사람을 이루고 있는 것들이 차례로 떠나가는 것이지. 할머니는 지금 오감이 흩어지고 있는 듯하다. 다섯 개의 감각이 점점 쇠약해지고 있는 것이겠지. 그래도 아직은 내 말을 듣고 있을 것이다마는."

듣고 계실 거다. 그러니까 조금 전에 스님 말씀에 눈물을 흘리셨겠지. 또 그러셔야 한다. 나는 아직 할머니와 작별인사도 안했다.

"오감이 흩어지고 나면, 이제 오대 중에서 맨 먼저 땅의 기운이 빠져나간다. 몸이 힘을 잃게 되는 것이지. 일어설 수도, 무엇을 잡을 수도, 몸을 뒤척일 수도 없다. 얼굴은 창백해지고 볼은 푹 꺼진다. 이빨도 검게 변하고 눈도 뜨기 힘들어 계속 감고 있게 되지. 몸이 무거워 자꾸 베개를 높여 달라 하고, 졸음에 빠져 잠만 잔다."

지금이 바로 그 상태인 듯하다. 어제는 좀 덜했지만 오늘은 아침부터 마냥 주무시기만 했다.

"다음에는 물의 기운이 빠져나간다. 콧물이 새고, 눈곱이 끼고, 오줌을 못 참기도 한다. 어떤 사람은 검은 똥을 흘리기도 하지. 입술은 엉그름지고, 콧구멍은 꺼지고, 몸은 부들부들 떨게 된다. 죽음의 냄새가 사람을 뒤덮는 순간이다. 당사자는 추웠다더웠다를 반복하게 되지. 경우에 따라서는 거대한 바다에 빠지는 느낌을 받기도 한단다."

할머니는 아직 그 단계는 아닌 모양이다. 얼굴이 창백해지고 볼도 좀 야우라지기는 했지만 콧물이 흐르지는 않는다.

"물이 빠져나가면 그 뒤에는 불의 기운이 흩어진다. 손과 발에 있던 온기가 심장으로 새나가게 되지. 입과 코는 메말라 붙고 숨결은 차가워진다. 이제는 더 이상 마실 수도 소화시킬 수도 없다. 기억도 소멸되고 생각도 불가능하게 된다. 불이 빠져나가니 손발은 점차 식어 갈밖에."

할머니의 손을 잡아 보았다. 따뜻하다. 아직 불의 기운이 남아 있다.

"다음에는 바람이 빠져나간다. 바람은 목을 통해 빠져나가는데, 그래서 숨쉬기가 곤란해지지. 들숨은 짧아지고 날숨은 길어진다. 눈을 치켜뜬 채 몸은 거의 못 움직이게 되고 모든 것이 흐릿해진다. 세상에 대한 마지막 느낌이 지나가는 과정으로 당사자는 환각에 빠지고 환상을 보게 되지. 부정적인 성향의 사람은 무시무시한 형상을 보고는 비명을 지르기도 하지만, 자비심으로 세상을 산 사람은 극락을 보고 그곳 사람들을 만나기도 한다. 세상을 착하게 산 사람은 죽는 순간에 오히려 마음에 평안이 깃든단다."

스님은 마지막 마디에서 할머니를 내려다보셨다. 아마도 할머니께 그 말을 해주고 싶으신 듯했다. 죽음이 공포나 두려움이 아니라 평안과 안락일 수 있고, 그것이 세상의 끝이 아니라 극락의 질앞이라는 것을 말해줌으로써, 이제 그곳으로 들려는 할머니의 마음을 편안하게 해드리려는 의도 같았다.

"이제 들숨은 좀더 얕아지고 날숨은 담담 깊어진다. 피가 심장으로 들어가는 단계라고 할 수 있지. 마지막 날숨을 내쉬기 위해 세 가지 핏방울이 모인다. 곧이어 길게 세 번 숨을 몰아쉬고는 갑자기 숨이 멎는다. 그러면 몸의 숨은 끊어지는 것이란다."

지금까지 누구도 해준 적 없는 참으로 신기한 이야기이다. 학교에 가면 선생님들은 공부만 하라 했고, 동네어른들은 누구네 자식이 육지에 나가 돈 많이 벌었다는 얘기들만 했다. 그런데 스님은 세상 모든 생명들의 운명과 그 생명들이 생을 마감하는 과정을 들려주고 있는 것이다.

"사람들은 몸의 호흡이 멎으면 끝이라고 생각해 돌아가신 분을 붙들고 우는데, 그러면 안된다. 몸의 호흡은 끝났지만 혼은 아직 숨을 쉬고 있기 때문이다. 그러므로 절대로 돌아가신 분의 몸을 함부로 만져 다음 행로를 방해한다든가, 크게 울어 가족에 대한 애착심을 못 놓게 해서는 안된다. 세상에 대한 미련을 내려놓고 평온한 마음으로 죽음과 환생의 건널목을 지날 수 있도록 도와주어야 한다. 조용히 기도하면서 명복을 비는 게 가시는 영혼에 대한 바른 태도란다."

아, 그렇구나. 몸의 숨이 끝났다고 모든 게 끝난 것이 아니로구나. 육신의 숨결 너머에 영혼의 호흡이라는 또다른 세계가 있는갑구나.

"몸과 혼의 숨이 멎고 난 뒤에 영혼은 사십구일 동안 삶과 죽음의 세계를 왔다갔다 한다. 이쪽세상에서 저쪽세상으로 건너기 위한 준비과정인 셈이지. 그러다가 저쪽세상에 적응 준비가 끝난 사십구일째 되는 날 새로운 인연처를 만나 떠나게 된다. 그래서 절에서는 죽은 지 사십구일째에 천도재를 지내 그 혼을 극락으로 인도하는 것이란다."

그러면 죽음이 삶의 끝이 아니고 그 뒤에 또다른 세계가 있단 말인가. 죽음이 생의 소멸이 아니고 다른 세계로 들기 위한 문턱이란 말인가. 쉽게 이해가 안되는 말씀이었다. 물어보고 싶지만 그럴 상황이 아니다. 나중을 기약하는 수밖에.

"보살님, 보살님은 공덕도 많이 쌓고 자비심으로 세상을 살았으니 극락에 가실 거요. 그런께 맘 편히 묵으시오. 편안히 한 발 한 발 가시믄 되어라우. 부디 극락왕생하시요이. 나무관세음보살."

스님이 다시 할머니의 손을 잡고는 극락왕생을 기원해주었다. 나도 스님을 따라 마음속으로 나무관세음보살을 뇌었다.

"애야, 이리 나온나."

스님이 나를 밖으로 불러내셨다.

"아마 내일쯤 할머니가 떠나실 거다. 좋은 데 가실 거니까 편안히 모시거라. 아버지가 안 계시니 네가 들어가서 할머니 손톱하고 발톱 깎어놨다가 나중에 관에 넣어드리거라. 이제 마음의 준비를 해야 한다. 그리고 사십구재 때는 할머니 부탁이니까 꼭 절에 오니라. 나무관세음보살."

스님은 내 어깨를 잡은 채 당부하시더니 방을 향해 합장을 하고는 질앞으로 나가셨다.

나는 스님의 등거리에 꾸벅 인사를 하고는 방으로 들어갔다. 그리고 손톱깎이를 찾아들고 할머니 곁에 앉았다.

살며시 쥐어본 할머니의 손은 거칠기 그지없다. 손가락은 이리저리 제멋대로 휘어지고 손톱은 절반이 닳아 없어졌다. 손바닥은 나무껍질처럼 딱딱하다. 할머니는 손이 그리 되도록 평생을 일만 하셨다. 나무뿌리처럼 왜틀비틀 구부러진 손가락과, 몽당연필처럼 닳아 없어진 손톱과, 굳어버린 밀가루 반죽처럼 딱딱하고 맨들맨들해진 지문 없는 손바닥이 할머니의 삶이었다. 할머니의 일생은 오직 몸으로 산 세월이었다. 생명으로 나면서 가지고 온 조그만 육신 하나로 이 거대한 세상을 살아내신 것이다. 이 세상에서의 시간 동안 할머니의 육신은 세월과 세상에 자직자직 닳아졌다. 하여, 작은 육신이 다 소진되고 이제 더 이상 세상을 견딜 몸뚱이의 힘이 팽기자 육신이 없어도 되는 곳으로 떠나려는 것이리라. 새것으로 와서, 이 세상에 사는 동안 악착같이 그 몸을 다 쓰고, 더 이상 쓸 게 안 남은 완전한 빈것으로 떠나는 삶은 얼마나 아름다운가. 애홉기는 하지만, 그러나 몸뚱이 하나로 살았던 그 생으로 해서 할머니는 거룩하고 또 거룩하였다.

이 세상에 사는 동안 내가 몇 번이나 할머니의 손발톱을 깎아드렸을까. 밤에 손톱을 깎거나, 그 쪼가리를 까마귀가 주워 먹으면 눈이 어두워진다며, 할머니는 낮에 손톱을 깎으라 했고, 깎은 쪼가리도 종이에 잘 싸서 구덕에 버리라 했다. 내가 어렸을 때는 할머니가 가위로 우리들것을 깎아주었지만, 우리가 성장하고 손톱깎이가 생기자 할머니가 우리에게 손과 발을 내미셨다. 할머니와 나는 그렇게 손톱과 발톱을 깎아주는 인연으로 이 지상에서 만나져, 삶의 시간 동안 서로의 것을 깎아주다가, 먼저 깎아주었던 자가 먼저 떠나려는 것이다. 깎아주던 그 손톱과 발톱들도 어쩔 수 없이 헤어져야 한다. 나중에 다시 만날 수 있을지 어쩔지 몰라도 지금은 헤어져야 한다. 아마 이것이 지상에서 만져보는 할머니의 마지막 손이며 발이리라. 할머니는 이제 저 세상으로 가기 위해 몸단장을 해야 한다. 나중 떠나는 자가 먼저 떠나려는 자의 것을 해줘야 한다. 그것이 할머니와 나의 이 지상에서의 관계였다.

나는 온 정성을 다해 손가락과 발가락의 톱을 깎았다. 그리고 관에 넣어드리기 위해 그 마지막 톱 쪼가리들을 헝겊에 잘 싸서 아랫목 모서리 장판 밑에 넣어두었다.

밤이다. 어쩌면 숨을 쉬는 할머니와의 마지막 밤일지도 모른다. 내일 밤이면 할머니는 작년의 아버지처럼 병풍 저쪽에 누워 있을 수도 있다. 하루 이틀 더 숨을 쉰다 해도 큰 차이는 없을 것이다. 살아 있는 모든 존재들이 가야 하는 길이므로 할머니도 가야 한다.

엄니와 진향이는 잔방으로 건너가고 진필이는 윗목에 잠이 들었다. 할머니는 홑이불을 덮은 채 아랫목에 반듯이 누웠다. 나는 아버지 때처럼 소켓의 스위치를 돌려 전깃불을 끄고는 아직도 윗목 모서리에 걸려 있는 초꼬지에 성냥을 그었다. 환한 전깃불 아래서는 아무 말도 못할 것 같았다. 환하게 드러나는 것 말고, 밝아서 훤히 보여버리는 그런 것 말고, 희미하게 꺼물거리는 시간들 속에 있고 싶었다. 그리고 할머니가 내 탯줄을 자른 거기에서부터 기억의 냇물을 싸북싸북 걸어내리고 자펐다.

"함마이, 인자 숨쉬기도 뻐친가?"

내 말을 들었는지 할머니가 가쁘게 숨을 내쉰다.

"함마이, 함마이가 있어서 우리가 이렇게 생겨났네야. 함마이가 없었으믄 어떻게 아부지가 있고 우리가 있것는가. 다 함마이 덕이제. 이렇게 세상에 생기게 해준 것만도 아짐찬하네. 그걸로 함마이는 할 일 다 했네. 그라께 안 서러워해도 되네."

할머니의 손을 꼭 쥐고는 고맙다는 말을 했다. 세상에 나서 처음 해 보는 말이다.

"여덟 살 땐가, 뭔 잘못으로 밥도 못 묵고 엄니한테 쫓겨났데야. 날은 어둬지고 방에는 못 들어오고, 그래서 행랑 나뭇광에 숨었었드마. 함마이하고 엄니하고 하는 말이 다 들리데. 함마이는 얼른 나 찾어오라 글고, 엄니는 영금 뵌다고 내베두라 하든마. 그 말 들음시로 나는, 나를 함마이가 낳은지 알았다께. 거기 쪼글시고 앉아서 혼자 울었드네."

그랬다. 할머니는 어서 찾아오라 하고, 엄니는 성질 고친다며 그냥 두라 하고, 나뭇간을 나가 방에 들고 싶은데 그러지는 못하고, 그래서 그곳에 옹송그리고 앉아 할머니 말에 목이 멨었다. 엄니가 나를 어디서 주워왔는갑다고 생각했었다.

"함마이…, 한압시하고 함마이하고 공들이고 싱들인 이야기는 신물 나도록 들었제만 나는 하나도 안 씨익씩하든마. 사람이 그런 정성으로 공을 들인다는 게 신기도 하고, 그 공력으로 고모랑 아부지 낳은 거는 더더욱 신비스럽고. 한압시 일찍 돌아가시고 함마이 혼자 아부지 키느라 을마 애팼든가. 나중에 아부지가 함마이한테 둑 부릴[72] 때

---

72) 성질부리다.

나도 속으로는 성질나든마. 그렇게 애피서 낳아주께로 아부지는 어채 저라까, 그런 생각이 들드라께. 나도 그랬는데 함마이는 을마나 섭했 었든가."

아버지를 얻기 위해 공들였던 이야기를 매일 저녁 들어도 나는 하나도 물리지 않았다. 그 공력이 있어 내가 이 세상에 있어진 것이었다. 할아버지와 할머니의 그 정성이 없었다면, 그래서 아버지가 이 세상에 안 생겼다면, 이렇게 생각하고 느끼고 숨 쉬는 나라는 존재가 어떻게 생겨날 수 있었겠는가. 그런데 그런 할머니가 무엇이 마음에 안 드는지 아버지는 가끔씩 할머니께 성질을 부렸고 때로는 틱틱거리기도 했다. 나는 그게 못마땅했다.

"함마이, 아부지 몬침 보내놓고 마이 울었제. 함마이가 말 안해도 속으로 다 짐작했네야. 아부지만 안그랬으믄 함마이가 더 살고 갈 건데, 아부지 따러가고 재페서 이런다는 것도 다 아네. 그것이 함마이 맘인데 어차것는가. 그라께 거기 가서 한압시랑 아부지랑 만내서 잘 살게이. 여기 있는 우리도 온막 잘 있드라고 그래주게이. 인자 나도 다 크고 진필이 진향이도 커가게 걱정 안해도 된다 하게이. 엄니 잘 모시고 동생들 단도리 잘 한다드라고 일러주거이."

한시라도 빨리 저 세상으로 가버리고 싶은 것이 할머니의 마음이 었는지 모르겠다. 더 이상의 희망이나 보람이 없는데 어떤 끈이 여기에서의 목숨을 이어가게 하겠는가. 그 끈을 잃어버려 할머니는 스스로 저쪽으로 가시려고 마음먹은 것이리라. 이 세상 것들이야 이제는 우리들 몫일 터이니 저쪽에 가서서 부디 할아버지랑 아버지랑 행복했으면 좋겠다.

"어쩌면 이것이 함마이하고 마지막 밤일지도 모르것네야. 해나[73] 잠자고 있는데 함마이 혼자 핑 가베는 안되네이. 숨이 너무 가쁘믄 꼭 나 깨야 쓰네이."

우리에게 슬픔 안 주려고 할머니 혼자 핑 가시면 안되는데, 마지막 순간까지 내가 할머니 곁에 있어줘야 하는데, 그래야 하는데. 우리할머니는 절대로 말도 안하고 혼자서 무심하게 가시지는 않을 것이다.

할머니 안 슬프게 하려고 울음을 참으려 했지만 말은 결국 울음의 국물에 말아져버렸다. 할머니와 영원히 헤어지는 게 슬프기도 했지만 할머니의 한뉘가 너무도 애드러워서였다. 바다 가운데 꼬막껍데기처럼 엎드린 외딴섬에서 나서 그보다 조금 큰 섬으로 시집와, 평생을 논과 밭과 산과 바다를 허덕이다 떠나가는 삶이 참으로 애달팠다. 육지에도 한번 못 나가 보고, 기차도 한번 못 타 보고, 그 좋다는 서울 구경 한번 못 해보고, 그런 채로 이렇게 떠나야 하는 게 못내 가슴 아팠다. 아픔의 극한이었을 아버지의 죽음에 이르자 내 가슴은 기어이 울음으로 뭉그러졌다.

그렇게 흐느끼고 있는데 갑자기 할머니의 손이 따뜻해져 왔다. 깜짝 놀라 할머니를 보니 눈사부랭이에서 눈물이 흘러내리고 있다. 할머니와 내가 같은 기억의 골목을 거닐고 있는 모양이다. 마주잡은 손이 두 혼을 하나로 이어주고, 그럼으로써 두 개의 혼이 하나의 발자국을 만들며 걷는 듯했다. 나와 할머니는 그렇게 하나의 혼이 되어 과거의 고샅을 구석구석 누볐다. 어느 골목은 기쁨으로 손길이 뜨거워졌

---

73) 행여나.

고, 어떤 골목은 슬픔으로 숨결이 가라앉았다. 나는 가라앉아 있는데 할머니만 뜨거워진 순간이 있었다. 내가 기억 못하는 때를 할머니 혼자 거니는 듯했는데, 아마 엄니로부터 탯줄을 자르고는, 이 세상 전부보다 귀한 고추를 확인하고 기쁨에 달떠 내 엉덩이를 찰싹이는 순간이 아닐까 싶었다. 그때의 고추만큼 감격적인 또다른 것이 할머니의 삶에서 있을 수 있었을까. 할머니에게는 내 고추가 이 세상에서의 모든 기쁨을 이끼고도 남을 만큼의 것이었을 것이다. 할머니와 나는 그렇게 기억의 골목들을 자근자근 헤집고 과거라는 고샅을 자박자박 걸었다. 두 영혼이 하나가 되어 같은 과거와 기억을 거닐 수 있다는 것을 나는 그때 처음으로 알았다.

아침에 일어나 저수지둑에 올라 바람을 쐬고 오니 엄니가 종이뭉치를 내놓으셨다.

"아야, 검은 똥 나온 거 보게 함마니 돌아가실랑갑다."

스님의 말씀대로 물의 기운이 빠져나가고 있었다. 콧물이 흐르고 눈곱도 많이 끼었다.

정오쯤에 불의 기운이 빠져나갔다. 입을 조금 벌린 채 가쁘고도 거칠게 숨을 몰아쉬었고, 손과 발은 점점 차가워졌다. 마지막 남아 있는 따뜻한 기운들을 심장으로 모아들이는 듯했다. 나는 할머니의 손을 잡은 채 귀에다 속삭였다.

"함마이…, 함마이 덕에 쬐끔했던 내가 이만큼이나 컸네. 함마이…, 참말로 아짐찬하네이. 참말로 고맙네이."

할머니의 뺨을 손으로 쓸었다.

"함마이, 인자 좋은 데로 가시게이. 가서 한압시랑 아부지랑 다 만내서 웃음시로 사게이. 인자는 더 서럽지 말고 편안하시게이. 스님 말씀대로 저 세상에서 또 만내세이. 그래서 우리 식구 온막 손잡고 행복하게 살세이. 사랑하는 함마이, 조심해서 가시게이."

할머니의 얼굴에 순간적으로 미소가 스치는 듯했다.

가쁜 숨이 변하여 긴 한숨처럼 세 번 이어지더니 이내 조용해졌다. 몸의 숨이 끝난 것이다. 할머니도 아버지처럼 모퉁이를 돌아 저쪽 세상으로 가져버린 것이다.

옆에 있는 엄니에게 잠깐만 조용하시라 했다. 스님 말씀대로라면 할머니는 아직 혼의 숨을 쉬고 있을 것이었다. 할머니 손에서 느껴지는 미세한 온기가 그걸 말해주었다. 그런데 그것이 점점 시그러지고 있었다. 나는 잦아 들어가는 온기의 발길을 손으로 느꼈다. 그것은 이곳의 존재가 다른 어디로 멀어져가는 발자국이었다. 어디로 가는지는 모르겠지만 여기서 떠나고 있는 것은 확실했다. 한참을 그렇게 있다가, 온기가 완전히 빠져나가고 난 뒤 엄니에게 할머니가 떠나셨다고 말씀드렸다. 몸의 숨을 거두고 나서 한 끼 밥을 먹을 만큼의 시간이 흐른 것 같았다.

울었다. 그리고 또 울었다. 울음은 아버지 때와는 다르게 끝없이 흘러나왔다. 도대체 내 안의 어디에 그렇게 길고도 질긴 울음의 강이 있어 그리도 하염없이 울음의 물줄기를 흘려내는지 알 수 없었다. 아버지 엄니가 들으면 섭섭할지 몰라도 나는 할머니의 아들이었다. 그러니 나에게는 엄니가 돌아가신 것이나 마찬가지였다. 이제 고아가 되어버렸다는 막막함이 나를 울음의 늪에 밀어 넣고는, 아래에서는 계속해서 발을 잡아당기고 위에서는 못 나오게 꺼방을 쳐[74] 그곳에서 못 빠져 나오게 했다.

사람들이 할머니를 들여다보러 왔지만 아버지 때와는 확실히 분위기가 달랐다. 사람들 사이에는 웃음소리도 돌았고, 초상을 준비하는 사람들의 표정도 침울하지만은 않았다. 마당에서는 윷판이 벌어져 밤새 시끄러웠다. 마흔을 못 넘긴 아버지와 일흔을 넘긴 할머니의 차이였다.

할머니는 일 년 전 아버지가 갔던 길을 그대로 따라가 할아버지 곁에 누우셨다. 아버지가 돌아가시고 난 뒤 할머니가 어서 가고자 했던 자리인지도 몰랐다. 정성과 치성을 다해 낳은 아들을 그렇게 허망히 보내고는, 죽지 못해 밥은 떠넘기고 살아 있어 숨은 쉬지만, 사실은 죽은 거나 마찬가지인 시간 동안 가서 눕고 싶었던 장소였으리라. 땅 위에 있으면서 오히려 가고 싶었던 땅속의 곳이었으리라.

아버지보다 나중 떠났지만 할머니가 먼저 땅에 묻히셨다. 할머니를 땅에 묻어야 아버지를 묻을 수 있을 것이었다. 어쩌면 할머니는, 당신 속에서 나온 자식을 차마 먼저 땅에 묻을 수 없어 땅 위에 초분으로 만들어 놓고는 그리도 서둘러 땅속으로 들어간 것인지도 모르겠다. 그것이 어쩌면 새끼를 앞세워야 했던 어미의 애끊는 마음이었는지도. 그런데 이제 할머니 자신이 먼저 땅속에 묻혀 아버지를 맞게 됐으니 그나마 마음이 좀 편해지셨을 것도 같았다.

장례가 끝난 집안은 더욱 횅뎅그렁해졌다. 일 년 사이에 집안을 지탱하던 두 기둥이 떠나 버린 것이다. 집안의 여기저기에 커다란 구멍

---

74) 물속에서 나오려는 사람을 머리를 눌러 다시 물속으로 밀어 넣는 것.

이 뚫리고 거기에 깊은 어둠이 자리 잡은 느낌이었다. 그럴수록 더 단단해져야 한다고 앙다짐은 하지만, 길을 걷다 보면 불현듯 커다랗고 시커먼 허무의 수렁이 저만치에서 아가리를 벌리고 있었다. 허무의 그 커다란 주둥이가 나까지 집어삼킬까 싶어, 길을 걷다가도 움찔, 몸을 오그리지 않을 수 없었다.

때리는 것은 나쁘다

한 해를 쉬고 학교에 들어가니 애들과의 관계가 영 이상해져 버렸다. 우리동네 애들은 내가 형이라는 걸 알고 있어 말을 조심했지만, 다른 동네 애들은 내가 육지에서 전학 온 줄 알고 함부로 말을 텄다. 그렇다고 이제는 같은 학년인 주제에 말을 올리라 할 수도 없는 일이었다. 또 국민학교는 동창이지만 중학교는 한 해 위인 친구들에게 말 끝을 어찌 해야 할지도 애매해져버렸다. 학교에서야 말을 걸 기회가 없어 괜찮았지만 동네에서가 문제였다. 한동네에서 나고 자라 어릴 때부터 편하게 말을 해왔는데 중학교가 한 해 늦어졌다고 갑자기 말꼬리를 바꾸는 것도 어색한 일이었다. 그래서 위와 아래 모두에게 어정쩡한 상태가 돼버렸다. 한 해를 꿇다 보니 별 '삐비껍덕'[75] 같은 것이 다 속을 썩였다.

어정쩡함이 아직 정리 안된 어름이었다. 연례행사로 그런 일이 있

---

75) 삘기 껍질. 시시하고 하찮은 것.

는 듯했는데, 무슨 '신고식'을 한답시고 한 해 위 애들이 단체로 집합을 시킨 모양이었다. 장소는 국민학교 구령대 밑이랬다. 운동장 안쪽을 따라 어른 키보다 높게 축대를 쌓고 축대와 교실 사이의 물매진 곳은 일곱 개의 계단으로 스탠드를 만들었다. 구령대는 긴 스탠드의 중간쯤에 있다. 축대 앞쪽에 여섯 개의 시멘트기둥을 세우고, 맨 아래 계단과 수평으로 '공구리를 쳐' 만들었다. 구령대 밑에는 키 높이의 공간이 생기게 되었는데, 그런 곳이 으레 그렇듯 좀 으슥한 느낌을 주었다. 한쪽은 벽을 쌓아 놓아 운동장에서 놀던 아이들이 안쪽에다 너도나도 오줌을 싸대는 바람에 코를 싸 쥘 정도로 지린내까지 진동하게 되었다. 그 꾸질꾸질한 데로 아무 날 아무 시까지 한 명도 빠지지 말고 집합하라는 것이다.

가기도 그렇고, 그렇다고 안 가기도 그랬다. 중학교로 따져서는 가야 하는데, 국민학교로 따져서는 갈 필요가 없었다. 분명히 무슨 일이 있을 것만 같은데, 가야 하나 말아야 하나. 한참을 꾸물거리다가 여차꼴로[76] 가보기로 했다. 저쪽에서 열외를 시키기 전까지는 나는 이제 엄연히 한 해 밑이었다. 또 국민학교 동무들인데 어쩔라디야 싶기도 했다.

부모님이 가지 말랬다거나 몸이 아프다거나 하는 핑계로 몇이 빠지고 열대여섯이 집합했다. 구령대 앞에 우중거리고 있는데 교문 쪽에서 한해위들이 몰려오는 소리가 들렸다. 자기들끼리 가로세로 떠들고 오더니 그중의 한 애가, "이 새끼들, 개판이구만" 하며 말끝을 꼬아

76) 시험 삼아. 어쩌나 보려고.

올렸다. 그러고는 곧바로 "일렬횡대로 집합!" 한다. 한해밑들은 벽을 등지고 쪼르르 한 줄로 늘어섰다. 그러자 아까 소리를 꼬았던 그 녀석이 "차렷! 열중셧!" 하며 군기를 잡는다. "선배들한테 인사를 잘 안한다!", "좆만한 새끼들이 싸가지가 없다", "선배는 하느님과 동창이다"라며 신이야넋이야 일장 연설을 한다. 같이 소 뜯기러 다니고, 만날 어울려 모방[77]에서 고구마 쪄 먹고, 겨울이면 앞서거니 뒤서거니 나무 하러 다니는 아랫집 동생과 윗집 형이고, 개중에는 학년은 달라도 동갑인 경우도 있고, 나이는 더 먹었지만 학교는 후배이거나, 학교는 먼저이지만 나이가 적은 경우도 있는데, 인사는 뭐고 싸가지는 또 무슨 얼어죽을 싸가지겠는가. 달리 책잡을 게 없고 머쓱해서 해보는 소리겠다.

그 친구가 뭐라 뭐라 하고 있는 중에 다른 한해위들은 잔뜩 폼을 잡은 채 한해밑들 앞을 어슬렁거린다. 콩이야팥이야 떠들던 녀석이 "아구지 받쳐!" 한다. 혹시 잘못 맞아 이빨이 나갈 수도 있으니 손바닥을 밖으로 향하게 양팔을 교차시켜 뺨을 받치라는 것이다. 처음 해보는 것이라 옆의 애를 곁눈질해 모양을 갖췄다. 곧이어 저쪽에서 "짝짝 퍽!" "윽!"이 시작되더니, "짝짝 퍽!" "윽!", "짝짝 퍽!" "윽!"으로 이어진다. 벽을 등진 채 아구지를 받치고 일렬횡대로 늘어서 있는 한해밑을, 한해위가 양쪽 뺨을 "짝짝!" 후리고 배를 "퍽!" 치면, 한해밑은 "윽!"으로 반응하고, 한해위는 오른쪽으로 한 칸 이동해 또다른 한해밑을 치는 것이다. 이슥한 밤의 지린내 나는 구령대 밑에 느닷없는 몸

<hr />

77) 행랑채에 들인 방.

의 돌림노래다.

어릴 때부터 동무로 지내온 녀석들에게 뺨을 맞아야 하다니. 학교를 한 해 꿇었다고 이런 꼴을 당해야 하다니. 대략난감이었다. 맞자니 자존심이 상하고 그냥 가버리자니 분위기를 깰 것 같다. 이럴 수도 저럴 수도 없는 상황이다. 암만 그래도 국민학교 동창들에게 뺨을 맞을 수는 없는 일이었다. 나는 조용히 열에서 나와버렸다.

"야! 저 새끼는 뭐냐?"

한 녀석이 소리친다. 나는 못 들은대끼 교문을 향해 걸었다. 몇 걸음 걸어 나오는데 한 녀석이 뛰어오더니 앞을 가로막는다.

"야, 너 이 새끼, 너는 왜 가 임마!"

하며 멱살을 쥔다.

"퍽!"

손바닥으로 녀석의 목덜미를 쳐버렸다. 녀석이 훌렁 옆으로 나자빠졌다. 나는 그대로 교문을 걸어 나왔다.

다음날, 나에게 맞았던 녀석이 어제 그곳으로 나오라 했다. 암만해도 다구리를 놓을 것 같아 안 나갈까 하다가 비겁하기 싫어 나가기로 했다. 끝까지 개길 의도가 아니라면 고패를 숙이는 수밖에 없었다. 떼거리인 녀석들을 이길 수는 없는 일이었다. 그래도 야코는 죽기 싫어 교문에 들어서면서 담배를 피워 물었다. 구령대 밑에 한 녀석이 어른거린다. 분명히 그 옆에 두어 녀석이 더 있을 것이었다.

"좆만한 새끼, 담배 안 꺼!"

예상대로 구령대 밑에서 두 명이 더 나왔다. 삼 대 일이다. 맞장 뜰 수 있는 싸움이 아니다. 게다가 그냥 맞아버리기로 이미 마음먹은 터다.

"똑바로 서 이 새끼야. 좆만한 새끼가 까불고 있어."

구령대 밑에 들자마자 한 녀석이 귀쌈을 갈긴다. 가만히 맞고 섰었다. 세 녀석이 돌아가며 귀뺨을 때리고 주먹으로 친다. 주저앉았는데 한 녀석이 옆구리를 걷어찬다. 순간적으로 붙어볼까 생각도 했지만 상대가 될 수 없는 상황이다. 끝까지 물고 늘어져야 할 만큼 가치가 있는 것도 아니었다.

"너는 인자 후배여 임마, 알었어? 그니까 까불지 말어이."

그 말을 남기고 녀석들은 교문을 향해 걸어 나간다.

나는 천천히 몸을 일으켰다. 코피가 나는 것 같아 코를 풀었다. 입에서도 피가 나는 듯해 침을 뱉었다. 어차피 한 번은 넘어야 할 문턱을 지났다는 생각이었다.

그 후로도 가끔씩 한해위가 한해밑을 집합시키는 모양이었다. 나는 그 집합에 더는 안 나갔다. 한해위들도 그것을 호비지는 않았다. 한해위는 그 한해위가 집합시켜 똑같은 짓을 하는 듯했다. 한 해가 지나면 지금의 한해밑은 또 그들의 한해밑을 집합시킬 것이다. 그 한해밑은 또 그 밑을 집합시키겠지. 언제 시작됐는지는 몰라도 그것은 전통이라는 이름으로 지네의 마디처럼 구불구불 이어져 왔고, 언제까지일지는 몰라도 또 그렇게 이어져갈 것이겠다.

이슥한 밤에 지린내 나는 곳으로 사람을 불러내어 아무 까닭 없이 그렇게 아구지를 받치게 하는 것은 어떤 이유로도 정당화될 수 없을 것이다. 언제 누구들이 시작했는지는 몰라도 없어져야 할 나쁜 짓임에는 틀림없었다. 그렇더라도, 이제 커나가는 중학생들이 야밤에 그렇게 구령대 밑에서 하는 짓은 어찌 보면 애들끼리의 장난일 수 있고,

그것이 지나치지만 않는다면 그 또래에서 할 수 있는 치기어린 행동 쯤으로 봐 줄 수도 있을 듯했다. 그러나 정녕 이해할 수 없는 것은 다른 데 있었다.

대부분의 부모들이 공부를 제일로 쳤지만 모든 부모들이 다 그런 건 아니었다. 자식들이 너덧씩 되고 입에 풀칠도 하기 힘든 판에 영어 단어 하나나 수학문제 하나가 눈에 들어올 리 없었다. 공부가 최고라는 건 다 먹고살 만한 사람들의 배부른 타령일 수 있었다. 그런 생각을 가진 부모들은, 어장을 나가면서 애들에게 노를 젓게 했고, 상사리를 낚아 팔아 가용에 보태게 했다. 내일이 시험인데도 애들에게 망태를 들려 소꼴을 베게 했고, 좀 심한 경우에는 농번기 때는 아예 애들을 학교에 안 보내기도 했다. 그니들에게 학교는 코앞의 바쁜 일을 다 해놓고 한가할 때 가외로 가는 곳이었다. 그러니 국민학교를 졸업할 때까지 한글의 종짓굽을 못 떼고 따듬따듬 걸음마만 하는 애들도 있었고, 국민학교 2학년 때 놓아야 할 구구단 책받침을 중학교 때까지 들고 다니는 늦깎이들도 있었으며, 악보처럼 금이 그어진 영어노트에 일학년 내내 알파벳만 써대는 눈자라기들도 있을 수밖에 없었다.

공부를 가르치려 해도 여건이 안되는 경우도 있었다. 전교생이 스무 명 남짓인 '권덕 분교'는 4학년까지밖에 없어 5학년이 되면 면소재지 본교에 합류해야 했는데, 학교까지가 재를 세 개나 넘는 십릿길이었다. 그 반대쪽에 있는 마을인 '구화리' 애들은 국민학교를 졸업하면 두 개의 재를 넘어 면소재지 중학교에 다녀야 했다. 새벽밥을 먹고 도시락을 챙겨 그 먼 길을 걸어와 두어 시간 졸고, 점심 먹고 두세 시간 수업을 하고는 길을 되짚는다. 산길을 걸어 집에 이르면 깜깜한 밤이

다. 밥이 코로 드는지 입으로 드는지 모르는 판에 숙제는 무슨 얼어
죽을 숙제냐. 숟가락을 든 채 방바닥에 모로 뻗었다가 다음날이면 또
새벽밥을 먹고 학교로 향한다. 공부를 하려고 학교에 다니는 게 아니
라 교실을 찜하고 오려고 가는 꼴이다. 그중에는 공부를 좀 하는 애들
도 있기는 하지만, 가방 들고 왔다가 가기 바쁘고 집에 들면 자빠지기
에 급급한지라 대부분 공부에는 젬병이었다. 그런데 특이한 것은, 동
네 대항 계주에서는 그 동네가 항상 일등이고 전교생 마라톤대회에서
는 여지없이 그 동네 애들이 줄줄이 앞자리를 차지하는 것이었다. 이
빨 대신 가진 그 애들의 뽈이었다.

권덕리와 구화리 애들이 새끼로 가방을 멜빵 해 거북처럼 등에 지
고 매일 이십 리를 걸어 다니는 청산중학교의 수학 선생님 별명은 '원
생이'였다. 머리가 정수리 어름까지 벗어진 데다 뾰족하니 빤 하관이
원숭이를 닮은 탓도 있었지만, 소풍날 장기자랑에 선생님들 대표로
나서서는, 긴 턱을 앞으로 쑥 내민 채 혓바닥을 날름대며 양손을 겨끔
내기로 뻗었다 들였다 하는 춤 모습이 영락없이 원숭이를 닮아 붙여
진 이름이었다.

원생이선생님은 숙제를 안 해오거나 앞에 나와 문제를 못 푸는 애
들은 무지하게 팼다. 여기저기 패인 시멘트바닥에 애들을 엎드려뻗치
게 하고는 몽둥이질을 해댔다. 껍질 벗긴 지 얼마 안돼 아직 푸르딩딩
하고 특유의 고약한 냄새가 코를 찌르는 탱자나무 몽둥이로였다. 수
학시간이 돌아오면 공부 잘하는 네다섯을 빼고는 대부분의 애들이 제
발지발 자신의 이름이 안 불려지기만을 간절히 바라고 또 바랐다. 공
부를 못하니까 맞을 수밖에 없다고 생각은 하면서도, 맞으면서 기분

까지 더러워지는 건 좀 그랬다. 원생이선생님은 무지막지하게 매질을 하면서 꼭 "섬노무새끼들!"을 추임새로 넣었다. 저 아래 내려다보이는 선창에는 어선들이 어지럽게 헤들어 있고, 어른들 중에도 배 타는 사람들이 많아 '뱃놈'이란 말에 익숙하듯, 섬에서 나고 섬에서 자라고 있으므로 '섬놈'이란 말이야 귀에 익어 그러려니 하지만, 우리가 아직 '어미'나 '아비'가 아닌 '새끼'일지라도, 그 '새끼'와는 분명히 말무늬가 다른 그 선생님의 '새끼'에는 기분이 상한 게 사실이었다. 그것도 모자라 "멍청한 섬노무새끼들!"이니, "섬 새끼들이니 이리 살다 뒤져라!" 할 때는, 아무리 우리가 낙도에서 '멍청하게' 자라고 있을지라도 선생님으로서 좀 지나치다는 느낌이었다. 그 선생님의 고향은 읍이라 했는데 그러면 자기도 '섬노무새끼'일 터이니, 원생이선생님은 결국 우리에게 뱉은 침을 자신의 이마빡에 맞는 꼴이었다.

수학시간의 단골이 성일이였다. 성일이는 국민학교를 졸업할 때까지도 침을 질질 흘렸다. 좀 덜해지기는 했지만 중학교에 올라와서도 그것을 멈출 수는 없었는지 검은 교복의 노란 단추 양쪽으로 울룩줄룩 긴 얼룩이 생겨나 있었다. 국민학교 삼학년 때 같은 반이었는데, 다른 애들은 다 외우고 집에 갔는데도 혼자 남아 구구단이 적힌 책받침을 붙들고 낑낑댔었다. 담임은 공부 잘하는 애와 못하는 애를 짝 지워 '나머지 공부'를 시켰는데, 성일이와 짝지가 된 백열이는 항상 끝까지 남아야 해 팔딱 뛰고 미치는 지경이었다. 흘리는 침으로 윌총이 다 빠져나가 버렸는지 모르겠었다. 아마도 녀석은 한글도 제대로 못 떼고 국민학교를 졸업했지 싶었다.

그런 성일이가 중학교를 준비하려고 그랬는가 나처럼 한 해를 쉬고 교복을 입었다. 중학생이 되자 녀석은 처음 보는 꼬부랑글자가 신기했는지 영어단어를 외운다며 단어장을 들고 까불거렸다. 1과부터 순서대로 단어가 정리된 빳빳한 직사각형의 종이들이 한쪽 귀에서 리벳으로 박혀, 한 장 한 장 돌리면 부챗살처럼 펴지는 것이었는데, 손에 쏙 들어오게끔 빠침 절반만한 크기로 만들어져 있다. 국어책도 따듬거리는 녀석이 알파벳은 어디까지 나갔을까. O를 지나 T는 넘었을까. 성일이를 아는 누구도 녀석이 그 단어장으로 영어단어를 외운다고는 생각 안했다. 녀석은 단어장을 활짝 펴 흔들어대면서 멋진 부채 하나 생겼다고 걀걀댈 게 분명했다. 그래도 꼬부랑글자는 새로운 맛이라도 있어 겁 없이 덤벼들었겠지만, '산수'에서 올라온 '수학'은 성일이에게는 죽을맛이었을 것이다. 구구단도 못 외워 '수의 계산'도 못하는데, x, y가 들어 있는 '수의 학'을 하라니? x 하나 구하려도 머리가 돌 판인데 두 개를 다 구하라니? 풀기는새레간에 수식을 읽는 데만도 녀석은 비질비질 땀을 흘릴 판이었다. 학교라는 데가, 갈수록 사람 잡는 곳이라 생각하면서 말이다.

수학시간이다. 숙제를 안 해온 애들이 여럿이었는데 그날따라 성일이만 불러냈다. 아마 수업 전에 교장이나 교감한테 꾸지람을 들어 화풀이 대상이 필요했는지도 모르겠다. 성일이야 단골이니까 확인하고 자시고 할 필요도 없었다. "숙제 안한 사람!" 해놓고, "위성일 나와!" 그러면 되는 거였다. 그날도 그랬다. 성일이가 겁먹은 품으로 앞으로 나가 시드럭시드럭 시멘트바닥에 팔을 펴고 엎드렸고, 이윽고 매타작이 시작되었다. 팽이도 못 깎는 푸석푸석한 소나무가 아니라 손마디만큼씩마다 가시 자국이 울퉁불퉁하고, 돌로 내리쳐도 안 부러

167

질 만큼 옹골차기로 명이 난 탱자나무 몽둥이다. 그것도 바짝 마른 상태가 아니라 엊그제 새로 깎았는지 푸르딩딩한 색깔에 탱자나무 특유의 독한 향이 코를 찌르는 생나무다. 바짝 마른 것도 아프기는 하지만, 이제 막 쪄 온 생나무에 대면 그래도 그것은 그럭저럭 견딜 만했다. 덜 마른 탱자나무는 한 대 맞으면 마치 쇠꼿[78]이 살 속으로 파고드는 느낌이었다. 몽둥이가 이미 볼기를 떠났는데도 계속해서 붙어 있는 듯하고, 그 위에 다시 한 대가 내리쳐지면 아예 헤까닥 돌 것만 같았다.

그 징상스런 탱자나무가 독한 내를 풍기며 세 번 내리쳐졌을까. 성일이가 침 대신 울음을 흘리기 시작했다. 아프기는 하지만 그래도 그때까지는 이를 악물고 어찌어찌 버티어 보는 듯했다. 한 대가 더해지자 이빨에 물고 있던 울음이 "이이! 이이!" 하는 소리로 새어 나왔다. 결단코 매로 해결될 일이 아니었다. 수학이 들은 날이면 녀석은 남의 숙제를 베끼느라 아침부터 벌리못봤다[79]. 대여섯 번은 그냥저냥 베낄 수 있다지만, 그게 무슨 뜻인지도 모르고 그래서 별로 필요성도 못 느끼는 걸 매번 베끼는 것도 사람 죽을 일이리라. 그 시간에 차라리 그물 꿰는 법이나 고기 낚는 기술을 배우는 게 나을 듯 싶었다. 누가 봐도 성일이는 공부와는 안 어울렸고, 배 타는 일이나 농사짓는 데에 잘 들어맞을 아이였다. 그런 애를 어쩌자고 저렇게 개 패듯 패 대는 걸까. 공부하라고? 공부해서 훌륭한 사람 되라고? 똥선창의 문저리들이

---

78) 철근 토막.
79) 정신이 없다.

웃을 얘기다. 공부가 성공의 지름길이라지만, 그래서 성공하기 위해서는 공부를 잘해야 되는지 어쩐지는 모르겠지만 성일이에게는 절대로 아니올시다였다.

여섯 대가 넘었을까. 그 사이사이에 성일이는 울면서 무릎을 꿇었다가, 탱자나무의 지시에 다시 엉덩이를 갖다 댔다가, 이제는 숫제 엉엉거리며 무릎을 꿇은 채 손을 모아 싹싹 빌고 있다. 애들 몇은 침을 꼴깍대며 안쓰러운 표정이고, 몇은 안 보려고 두 손으로 얼굴을 가렸고, 또 몇은 책상에 얼굴을 박고 엎드려 버렸다.

"엎드려!"

아무리 봐도 미친 짓이다. 도대체 성일이에게 어쩌라는 말이냐. 대가리를 빠개 단어장을 집어넣고 아가리를 벌려 방정식을 먹일 것이냐!

"퍽!"

탱자나무가 다시 성일이의 엉덩이에 내리쳐진다.

"잉잉, 이이."

성일이가 몸을 꼬며 털퍼덕 바닥에 주저앉는다.

"엎드려!"

엉기적대던 성일이가 다시 느적느적 엉덩이를 갖다 댄다.

"침이나 질질 흘리는 너 같은 병신새끼가 뭘라고 학교에 오냐! 너 같은 병신은 바다에 나가 고기나 잡어 이 새끼야!"

"퍽!"

중학생이 돼서도 어린애처럼 입가로 침을 흘리며, 구구단은커녕 한글도 제대로 못 뗀 성일이를 보면서, 아무리 속으로는 그리 생각하고 있대도 우리는 절대 '병신'이라는 말은 안 썼다. 다른 친구들과 싸

올 때는 상대가 병신이 아니니까 얼마든지 "병신새끼, 육갑하네" 할 수 있지만, 뭔가 부족한 성일이에게만은 절대 그 말은 써서는 안되는 거였다. 그것은 성일이에 대한 우리들의 최소한의 예의였다. 그런데 선생이란 작자가 침 흘리는 성일이를 죽도록 패면서 두 번씩이나 '병신'이라 뱉어버린 것이다.

생탱자나무의 서슬과 원생이선생의 미친기에 엉엉거리던 성일이가 탱자나무 가시에 엉덩이라도 찔린 듯 벌떡 일어섰다. 그러더니 원생이에게서 왈칵 몽둥이를 채뜨려버렸다.

"잉잉, 씨발! 나 인자, 학교 안 댕길라께!"

하며 탱자나무 몽둥이의 양끝을 두 손으로 잡아 쥐더니 오른 무르팍을 힘차게 꺾어 올렸다.

"탁!"

그리 쉽게 부러지면 그것은 소나무지 돌 외딴치게 깡깡한 탱자나무가 아니다. 그렇게는 안 부러진다는 걸 알아챈 성일이가 벽과 바닥이 이루는 모서리에 몽둥이를 비스듬히 걸치더니 오른발을 높이 들어 몽둥이의 중동을 내리밟았다.

"와직!"

생탱자나무가 그대로 부러졌다.

왐매!

애들은 휘둥그레진 눈에 쩍 벌어진 입으로 다들 반쯤 일어서 있다. 박수라도 치고 싶은데 차마 참고 있는 모습이다. 성일이가 이번에는 원생이의 멱살이라도 잡아버렸으면 속이 다 시원하겠다. 그래서는 시멘트 바닥에 패대기라도 쳐버렸으면 더더욱 좋겠다. 정말 그렇게 해버린다면 더할 나위가 없겠다. 그러나 착한 성일이는 거기까지는 안 나갔다. 엉엉거리며 제자리로 들어오더니, 이제 학교는 '시마이'라는 듯 가방은 내버려둔 채 모자만 챙겨 들고는 절뚝거리는 걸음으로 뒷문을 나가버렸다.

원생이선생은 병 찐 상태다. 맨날 똥개처럼 때려대던 애들 앞에서 개망신을 당했으니 그 심정이 오죽하랴. 반면에 애들은 겉으로는 자못 심각한 낯빛을 하고 있지만 책상 밑에서는 두 발을 구르며 쾌재를 부르고 있을 것이다. 자기도 그렇게 사정없이 부러뜨려 버리고 싶었지만 용기가 없어 못했던 것을 성일이가 대신 해주었으니 얼마나 통쾌하랴. 애리던 이가 대번에 쑥 빠졌을 것이었다.

"반장! 가서 데려와!"

정신을 차린 원생이선생이 반장을 향해 소리쳤다. 반장과 부반장이 잽싸게 달려 나갔다.

만약 두 녀석이 성일이를 잡아온다면 내가 녀석들을 약신 패줄 작정이었다.

"집으로 가버렸는데요."

한참 후에 반장과 부반장이 돌아왔다. 다행이라는 듯 애들이 고개를 숙여 찌긋째긋 눈길을 나누었다.

그리 쉽게 돌아올 것이었으면 매를 피해 그냥 도망치든가, 몽둥이를 채뜨렸더라도 얼른 놓아두고 밖으로 내달리든가 했겠지 벽에 걸쳐서 그렇게 부러뜨리기까지는 안했으리라. 성일이는 이 거지같은 교실로 절대 안 돌아올 것이다. 아니 돌아와서는 안된다. 그러면 세상한테 지는 것이다.

성일이는 그 길로 학교는 종을 쳤다. 며칠 후에 담임이 찾아갔지만 뒤울을 넘어 도망쳐버렸단다. 그 동네 애들 말로는 멸치를 잡아 데치는 '멜막'에서 잔심부름을 한다 했다. 녀석은 이제 더 이상 영어단어 때문에 골치 아플 필요도 없고, 원생이의 탱자나무를 무서워할 까닭도 없이 신간 편하게 살 것이다. 지발제발 안 걸리게 해달라고 간절히 빌지만 자신의 이름이 불리는 순간 경기 들린 듯 화들짝 놀라고, 없는 짬 쪼개 죽어라고 풀이와 답을 외웠지만 이름이 불리는 순간 까마득히 아령칙하고, 칠판 앞에 서서는 풀고 있는 것처럼 맨맛한[80] 숫자만 꼼지락대지만 옆에서 나는 퍽퍽 소리에 덴겁하여 바르르 진저리를 치고, 자신의 차례가 되면 시퍼런 탱자나무로 곤죽이 되도록 맞아야 하고, 들어와서는 단어장을 펴 열 오른 얼굴에 부채질이나 해야 하는 애들 몇이, 이제는 학교 같은 건 안 다녀도 되는 성일이를 몹시 부러워는 했지만, 그러나 성일이를 따라하지는 못했다. 그들은 성일이 같은 용기가 없었고, 멜막에서도 그런 애들은 안 받아줄 것이었다.

학교에서 배우는 것이 얼마나 중요하고 그것이 세상을 살아가는 데 어떤 쓸모가 있을지는 잘 모르지만 난 성일이가 잘했다고 생각했다. 고작 꼬부랑글자로 된 영어단어나 숫자로 된 방정식 때문에 그렇게 맞아가면서까지 학교에 다닐 필요가 있을까. 바다에 나가기 위해 스럼스럼 노를 잘 젓는 법을 터득하는 일보다, 노를 저어 가 고기를 많이 낚는 미립을 쌓는 것보다, 내일의 어장을 위해 터진 그물코를 꿰매는 일보다, 정녕 영어단어를 외우고 수학문제를 푸는 것이 가치가

---

80) 애먼.

있는 것일까. 그래, 만번 양보해 그것들이 중요하다고 치자. 그렇다고 모두가 '아인슈타인'이 될 수는 없는 일이고, '아인슈타인들'만 사는 세상은 세상이 아닐 것이지 않겠는가. 그럼 멸치는 누가 잡아 반찬을 할 것이며, 돔은 누가 잡아 조상들의 제사상에 올릴 것이며, 나락은 누가 베어 그 상에 메를 해 올릴 것이냐. 그래, 나중에 그런 일을 하더라도 우선은 기본적인 지식을 배워야 한다고 치자. 그러면 선생이라는 작자가 어르기도 달래기도 하고, 그러다가 안되면 매를 들기도 하는 것이지, 이제 한창 자라나는 소년소녀들이, 버버리오춘이 담벼락에 매달아 놓고 사정없이 두드려대는 똥개가 아닐진대, 어떻게 그렇게 무지막지하게 몽둥이질만 일삼는단 말이냐. 그게 어찌 선생이 할 짓이란 말이냐.

그 일이 있고 나서도 원생이선생은 여전히 우리들을 개 패듯 팼다. 다음해에 재 너머 저쪽 중학교로 전근을 갔는데, 거기에서도 여전히 '원생이짓'을 한다는 소문이 들려왔다. 역시 제 버릇은 개를 못 주는 모양이었다.

나를 적시는 두 개의 물방울

화장으로 삼치잡이를 따라다니던 늦가을 언저리 어디쯤이었다. 어장을 안 나간 날이어서 할머니 곁에 배를 깔고는 동생이 빌려 온 만화책을 뒤적거리고 있었다. 만화 정도는 이제 졸업할 때가 됐으니 시시풍덩해서 그냥 건성건성 넘기고 있는데 느닷없이 무언가가 머리를 탁, 쳤다. 잔잔한 갯물을 갈매기가 차고 오른 듯, 고요한 저수지의 물낯을 제비가 치는 듯했다. 그런데 그것이 희한하게도 꿀밤처럼 머리통 바깥을 때리는 게 아니라 머리통 안쪽을 치는 느낌이었다. 그래서 고개를 드는 대신 몸을 옹크리며 안쪽 저 어디를 들여다보게 됐다.

밑도 없고 끝도 없고 천장도 없고 바닥도 없는 삼차원의 우주 공간이다. 광활한 우주에 탁구공만한 지구가 떠 있고, 나는 탁구공의 한 지점에 티처럼 엎드려 만화를 뒤적거리고 있다. 그때 우주의 저편에서 한 줄기 빛살이 쏘여 나와 머리를 탁, 치고는 다시 저편 어디로 사라진다. 나는 넓고넓은 삼차원의 공간에 엎드려 만화를 보고 있고, 한 줄기 빛살은 내 머리를 때리고 지나갔고, 나는 빛살을 통과시킨 채 거기 엎드려 있는데, 또다른 내가 멀리에서 그 정황을 지켜보고 있다. 머리를 박은 채 엎드려 있는 내 머릿속에 그려지는 장면이었다.

짜장 느닷없었다. 어떤 일이나 사건들도 다 맥락이란 것이 있어 앞이 먼저고 뒤가 나중이든가, 원인과 결과가 있어 원인이 있고 그 꽁지부리에 결과가 달리든지 해야는데 전혀 그런 것이 없었다. 앞도 없고 뒤도 없이 어떤 빛 하나가 머리를 쳤는데, 나는 머릿속에 그런 장면을 그리며 옹크리고 있는 것이다. 방바닥에 머리를 박은 그 상태로 나는 무언가에 골똘해 있었다. 생전처음 맞대면한 것이었는데, 그것은 '죽음'이라는 이름의 것이었다. 얼토당토않지만 나는 고슴도치처럼 옴츠려 '죽음'이란 것을 떠올리고 있었다. 조금 전에 머리통을 친 그 빛살이 남긴 '죽음'이라는 것을 고민하고 있는 것이다. 정말 뜬금도 없었다. '죽음'이라니! 방바닥에 배를 깔고 만화를 보다 느닷없이 '죽음'이라니! '죽음'에 대한 생각이라니! 황당하지 않을 수가 없었다. 그런데 내가 맞닥뜨린 그 상황은 들여다보고 있던 만화와는 전혀 무관했다. 만화가 죽음의 문제를 다룰 리 없고, 설사 죽음의 문제를 다루는 만화가 있더라도 누가 그것을 만화라며 보고 있겠는가. '지금─여기'와는 전혀 무관한 그 빛살은 불현듯 저 멀리 외계에서 쏘여 나와 나에게 '죽음'이라는 단어를 남기고는 왔던 곳으로 사라졌다.

죽음. 생명이 끝나는 것. 숨이 꺼지는 것. 인식 주체가 사라지면 인식되던 객체도 없어지는 것. 하지만 없어지는 주체 뒤에 남아 있던 그것들도 언젠가는 주체가 되어 결국은 사라지고 마는 것. 세계에서 영원히 아웃되는 것. 우리식구들뿐 아니라 친척들도 이웃사람들도, 섬의 사람들도 육지의 사람들도, 우리나라 사람들도 다른 나라 사람들도, 사람들뿐 아니라 길짐승 날짐승에 갯고기들까지도, 살아 있는 어느 것 하나 예외가 없는 것. 살아 있는 모든 것들의 필연적 운명인 것.

무서웠다. 생명이 끊어져 없어진다는 것이, 사라져 다시는 세상에 있을 수 없다는 것이 소름끼치도록 무서웠다. 그런데 그 무서움은 한밤중에 배가 아파 할수없이 가야 하는 어두컴컴한 통시나, 늦은 밤 혼자서 지나야 하는 처녀묏등과는 다른 종류의 것이었다. 그것은 손전등을 켜거나 누구와 함께한다고 해서 없어지는 그런 성질의 것이 아니었다. 그것은 외적인 것이 아니라 내적인 것이어서, 몸의 밖에서 오지 않고 몸의 안에서 생겨났다. 내 안의 저 어디에서 몽글몽글 피어오르는 공포의 뿌연 안개였다.

우선은 그것에게서 숨어야겠기에 몸을 잔뜩 곱송그리며 할머니의 이불속으로 파고들었다. 숨바꼭질, 연, 팽이, 빠침 같은 놀이나, 무지개마을, 마루치아라치 같은 재미있는 라디오 방송이나, 그것보다 몇십 배 재미있는 김일의 레슬링이나, 뽀빠이, 자야, 오징어땅콩 같은 맛있는 과자 쪽으로 생각을 돌려보려 하지만, 잠깐 그쪽으로 갔던 생각은 용수철처럼 튀어 곱다시 '죽음'으로 돌아와 버렸다. 귀신에 썬 듯 그 그물에서 빠져나올 수가 없었고 숨이 막혀 금방이라도 질식할 것만 같았다. 굼벵이처럼 오그리고는 똥마려운 강아지마냥 씨근덕씨근덕 낑낑댔을까.

"악아, 어채 그라니?"

할머니가 나를 흔들었다.

눈을 떠 보니, 그것의 자취는 어디에도 없고 지게문에 비친 석양만이 머리맡에 빨갛다. 광활한 우주 공간이 아니고 조그만 우리집 큰방이다. 나는 방바닥에 엎드린 채 만화책에 고개를 박고 있었고, 어디선가 날아온 빛살이 그런 나를 뚫고 갔을 뿐인 것이다.

간신히 죽음의 늪에서 빠져 나왔다. 이마에 슬맺힌 식은땀을 훔치며 밖으로 나와 토방에 섰다. 돌섬 앞에 석양이 잇꽃처럼 붉어 있다.

한번 찾아와 재미를 보았는지 그 후로 그것은 무시로 나를 찾아들었다. 그때마다 나는 두려움에 멱살 잡혀 오스스 떠는 수밖에 없었다. 그것의 정체에 대해 누구에게 물어보고 싶은데 그럴 만한 사람도 없었다. 그것이 찾아오면 나는 벙어리 냉가슴 앓듯 혼자서 끙끙거리며 식은땀만 흘리다, 그것이 저절로 물러간 뒤에야 천천히 오금을 펴는 것이었다. 내 마음속에 새로 생겨난 처녀귀신이었다.

할머니를 떠나보내고 개에 나가는 일이 잦아졌다. 고기는 물거나 말거나 천대[81]는 바위틈에 꽂아놓은 채 하냥 바다만 바라보며 앉았다. 깐사로운 용치는 톡톡대며 이깝[82]만 따먹었고, 멍청한 볼락은 한 입에 낚시를 삼켜 천대꼬작[83]을 몹시도 흔들어댔다. 고통스러울 녀석에게는 잔혹한 짓이었지만 녀석이 제풀에 지쳐 뻐드러질 때까지 나는 그냥 내버려 두었다. 그러다가 더 이상 흔들림이 없으면 녀석을 건져내고는 이깝을 끼워 다시 아까의 곳에 천대를 꽂는다. 그리고 또 망연히 바다를 바라보는 것이다.

비 오는 날에도 우산을 받치고 그 자리에 앉아 빗방울 떨어지는 바다를 응시하고 앉았었다. 갯물에 떨어지는 빗방울은 제 몫의 파문만

---

81) 대나무 낚싯대.
82) 미끼.
83) 대나무 낚싯대 맨 끝의 낭창낭창한 부분.

을 남기고는 사라져갔다. 그렇게 수만의 빗방울이 떨어지고 있는 바다는 영락없이 세상과 탁했다. 떨어져 내리지만 바다에 닿는 순간 흔적도 없어지고 그러면 또다른 빗방울이 뒤를 잇는 것처럼, 살다가는 어느 순간 가뭇없어지고 뒤이은 존재가 다시 그 자리를 차지하고, 사라지고 이어지고 사라지고 이어지고 그러면서 세상은 사라지지 않고 인간의 자리가 됐을 것이다. 증조할아버지 증조할머니, 고조할아버지 고조할머니, 그리고 또 그 위로 얼마나 많은 사람들이 빗방울의 흔적을 남기고 사라졌을까. 내가 아는 할머니와 아버지 역시 빗방울처럼 작은 파문 하나 남기고 사라져 갔다. 광활한 우주의 바다에 하나의 빗방울로 생겨나 볼록한 묏등 하나 남기고 떠나간 것이다. 엄니도 나도 동생들도 모두들 같은 운명이다. 사라져 가뭇없어 쓸쓸하고 애드러운 그런 운명들이다. 우산 속에서 바라보는 바다는 나에게 그런 자취를 남기며 비에 젖었다.

바다의 빗방울은 우리집 마당에도 있었다. 마파람에 실린 비가 정면에서 들이치면 할머니는 볼대짚으로 엮은 풍채를 토방 앞에 쳤다. 둥글게 말린 풍채를 정지 쪽 기둥에서 마래 쪽으로 풀어갔는데, 큰방 툇마루를 가리고 나면 풍채는 고작 두어 뼘밖에 안 남았다. 그래서 마래 앞의 토방은 가림막이 없어 댓돌 안쪽까지 비가 들이쳤다.

할머니가 안 계시니 비가 내리면 이제 내가 풍채를 쳤다. 풍채를 풀어 큰방 앞을 가리고는 마래 앞 토방에 앉아 마당을 내려다본다. 뒤란에서 작은방 옆의 조그만 골을 타고 흘러온 물, 지붕에서 처마를 타고 흘러내린 지싯물, 하늘에서 떨어진 빗낱, 그것들은 모두 마당에서 하나로 모아졌다. 거위가 날개를 활짝 펴면 등거리의 물이 목줄기를 타고 내리듯, 널따란 마당의 물은 저 앞의 가늘은 골을 타고 흘러나가야 했다. 자기 차례를 기다리는 동안 흙마당의 물은 여기저기에 수많은 버큼을 만들었다. 고여 있는 듯 흐르는 마당에서 소다 탄 반죽처럼 부풀어 오른 버큼들은 흘러가다 꺼지고 꺼졌다가 다시 켜졌다. 그렇게 켜졌다 꺼졌다 하며 그것들은 뒤이은 것들에 밀려 좁은 골을 타고 행랑 앞을 지나 돼지막 쪽으로 흘러갔다. 버큼이었던 것은 이제 물이 되어 담 구멍을 빠져나가 길을 타고 내려 고랑에서 합쳐지고, 그것들은 또 아래로 흘러가 저기 바다에 닿을 터이었다. 가다가 어디 움푹한 곳에서 잠깐 쉬기도 하겠지만 결국은 뒤의 것들에 밀려 바다로 가야 하는 운명이었다.

물 마당을 떠가는 황토색 버큼들을 바라보며 나는 떠나버린 할머니와 아버지를, 그리고 내가 모르는 수많은 사람들을 떠올렸다. 사람이라는 빗방울로 생명이라는 버큼으로 생겨나, 지구라는 마당에서 이리저리 떠다니다 결국에는 한 방울의 물처럼 바다에 닿고 마는 존재들의 길에 대해 생각했다. 슬프고 허무했다. 허무하고 슬펐다. 슬픔과 허무는 같은 무늬의 다른 색 벽지였다. 그러니 그 둘은 하나의 감정이었다. 그렇게 흘러가다 꺼지는 버큼이 자신의 운명이란 것을 알고도 세상에 안 슬픈 사람이 있을까. 언젠가 꺼진다는 것을 알면서도 정작으로 안 허무한 사람이 이 세상에 있을 수 있을까. 정말 그럴 수 있을까. 흙마당의 버큼들은 나에게 그런 상념들을 남기며 마당 끝으로 둥게둥게 떠내려갔다.

언젠가부터 그 두 개의 물방울은 내 안에서 서로 만나게 됐다. 우산 속에서 바라보는 바다의 빗방울이 마당 위에 떠가는 버큼인 듯

했고, 토방에서 바라보는 버큼 흘러가는 흙마당이 빗방울로 오돌토돌한 바다 같았다. 그 둘은 내 속에서 같은 현상으로 갈마들었다. 토방에 앉아 마당을 흘러가는 버큼들을 보고 있노라면 갑자기 바다가 생각키워 천대를 들고 개에 나갔다. 무수한 빗방울이 석어지는 바다를 바라보고 있자면 나도 몰록 낙하하는 빗방울이 되고 싶었다. 빗방울처럼 사라지는 것이 슬픈지는 알지만, 흔적 없이 사라지는 게 허무한지는 알지만, 비에 젖고 있는 바다는 그 슬픔이나 허무보다 몇십 배 강한 빨판으로 나를 찜찜했다. 그 강한 인력에 끌려 그리도 많은 빗방울들이 그렇게 미련 없이 바다로 직하하는지도 몰랐다. 빗방울들을 따라 나도 바다로 사까내끼하려는[84] 순간 어떤 무엇이 엄니와 동생들을 떠올려주어, 몸을 잦바듬히 뒤로 젖히며 바다의 유혹에 뻗정대 보는 것이었다. 그렇게 하지 않으면 금방이라도 빗방울처럼 바다에 삼켜질 것만 같았다.

바다에 떨어지는 빗방울처럼, 마당을 흘러가는 버큼처럼, 할머니가 하늘나라로 떠난 지 사십구 일째 되는 날이다. 갈지 못 갈지는 몰라도 스님의 말씀 때문에 달력에 동글뱅이는 쳐 놓았었다. 일요일이어서 동네 안길 청소를 하든가, 신작로를 따라 꽃길 가꾸기를 하는 애향단 활동이 있는 날이다. 아침부터 확성기에서는 애향단장의 목소리가 동네를 울렸다.

"아아, 청산중학교 재학생 여러분께 알리는 말씀입니다. 오늘은 일요일이어서 동네 안길을 청소하는 날입니다. 중학생 여러분께서는,

---

84) 수영선수들의 입수자세.

남학생은 빗자루를 들고 여학생은 메꼬리나 세숫대를 들고, 지금 즉시 동실 앞으로 나와주시기 바랍니다. 선생님께서 기다리고 계시니 빨리빨리 나오시기 바랍니다. 다시 한번 알립니다. ………."

애향단장은 같은 내용을 여러 번 반복했다. 선생님이 나와 있다는 것은 거짓말일 것이었다. 애향단장은 매주 똑같은 거짓말을 했으니 애들도 벌써 그 정도는 눈치를 채고 있었다. 마을마다 담당 선생님이 한 분씩 정해져 있기는 하지만 선생님들은 학기 초에 딱 한 번 나와 볼 뿐이다. 여기저기 쇠똥이 널린 마을길 청소와 비바람에 패여 돌들이 도두한 신작로 꽃길 가꾸기에 관심을 가지는 선생님은 없다. 마을 안길은 우리들이 뛰노는 공간이고 꽃길도 우리들이 지나다니는 곳이니 당연히 우리가 청소하고 가꾸어야 한다. 그럴 일이야 없겠지만, 교육청에서 순시 돈다며 오늘따라 느닷없이 선생님이 나와 있대도 할 수 없는 일이다. 절에 가기로 한 날이니 서둘러야 했다.

사람이 죽으면 대부분의 경우는 장례를 치른 뒤 삼우제를 지내고는 바로 탈상을 했다. 어릴 적만 해도 큰방 들보 앞에 상방을 만들고 아침저녁으로 메를 해 올리며 삼 년의 시묘를 대신하는 집이 있기도 했지만 그것도 세월 따라 자취를 감추었다. 삼 년 탈상이 일 년 탈상으로, 그것이 49일 탈상으로, 그것이 다시 삼우제 탈상으로 바뀐 것이다. 아직은 지내는 사람이 어느 정도 있었지만 사십구재도 점점 간소화되고 있었다. 과거에는 절에 가서 사십구재를 지내는 집이 많았는데, 지금은 거개가 마래에 조용히 '밥 한 그릇 담아 놓는' 것으로 사십구재를 대신했다. 세상의 절차는 항상 간결한 쪽으로 흘러가게 마련이다.

신령들과 관련해 섬사람들에게 가장 익숙한 공간은 '마래'였다. 마래는 조상에 대한 제사뿐 아니라 설이나 추석이나 대보름 같은 때에 혼령에게 상을 차려 올리는 곳이기도 하다. 어장을 하는 사람들은 배에 음식을 차려 풍어제를 지내고, 물질을 하는 해녀들도 특별한 날에는 갯바위에 음식을 차려두고 용왕님께 정성스레 비손을 하며, 어떤 사람들은 동네 사장나무나 뒷산 범바위에 손을 모으기도 하지만, 그들에게도 마래는 조상들께 마음을 모으는 신성한 곳으로 인식되어 있었다. 상황이 그러니 맹두산 중턱에 자리한 예배당은 좋은 대접을 못 받았다. 콩밭에 드문드문 든 녹두만밖에 안되는 숫자이기는 하지만, 그들은 제사를 안 지낸다는 그 사실만으로 '조상도 모르는 막돼먹은 종자들'로 손가락질 받아야 했다.

"나는 이따 저녁에 마래다가 밥 한 그릇 채레놀라께, 절에는 진필이랑 갔다온나."

스님의 말씀을 전했더니 엄니는 동생과 둘이 다녀오랬다. 엄니는 마래에 '밥 한 그릇 차려 놓는' 것으로 사십구재를 대신하려는 모양이다. 나도 사실 사십구재가 무엇인지 몰랐지만 할머니의 당부라며 스님이 꼭 오라 했기에 한번 가 보려는 것이었다.

엄니는 보자기에 쌀 한 되를 싸고 큰돈 오천 원에 따로 작은돈 삼백 원을 쥐여주었다. 오천 원은 스님께 드리라 했고, 삼백 원으로는 소주와 주전부리 거리를 사라고 했다. 쌀은 망태에 담아 새끼로 멜빵해 등에다 졌고 돈은 개침[85]에 잘 넣었다. 가게로 내려가 동생에게 과

---

85) 주머니.

자 한 봉을 쥐여주고 두홉짜리 소주도 한 병 샀다. 오는 길에 할아버지 산소에 들를 참이었다.

그 옛날 할아버지와 할머니가 토시등으로 밝혔을 길을 동생과 걸어 올랐다. 팽나무가 서 있는 사장캐를 지나고, 소똥과 오줌으로 찌럭찌럭한 가풀막을 올라, 너빠퉁에서 왼쪽으로 틀어 좁으막한 들길을 걸어, 땅에서 물이 뽀글뽀글 솟는 속은배미와, 산속에 다랑이논이 층층이져 있는 논꼴창을 지나, 수퉁절 샘에 엎드려 물을 마시고는, 그 옆의 평평한 바위에 동생과 나란히 앉았다.

"아따 성, 인자 더 못 가겄네."

진필이 녀석이 엄살을 부린다. 과자가 다 떨어졌으니 뻗댈 만도 했다. 망태에 과자 한 봉지가 있기는 하지만 그것은 올 때의 이깝이었다.

"글믄 어쩔라냐? 너 혼자 도로 갈라냐? 저기 가믄 처녀뫼똥도 있고, 논꼴창에는 낮에도 또깨비 나온다 글고, 너 알어서 해라."

나는 비쌔는 품으로 잔뜩 겁을 주었다. 저는 굽도접도못할 상황일 것이다. 처녀묏등도 있고 도깨비도 나온다는 산길을 국민학교 3학년짜리가 혼자서 되짚는 것도 제법 수꿀할 일이었다.

"할수없제 글믄. 언능 가, 성!"

잠깐 고민하던 녀석이 엉덩이를 털고 일어선다.

논 위로 난 들길을 걸어걸어, 산속에 혼자 사는 산집을 지나, 좁좁한 산길을 헐떡대며 한참을 걸어올라 동백나무 울울한 절에 닿았다. 물매 싼 동백 숲을 오르자 흰 개 한 마리가 이빨이 빠지도록 징하게도 짖어댄다.

"오냐 이놈들, 이제사 오는구나. 안그래도 기다리고 있었다."

스님은 대번에 우리를 알아보았다. 우리가 올지 어떻게 알았는지 기다리고 있었단다.

"점심때가 기울어도 안 오면 그냥 재를 지낼까 했다. 오는 데 걸리는 시간이 있으니까 기다려 본 거다."

스님은 우리를 법당으로 데려갔다. 법당이래야 우리 큰방만밖에 안했다. 한가운데 조촐하게 제상이 차려져 있다. 스님이 염불을 하고, 절을 하라고 해서 동생과 절을 하고, 다시 스님이 목탁을 두드리며 염불을 하고, 동생과 내가 또 절을 하고, 그렇게 두어 번을 반복하고 할머니의 사십구재는 끝이 났다. 의외로 간단하게 끝나 멀리까지 걸어온 본전 생각이 났지만 할머니를 좋은 곳으로 모시는 일이어서 그러려니 했다.

법당에서 나와 토방에 앉았다. 내려다보이는 세상에는 볕이 아늑하다.

"스님, 그런데 어떻게 오늘이 우리 함마니 사십구잰지 알았을까요?"

그때 스님이 우리집에 오셨을 때는 할머니가 아직 살아 계셨는데 어떻게 할머니가 돌아가신 날을 알았을까.

"내가 너희집 가서 봤을 때 할머니는 이미 돌아가시고 계시었다. 뒷날은 숨을 거둘 것이었지. 나중에 저 아래 동네에 내려가서 물어봤더니 내 예상이 맞았더구나."

스님이 상그레 웃으시며 턱으로 저 아래를 가리킨다. 저기 동네에서도 우리집에 조문 온 사람이 있었던 모양이다.

"할머니가 옛날부터 절에 부지런히 다녔니라. 시주도 잘하고 신심

도 깊고. 저번에 아버지 사십구재 지내면서 당신 사십구재도 부탁하
셨다. 재에 쓸 비용도 미리 놓고 가셨니라."

지나가는 말로 할머니가 아버지 사십구재 얘기를 꺼냈을 때, 그런
게 무슨 소용 있냐며, 제사 지내면 됐지 절은 무슨 절이냐며 나는 화
를 불컥 냈었다. 그러고는 잊고 있었는데 할머니 혼자 오셨던갑다.

"아버지 사십구재도 지냈다고요?"

나는 그것도 모른 채 갯바위에 천대를 꽂아두고 바다바라기만 하
고 있었나 보다.

"그래. 할머니가 오셔서 재를 지냈다."

쌀 한 되를 정성스레 보자기에 싸 이고는, 아픈 다리 주무르고 굽
은 허리 펴가며 스무 발짝 걷고는, 쪼그려 쉬었다가 열 발침 걷고 숨
을 골랐다가, 다시 뙤똑뙤똑 걷고 또 걸어 이곳까지 오셨겠다. 그리고
당신이 공들여 응감 받았던 부처님께, 그러나 무상하게 데려가버린
그 부처님께, 그리도 허망히 가버린 자식의 극락왕생을 빌었겠다. 울
음으로 그렇게 아버지를 떠나보내고는, 설움으로 자긋자긋 길을 되밟
아 혼자서만 삶의 동네로 돌아오셨겠다. 하지만 끝내 상실감을 못이
기고 그렇게 바쁘게 아들의 뒤를 따르셨겠다. 그러셨겠다.

"스님, 그런데 여쭤볼 게 좀 있는데요."

나는 내내 마음속에 도스르고 있던 것을 꺼내보려 한다.

"우리 함마니하고 아버지하고 참말로 극락세계로 가셨을까요?"

그것이 궁금했다. 죽음이란 게 생명의 끝이 아닐 수 있을까. 이 세
상 뒤에는 또다른 세계가 있어 이곳에서의 생을 마친 존재는 죽은 후
에 그 세계로 들어가는 것일까. 정말 그런 세계가 있어 우리할머니와

아버지가 그곳으로 가셨을까.

"허허, 그런 게 궁금했더냐? 녀석 제법이구나."

스님은 먼 산을 건너다보며 잠시 여짓거리더니,

"그거 어려운 이야기다마는……" 하며 말을 꺼내신다.

"죽는다고 다 끝나는 게 아니란다. 죽은 후에 사람은 이 세상에서의 업에 따라 극락에서부터 수라, 인간, 축생, 아귀, 지옥으로 갈려 윤회를 계속하게 된다. 이곳에서의 삶이 저곳에서의 자리를 정하는 셈이지. 그러니 이 세상에서 업을 잘 쌓는 게 중요하다. 할머니는 이승에서의 업을 잘 쌓았으니 극락왕생 했을 거다. 또 할머니의 지극한 정성이 아버지를 극락으로 천도했을 거고."

스님의 자상곳은 말씀에 마음이 조금 놓인다.

"그런데 스님, 사람이 죽고 나서도 참말로 딴 세상에서 또 살으요?"

스님이 말씀하시는 종교적인 것 말고 '죽음' 그 자체에 대해 여쭙고 싶었다. 열다섯살짜리가 생각하고 있는 단순한 개념으로서의 죽음, 이 세상에서 사라진다는 것 때문에 무시로 나를 오들거리게 하는 그 '죽음' 말이다. 죽음이 모든 것의 끝이라면 그것은 어떤 방법으로도 헤어날 길 없는 영원한 절망일 것이었다. 그리하여 삶은 결국 절대적인 허무일 수밖에 없을 것이겠고. 하지만 죽음 너머에 다른 세계가 있고, 그 형태가 어떤 것인지는 모르겠지만 그 세계에서 다시 살아간다면, 그렇다는 걸 내가 차돌처럼 단단히 마음속에 확신한다면, 그러면 아무리 죽음에 대한 생각이 집요하게 달라붙어도 나는 온몸을 곱송그리며 그리도 두렵게 떨지 않아도 될 터이다. 죽어도 또 사는데 두려울 뭐가 있겠는가.

"허허, 그런 의문을 갖고 있느냐? 이 녀석 머리 깎고 중 될 상이네."

대견하다는 듯 스님이 히뭇이 웃으신다.

"우리가 사는 모든 찰나는 다음 단계로 이어지는 징검돌이란다. 어제가 있어 오늘이 있고 오늘이 있으니 내일이 있듯, 전생이 있어 현생이 있고 현생이 있으니 당연히 내생이 있어야겠지. 모든 것은 그렇게 서로 이어져 끊임없이 돌고 도는 것이란다. 그러니 아까는 지금의, 지금은 이따의, 어제는 오늘의, 오늘은 내일의 두껍다리가 되는 셈이지. 마찬가지로 전생은 현생으로의, 현생은 내생으로의 건널목이 되는 것이다. 그러니 우리는 이승에서의 바로 지금 이 순간을 잘 살아야 한다. 그것이 바로 내생을 준비하는 과정이니 말이다."

스님이 저 아래를 훑더니 멀리로 눈을 가져가신다.

절을 둘러싼 동백 숲은 연초록이다. 맞바라기 대선산의 나무들도 싹꽃의 시간을 넘어 신록으로 흐르고 있다.

한참을 하잔하게 먼 곳을 바라보더니, 스님이 말씀을 이으신다.

"삶이 곧 죽음이고 죽음이 곧 삶이다. 우리는 태어나면서 죽어가듯 죽으면서 다시 태어나는 거란다. 그러니 삶과 죽음은 생판 틀린 두 그루의 나무가 아니라 한 뿌리에서 자라난 두 개의 가지라고 할 수 있지. 그 둘을 같은 것으로 볼 수 있을 때 우리는 비로소 인생을 제대로 살 수 있을 것이란다. 긍께 애야, 시방은 죽음을 너무 생각하지 말고 삶을 생각해라. 삶이 있어야 죽음도 있느니라."

스님은 말씀을 마치시더니 다시 멀리로 시선을 옮기신다. 스님의 눈길은 저 멀리 복산 누에머리에 가 있다.

"보살님! 공양 주시오!"

스님이 안쪽을 향해 소리쳤다.

"야!"

아까 법당에서 이것저것을 준비하던 할머니가 밥상을 들고 오셨다. 먼 길을 걸은 탓도 있지만 우리할머니도 한 술 떴을 젯메이기도 했고, 일 년에 너덧 번 보는 쌀밥이기도 해서, 나와 동생은 허겁지겁 숟가락을 들었다.

돌아오는 발걸음은 가벼웠다. 절에 오기를 잘했다는 생각이 들었다. 스님의 말씀에 위로를 받았고 의문도 조금 풀린 듯했다. 확신할 수는 없지만 그런 세계에 대한 어렴풋한 꼬투리를 얻은 듯도 싶었다. 삶이 곧 죽음이고 죽음이 곧 삶이니 죽음보다는 삶을 생각하라는 말씀은, 내가 갖고 있는 '죽음'의 문제처럼 또하나의 주제로 머릿속에 똬리를 틀었다. 결국 '죽음'과 '삶' 모두 풀어야 할 숙제가 돼버린 셈이었다.

그런 생각을 하며 산길을 걷는데 하늘 저 어디쯤에서 할아버지와 할머니와 아버지가 우리 형제를 내려다보고 있는 느낌이 들었다. 분명히 세 분의 눈길이 나와 동생을 지켜보고 있는 것이다. 그러던 어느 순간 아버지의 혼이 애살포시 내려와 동생의 꼭뒤에 손을 얹고는 같이 걷기 시작한다. 뒤이어 할머니의 혼이 스르르 내려오더니 내가 멘 망태 위에 사뿐히 얹힌다. 할아버지의 눈길은 내내 우리 발길과 함께 걷고 있다. 그것은 상상이 아니라 형상으로 내 눈에 보였고 무게로서 내 어깨에 느껴졌다. 스님 말씀따나 이쪽은 저쪽의 어제이고 저쪽은 이쪽의 내일이라면 이쪽과 저쪽은 오늘과 내일처럼 맞이어 있을 터였고, 저쪽의 영혼과 이쪽의 혼들도 서로 이어지고 손을 맞잡게 돼 있을 것이었다. 그렇게 되면 삶과 죽음도 결국은 둘이 아닐 것이니, 내가 걷는 삶의 발길이 죽음으로 향하고 있듯 죽음의 손길은 삶의 옷자락을 붙잡고 있을 터이었다. 죽음이 삶으로 이어지지 않는다면 이 지상에 생겨나는 그 수많은 생명들은 대체 어디에서 오는 것이겠는가.

산길을 걸어 내려 작은덜 밭으로 들어갔다. 할아버지와 할머니, 그리고 아버지가 누워 있는 곳이다. 먼저 할아버지께 술을 따르고 동생과 절을 했다.

"얼굴도 한번 못 본 한압시, 그동안 잘 계셨지라우? 손지들이라우. 함마이하고 아부지 거기 가셨제라우? 거기서 만내서 오손도손 살고 있제라우? 저희들도 엄니랑 동생이랑 잘 살고 있어라우."

할머니는 아까 절에서 절을 했으므로 바로 아버지에게로 갔다. 초분은 일 년 소수에 짙은 잿빛으로 변해 있다. 마람에 찔렸던 생솔가지들도 빨갛게 말라붙었고 마람을 얽었던 새끼줄도 군데군데 끊어져 있다. 초분의 옷을 갈아입혀 드려야 할 것 같았다. 육탈하는 데는 삼 년이 걸린다니 아버지가 묏등에 들어가자면 아직도 두 번의 옷을 더 갈아입혀야 할 것이었다.

과자를 안주로 놓고 종지기에 술을 따른 뒤 동생과 절을 했다.

"아부지, 잘 계셨제라우? 진필이 델꼬 왔어라우. 아부지 말씀 명심하고 다구 있게 사께라우. 엄니 말 잘 듣고, 절대 안 울고, 절대 남한테 손가락질 안 받고, 절대 남한테 안 지고, 짱짱하게 사께라우."

진필이 들으라고 우정 큰 소리로 말했다. 아까 동생의 꼭뒤에 손을 얹었던 아버지가 벌써 초분에 자리하고 앉아 나란히 엎드린 두 아들을 보며 애드럽고 짠한 마음일 것 같았다.

　잔을 들어 초분의 여기저기에 뿌렸다. 병에 남은 것을 종지기에 따라 나도 한 잔 마셨다. 눈을 흘기는 동생에게는 과자 한 줌을 집어주었다. 동생의 입이 헤에, 벌어진다.

　솔가지 두 개를 꺾어와 하나를 동생에게 건넸다.

　"너는 여기다 꽂아라."

　초분의 앞쪽에 자리를 찍어주었다. 동생이 거기에 솔가지를 찔렀다. 두어 뼘 옆에다 나도 솔가지를 꽂았다. 나와 동생은 저저금의 솔가지를 초분에 찔러 우리들이 다녀갔다는 표지를 아버지께 남겼다.

　너빠퉁에는 햇덧이 좋았다. 동생의 손을 잡고 내려다본 동네 풍경은 무척이나 아늑했다. 동생과 나는 맑은 햇살 속을 걸어 삶이 있는 사람의 마을로 내려왔다.

　늦봄의 오후가 많이 기울어 있었다.

새벽 종소리

우리할머니보다 어네이 일찍 섬에 시집왔을 교회는 동네 전체를 내려다볼 수 있는 맹두산 중턱에 자리 잡았다. 세월을 먹어 언틀먼틀 해진 바닥의 널은 신경통이 있는 우리할머니 무릎처럼 삐거덕댔고, 회칠되었던 벽은 군데군데 떨어져 나가, 할머니가 헝겊을 대고 징근 낡은 내의처럼 여기저기 때워져 있다. 그 퇴락을 견디기 어려웠는지 몇 사람의 전도사님이 두어 달을 못 견디고 떠나버려, 단아한 모습에 한쪽 다리를 좀 저는 보건소 소장인 권사님이 교회를 이끌고 있었다.

삐걱대는 바닥과 어둠침침한 실내, 그리고 떨어져나간 흙벽과, 산기슭이어서 음습해 보이기까지 하는 섬 교회에, 그 퇴락을 에끼고도 남는 게 있으니 그게 바로 입구에 세워진 오래된 종탑이다. 잘 못 쌓으면 서양 하느님이 경을 칠 것 같아 탑을 쌓은 사람은 납작납작하고 반듯반듯한 돌만을 골라 지고 비탈길을 올랐으리라. 그러고는 제사상을 차리는 마음으로 흙반죽 놓고 돌 놓고 흙반죽 놓고 돌 놓고를 겨끔내기로 하면서, 한 켜씩 쌓을 때마다 바깥 선이 제대로 맞았는지, 돌

191

의 귀가 버쭉하지는 않는지 뺌고 또 뺌었을 것이다. 돌과 흙으로 쌓은 탑이 마치 솜씨 좋은 목수가 여러 번 대패질한 것처럼 보일 정도로 표면을 다듬고 또 다듬었으리라. 그렇게 정성을 들여 완성한 탑에 종을 매달고는, 하얀 십자가가 세워진 양철 고깔을 씌움으로써 마침내 종탑은 완성되었다. 거기까지가 인간이 할 수 있는 일이었다.

새벽마다 일요일마다 종은 울렸지만 그 소리는 왠지 사람들 속으로 편히 스미지 못하는 듯했다. 탑에 매달린 채 울려는 퍼지면서도 종은 또 종대로 자신의 소리가 최상이 아니라는 걸 금방 알아차렸다. 뭔지는 모르지만 중요한 무엇이 빠져 있는 것이다. 주저로운 상태로 퍼져 나가는 소리에 종 스스로도 만족은 못하면서도 부족한 것이 무엇인지를 못 찾은 채 뒤스럭대고 있을 때 담쟁이넝쿨 몇이 느릭느릭 돌탑을 타 올랐다. 시나브로 종탑을 싸 올라가는 담쟁이 잎은 종소리에 미세한 차이를 만들었다. 어제와 오늘, 아침과 저녁, 아까와 지금의 소리가 잎사귀 하나만큼씩 달라지는 것이다. 주먹만한 추가 이리 치고 저리 때리면서 어석거리던 종도 점점 길이 들어가고, 느린 걸음이지만 그 사이에 담쟁이들이 십자가 꼭대기까지 타고 올랐고, 그제에야 비로소 인간과 자연이 만든 종이 완성되었다. 종소리는 이제 맨송맨송하던 그 전의 소리와는 달리 잎의 형상을 띠게 되었다. 공기를 뚫고 나가는 단순한 물리적 파장이었던 것이, 가을하늘을 펄럭이는 수천의 만국기처럼 사방으로 깃을 치는 잎의 비상이 된 것이다. 가만히 눈을 감고 듣노라면, 그것은 영락없이 가을운동회의 아이들이 오재미를 던진 끝에 터뜨려진 커다란 박이, 드디어 해냈다는 기쁨으로 눈알을 똥그린 채 올려다보고 있는 아이들 위에 축복처럼 쏟아주던 오만 가지 꽃가루처럼,

세상 위에 애살포시 내리는 잎의 물결을 그리는 것이었다.

새벽이면 종은 정확한 시각에 울려 시계 없이 살아가는 섬사람들의 시보時報가 돼주었다. 새벽의 첫 하늘로 종소리가 울려 퍼지면, 부지런한 어른은 동살 트기 전인 데도 소를 끌고 들로 나섰고, 엄니들은 정지로 나가 아궁이에 불을 지폈다. 섬사람들의 삶은 빨간날과는 무관했으므로, 일요일 아적나절 "땡그랑! 땡그랑!" 종소리가 바람을 타고 흘러 퍼지면, 쟁기질하던 지아비는 논둑으로 나와 앉아 담배 한 대를 피워 물거나, 그물을 추리던 어부는 일을 멈추고 허리를 펴 보는 것이었고, 아낙은 몰록 생각난 듯 샛것을 챙겨 이고 들로 나서거나, 고무다라를 찾아 들고 선창으로 내려가는 것이었다. 누구 하나 새벽 잠을 깨운다고 불퉁거리지 않았고, 어느 누구도 종소리를 교회만의 것이라며 타박하지도 않았다. 꿈결처럼 아득한 교회의 종소리는, 인간이 쌓고 자연이 싸 오르고 신이 내려와 깃든 것이라서 지극히 당연하게 온 몬들의 호흡과 숨결에 살며시 습배어 들었다.

나도 할머니 곁에 누워 새벽마다 종소리를 들었다.

땡!

종소리는 이불속까지 스며들어 내 머리를 만지작인다. 그 감촉에 굼벵이처럼 할머니 쪽으로 몸을 옹크리면, 벌써 깨었었던 할머니는 이불깃을 갈무리해주며 자늑자늑 우리를 다독이셨다.

때앵!

마을 쪽으로 흘러온 소리는 초가지붕을 어루만지며 샘북산을 타고 오른다. 교회 뒤쪽 맹두산을 넘은 소리는 육지를 향해 부지런히 물결쳐 간다.

땡그랑!

다시 울려 나온 소리는 앞선 소리를 밀며 멀리로 나아간다. 먼저 떠난 소리는 불무섬을 넘어 제주도로, 뒤이은 소리는 저 멀리 태평양을 향해 파도를 거스른다.

땡그랑!

다시 종이 울린다. 종소리에 실린 나는 바다 건너의 곳들로 날아간다. 서툰 내 그림의 단골 소재가 되어 주는 돌섬, 그 너머의 띠섬, 진외가가 있는 여서도, 맑은 날이면 멀리에 나타나는 한라산, 나는 그 모든 곳곳에 자유롭게 가 닿는다.

땡그랑!

종소리는 파도의 결을 스치며 그 역시 결이 되어 멀리멀리 확산돼 간다. 나도 그 결을 타고 끝없이 흘러간다.

땡그랑!

다시 종소리를 따라가려는데 정신이 끄먹거린다. 잠이 자꾸 이불 속으로 나를 당긴다.

땡!

종소리 희미하다. 잠이 나를 잠근다.

새벽이면 어김없이 울려 부챗살처럼 퍼져나가는 종소리의 사북자리를 찾아 나섰다. 도대체 어떤 사람이 비가 오나 눈이 오나 바람이 부나 그렇게 새벽마다 일어나 종을 치는가. 육지의 교회들은 제시각이 되면 자동으로 작동하는 장치로 차임벨을 울린다지만, 아무리 그래도 줄을 당겨 종을 치는 자동장치가 있을 것 같지는 않고, 설사 그런 장치가 있다손 쳐도 전도사도 없다는 가난한 교회에 그것을 설치

했을 리 없고, 돈 많은 누가 그것을 기부했다 해도 전기가 안 들어가니 빛 좋은 개살구일 것이므로, 분명히 새벽마다 사람이 직접 줄을 당겨 종을 치는 것인데, 누가 날마다 그리도 지극정성인가. 직접 확인해보고 싶었다.

비탈을 올라 서붓서붓 교회에 들어섰다. 담쟁이로 덮인 종탑은 달력에서 본 서양 어느 성의 그것처럼 우뚝하고, 종탑에서 내려온 긴 줄은 벽의 못에 훑쳐져 있다. 종소리는 그 줄에 묶여 있을 것이었다.

"누, 구, 냐?"

안을 들여다보려 유리창에 눈을 댔는데 누가 문을 밀치고 나온다. 진만이형이다. 섬에서 한두 명 가는 대학까지 나왔는데 군대 가서 애인 때문에 탈영하는 바람에 전기고문을 당했다는 형이다. 이제 겨우 서른 어름인데 팔십 된 노인처럼 지팡이를 짚으며 느지럭느지럭 걸어다녔고, 말을 할 때면 입귀로 늘축하니 침이 흘러내렸다. 인물 잘나고 머리 영그적해 집안의 기대뿐 아니라 동네사람들의 부러움을 한 몸에 받았다는데 도대체 어떤 죽일놈의 고문을 당했기에 저렇게 반편이가 돼버렸을까. 그 형을 볼 때마다 자닝스럽기 짝이 없었다.

"야. 저라우."

집안 형님이어서 그전부터 아는 사이였다.

"아, 따, 우, 리, 진, 혝, 이, 구, 나."

말이 좀 길어지면 종소리가 제주도에 닿을 때까지도 끝을 못 마무를 듯싶다.

"이, 리, 들, 온, 나."

어찌 보면 무섭기도 하다. 혀는 잘 안 돌아가 말은 쎄잘은소리이고, 말을 할 때마다 새끼처럼 몸이 심하게 꼬이는 데다, 눈도 흑백이가 되어 흰창이 비정상적으로 많다.

다짜고짜 들어오라며 형이 문을 밀고 들어간다. 멈칫대다 뒤를 따랐다. 그러잖아도 낡아빠져 끼웃꺄웃대는 바닥의 널이, 기뚱갸뚱 털벅대는 형의 걸음걸이에 더 심하게 뼈 밟히는 소리를 냈다. 형이 그 삐그덕을 밟으며 안쪽으로 허적허적 걸어들었다.

"저, 거, 좀, 딲, 어, 라."

뒤란에는 돌 벽을 파내 만든 옹달샘이 있는데 그 앞에 예닐곱 개의 유리 불후리가 놓였다. 나는 교회를 안 다니는데, 나는 그냥 누가 종을 치는지 알아보러 왔을 뿐인데 나더러 호야를 닦으란다. 어쩔까 머뭇거리다, 암만 봐도 그 형보다는 내가 닦는 게 나을 듯 싶어 팔소매를 걷어 올렸다. 물걸레로 그을음을 닦아낸 뒤 물을 길어 부시고는 마른 수건으로 마무리했다. 기름까지 부으라 해서, 밥그릇만한 양철통에 기름을 채우고 천장에 매달린 긴 철사에 등을 걸었다. 얼떨결에 나는 그 형이 시키는 대로 했고, 그러고 나자 형은 마치 그 일이 내 몫이라는 듯 매주 한 번씩 교회에 와서 그 일을 하라 했고, 몸이 불편한 형을 도와준다는 생각도 있기는 했지만, 못하겠다고 고개를 젓기라도 할라치면, 아랫도리만 가린 갸웃한 고개인 채 십자가에 못 박혀 있는 하느님이, "이놈!" 하며 경을 칠 것 같아 얼떨결에 그러겠노라 대답해버렸다. 종소리의 터무니를 찾아갔다가 종소리에 대해서는 말도 못 꺼내보고 엉겁결에 교회를 다니게 된 것이다.

목요일이면 교회 간다고 나서도 엄니는 별 반응이 없었다. 어른들 사이에서는 '예수쟁이'라는 말이 통용되고 있고, 입을 삐쭉이며 하는 그 말에는, 교회는 부지런히 다니면서도 조상들 제사는 안 지내는 사람들에 대한 비아냥이 들어 있는 게 사실이었다. 직심으로 절에 다니며 공력을 들였던 할머니는 어떤 반응이었을지 모르지만 특별한 종교를 안 가진 엄니인지라 무신경했는지 모르겠다. 어쩌면 교회 다니는 것을 어떤 종교적 행위로보다는 그냥 무언가를 배우는 과정으로 이해했을 수도 있었다.

학생부는 목요일 저녁마다 호야불 밑에서 성경을 읽고 찬송을 했다. 동네에는 전기가 들어와 있는데 가난한 교회는 아직도 호야불이었다. 몸을 움직이면 오래된 바닥 널도 따라 삐걱댔고, 그때마다 철사에 길게 매달린 둥근 양철 갓 아래의 호야불이 이마를 찡그렸다. 교회 환경도 그랬지만 예배 내용도 부실하기는 마찬가지였다. 전도사가 없어 주일 예배도 권사님이 몇 마디 한 뒤, 돌아가며 성경을 봉독하고 나머지 시간은 찬송으로 채우는 빨이니 학생부를 제대로 지도해줄 선생님이 있을 리 없었다. 별명이 '목사님'인 면사무소에 다니는 형이 지도교사라는 이름으로 설교시간을 메워줬지만, 그 형이 읍에 출장이라도 가면, 버벅거리는 우리끼리의 기도와 반주 없는 찬송으로 그 시간을 때워야 했다.

찬송가 두어 개가 귀에 익을 어름이었다. 다른 때보다 조금 일찍 교회에 가는데 종이 울리고 있었다. 부리나케 비탈길을 뛰어올랐다. 허턱대며 교회에 들어서서 보니 그 형이 종을 치고 있다. 그런데 줄을 당기고 놓는 폼이 좀 특이하다. 어지간한 국민학생도 두 손으로 줄을 당겼다 놓을 수 있고, 어른들은 한 손으로도 너끈히 종을 칠 수 있었다. 하지만 그 형은 제 몸 하나도 제대로 건사 못하는 사람이었다. 그래서인지 형은 온몸으로 종을 치고 있었다. 몸에 줄을 감아 오른쪽으로 비틀며 당기면 종이 울렸고, 몸을 원상태로 되돌리면서 줄을 주면 종은 또 소리를 냈다. 그렇게 몇 번을 반복하더니, 이번에는 왼쪽으로 몸을 틀며 똑같은 동작을 계속했다. 지팡이를 짚고 한 발짝 한 발짝 내딛는 힘겨운 걸음마처럼, 느질느질 흐르는 침 사이로 간신하게 만들어내는 말의 마디처럼, 그 형은 몸 전체를 틀었다 바루며 종을 치는 것이다.

그런 방법으로 종을 치는 형을 보는 순간, 나에게 그 종은 전과는 전혀 다른 종류의 종이 되어버렸다. 형이 치고 있는 그 종은, 몸체가 위로 아래로 왕복하면서 추와 부딪혀 소리를 내는 그런 종류의 종이 아니라, 섣달그믐날이면 서울 어디에서 너덧 사람이 당목撞木을 당겼다 놓아 소리를 만드는 그런 종으로 보였다. 그러니까 그 종은, 아무나 줄을 당기면 소리를 울려주는 세상의 여느 종이 아니라, 자신의 몸을 당목 삼아 머리로 쳐서 울리는 세상에 하나밖에 없는 특이한 종으로 보이게 됐다는 말이다.

사지를 비틀어 줄을 당기고 놓는 그 처절한 몸부림은 종의 형태뿐 아니라 소리의 모양도 바꾸어 놓았다. 봄의 꽃가루처럼 가볍게 퍼져 가던 아름답고 낭만적이었던 소리가, 늦가을의 낙엽처럼 무겁게 떨어져 내리는 묵직한 저음으로 바뀌어 있는 것이다. 사람들에게 교회의 존재를 알리고, 예수를 믿음으로써 죄사함을 받아 천당 가는 길을 예비하라는 그런 소리로가 아니라, 사랑 때문에 육지의 나라에 끌려가 인생이 송두리째 부수어져버린 한 청춘이, 어디에도 하소연할 곳 없는 폭력에 대한 분노와 끝내 이루지 못한 사랑의 비애를 속으로 속으

로 삭이는 흐느낌으로 들리는 것이다. 그래서 그 종소리는 이제, 공중
으로 훨훨 솟아올라 멀리멀리 날아가는 새의 이미지로가 아니라, 바
닥으로 무겁게 내리 깔려 주변의 모든 것을 덮어버리는 봄날의 짙은
해무로 그려지는 것이다. 깃털처럼 가볍게 공중으로 훌훌 날아오르는
경쾌한 소리로가 아니라, 오래된 시멘트벽에 다랑다랑 맺혀 있다 하
나씩 뚝뚝 떨어지는 음울한 물방울 소리로 들리는 것이다.

　종을 다 친 형이 몸에 감았던 줄을 기둥에 훌친다.

　"새벽에도 형님이 종 치요?"

　나는 정말로 그것이 궁금했다. 쇠불알 같은 것이 쉬지 않고 좌우로
가동거리다, 때가 되면 "뎅! 뎅!" 울려대는 괘종시계도 몇 집 없고, 이
삼 일에 한 번은 뽁지개[86] 같은 뒤딱지의 태엽을 감아줘야 하는 탁상
시계도 그리 많지 않았다. 그런데 도대체 어떤 지극정성인 사람이 생
전 밥을 안 줘도 되는 탁상시계가 되어 매일 새벽 똑같은 시각에 종을
치는가. 그 사람은 혹 새벽에 종을 치기 위해 통밤을 새우는 것은 아
닌가.

　"그, 라, 믄, 나, 가, 치, 제."

　가리산이 안됐다. 멀리서 지켜보면 이제 막 걸음마를 배우는 서너
살배기와 진배없는 폼으로, 담을 짚으며 대여섯 걸음 떼고는 숨을 고
르고, 다시 너덧 걸음 떼었다가 담벼락을 짚은 채 전주르며, 마치 달
팽이 띠인 듯 느럭느럭 걸어 다니는 사람이, 그 아장거리는 걸음으로
가풀막지는 길을 오르고 내리며 새벽마다 종을 친다. 아무리 봐도

---

86) 밥그릇 덮개.

말이 안된다.

"참말로라우?"

제 몸 하나 가누기도 더넘찬 사람이 비가 오나 눈이 오나 매일 새벽 정확한 시각에 일어나 온몸을 비틀어 줄을 당긴단다. 그리하여 이제 막 아침을 맞으려는 세상의 모든 존재들에게 마치 동살을 쏘듯 종소리를 들려준단다. 달팽이가 매일 한 차례씩 종탑 위의 십자가를 달고 온다는 말만큼이나 믿어지지가 않았다.

"나, 가, 너, 한, 테, 공, 갈, 하, 것, 니?"

그래 거짓말은 아닐 터이다. 구태여 거짓말을 할 이유도 없다.

"진짜로 형님이 새벽마다 종을 친다 그 말이제라우?"

그래도 미심쩍어 다시 물었다.

"아, 따, 참, 말, 로, 사, 람, 한, 정, 하, 것, 네!"

형은 답답하다는 듯 절레절레 고개를 흔들어댄다.

틀림없다. 형이 새벽마다 그 불편한 몸으로 탁상시계처럼 정확히 종을 울리는 것이다. 믿을 수 없기는 하지만 사실임이 분명하다. 어떤 달팽이는 매일 한 번씩 종탑 꼭대기를 달고 오기도 하는갑다.

"그런데 어떻게 날마다 그렇게 치요?"

그래도 백프로 확신하지 못한 마음은 다시 물을 수밖에 없다.

"그, 라, 믄, 너, 같, 으, 믄, 치, 다, 안, 치, 다, 그, 라, 것, 니?"

그렇지. 세상의 온 몬들에 가 닿는 종을 엿장수 마음대로 쳤다 안쳤다 해서는 안될 것이다. 그것은 치고 싶으면 치고 말고 싶으면 마는 팽이가 아닌 것이다. 형에게 종을 치는 일은, 아침이면 꼼빨재에서 해가 떠오르고 저녁이면 그 해가 돌섬 너머로 져 내리듯, 그리고 나면

200 곳

해가 떴던 어름에서 달이 떠오르고 그 달이 밤을 걸어 불무섬 어름으로 져 내리듯, 그 달도 날을 따라 찼다가는 다시 날을 따라 기울어지듯, 매일매일 당연히 그러해야 하는 대상인지 모른다. 갑작스레 사나흘 해가 안 보이거나, 보름인데도 달이 반쪽으로 떠 있거나, 동네 앞까지 밀려든 물이 사나흘이 지나도 안 썰고 있거나, 썰었던 물이 한이틀 온데간데 소식이 없거나, 그럴 제에야 사람들은 비로소 이상한 일이라며 고개를 갸웃대듯, 새벽마다 들려오던 종소리가 대엿새 안 들릴 때에나 사람들은, '아, 그 종소리가 해나 달처럼 자연히 있는 것이 아니라 매일매일 누군가가 애쓰고 정성들여 만들어 내는 것이구나' 할 터이었다.

"새벽에 한번 쳐보면 안되까라우?"

저녁보다는 새벽의 종을 쳐보고 싶었다.

"그, 래, 라, 그, 라, 믄. 그, 라, 믄, 오, 늘, 나, 하, 고, 교, 회, 서, 자, 고, 낼, 새, 복, 에, 쳐, 봐, 라."

형은, 어눌한 말에다 손짓에 발짓까지 동원해 가며 종 치는 요령을 존조리 설명해주었다. 종은 당길 때 한 번, 놓을 때 한 번 소리를 만드는데, 너무 무리하게 힘을 가하면 종이 한 바퀴 돌아버려 우당탕하니까 적당한 힘으로 줄을 당기고 그만큼으로 주어야 한다는 것. 거기에 더해 소리가 일정한 간격을 유지하는 것이 중요한데, 그러기 위해서는 종과 하나가 되어 호흡해야 한다는 것. 무엇보다 단순히 종을 친다 여기지 말고 이것을 기도라고 생각하라는 것. 그러니까 하느님께 기도하는 마음으로 정성을 다해 치라는 것이었다.

새벽 네시반이다. 세상은 아직 어둠에 잠겨 있다. 종은 다섯시 정각에 친다. 뒤란의 샘물로 세수를 하고 마음을 가다듬었다. 그리고 형과 나란히 종탑 앞에 섰다. 형이 기둥에 훌쳐져 있던 줄을 내게 건넸다. 크게 심호흡을 하고는, 설레임 반 두려움 반으로 슬그머니 줄을 당겼다. 줄이 종탑으로 올라가 살며시 종을 쳤다. 이제 막 잠에서 깬 듯 종이 조그맣게 소리를 낸다. 조심스레 줄을 주었다. 단정하게 종이 울린다. 다시 줄을 당겼다. 아까보다는 좀 크게 울린다. 줄을 주었다. 종은 그만큼의 소리를 만들어준다.

내가 울린 종소리는 아직 어둠속에 잠들어 있는 세상의 것들에 가 닿고 있다. 나도 소리를 따라가 그것들에 가 닿는다. 동네의 초가지붕과 양철지붕들, 그 아래 잠들어 있는 사람들, 낮이면 그들이 해 다니는 고샅들, 일어날 준비를 하라고 홰를 치는 장닭들, 알았다며 컹컹 짖고 있는 동네의 개들, 동네를 넘어 비탈진 산기슭의 다랑이논과 계단식 밭들, 그 사이사이에 자리한 묏등들, 그 위의 나무들과 바위들, 그리고 그것들을 안고 있는 산들, 저 앞의 바다와 그 위를 쓸리는 수많은 결들과 그 사이에 솟은 섬들. 한 번의 종소리가 울릴 때마다 내 머릿속에는 그런 것들에 가 닿고 있는 종소리가 그려졌다.

손은 줄을 당겨 종을 치고 있지만 마음은 종소리를 따라 먼 곳을 떠다녔다. 새벽 종소리에 실린 나는, 하늘을 나는 새처럼 구름처럼, 혹은 물의 결을 타는 바람처럼 멀리로 멀리로 마음껏 흘러 다녔다. 새벽의 종소리는 나를 어디로든 데려다주는 자유의 커다란 날개였다.

소풍

　여느 날과 달리 그날은 갓밝이에 벌써 눈이 떠졌다. 가을 햇귀는 등에 진 파란 하늘로 맑기만 하다. 소사아저씨의 뱀도 이슬받이에 잠깐 깨었다가, 대선산 바위틈에서 잠이 든 모양이다. 서둘러 밥을 먹지만 바쁜 마음에 절반은 대궁으로 남긴다. 추석이나 설과는 달리 새 옷을 얻어 입는 날은 아니어서 어머니들은 가장 괜찮은 옷을 깨끗이 빨아 입혔다. 도시락은 할머니나 어머니가 가져오므로 우리들은 물병이 달린 띠만 어깨에서 허리로 비스듬히 엇메고는 진둥한둥 학교로 향한다. 고샅을 지나다 보면, 용돈이 적다며 소풍 안 간다고 엄니에게 다락다락 지다위를 붙거나 다랑귀를 떼는 녀석들이 있다. 마음 약한 엄니가 뒤춤에 감추었던 손을 내밀자마자, 징징 짜던 녀석이 갑자기 울음을 뚝 그치고는 솔개처럼 돈을 획 낚아채 불불이 내닫는다.

　학교 입구에는 임시 점빵이 차려져 소풍 가는 참새들을 꼬드기고 있다. 애들은 이 방앗간 저 방앗간을 기웃거리며 몇 닢 받은 용돈을 입에 탈탈 털어 넣는다. 녀석들은 정작 소풍을 가서는 다른 참새들의 부리만 쳐다보며 침만 꼴깍여야 하리라. 눈깔사탕 하나를 입에 물고 운동장에 오르면, 운동회 때처럼 전교생이 가로세로 뛰어다니고, 스피커에서 흘러나오는 경쾌한 음악이 아이들 사이로 헤엄쳐 다닌다. 명절이 아닌데도 새 옷을 차려 입고 온 애들이 부럽기는 하지만 그렇다고 움츠러들 필요는 없다. 오늘은 소풍날이지 옷 자랑하는 날은 아닌 것이다.

전교생이 모이면 주임선생님의 몇 마디가 있고 저학년부터 교문을 나선다. 노량으로 해찰부리며 신작로를 걷다가, 호루라기 소리에 걸음을 바루기도 하고, 한눈을 팔다 돌부리에 걸려 넘어지기도 한다. 그러다 보면 어느덧 소풍 장소다. 중간에 가로새나간 녀석은 없나 점검이 끝나면 반별로 장기자랑을 한다. 다른 반을 흘끗대며 누구네가 더 재미나는가 뻠어보지만 그쪽 애들 역시 이쪽과 같은 마음인 것이어서 모두가 거기서 거기였다. 마음은 벌써 도시락에 가 있는 것인데, 한쪽에는 한복을 곱게 차려 입은 할머니나 어머니 들이 애들 노는 모습을 지켜보고 앉았다. 우리할머니도 동백기름을 발라 쪽을 찐 머리에 한복을 차려입고는 찬합을 이고 소풍을 따라오셨다. 봄과 가을에 한 번씩 해 보는 할머니의 유일한 외출이었다. 장기자랑이 끝나면 이웃 애들끼리 옹기종기 모여 앉아 도시락을 편다. 도시락에는 누런 보리밥 대신 하얀 쌀밥이고, 평소에는 구경도 못해보는 삶은 계란에 쥐치 무침에, 명절에나 먹어보는 '덴뿌라'에, 아랫동네 애들이나 싸다니는 오뎅볶음이 그득이다. 아이들의 입은 딱 벌어져서는 좀체 다물어질 줄 모른다.

점심을 먹고는 반별 대항 장기자랑이다. 나름대로 폼을 잡고 나가

보는 것이지만, 보고 듣는 것이 비슷한지라 중뿔난 재주를 찾기는 어렵다. 뽑혀 나온 애들은 토끼처럼 두 손을 가지런히 모으고는 음악시간에 배운 동요를 종다리처럼 부른다. 한 동네에 텔레비전이라야 고작 한두 대 있는 현실에서, 한두 번의 눈짐작으로 가수 흉내를 낼 만큼의 늘품을 가진 애도 드물었고, 잘해봐야 라디오에서 흘러나오는 유행가 한두 개를 아는 애가 있을 정도인데, 남들이 모르는 유행가를 알고 있다고는 해도, 제사만큼이나 엄숙한 학교 행사에서 겁 없이 유행가를 부를 만큼 배짱 있는 애는 드물었다. 그런데다 '딴따라' 흉내 내는 것을 달가워하지 않는 분위기여서 애들의 폼은 하나같이 단정할 수밖에 없다. 사정이 그러했으므로, 몸에 꼭 끼는 청바지 차림으로 각시볼락처럼 유연하게 몸을 흔들며 최신 유행가를 불러대는 여자선생님은 애들의 넋을 빼놓는 마녀일 수밖에 없었다.

애들이 장기자랑을 하고 있는 사이에 선생님들 서넛이 저만치에 보물을 숨긴다. 애들은, 안 보는 것처럼 하면서도 저만치만 응시하는 것인데, "보물 찾으러 출발!" 소리가 나면, 첨벙, 소리에 사방으로 흩어지는 문저리 떼처럼, 아이들은 삽시간에 숲으로 갯돌밭으로 내어달린다. 보물이라 해봐야 둥글게 휘어진 월계수 가지 가운데 '賞'이라는 글자가 찍힌 공책 한 권이 전부이지만, '보물'을 찾았다는 그 사실만으로, 그래서 공책 한 권을 탔다는 그것만으로 소풍의 기쁨은 몇 배로 뻥튀어진다. 귀꿈스런 데에 숨은 새집을 눈짐작 한 번으로 찾아내듯, 호미 긁히는 소리만으로 대번에 손바닥만한 백합조개를 파내듯, 눈이 밝은 애는 보물 두어 장을 수월하게 찾는 것이었고, 어차피 보물은 한 사람 앞에 한 장만 유효하므로, 마치 큰 은혜라도 베푼다는 듯 대장처럼 위세를 떨며 빈손인 애에게 한 장을 넘겨주는 것인데, 청맹과니처럼 눈이 어둡고 어리보기처럼 눈치도 없어 그것도 못 얻은 애는 석 자나 빠진 코가 금방이라도 땅에 닿을 듯하다.

가을볕이 서녘으로 거우듬해지면 이제 소풍도 끝날 시각이다. 주임선생님이 손마이크로, "내일은 학교에 안 오고 집에서 부모님께 효도합니다!" 하면, "와아!" 하는 아이들의 환호성은 하늘에 가 닿는다. 오늘은 소풍, 내일은 노는 날, 설이 이틀이나 이어지는 셈이다. 집에 가는 동안 오늘 저녁과 내일의 계획을 짜야 하므로 아이들은 한동네 애들을 모으느라 또한번 북새를 떤다. 동네가 먼 애들은 마을별로 모여 애향단장이 염소 떼처럼 인솔해 가기도 한다. 갈 때와는 달리 엿장수 마음대로 오글와글 걷는 것이어서, 석양이 내리는 신작로는 아이들의 까까머리들로 알록달록 갯돌밭 같고, 노을이 비친 아이들 얼굴은 활짝 핀 나리꽃처럼이다.

중학교에 올라가자 소풍 장소가 조금 멀어졌다. 봄에는 주로 '장사발자국' 너머의 산등성이로, 가을에는 '화랑포'나 '악개'가 단골이었다. 2학년 가을소풍, 장소는 '악개'다. 점심시간이 끝나고 반별 대항 장기자랑을 위해 전교생이 갯돌밭에 모였다. 눈이 하가마가 될 별쫑스런 재주는 없을 것이다. '동백 아가씨'를 불렀다가, 선생님들의 "앵콜!" 소리에 '여로'를 잇는, 이미자 외딴치는 우리 학년 여자애가 나올 것이고, 양손을 코와 눈과 귀로 천천히 돌려가며 "피~피~"로 시작했다가, 점차 "피콩, 피콩, 피콩피콩! 피콩통통! 피콩통통 피콩통통!!" 하며 정미소 기계가 일어나는 과정을 재현하는 3학년 애도 나올 것이다. 우리 반에서는 한창 인기 있는 프로레슬링을 흉내 내는 '공갈내시링'을 내

보내기로 했다. 한번쯤 본 것들이어서 별로 관심이 안 가 옆에 있는 녀석의 옆구리를 찔러 멀리 물마루쯤에 있을 제주도를 찾고 있었다. 소 뜯기러 가서 봤다며 녀석은 더 왼쪽이라 했고, 나는 나무 하러 가서 봤다며 오른쪽이라고 우겼다. 그렇게 어금지금하고 있는데 여학생의 노랫소리가 귓바퀴를 당긴다.

낙엽 지던 그 숲속에 파란 바닷가에

느닷없는 유행가 소리에 귀가 번쩍 뜨였다. 새로 전근 오신 가정 선생님인가 했는데, 아니다. 흰 카라가 목띠처럼 둘린 검은 교복에 흰 체육복 바지를 받쳐 입은 3학년 여학생 둘이 몸을 흔들며 노래를 시작하고 있다. 순간적으로 어찔했다. 평소에도 좀 까불댄다는 건 알고 있었지만 장기자랑에 나와 유행가를 부를 정도로 까졌으리라고는 생각 못했다. 장기자랑 시간에 유행가를 부른다 해도 그것은 건전가요에서 반 발짝쯤 나간 정도였다. 노래는 유행가였지만 두 손을 간잔지런히 모은 채 뻣뻣한 모양으로였다. 그런데 교복을 입은 여학생 둘이 최신 유행가를 부르면서 텔레비전의 가수들처럼 야시시하게 몸을 흔들어대고 있는 것이다.

떨리던 손 잡아 주던 너

처음에는 숨을 죽인 채 있던 애들이 양손에 갯돌을 쥐고는 박자를 맞추기 시작한다. 두 여학생은 신이 난 듯 더 크게 몸을 흔들었고, 그러자 애들의 갯돌박수도 더 신이 나 졌다.

창백한 나의 넋

노래가 끝나자 애들의 환호성과 갯돌 소리가 하늘로 솟구쳤다. 얼굴을 숙인 채 달려 들어가는 두 여학생을 눈으로 좇으면서, 나는 소풍에서도 그렇게 춤을 추며 유행가를 부를 수도 있다는 걸 처음으로 알았다.

그날 저녁이었다. 밥을 먹는 둥 마는 둥 소풍 뒤풀이를 위해 아랫동네로 내려갔다. 장소는 성순이네 잔방이었다. 낮의 그 노래를 흥얼거리며 마당으로 들어서는데 방에서 여자애들의 목소리가 흘러나온다. 우리들끼리의 뒤풀이니까 여자애들이 있을 리 없었다. 이상하다 싶어 살금살금 다가가 보니, 토방 앞에 여자애들의 신발이 헤들어 있다. 한참을 망설거리다 빼꼼이 문을 열었다. 상에는 과자와 콜라가 차려져 있고, 열서넛의 아이들이 남자와 여자로 갈라져 서로 마주보고 앉았다. 두근거리는 가슴으로 한쪽 구석에 쪼그렸다. 처음이라 그런지 멀긋멀긋 서먹해하다, 누군가가 말문을 터 그럭저럭 말이 오갔고, 과자도 집어먹고 콜라도 마시게 됐다. 누군가가 박수를 치며 '푸른 시절'을 시작하자 딴 애들도 따라 불렀고, '한 송이 꿈'과 '나의 이십 년'과 '한번쯤' 같은 것들이 뒤를 이었다. 천장에 매달린 삼십 촉 백열등이 이제 막 사춘기에 들어서는 열댓 명의 애들을 비추고 있었다.

한번 문턱을 넘어서자 애들은 그것에 재미를 붙인 듯했다. 우리집은 동네 위쪽에 있어 아래쪽의 상황을 잘 알 수 없었지만 아래쪽 애들은 여자애들과 점점 트고 지내는 것 같았다. 저녁을 먹고 가끔씩 아랫동네에 내려가 보면, 남자애들 노는 데 여자애들이 몰려오기도 했고, 남자애들이 여자애들한테 떼 지어 가기도 했다. 우리동네만 그러는 줄 알았는데 다른 동네도 마찬가지였다. 그것은 학교에서의 분위기에서도 짐작해 볼 수 있었다. 쉬는시간이나 점심시간이면 저쪽 건물의 여학생들이 떼거리로 몰려와 우리교실 뒤의 샘가가 시끌벅적해졌다. 컵을 씻거나 걸레를 빠는 애는 한둘인데 여줄가리로 너덧이 우르르 몰려와서는, 컵도 서너 불은 씻고 걸레도 너덧 번은 빨았을 텐데도 내내 샘가에서 빼무락대다가[87] 종이 울리고서야 자리를 뜨는 것이다. 그런 여자애들에게 우리반 애들도 손뼉을 마주쳐주었다. 샘가에 마음에 드는 여학생이라도 나타날작시면 와르르 창가로 몰려들어 괴성을 질러대는 것인데, 샘가의 여학생은 이쪽을 할낏 쳐다보고는 비쎄는 품으로 컵을 부시거나 걸레를 빠는 것이다. 모르긴 몰라도 여자애의 가슴은 두근반서근반일 것이고, 얼굴은 능소화처럼 발그레해졌을 것이며, 떨리는 손길은 아까운 샘물만 흘려보내고 있을 것이었다. 그런 분위기를 타서인지 그전에는 맨발인 채로 교복바지를 걷고 물탱크에 들어가야 해 서로 안하려던 샘 청소가 갑자기 최고 인기 구역으로 부상했다. 여자애들은 여자애들대로 샘가로 몰려들고, 샘 청소가 아닌 녀석들도 괜시리 주변을 얼떵거리고, 그래서 청소시간의 샘가는 가히 이레마다 한 번씩 서는 저 아랫동네의 장터 같아졌다. 사춘기의 바람이 몽글몽글 피워 올리는 우리들 가슴속의 아지랑이였다.

사춘기의 아지랑이는 작업시간에 확연히 나타났다. 운동장을 불도저로 밀어버려 일주일에 이삼 일은 전교생이 평탄 작업을 해야 했다. 작업이 예정된 날 등교시간이면, 남학생들은 괭이나 삽자루에 가방끈을 끼워 총처럼 어깨에 멘 채, 여학생들은 가방을 담은 세숫대야나 메꼬리를 임으로 인 채 교문을 들어섰다. 작업은 주로 오후시간에 했으므로 점심을 먹고는 체육복으로 갈아입고 운동장에서 놀다가, 종이 울

---

87) 문치적대다가.

리면 전교생이 부역꾼이 되어 흙을 파서 이어 날랐다. 오전에는 공부, 오후에는 작업. 우리는 공부도 하면서 일도 하는 국가 건설의 어린 일꾼들이었다. '황제도'에 자주 출몰한다는 무장간첩이 샘북산이나 대선산 꼭두에서 운동장을 내려다본다면, 남조선에서는 학생들에게 공부는 안 시키고 맨날 강제노역만 시킨다고 무전을 때릴 듯도 싶었다.

부역 같은 작업을 하다 보면 남자애와 여자애의 아지랑이를 대번에 알 수 있었다. 여자애들은 하고많은 남학생을 제쳐 놓고 자기가 좋아하는 남자애한테만 메꼬리를 디미는 것인데, 메꼬리를 슬쩍 밀어놓고는 아닌 것처럼 고개를 돌린 채 시치미를 떼고는 있지만, 수건 아래 감춰진 눈길은 흘낏흘낏 남자애를 훔쳐보고 있는 것이었다. 인기 없는 애들은 노량으로 해찰부리며 놀고 있는데, 인기 있는 애들은 줄줄이 놓인 메꼬리와 세숫대야 때문에 숨을 헐떡대면서도 차마 내색은 못하고 죽어라 삽질을 해야 했다. 남자애한테 정신이 팔린 여자애는 메꼬리가 다 채워진 것도 모르다가, 뒤의 애가 옆구리를 쿡 찌를 제야 속마음을 들킨 듯 움찔, 하는 것이었고, 메꼬리나 세숫대야 정도는 혼자서도 얼마든지 일 수 있으면서도, 머리에 수건 똬리를 얹은 채 남자애가 이어주기만 기다리는 것이었다. 그러면 남자애는 홍당무처럼 붉어진 얼굴로 메꼬리를 이어주는 것인데, 이쪽 운두를 잡고 올리는 남자애의 얼굴에도, 반대쪽 운두를 잡고 있는 여자애의 얼굴에도, 코스모스 같은 미소가 몽글거렸다. 그런 흑백사진을 찍어주려고 늦가을 오후의 햇살은 분주히도 운동장을 뛰어다녀야 했다.

소년과 소녀

권사님의 노력으로 부흥회가 열리게 되었다. 전도사도 없는 가난한 섬 교회를 긍휼히 여기사 하느님이 은혜를 베푼 것인지도 몰랐다. 부흥회 첫날 권사님은 강대상 바로 앞에 내 자리를 잡아주시며,

"우리 진혁이, 부흥회 끝날 때까지 이 자리 잘 지켜서 은혜 받아라아!" 했다.

교회 다니는 게 무엇이고, 믿음이란 게 어떤 건지도 모른 채 그냥 시계붕알처럼 왔다갔다만 하고 있었다. 호야를 닦고 종을 치는 게 내 소임이라 생각해 나름대로 그 일에는 열심이었다. 부흥회 준비도 내가 할 일이라는 생각이 들어 일찌감치 교회에 가 호야를 닦고, 삐걱거리는 바닥을 걸레로 문대고는 줄을 맞춰 방석을 폈다. 학생회의 대부분은 하루 이틀 참석하고 말았는데, 나는 권사님의 말씀이 있어 첫날부터 열심히 그 자리를 지켰다. 성경 봉독으로 반을 채우고, 설교집 읽는 것과 그러구러한 얘기들로 시간을 메우는 '목사님' 형의 설교만 들어온지라, 육지에서 오신 목사님의 설교에서 조금 다른 느낌을 받

기는 했다. 그렇다고 뒤에 있는 맹두산이 기침할 정도의 무엇이 있는 건 아니었다. 꽥꽥 질러대는 목사님의 목소리가 일부러 만드는 손마이크 소리 같아 귀가 좀 아프기는 했다.

부흥회 마지막 날이다. 그날은 학생회도 모두 참석하라고 해 교회가 제법 벅신거렸다. 목사님의 설교가 끝나고 통성기도 시간이다. 바닥에 무릎을 꿇은 사람들이 앞뒤로 몸을 흔들며 큰 소리로 기도를 올리자, 언틀먼틀한 널 바닥도 그에 호응해 더 크게 삐거덕거렸다. 사람들의 기도소리에다 바닥의 끼웃까웃대는 소리까지 어우러져 교회 안이 이상 뜨거워지고 있었다.

학생예배 때 대표로 기도를 해 본 적은 있지만 그것은 공개적인 것이어서 어느 정도 상투적이었고, 남에게 들리는 것이라서 겉멋도 좀 들어 있었다. 하느님을 향한 개인적 기원에, 자신의 말발을 드러내려는 의도도 섞여 있어 완전히는 정직한 기도라 보기는 어려웠다. 그런데 통성기도는, 개인적 기원을 소리를 내어 하는 것이라서 개인적이어야 할 기도가 타인에게 노출될 소지가 있었다. 하느님에 대한 내 얘기를 남이 들을 수 있는 것이다. 아무래도 그것은 서어한 일인지라 혼자서 조곤조곤 읊조리고 있었다. 고맙게시리 굵고 쩌렁한 목사님의 목소리가 내 기도의 어색함을 녹여주었다. 그렇게 통성도 아니고 속말도 아닌 어중뜬 기도를 하고 있는데, 입안에서 읊조리던 말이 어느 순간 갑자기 소리가 되어 나오기 시작했다. 말이 내 통제를 벗어나 그냥 제풀로 소리가 되어 밖으로 나오고 있는 것이다. 그것도 겁나게 크게 말이다. 내가 내 혀를 제어 못하는 상황이었다.

그렇게 알 수 없는 상태로 기도를 하고 있는데 갑자기 발끝이 뜨거워져 왔다. 한겨울에 엄니가 데워준 세숫물에 찬물을 타려고 살짝 손을 댔을 때처럼 화들짝한 느낌이었다. 발끝을 적신 뜨거움은 점점 장딴지로 무릎으로 볼기짝으로 허리로 올라온다. 거기에서 안 그치고 계속해서 가슴으로 목으로 올라오더니 마지막에는 머리까지 잠가버렸다. 몸 전체가 펄펄 끓는 불구덩이에 들었다고 느껴진 순간, 앉은 채로는 도저히 불의 뜨거움을 견딜 수 없어 자리에서 벌떡 일어났다. 그러고는 박수를 치며 가장자리를 따라 덩드럭덩드럭 돌아다니는 것이다. 나는 다만, '아, 내가 지금 이상한 행동을 하고 있구나' 하는 느낌밖에 없었다. 확실히 그 순간의 나는 나를 벗어나 있었다. 나를 제어하고 있는 건 내 뇌가 아니라 내 밖에 있는 어떤 손이었다. 그 존재는 나로 하여금 그렇게 교회 안을 서너 바퀴 돌게 하더니 본래의 자리에 데려다 앉혔다.

예배가 끝나고 권사님이 나를 부르셨다.

"우리 진혁이 은혜 받았네. 낼 새벽기도에 꼭 나오니라. 하느님 은혜가 더 충만해질 거니까."

내 행동에서 무슨 느낌을 받으신 모양이다. 나도 분명히 무언가 있다는 생각은 들었다. 무엇인지는 모르겠으나 여하튼 말로 설명할 수 없는 무언가가 있는 것은 틀림없었다. 끝까지 가보자 싶어 진만이형과 교회에서 자고 다음날 새벽기도에 참석했다.

달구리에 일어나 종을 치고 호야불을 컸다. 목사님과 권사님을 비롯해 열서넛이 새벽기도에 참석했다. 교회나 절보다는 조상님이나 용왕신이나 큰 바위를 믿는 사람들이 많은 현실에서, '예수쟁이'라고 시피보이기도 하고, '지세제사도 안 지내는 것들'이라며 조상도 모르는

'막돼먹은 종자들'로 손가락질 받으면서도 꿋꿋이 비탈길을 오르는 사람들이다. 모두가 잠들어 있는 꼭두새벽에 신에 가 닿으려는 소망으로 십자가 앞에 무릎을 꿇은 사람들이다.

기도는 시작됐지만 중학교 이학년짜리가 잡을 수 있는 기도제목은 빈했다. 옛날에 할머니가 마래에서 비손하던 '식구들의 안녕과 복'까지는 아니었고, 그렇다고 '국가와 사회의 안녕과 번영'처럼 허랑한 것은 더욱 아니었다. 퇴락한 교회를 부흥시켜 달라는 것은 어른들의 기도에서 배웠을 터이고, 죄 짓지 않고 착하게 살게 해달라는 것은 내 속에서 나온 것이었다.

통성으로 하는 어른들과 달리 나는 속으로 기도를 하고 있었다. 본새 기도라는 게 자신의 소망이나 고백을 절대적 존재에게만 은밀히 전하는 극히 개인적인 행위일 것이다. 그러므로 공개되어 남이 들어 버린 기도는, 선생님이 검사한다는 걸 알아 조금은 숨기고 조금은 꾸미며 쓰는 완전히는 정직하지 못한 일기 같은 것이 돼 버릴 수 있었다. 더군다나 여러 사람들 앞에서 공개적으로 이루어지는 기도는, 그것이 비록 형식적으로는 기도의 형태이고 신을 향한 말투이기는 하지만, 사실은 사람들을 향해 내지르는 '연설'에 다름 아닐 터였다. 나는 내 기도가 하느님은 알되 선생님은 못 보는 일기가 되도록, 남을 향한 연설이 아니라 하느님과의 은밀한 대화가 되도록 속으로 조용히 옹알이고 있었다. 그렇게 기도를 하고 있는데 어느 순간 전날처럼 내 기도가 소리가 되어 밖으로 나오기 시작했다. 밖에 있는 어떤 존재가 또 나를 장악한 것이다.

그런데 이번에는 전날과는 양상이 달랐다. 내가 입 밖으로 내고 있는 소리가 그때까지 써 오던 모국어가 아닌 것이다. 중학교에서 배운 영어도 아니고 그렇다고 동네 할아버지들한테서 들어본 일본말도 아니었다. 생전처음 접하는 이상한 언어였다. 배워본 적도 들어본 적도 없는 전혀 낯선 말인데 나는 그 말을 모국어인 양 아주 능숙하고 능란하게 구사하는 것이다. 희한한 일이었다. 생각은 분명 그전처럼 모국어로 하는데 그것이 혀에 이르자마자 전혀 다른 소리로 바뀌는 것이다. 두 해 동안 배웠지만 영어 한마디 제대로 못하는 젬병의 내 뇌가 생전 들어보지도 못한 언어에 대해 엄청난 능력을 발휘하고 있었다. 아무래도 저 위에 있는 존재가 남들 못 알아듣게 내 기도의 혀를 살짝 꼬아놓지 않았나 싶었다. 그렇게 혼자만의 언어로 소리소리 질러 마음껏 기도를 했다. 평소처럼 생각하고 상대에게 그것을 전하는 것이지만, 내 입에서 나오는 소리는 나도 모르는 혼자만의 언어였으므로 '그'를 제외한 어느 누구도 알아들을 수 없을 것이었다. 간절한 마음을 소리를 통해 절대적 존재에게 기원하지만 다른 사람은 아무도 못 알아듣는다는 측면에서 그것은 '기도'에도 충실하고 '통성'도 만족시키는 기가 막힌 형식이었다.

눈을 떠 보니 사람들은 모두 돌아가고 없고 권사님만 혼자 남아 휘둥그런 눈으로 나를 내려다보고 있다.

멀뚱거리는 나에게,

"우리 진혁이 방언 터져 버렸네!"

하시며, 권사님은 기특하다는 듯 내 등을 두드려주었다.

뿌듯했다. 그 전날 경험한 불의 뜨거움과 새벽에 만난 이상스런 나만의 언어가 무엇을 의미하는지는 잘 몰랐지만 그것을 겪은 후의 나는 겪기 전의 나와는 분명 달라져 있었다. 그것은 단순히 교회 안에서 경험한 하나의 신비한 체험에 그치지 않고, 결코 눈에 보이지 않고 귀에 들리지 않고 피부에 감촉되지 않을지라도 인간의 감각 너머에는 분명 무언가가 있다는 것을 확신하는 계기가 되었다. 저 멀리 어디에 있다는 영혼의 세계에 대한 맛배기라고나 할까. 그것은 분명 전혀 새로운 경험이었다.

그 일이 있고 얼마 후였다. 비설거지 때문에 예배시간에 좀 늦었다. 진둥한둥 교회로 들어서는데 누가 유리창으로 안을 들여다보고 있다. 풍금 반주도 없는 찬송가 소리가 흘러나오는 걸 보면 예배는 벌써 시작된 듯했다. 인기척을 느꼈는지 여학생이 와뜰 놀라며 뒤를 돌아본다. 유리창에서 흘러나오는 불빛이 소녀의 얼굴을 비춘다.

"서영이 아니냐?"

한 학년 아래의 서영이었다.

함께 코 흘리며 국민학교 운동장에서 서너 해 어우러지고, 교복을 입고 같은 교문을 두어 해 지나다니다 보면, 윗동네 애들일지라도 동창생들은 물론 위아래 두어 해 터울은 어느 정도 얼굴을 익히게 된다. 그런 관계는 나중에 혼인으로 맺어져 이리 얼큼 저리 설큼 엮여져서, 따지고 들면 대부분의 섬사람들이 결찌나 윤구나 절래[88]가 되고, 그래서 섬사람들끼리는 '꾸정물 안 뛰간' 사이가 없게 된다. 그런 분위기이니, 밖에서 들어와 어느날 느닷없이 새로 끼어든 애는 눈에 띨 수밖에 없는데, 그 대상이 이성이면 더 그랬다. 방학 때 친척집에 놀러온

---

88) 가까운 혈연관계는 아니지만, 이리저리 따져보면 관계가 이어지는 사이.

애라도 있으면 어찌 말이라도 걸어보려 애쓰고, 그 대상이 여자애이기라도 하면 괜히 그집 앞을 서성거려 보는 섬 아이들이었다. 그런데 서영이는 육지에서 왔고, 여학생이었고, 거기에다 예뻤고, 공부도 잘했다. 한마디로 귄이 있는[89] 아이였다. 재가한 엄마를 따라왔다 했는데, 그래서인지 얼굴에는 슬픈 노을빛이 어른대는 듯하기는 했다.

"교회 왔으믄 들어가자."

머무적대는 서영이를 데리고 들어가 여학생 쪽에 앉게 했다.

예배 후에 뒷정리를 하고 비탈길을 내려오면서 그 애 생각을 했다. 집으로 돌아가고 있을 서영이의 밤길 때문이었다. 그때처럼 도깨비불을 들고 동생과 밤길을 걷고 있지는 않을까?

외할아버지 제삿날이었다. 엄니 심부름으로 찹쌀과 소주 한 병을 갖다 드리러 함네집[90]에 갔다. 자고 아침에 가라는 외숙의 말을 뒤로하고 길을 나섰다. 아직 가을해가 많이 남아 있어 서두르면 충분히 해거름에 집에 도착할 수 있지 싶었다. 잰걸음으로 공동묘지를 지나 재를 넘어 앞만 보고 부지런히 걸었는데도 '도깨비골창'을 지나자 날이 어둑해져버렸다. 가을이어서인지 생각보다 해가 짧았다. 공동묘지나 도깨비골창 같은 무서운 곳은 지난 게 그나마 다행이었다.

산길을 지나고 들길을 걸어 '모티이'에 접어들었다. 한겨울에는 거센 바람에 날려 자칫 언덕 아래로 떨어질 수 있다며 꼬맹이들은 함부로 못 다니게 하는 곳이다. 길 양쪽에는 묏등도 있고 부는 바람에 소

---

89) 여자애가 예쁘면서 얌전하고 귀여운.
90) 할머니네 집. 손자 입장에서 부르는 외갓집. 엄마에게는 '엄네집'.

나무가 씽씽 울어 으스스하기까지 하다. 동생과 함께라서 무서움이 좀 덜하기는 했다. 동생을 앞에 걸리고 후린 곳을 돌아내리는데 저 앞에서 불빛 하나가 나타났다. 달도 안 떠 네둘레는 깜깜하다.

"성!"

동생이 뒤로 돌며 와락 내 옷자락을 잡는다. 사실은 나도 벌써 움찔한 상태였다. 공동묘지와 도깨비골창을 지났는데 여기서 도깨비를 만나는가 싶었다. 우리의 낌새를 알아차렸는지 저 앞의 불빛도 그 자리에 서는 듯하다. 어떡해야 하나. 이제 모티이만 돌면 우리동네인데 저기를 못 지나가 왔던 길을 돌아가야 하나. 그러기는 더더욱 어려웠다. 거리도 거리지만 뒤쪽에는 아까 지나온 도깨비골창에 공동묘지까지 있다. 외려 그쪽이 더 무서운 길이다. 이런 걸 진퇴양난이라고 하는구나. 죽으나사나 앞으로 가는 수밖에.

"가자. 요새 세상에 무슨 도깨비다냐!"

쩨쩨해 보이기 싫어 큰소리를 치며 앞장을 섰다. 동생은 내 옷자락을 잡은 채 뒤를 따른다. 제자리에 서 있는 듯하던 저쪽 불빛도 움직이기 시작한다. 나는 우리 쪽이 사람임을 알리기 위해 저 앞쪽을 향해 일부러 큰 소리로 외쳤다.

"진필아! 어째 오늘은 달이 안 떴다냐! 달이 떴으믄 좋았을 건데이!"

불빛과 우리가 너덧 발짝으로 가까워졌다. 도깨비가 아니라 두 소녀였다. 작은 소녀는 손전등을 들었고 큰 소녀는 손잡이에 새끼를 묶어 양손에 한 가닥씩 갈라 잡아 두 되들이 주전자를 머리에 이었다. 막걸리를 받아오는 모양이었다. 이쪽의 둘과 저쪽의 둘은 가슴을 쓸어내리며 서로를 엇스쳤다.

아마 서영이는 그때처럼 동생과 함께 도깨비불을 들고 그 길을 가고 있을지 모르겠다. 왠지 그 애가 애드러워졌다.

그로부터 두 주나 지났을까. 예배가 끝났는데 진만이형이 나를 불렀다.

"진, 헥, 아, 니, 가, 오, 늘, 이, 애, 이, 잔, 데, 레, 다, 줘, 라."

"야?"

"이, 애, 기, 집, 이, 까, 지, 잔, 데, 레, 다, 주, 라, 고."

남학생이라야 예닐곱밖에 안되지만 그래도 호야도 닦고 종도 치고 해서 그중에 이물없는 나를 지목한 듯했다. 나는 잠시 머뭇거렸다. 밤에 그 길을 혼자 가는 것이 얼마나 무서운지도 알고, 더군다나 서영이가 여학생이니까 당연히 데려다주겠다 해야 하는데, 그런데 선뜻 대답이 안 나왔다. 여학생이어서 외려 그런지도 모르겠었다.

"이, 밤, 에, 어, 떻, 게, 저, 애, 기, 혼, 자, 모, 티, 이, 넘, 어, 가, 것, 니?"

아무래도 동생이 안 따라온 모양이다. 더 이상 비쌔고 저쌔는 건 남자가 아니다.

"야."

그래서 그날 서영이와 같이 밤길을 걷게 됐다. 그리고 그 다음부터도 목요일이면 서영이와 나는 바람 부는 밤의 신작로를 함께 걸었다.

예배가 끝나면 소녀는 동네 끝에서 소년을 기다린다. 뒷정리를 마친 소년은 한참 후에 그곳에 온다. 소녀가 무서울까봐 데려다주는 것이라도 남의 눈에는 그렇게 안 보일 것이었다. "얼레리꼴레리!" 하는 애들도 있을 수 있고, 이마빡에 피도 안마른 녀석들이 벌써 연애질이라고 나무랄 어른들도 있을 수 있었다. 내막이야 어떻든, 점빵들이 늘어선 면소재지의 불빛 훤한 길을 둘이서 나란히 걸을 용기는 소년에게도 없었고 소녀에게도 없었다. 그래서 소년과 소녀는 따로따로 동네를 통과해 거기에서 만나는 것이었다.

소년과 소녀는 비탈길을 걸어 오른다. 기다리고 있었다는 듯 어둠이 앞을 막아선다. 모티이의 초입이다. 뒤쪽에서 몰아치는 바람을 막아주려 소년은 소녀를 앞에 세운다. 몰강스럽게 몰아친 바람이 소년의 귀때기를 때리더니 소녀의 단발머리를 흩날리고는 어둠속으로 사라진다. 지금은 등으로 바람을 맞아 좀 덜하지만 돌아오는 길은 정면으로 바람을 맞으니 얼굴이고 몸뚱이가 찢길 듯할 것이다. 몰아치는 바람에 소나무는 쏴쏴거리며 울고, 그 소리가 원숭이휘파람 되어 하늘로 솟구치는 캄캄한 이 길을 소녀 둘이 걷도록 내버려 두는 건 옳지 않았다. 목요일 밤마다 언니를 위해 함께 걸어주는 동생을 내가 대신해주는 게 맞는 것이었다. 친구들 사이에서 둘이 사귄다는 소문이 돈다 해도, 그래서 애들이 흥야항야 한다 해도, 그래도 잘한 일은 잘한 일이었다.

얼얼한 몸으로 부지런히 걸음을 옮기다 잠깐 들어간 곳이 '한골수방'이다. 살짝 후려지는 길섶에 어른 한 사람이 들어가 앉으면 딱 좋을 구덩이가 파여 있다. 옛날에 어디에서 흘러든지 모르는 '한골수'라는 사람이 '악개'의 낭장에서 멸치 잡는 일을 했는데, 무슨 사연인지 시도 때도없이 객선머리를 넘어 다녔단다. 그 사람이 겨울에 모티이를 넘다 잠시 쉬어갔다는 곳이다. 그 사람이 직접 팠다고도 하고, 징상스런 모티이를 무시로 넘어다니는 덜떨어진 듯한 그 사람이 안쓰러워 동네 사람들이 파주었다고도 한다.

"오빠, 이따 갈 때 징그럽겠네."

소녀는 한골수방에 들어앉고 소년은 그 앞에 쪼그린다. 칼끝 같은 바람이 머리 위를 불어간다.

"괜찮해. 이 정도야 뭐."

돌아가는 길의 바람쯤은 소년에게는 아무것도 아니다. 소녀를 바래다준 것만으로 기쁠 따름이다.

소년은 먼 하늘을 올려다본다. 찬 하늘에 별이 총총하다. 별들도 추위에 떨고 있는지 다른 때보다 더 바쁘게 깜빡댄다.

"가자."

소녀가 따라 일어선다. 다시 오르막이 이어지고, 길이 한 번 굽어졌다 펴지면 내리막이고, 내리막 끝을 돌면 아래쪽에 동네가 펼쳐진다. 동네 초입에 외따로 꼬막껍데기처럼 옹크린 게 소녀네 집이다.

"이제 갈란다."

내리막의 중간쯤에서 소년이 돌아선다. 구태여 동네 가까이 가서 사람들 눈에 띌 필요는 없었다.

"오빠, 고마워. 조심해서 가."

소녀가 살짝 손을 흔든다. 바람이 소녀의 단발머리를 흩뜨린다.

소년은 몸을 돌린다. 기다렸다는 듯 바람 한 줄기가 거칠게 얼굴을 긋는다. 몸을 잔뜩 옹크리며 소년은 맞바람을 뚫는다.

쓸쓸함의 등거리

　가을소풍 때 시작된 사춘기의 뉘누리는 순식간에 우리들을 쓸어버렸고, 우리동네 애들은 너나없이 그 너울에 섭슬려 들었다. 여자애들이 먼저 짝꿍을 정해 남자애들에게 편지를 보내왔다. 비밀이 생명인 연애편지를 쪽지처럼 돌려보며 우리는 키득거렸고, 다른 마음이어야 할 편지임에도 우리는 서로의것을 베껴 답장을 쓰면서 또 낄낄댔다. 어떻게 알았는지 여자애들은 짝꿍의 생일이라며 선물도 챙겨주었다. 생일이래봐야 갯바위의 머리카락 같은 미역국 한 그릇 얻어먹는 우리들에게 여자애들의 느닷없는 선물은 일 년에 한 번도 못 먹어보는 짜장면 같은 것이었다. 일단은 입을 쩍 벌리며 놀랄 수밖에 없었고, 허겁지겁 뜯어보기 바빴고, 선물을 쥔 채 팔뜨락팔뜨락 뛰는 가슴이었다. 받은 것을 갚기 위해 우리는 한 학년이 다 끝나가는 시점에 뜬금없이 참고서와 공책을 사야 한다며 어머니를 졸라야 했다.

　그러던 와중에 여자애 하나가 수업시간에 연애편지를 쓰다 선생님께 걸려 버렸다. 그 애는 두둑 위로 반미주룩이 꼭지를 내민 고구마가 되었다. 영어선생님으로부터 고구마 순을 넘겨받은 훈육주임은 두둑 속의 내막을 호비기 위해 순을 당겨 올렸고, 우리들은 줄줄이사탕으로 따라 올라올 수밖에 없었다. 꼭뒤가 잡힌 채 우리는 한 사람씩 번차례로 불려가 자신의 사연을 옴니암니 진술해야 했다. 언제 어느 때부터, 누가 누구의 짝꿍이 되고, 무슨 내용의 편지와 어떤 선물을 어떻게 주고받았는지의 이지가지를 저저이 뱉어내야 했다. 몰려다니며 담배를 피운 것도 아니고, 학생이 해서는 안될 나쁜 짓을 한 것도 아니어서 큰 잘못을 저질렀다고는 생각 안했지만, 뒤꼭지에 피도 안 마른 녀석들이 하라는 공부는 안하고 남녀가 어울려 다니며 논 것은 잘못이었다는 생각은 들었다.

점심시간이 끝나면 우리는 굴비 두름처럼 떼거리로 엮여가 교무실 복도 양쪽에 무릎을 꿇고 앉아 반성문을 써야 했다. 처음에는 뭐라고 끄적거릴 게 있었지만, 나중에는 더 이상 쓸 게 없어 같은 내용을 썼다 지우며 해찰을 부리다, 누가 나타나는 기색이라도 보이면 얼른 몸을 바루며 뭔가 끄적대는 시늉을 하는 것이었다. 딴 애들은 어찌 쓰나 보려고 살며시 고개를 들면, 건너편 여자애 역시 똑같은 마음인 것이어서, 마주친 눈길은 서로 머쓱해하다가, 고개를 돌리면 또다른 서넛의 눈길과 부딪는 것인데, 너덧의 눈길은 자신들의 죄는 잊은 채 히 뭇이 웃고는, 선생님이 올세라 후다닥 머리를 수그리며 공갈로 볼펜을 놀리는 것이었다. 전교생에게 자자하게 소문은 나버려 위 옆 아래 학년 애들이 쉬는시간마다 몰려와 키득거렸고, 수업을 마치고 복도에 들어서는 선생님들마다, "못된 고양이 부뚜막에 먼저 오른다더니!" 하면서 출석부로 머리를 툭 치는 것인데, '부뚜막에 먼저 오른' 것에는 고개가 주억거려졌지만, 도대체 우리가 왜 '못된 고양이'인지는 쉽게 납득이 안됐다.

훈육주임 선생님이 퇴학을 들먹거릴 때는 그것이 우리를 겁주려는 으름장인 걸 알았으므로 괘념치 않았지만, 정학 이야기가 나오자 사실 속으로 겁이 좀 나기는 했다. 정학 당했다고 부모님께 사실대로 말씀 드릴 수는 없을 터이니 아침이면 아무 일 없는 듯 교복을 차려입고 집에서는 나와야 할 것이었다. 한두 녀석이라도 빠져 동네에 얼쩡거리면 금방 내막이 뽕날 것이므로 한 녀석도 빠져서는 안되었다. 그러려면 스무 명 남짓 되는 애들이 사람들 눈에 안 띄는 곳으로 숨어들어야 할 텐데, 둘러보면 들과 산과 갯가가 훤히 내다보이는 동네에서, 대낮에 그 많은 군사가 숨어들 수 있는 동굴이 있는 것도 아니것고, 그렇다고 그 많은 애들이 건너편 무인도로 뗏마를 타고 건너갈 수도 없는 노릇이어서, 이래저래 지끈지끈 머릿골이 다 쳤다.

대책을 논의한다며 저녁이면 애들은 만진이네 잔방으로 웅긋중긋 모여들었다. 어떤 녀석은 제법 심각한 표정으로 퇴학을 걱정했지만, 퇴학당하면 단체로 서울로 튀자며 한 녀석이 히히덕거리자, 그게 좋겠다며 모두가 낄낄거리며 따라 웃었다. 다들 정학이나 퇴학의 짓은 안했다는 자신감은 있었다. 재미로 한 일이라 그냥 몇 대 맞고 넘어갈 것을, 유난히 여학생을 편애하는 영어선생님이 법석을 피우는 통에 일이 커졌다는 게 우리들의 공통된 의견이었다.

그렇게 대엿새가 지났다. 다행히 정학시킬 만큼은 안되었는지, 또 이런 일이 있으면 그때는 무조건 정학이라며 부모님의 약속을 받는 선에서 일이 마무리되었다. 순진하게 부모님을 모시고 간 애들이 몇 있었지만 대부분은 이웃집 형이나 누나를 대신 데리고 가 도장을 찍었다. 차마 엄니한테 사실을 말하기가 송구스러워 나도 영남이형한테 부탁해 일을 막음했다. 전교생에게 파다하게 퍼져버린 일이, 한동네 어른들이 교감선생님께 죄인처럼 머리를 숙이며 도장을 찍은 일이, 결코 소문으로 동네에 안 돌았을 리 없고, 그것이 엄니에게 귀띔 안됐을 리 없고, 귀머거리가 아닌 이상 엄니 역시 그 소문을 못 들었을 리 없을 텐데, 엄니는 끝내 그 일에 대해서는 일언반구도 않으셨다. 아마 입을 엶으로써 나에 대한 실망을 확인하는 게 저어됐기 때문인지 몰랐다.

그렇게 난리를 쳤지만 우리들은 정은정아니었다. 어느 정도 시간이 지나자 애들은 다시 그전처럼 어우러졌다. 달라진 게 있다면 그전보다 좀 조심해진 것뿐이었다. 짝꿍의 편지를 흥뚱항뚱 여기저기 자랑하던 녀석이 혼자서 조용히 도린곁으로 스며들었고, 간밤에 무슨 훈장 받을 일이라도 한 것처럼 여자애들과의 일을 동네방네 떠들어대던 애들이 으밀아밀해졌다.

몸이 커가는 걸 억지로 잡아맬 수 없듯 우리들에게 불어온 사춘기의 바람도 선생님들이 가로막을 수 있는 게 아니었다. 몸과 마음은 나무의 크기와 굵기 같은 관계여서 몸이 크면서 마음도 컸고 그러면서 다시 몸도 커갔다. 몸피 큰 녀석들의 코밑은 벌써 검숭해졌고, 체육복 갈아입을 때 보면 겨드랑이에도 시커먼 털이 부숭숭했다. 어린양 부린다며 만날 꿀밤이나 맞던 앞줄의 조그만 녀석들도 목소리가 패고 있었다. 말은 안하지만 어떤 녀석은 꿈속에서 옆 반 여학생이나 동네 누나나 혹여 민주스럽게도 가정선생님이나를 안고 궁글다, 몽정으로 흥건히 젖은 팬티를 만져보며 면구스럽기도 할 것이고, 척척한 팬티를 어찌 처리하나 난감해하기도 할 것이다. 한번 그것을 경험한 녀석들은 잔방이나 모방으로 스며들어 문고리를 걸어 잠그고는, 이제 막 밍털에서 붓꽃으로 바뀌고 있는 거뭇한 거웃 속의 그것을 열없게 흔들어 야릇함을 맛본 뒤, 시르죽은 마음으로 죄책감을 갖기도 할 것이다. 여자애들은 더 빨리 어른으로 건너는 두껍다리에 서는 것 같았다. 운동장에서 작업을 하다 덕구진 두식이 녀석이 쉬쉬하며 부르기에 가 보았더니, 풀을 뽑고 있는 여학생의 다리 사이로 보이는 하얀 팬티에 붉은 얼룩이 어려 있었다. 큰 병에 걸린 것은 아닌가 싶어 심히 걱정했던 까까머리 일학년의 우리들이었다. 한나절 만에도 죽순처럼 커버리는 시기이니, 하복을 입은 여자애들의 젖가슴이 종발만큼 도두룩해진 걸 보면, 대부분의 여자애들에게는 벌써 꽃도 비치기 시작했을 터였다. 몸이 그렇게 어른을 향해 불쑥불쑥 커가듯 마음도 거기에 발을 맞추는 것이다. 우리들에게 부는 봄바람은 몸과 마음에 함께 일어나는 어질머리였다.

몸은 이차성징의 문턱을 넘어가고 있었지만 우리들은 아직 욕정으로서의 성性은 몰랐다. 그때까지도 자신을 어느 논언덕이나 다리 밑에서 주워왔다고 믿거나, 애를 배꼽으로 낳는다고 알고 있는 뒤듬바리야 없었겠지만, 그쪽에 대한 뱀뱀이가 없어 모두들 청맹과니에 불과했다. 여자 성기가 어떻게 생겼나 하는 호기심에 『가정』책을 빌려 콩닥대는 가슴으로 책장을 넘기다가, 나팔꽃처럼 생긴 그림을 발견하고는 잉큼잉큼 뛰는 가슴인 것이었고, 누가 볼세라 얼른 덮고 시침은 떼지만, 여전히 화끈거리는 얼굴인 것이었다. 국어사전이나 영한사전에서 여자의 성기와 관련된 단어를 찾아보고도 가슴이 팔딱거릴 만큼

이제 막 성에 호기심을 가지기는 하지만, 그저 그뿐 그 이상은 아니었다. 좀 까진 녀석은 이제 막 커가는 자지를 잡고 흔들어보는 수준이었지, 그것이 육체에 대한 생심으로까지 나아가지는 않았다. 여자애들이라는 존재가 함께 깨 벗고 저수지에서 멱을 감는 광영이나 소연이와 다르다는 정도였지 그 이상의 상상은 우리들의것이 아니었다.

겨울방학이 되자 우리들은 살판이 났다. 아지트인 만진이네 잔방 문턱은 애들의 발길로 개먹을 정도였다. 조붓한 방에서 이불속에 발을 묻고 히히덕거리다, 누가 고구마를 쪄 오면 누구는 남새밭의 독에서 김치를 꺼내 왔다. 지금은 우리들의 아버지가 된 옛날의 청년들이 윗동네 돼지를 잡아먹은 게 들통나 두 배로 물어주는 혼뜨검을 했다느니, 그로부터 이십 년이 지났는데도 세상이 아직도 그 옛날에 머물러 있는 줄 알았던 숫저운 청년들 여럿이 그것을 흉내 냈다가 변한 인심 때문에 떼거리로 감옥에 갔다느니 하는 전설 같은 무용담을 듣고 자란 우리들에게, 닭서리나 토끼서리 정도는 갯가에서 꽁치를 낚는 것만큼이나 쉬운 일이겠지만, 아직 우리는 거기까지는 안 나갔다. 한해위의 애들이 옆동네의 닭을 서리했다는 소문을 듣고는, 누군가가 우리도 한번 해보자며 똥구멍을 살살 긁었지만, 아직은 때가 이르다고 판단했는지 애들이 뻥둥그리며 호응을 안했다.

그날도 그 작은 방에 예닐곱이 모였다. 만진이네 엄니는 토방 앞에 오롱조롱 헤들어진 신발들을 보고 간종그리며 지청구를 했지만, 나중에는 찐 고구마에 동치미까지 얹은 소쿠리를 지게문 사이로 넣어주었다. 고구마껍질을 벗기면서 히히덕거리고, 한 입 베어 물며 깔깔대면서, 우리는 사춘기의 골목을 통과하고 있었다.

아아 으악새 슬피 우니 가을인가요오

　집에 가라는 신호인 듯 노랫소리가 들려왔다. 만진이네 아버지다.
오늘도 한잔 걸치신 듯하다. 노래는 도개집을 막 지난 지점에서 시
작됐을 것이다. 아무리 술을 마시고 허청댄다 해도 점빵들이 맞바라
고 있는 큰길에서 대놓고 노래를 부를 수는 없을 것이었다. 그저께는
누구네 소가 생키를 낳았고, 어저께는 누구네 집에서 내외간 큰소리
가 흘러나왔으며, 오늘은 누구네 기제사인지까지 아는 삼이웃들일지
라도 지켜야 할 법도는 있었다. 살림을 꾸려 저금을 나[91] 애들도 두
엇 둔 어른이 술에 취해 아무데서나 비틀대서는 안되는 것이었다. 동
네의 물색깔이 그런지라 좀 어둑시근한 곳에서 노래는 시작됐을 것이
다. 그 지점이 바로 도개집을 막 벗어난 곳이었다.

　　　기나긴 그 세월이 나를 울립니다

　만진이네 아버지는 돼지 잡는 일을 했다. 어장 갔다 오느라 장화에
가빠[92]를 두른 채 삼치를 들고 올라오는 모습을 여러 번 보았었는데,
언젠가부터 그 차림으로 돼지를 잡기 시작했다. 돼지 잡는 것을 백정
의 일로 생각해 사람들이 좀 뇌하게 볼지라도 바다 위에서 출렁대는
것보다는 땅을 밟고 사는 게 낫다고 판단했던 듯하다.

　　　여울에 아롱 저진 이즈러진 조각달

　어른들이 만진이네 아버지를 '꺾쇠'라고 불렀으므로 우리들은 '꺾쇠
오춘'이라 불렀다. 만진이네 아버지에게 '꺾쇠'라는 별호가 붙은 것은,

---

91) 살림을 나. 분가하여.
92) 뱃일 할 때 입는 두꺼운 비닐 앞치마.

아마 만진이네 집이 동네 고샅을 두 번이나 꺾이게 해서든가, 젊은 시절에는 배를 타다 돼지 잡는 쪽으로 인생을 꺾어서든가, 아니면 금방이라도 울음이 터질 듯한 목소리로 저 노래를 저리도 꺾어 불러서든가, 그도 아니면 징하게도 뻣뻣해 아무도 그 고집을 꺾을 수 없어서였든가였을 것이다.

여느 어른들처럼 꺾쇠오춘 역시 술을 잘 마셨지만, 그렇다고 아무때나 취한 술에 노래를 얹는 것은 아니었다. 보통은 술을 마시고 들어오면 잔방 문을 열고는 우리들 이름을 차례로 부른 뒤, "내 아들놈들, 큰사람 돼야 쓴다이!" 하고는 지게문을 닫아주었다. 그런 날과 달리 노래와 함께 들어오는 날 문틈으로 살짝 내다보면, 오춘의 손에는 여지없이 돼지고기 두어 근을 꿴 지푸라기 고달이가 들려 있었다. 아무래도 그 고달이가 노래를 끌어내는 마중물이 되는 듯했다.

꺾쇠오춘은 언젠가 네 다리가 묶인 돼지의 정수리를 도끼로 내리치려다, 살려달라고 애원하는 애처로운 눈과 마주친지도 모르겠다. 그런데 그 후로 돼지의 머리를 내리칠 적마다 그때의 눈이 생각나는 건 아닐까. 그래서 돼지를 잡은 날은 멱을 찌른 그 생명에 대한 죄스러움에 마음이 애적해지고, 그 때문에 저 노래를 저리도 처연히 불러대는 것은 아닐까. 아무리 먹고살기 위해서일지라도, 아무리 먹으려고 잡는 짐승일지라도, 숨탄것으로서 또다른 숨탄것의 숨을 끊는 일이 어찌 마음 아프지 않겠는가. 꺾쇠오춘의 노래에는 그 애달픔이 슬맺혀 있는 듯했다.

　　　　강물도 출렁출렁 목이 메입니다

노래는 고랑을 끼고 걸어 오르고 있다. 갯물은 고랑을 거슬러 정미소쯤까지나 올라왔을 것이다. 꺾쇠오춘은 고랑과 갯물을 동무 삼아

이엄이엄 노래의 고개를 넘고 있다. 오춘이 허청댈 때는 노래도 허청거리고, 담을 짚고 숨을 고르면 노래도 잠시 숨을 고른다. 그러다 정미소 마당에 들어가 오줌이라도 누는지 노래가 길게 늘어지기도 한다. 노래가 동안이 뜨는 것은 길에서 누군가를 만나 이야기를 나누는 중이고, 끊겼던 노래가 다시 이어지는 것은, 오늘은 늦었으니 내일 만나 한잔 하자고 약속한 것이며, 노래가 이어지지만 소리가 점점 멀어지는 것은, 방금 만난 두 사람이 밑을 보아 버리자며 어깨를 걸고 다시 술집으로 내려가는 도중이기 때문이다. 도개집에서 만진이네 집까지는 고작 칠팔십 미터밖에 안되는 거리지만 그곳은 그리도 많은 이야기들이 무늬질 수 있는 공간이었다.

　　아아 뜸북새 슬피우니 가을인가요

　노래는 2절로 넘어간다. 꺾쇠오춘에게 세상의 노래는 저것 하나뿐이었다. 다른 노래를 부르면 급살이라도 맞는다는 듯 오춘은 저 노래만 저렇게 줄창 불렀다. 하도 불러서 닳아지고 닳아져 누더기가 됐을 듯한데, 그런데도 기운 데를 깁고 징근 곳을 징그면서 부르고 또 불렀다. 그래서 사람들에게 저 노래는 '꺾쇠노래'가 되었다.

　사방으로 퍼져 나가던 노랫소리가 좁좁해진다. 양쪽이 툭 터진 국민학교 앞을 지나 고샅으로 접어든 듯하다. 돌담에 부딪는 노래가 골목 안에 메아리진다. 노래가 들리는 이집 저집에서는, "으악새 아재93), 오늘도 한잔했는갑소." 하며 베개를 고쳐 베겠다.

　　잃어진 그 사랑이 나를 울립니다

---

93) 결혼한 여자가, 남편 또래의 남자를 부르는 호칭.

노래가 마당으로 들어선다. 이제 노래는 잔방 문을 열어보며, "내 아들놈들, 온막 큰사람 되어야 쓴다이!" 할 것이고, 우리들은, "야!" 하고 기운차게 대답할 것이다.

노래가 문을 열기 전에 내가 먼저 토방으로 나갔다. 왜 그랬는지 그렇게 됐다.

마당에는 달빛이 우련하다. 마당에 들어선 노래가 이쪽으로 안 오고 담 쪽으로 걷는다. 장독대 앞을 걸어 둥글게 마당을 돌아온 노래가 큰방으로 안 들어가고 잔방 앞으로 걸어온다.

　　　　들녘에 떨고 섰는 임자 없는 들국화

잔방 문을 열려나 했는데, 노래는 내 앞을 스쳐 다시 담 쪽으로 휘어진다. 한 바퀴를 더 돌려나 보다. 유리처럼 투명한 겨울 달빛이 짱짱히 내리고 있는 마당에, 노래를 흐느끼며 비칠걸음으로 허짓허짓 걸어가는 등거리 하나를 나는 보고 있다. 등은 조금 굽은 듯, 어깨는 나시 처진 듯, 굽어진 등과 처진 어깨를 지고 가느라 두 다리는 허청거리는 듯하다. 나우 처진 어깨와 굽어진 등거리와 비척거리는 걸음과 밤하늘로 퍼지는 노래가 애달프다. 짠하고 쓸쓸해 고개를 돌리려다 거기 어떤 사람의 등거리가 있는 듯해 다시 보게 됐다. 저렇게 허적거리면서라도 세상에 있었으면 좋으련만 이제는 없는 한 사내의 등거리였다. 우리를 앞혀놓고는 그리도 자신만만히 인생의 길을 이야기하던, 나름의 신념과 양심으로 세상을 살았다는 그 사내였다. 이제는 여기 없는 그 사내도 달빛 아래 혼자 걷는 등거리는 저처럼 애처롭고 쓸쓸했으리라. 아무에게도 말하지 못하는 혼자만의 고민을 두 어깨에 짊어지고, 몇 잔의 술과 몇 자락의 유행가에 쓰린 마음 달래가며 달빛

아래 저렇게 허찐허찐 걷다가 먼 길을 떠났으리라.

아버지!

눈물의 눈으로 바라보는 그 하나의 등거리는 이제 모든 사람의 등거리였다. 세상의 온 등거리는 저렇듯 한 줌의 달빛과 한 자락의 노래를 벗으로 삼으며 처진 어깨인 채 걸어가는 것이리라. 노래 부르다 잠깐 멈추어 숨을 고르기도 하고, 설움의 눈물을 달에게 주려다 그예 속으로 삼키기도 하다가는, 잊었던 듯 다시 발길을 떼며 쓸쓸한 노래의 걸음을 옮겨야 하리라. 보로시[94] 달빛이나 어깨를 다독여주는 혼자의 길을 말이다.

　　　　바람도 살랑살랑 맴을 돕니다

나는 털썩 토방에 주저앉았다. 무엇이 나를 주저앉히는지는 모르겠었다. 그냥 그렇게 돼버렸다. 거기 쓸쓸히 마당을 도는 한 인간의 서러움이었을까. 아직도 이 세상을 걷고 있어야 했을 그 사내에 대한 그리움이었을까. 아니면 언젠가는 사라질 수밖에 없는 숨탄것들의 운명이었을까. 아니면 그 운명을 등에 지고 태어난 것에 대한 애젓함이었을까. 아아니, 그 모든 것들이었을까. 나는 토방에 허물어진 채 달빛과 노래와 사람을 흐느끼고 있었다.

노래는 계속해서 마당을 돌고 있다. 보름 지난 저 달이 바다에 기울도록 노래는 흐적흐적 세상을 걸으려나 보다. 우련한 저 달도 사내와 어깨를 결은 채 함께 기울려나 보다. 지나가던 바람도 거기에 얹혀 동무해주려나 보다. 그렇게들 어우러져 겨울의 통밤을 새우려나 보다.

---

94) 겨우. 간신히.

도깨비불

가을서부터 엄니가 멸치장사를 시작했다. 우리동네에서 십릿길 되는 '구화리'에서 멸치를 떼어다 육지에 나가 파는 일이었다. 밭에 엎드려 김을 매거나 논에 들어 피사리를 하고, 산에 올라 땔나무를 하거나 마당 귀퉁이에서 마람을 엮던 사람이 어떻게 장사할 생각을 다 했는지는 모르지만, 엄니대로는 여러 날의 낮과 그보다 많은 밤을 머리를 싸맨 결정이었을 것이다. 자식 셋이 하루가 다르게 커 가는 현실에서 보잘것없는 농사로는 배를 채우기도 어렵다고 판단한 것이리라.

멸치가 났다는 기별이 있으면 엄니는 구화리까지 걸어가 멸치 예닐곱 지대[95]를 보자기에 싸 임을 해 날랐다. 아침 일찍 한 번 이어다 놓고 다시 한 번 더 갔다 올 때는 달까지 임으로 얹혀 있었다. 그렇게 힘들게 멸치를 나르고는 뒷날 새벽 바로 객선을 탔다. 좀더 싱싱한 멸치를 팔기 위해 하루나 이틀 만에 그렇게 죽어라고 멸치를 이어 나른

---

95) 회푸대종이로 만든 길쭘한 포대.

것이었다. 커다란 보자기에 삼 킬로짜리 대여섯 지대를 묶은 짐이 서너 개였는데, 한 번에 간신히 하나밖에 못 일 정도의 무거운 짐을 어떻게 이리저리 옮겨가며 파는지 가늠이 안됐다. 아마 마음이 급할 때면 엄니는, 신지도 앞에 있던 지치섬을 한 번에 뽑아들어 청산도로 옮겼다는 전설 속의 '그 장사'처럼, 임을 인 채 양쪽 손에도 보따리 하나씩을 들고 성큼성큼 걸어 다니는 건 아닌지 모르겠다.

엄니가 장사를 나가면 내가 동생들의 밥을 챙겨 먹여야 했다. 밥이야 좀 되고 무르고 설고 타고 해도 그럭저럭 할 만 했지만 문제는 물을 긷는 일이었다. 장사를 나가면서 엄니는 평소에 물을 길어 놓고 쓰는 정지 한켠의 물항뿐 아니라 그 옆에 독 하나를 새로 마련해 그것까지 채워 놓는 것이지만, 허리춤만밖에 안하는 물항과 그 절반밖에 안되는 도가지는 길어야 사나흘이었다. 또 장사라는 게 정확히 날짜를 가늠할 수 있는 것도 아니어서, 보통은 네댓새였지만 어떤 경우에는 예니레가 걸리기도 해, 그럴 때면 물항은 뙤약볕 아래의 개처럼 댓발쯤 혀를 늘인 채 물을 달라고 헉헉거렸다. 우리집 사정을 아는 이웃집 여자애나 숙모가 한두 동이 길어다주기도 하지만 매번 그러기도 미안했다. 그렇다고 이제 국민학교 일학년인 진향이에게 물동이를 이게 할 수도 없는 노릇이어서 결국 내가 긷는 수밖에 없었다.

아무리 그래도 벌건 대낮에 사내자식이 계집애처럼 물동이를 일 수는 없는 것이어서 사람들이 저녁을 먹고 자위를 뜰 때쯤 동생을 데리고 건넛샘으로 간다. 두레박으로 물을 길어 양철동이를 반만 채운 뒤 동생에게 이어 달라 해서는 오리처럼 휘뚱휘뚱 걸어온다. 물동이를 이어 본 미립이 없어 걸을 적마다 찌뚱대는 양철동이에서 검흐른 물은 정수리에서 발끝까지를 그득히 적시고, 뒤뚱대며 어찌어찌 고샅을 올라와 다시 동생의 도움을 받아 물동이를 내리면, 양철동이의 반의반만 물항에 부어지는 것이었다. 서너 번 찌뚱거려 물항의 반이라도 채우고 나면, 저수지에 들어갔다 나온 듯 온몸은 찬물로 흥건히 멱을 감았고, 잠을 자려 누워도 정수리에는 동그랗게 따리가 얹혀 있었다.

또하나 곤란한 것이 도시락이었다. 정부정책이라나 뭐라나, 학교에서는 의무적으로 도시락을 싸오라 하니 보리밥에 김치라도 싸가야 했다. 점심시간이면 담임은 도시락 뚜껑을 열게 하고는, 혹여 쌀밥을 싸다니지는 않는지, 밑은 쌀밥이고 위만 살짝 보리밥으로 덮어오지는 않는지, 혼분식은 했지만 쌀이 너무 많이 섞여 있지는 않는지, 그런 것들을 검사한다며 교실을 한 바퀴 빙 돌았다. 쌀밥이라야 명절이나 제사 때를 합쳐 일 년에 예닐곱 번이 고작인데 도시락에 무슨 쌀밥을 다 싸 다닌다고. 싸 다니라 해도 밥을 할 쌀이 없는데 누가 그런 넋 빠진 짓을 한다고. 아무래도 된장국에 꽁보리밥 말아먹는 못사는 국민을 거느린 우리정부가 아니라 쇠고깃국에 입쌀밥 먹는 백성들을 데리고 있다는 미국정부처럼만 여겨졌다.

도시락을 싼 손수건을 끄를 때부터 벌겋게 어룽진 김칫국물 때문에 얼굴은 벌써부터 화끈거리고, 누런 양은 뚜껑을 열어 보리밥에 달랑 김치가 놓인 도시락을 내놓고 있노라면, 그럴 이유가 없는데도 괜히 점직스러워지는 것이어서, 검사가 진행되는 동안 두어 젓가락 뜨는 시늉을 하다가는 선생님이 나가자마자 도시락 뚜껑을 덮고 밖으로 나와버리는 것이었다. 그런대로 사는 아랫동네 애들 몇 정도나 소시지에 오뎅볶음에 밥 위에는 계란 프라이를 얹어오는 것이고, 대부분은 보리밥에 달랑 김치를 싸오는 형편이지만, 왜 그런지 얼굴이 붉어지는 건 어쩔 수 없었다.

엄니가 장사 나간 밤이면 동생들과 나란히 누워, 멸치를 이고 바람 부는 들판을 걸을 엄니를 생각했다. 엄니 말로는 객선을 따라 '진도' 어디로 다닌다는데, 동네도 안 보이는 들판에서 날이 저뭇해지면 엄니는 어디에 깃들일까. 휘적휘적 어둠을 걸어 어찌어찌 동네에 닿았지만, 얻어 잘 빈방도 없으면 엄니는 어디에서 묵을까. 혹 허청[96]의 짚더미에 쭈그려 자는 건 아닐까. 돈 아낀다며 식당에는 절대로 안 들어갈 터인데 그러면 밥은 또 어찌 해결할까. 설마 남이 먹다 남은 대궁을 거지처럼 얻어먹는 것은 아닐 테지. 그런 생각을 하며 몸을 뒤스럭인다. 우리식구의 삶이 서러워 동생들로부터 몸을 돌려 혼자 눈물 짓는 것이었고, 그런 현실을 남겨놓고 홀연히 떠나버린 아버지가 원망스러워지는 것이었고, 그예 '우리함마니'를 찾으며 꼭 곁에 있어 달라고 조닐로 비는 것이었다.

겨울이 되어 낭장도 그물을 빼고 멸치어장이 휴지기에 들어가면 엄니는 이제 미역공장으로 내달렸다. 미역공장은 농한기인 겨울에 '엄매'들이 한 푼이라도 벌 수 있는 귀한 일자리였다. 봄에서 가을까지는 죽어라고 들일을 하고 겨울이 되면 미역공장으로 내달리는 것이다. 대충 물에 말아 아침을 입매마중하고는 엄매들은 부랴사랴 미역공장으로 뛰었다. 엄매들은 그곳에서 종일토록 미역을 데치고 째고 간하고 포장하는 일을 했다. 낮 동안 그렇게 힘들게 일을 하고서도, 끝나

---

96) 행랑채의 정지.

고는 집에 와 저녁을 준비하고, 새벽에 일어나 마람을 엮었다. 엄매들은 집안살림도 해야 했고, 몇 닢 안되는 돈을 벌려고 미역공장으로 뛰어야 했고, 남편의 술시중도 들어야 했으며, 때로는 남편의 술주정에까지 시달려야 했다. 엄매들은 그리도 힘든 일상을 이녁들의 운명으로 알고 살았다. 우리엄니도 새벽에 일어나 지붕 해일 마람을 엮은 뒤 우리들 아침을 챙겨놓고는 늦을 새라 부랴부랴 미역공장으로 달렸다. 일을 끝내고 와서는 우리들 밥을 차려 먹이고는, 설거지를 마치자마자 죽은 듯 군드러졌다가, 새벽이면 일어나 마람을 엮었다. 혼자서 삼남매를 키우는 홀앗이엄니의 뼈친 살림살이였다. 엄니의 살이는 다른 엄매들보다 몇 배는 더 힘들어 보였다. 남편이 없다는 것만이 다를 뿐인데, 그 한 가지가 다른 모든 같은 것을 삭치고도 남았다.

점심시간이었다. 이제 막 유행하기 시작한 스티로폼 보온도시락의 지퍼를 돌리는 녀석도 있고, 노란 피막이 벗겨져 흰색이 드러난 '양은 벤또' 뚜껑을 연 녀석도 있었지만, 밖으로 나가려는 애들이 더 많았다. 대보름 전날인 데다 뒷날부터 봄방학이어서 오전수업만 할 줄 알고 대부분이 도시락을 안 싸온 탓이었다.

"애들아! 불목리서 사람 죽었단다!"

한 녀석이 앞문을 열고는 왜자하게 소리친다.

'사람 죽은 게 무슨 큰일이람.'

우리동네 이름이었지만 무심히 생각하며 도시락 뚜껑을 여는데 녀석이 연이어 외친다.

"선창에서 뗏마가 까파져 엄매들 여럿 죽었단더으!"

젓가락을 든 채 창가로 달렸다. 운동장 가에는 애들이 줄줄이 늘어서서 선창을 내려다보고 있다. 하마 몇몇은 교문 밖으로 뛰어나간다. 저 아래 개창에는 무역선과 뗏마 몇 척이 떠 있고 물양장에도 우세두세 사람들이 몰려 있다. 무슨 일이 일어난 게 틀림없다.

책상서랍에 도시락을 밀어 넣고 부리나케 뛰었다. 겨울에 '엄매들'이라면 볼 것 없이 미역공장이고, 미역공장이면 분명 엄니도 갔을 것이다. 엄니는 섬에서 태어났으면서도 전혀 헤엄을 못 쳐 물에 들면 바로 가라앉는 '봇돌'[97]이었다. 그러니 바다에 빠졌다면 백발백중일 것이었다.

'워매, 엄니 어쩐다요!'

자개바람이 일도록 죽어라 달렸다. 한달음에 들어선 집에는 아무도 없다. 그대로 선창으로 내달았다. 아랫동네는 아수라장이다. 물을 많이 먹었는지 한 엄니가 올챙이 같은 배로 평상에 누웠고, 물초가 되어 건져 올려진 한 엄니가 넋이 빠진 모습으로 부축을 받으며 지척지척 걸어오고 있다. 어른 넷이 들고 오는 가마때기에는 삐져나온 맨발이 축 늘어졌다. 발의 주인은 벌써 저승으로 가버린 듯했다. 웅성대는 사람들을 비집고 이집 저집을 들여다보아도 엄니는 안 보였고, 선창에 나가도 엄니를 찾을 수 없다. 몰강스런 바람만 방파제를 넘어와 물양장을 휘감고 돈다.

다시 동네로 들어와 여기저기를 찾아보았다. 동네가 온통 울음바다다. 엄매들 몇이 저세상으로 가버렸단다. 사람들이 몰려 있는 곳을 몇 번을 뒤져봐도 엄니를 찾을 수 없다. 미칠 일이었다. 다시 선창으

---

97) 봇돌.

로 나갔다. 바람은 점점 거세지고 바람이 불려온 어둠이 물양장을 덮고 있다. 개창[98] 안에는 대여섯 척의 뗏마가 떠 있다. 조그만 배에는 어른들이 서넛씩 탔는데 모두들 상사리를 낚을 때처럼 손을 올렸다내렸다 퇴김질을 하고 있다. 아직 못 찾은 시신 한 구를 낚는다 했다. 옆의 어른께 물어도 우리 엄니는 아니었다. 그래도 혹시 몰라 선창에 쪼그려 낚시질하는 뗏마들을 지켜보았다.

"걸렸다!"

저 안쪽에서 외치는 소리가 들렸다. 시신을 낚은 모양이다. 낚시를 드리웠던 배들이 노를 저어 선창으로 들어왔다. 맨 마지막 뗏마에는 복어처럼 배가 불러 오른 시신 한 구가 누웠다. 동네 어른이 가마때기를 가져다 바닥에 깔았다. 시신을 들어 그 위에 옮기더니 네 사람이 귀를 들어 선창에 내렸다.

"엄매에! 엄매에!"

선창에 쪼그리고 있던 아이 하나가 가마때기 위에 엎어지면서 가마니가 찢어지도록 울어댔다. 아랫동네에 사는 동무였다. 그 옆에는 녀석의 아버지가 바다를 쳐다보며 알아들을 수 없는 소리를 질러댔다. 가마니를 덮고 누운 그 엄니의 남편이자 친구의 아버지인 단버버리오춘이다.

엄니를 찾을 길이 없으니 집으로 올라가는 수밖에 없었다. 혹시 그 사이에 엄니가 집에 가 있을지도 모르는 일이었다. 돌아서는 귓가에 부딪는 바람이 예사롭지 않다. 사람이 여럿 죽어서인지 바람의 날이

---

98) 방파제로 둘러싸인 안쪽.

바늘 끝만 같다.

지척지척 집에 들어서니 엄니는 뜻밖에 동생들과 저녁을 먹고 있다. 순간적으로 맥이 탁 풀렸다.

"너는 공부 안하고 하리 종일 어이 갔다냐? 소연이가 가방 갖고 왔든마."

엄니의 꾸중에 외려 안도의 숨이 내쉬어졌다.

"아따, 나는 엄니도 물에 빠진지 알고 이제까지 선창에서 찾다 오구마는."

반가운 마음에 대답은 오히려 불퉁스럽다.

"언능 밥 묵어라."

엄니는 방바닥에 있던 밥그릇을 상 위로 올려준다.

"그나저나 죽은 사람들 불쌍해서 어쩌끄나. 여서이나 죽었단데."

오후의 아수라장이 동네 엄니들 여섯을 데려간 모양이다.

"근데 엄니는 배 안 탔습디여?"

물에 빠지면 맥주병처럼 바로 까랑질 엄니가 지금 살아서 밥상머리에 앉아 있다.

"어이끼 꿈이 이상하드란 말다."

엄니가 슬멋 고개를 들더니 마래로 난 지게문을 쳐다본다. 아마 거기 있는 조상들의 신위라도 떠올리는 모양이다.

"느그함마니가 꿈에 나와서는, 뭔 노무 모실마실을 그라고 싸댕기냐고 닦달을 해쌌드란 말다. 모실도 안 댕긴데 뜬금없이 그런 소리를 하는 거여. 이상하다 싶드라께. 함마니가 꿈에 나오믄 가리라는 말이여. 조심하란 것이제."

엄니는 마래를 보며 할머니를 떠올린 게 분명하다.

"오늘은 믹미역공장에서 점심참에, 간에는염장하는 조만 오란다고 기별이 왔다든마. 그래서 점심 묵고 나갈라는데, 멀쩡하던 살강이 느닷없이 푹 낼 앉냐 안. 뫼얀 일이네 함시로 살강을 고친다고 한참을 빼무락댔네라."

진향이 숟가락에 김치쪼가리를 얹으며 엄니는 말을 잇는다.

"꿈 생각도 나고, 살강 땜세 늦어지기도 해서 가까 마까 문지다가, 그래도 한 닢 벌어야것다고 나섰네라. 바람도 이상 시게 분데, 바쁘께 안 걸어가고 배로 개창을 건너지른다고 하드란 말다. 그래 나도 서디레 서서둘러서 갔든만, 선창에 가께로는 배가 떠서 저만치 가베냐 안. 그래서 할수없이 걸어가야것다고 걸어갔제. 그란데 일이 그라고 됐다네."

엄니는 말끝에 긴 한숨을 묶는다. 배를 탔으면 영락없이 물귀신이 됐을 텐데, 그래도 다행히 안 죽고 살았다는 안도감과, 죽은 사람들에 대한 안타까움이 거기 매달렸을 것이다.

배를 타고 개창을 가로질러 빨리 가는 길과, 두 발로 걸어 길게 돌아서 가는 길이 죽음과 삶을 갈라놓았다. 빨리 가는 길이 저승에 닿아 있고 천천히 가는 길이 이승에 이어졌을 줄 누가 생각이나 했을 것이며, 한 닢이라도 벌어보려 허덕이는 삶이 결국 죽음으로 이어지리라 누가 상상이나 했겠는가. 그런데 생각도 할 수 없고 상상도 할 수 없는 일이 버젓이 현실이 되는 곳이 세상이었고, 살기 위해 쎄빠지게 일을 해도 굶고 주리다 결국 병들어 죽는 것이 그곳에서의 삶이었다.

배를 뒤집어 여섯의 생명을 앗아갔고, 그래서 귀신들만 웅성둥성하고 있을 아랫동네 포구는 잔뜩 당겨진 활 모양이다. 활을 따라 해안

선이 잘박거리고, 양쪽에서 활시위처럼 길어난 방파제는 적당한 사이를 물목으로 남겨둔 채 끝에 느낌표 같은 등대를 세웠다. 선창에서 바라보면 건너편에 흉물스런 벼랑이 눈에 들어오는데, 방파제 만드느라 남포를 튀어 나지막한 산의 앞쪽을 떨어내 생긴 흉터이다. 미역공장은 그 절벽 앞의 너른 마당에 반창고처럼 길게 자리하고 있다. 동네에서 왼편으로 해안선을 따라 가면 아홉 시 방향에 이웃마을이 있고, 그 마을을 지나 구릉 하나를 넘으면 열두 시 지점에서 미역공장에 닿는다. 미역공장은 동네 선창과 맞바라기하고 있는 셈이다.

미역공장까지는 해변을 따라 길게 돌아야 해 멀기도 하지만 바람막이 하나 없어 겁나게 춥기도 하다. 그래도 엄매들은 들일이 없는 농한기에 한 푼이라도 번다는 재미에 부지런히 그 길을 걸어 다녔다. 그런데 그날따라 시간이 급하다니까 넓은 호수 같은 개창을 뗏마로 가로질렀던 모양이다. 늦으면 자리 천신을 못할지도 몰라 평소에는 멀미한다고 배를 안 타던 엄니들까지 너나없이 서둘러 올랐겠지. 남정네들은 배를 타고 마실 다니듯 홀떡홀떡 건너는데 무슨 일이 있으랴 싶었으리라. 바람은 좀 불었지만, 섬에서 태어나 갯내 속에 살아온 섬 아낙들에게 그깟것쯤은 송아지 콧바람 정도로밖에 안 여겨졌으리라. 그런데 배를 타 보니 생각보다 바람이 제법 세게 불어 뗏마가 기뚱갸뚱 옆질을 했고, 배쌈에 부딪힌 파도는 낮은 뱃전 너머로 물방울을 튕겨 올렸을 것이다. 옷에 물방울이 튀자 노앞[99]에 있던 엄니들이 옷 버린다며 우하니 노뒤 쪽으로 몸을 기울였고, 공교롭게도 그 순간 성질

---

99) 노가 있는 배의 오른쪽 편. '노뒤'는 왼쪽 편.

더러운 파도 하나가 어디서 얻어맞은 귀쌈 화풀이하듯 배쌈을 탁, 쳐버렸다. 더넘차게 사람을 실어 안그래도 찌뚱짜뚱하던 배는, 한쪽으로 쏠리는 사람들의 무게와 옆구리를 때리는 파도의 싸다듬이를 못 견디고 나 죽는다며 정신 줄을 놓아버렸을 것이다. 그래서는 밑창을 드러낸 채 순식간에 뒤집혀버렸을 것이다.

엄매들은 죽기살기로 손과 발을 저어 엎어진 배에서 빠져나왔으리라. 그러지 못한 엄매는 배 안쪽에 붙어버려 떠오르지도 못한 채 그대로 숨이 넘어갔겠지. 뒤엉킨 사람들은 살기 위해 무엇이건 움켜쥐려 했을 것이고, 살아야 한다는 생각은 지푸라기를 잡은 그 손을 끝까지 못 펴게 했을 것이다. 붙잡을수록 서로에게 물귀신이 될 수밖에 없는 아비규환의 지옥에서, 사실은 손을 펴주는 것이 나도 살고 너도 사는 방법이었겠지만, 생과 사의 고빗길에 선 사람들에게 그런 겨를이 있을 리 없었다. 결국 엄니들은 살아나 보려고 서로의 발목과 옷자락을 붙들고 발버둥 치다 서로가 서로에게 붙잡혀 함께 물귀신이 되어버린 것이었다.

그날은 대보름 하루 전인 열나흘 작은보름이었으므로 보름 쇨 준비로 온 동네가 벅신거려야 했다. 엄니들은 물을 긷느라 건넛샘에 들짱날짱하고, 어른들은 누구네 집에서 돼지 추렴한다며 뒷짐 진 채 고샅을 오르고, 아이들은 다음날 아침에 부럼으로 깨물어먹을 콩도 볶고, 콩하고 바꿔 먹을 약칡도 캐러 가고, 저녁에 쥐불놀이할 깡통도 주우러 가고, 이것도 하고 저것도 해야 한다며 이 골목 저 골목으로 강아지들처럼 뛰어다녀야 했다. 그런데 역병이라도 돈 듯 갑자기 온 동네가 공동묘지처럼 스산해져버렸다. 초가지붕 위로도 동네 고샅으

243

로도 칼끝 같은 바람만 독살스럽게 쓸려 다닐 뿐 큰길에도 안길에도 사람 구경하기가 힘들었다.

'개보름'이라 불리는 작은보름 열나흘 달이 꼼빨재 위로 떠오르면 아이들은 내남없이 소쿠리나 바가지를 들고 밥을 얻으러 다닌다. 어떤 애는 엄니들처럼 머리에 수건을 써 얼굴을 가리기도 하고, 어떤 애는 엄니의 한복이나 아버지의 헌 양복을 입어 변장을 하기도 한다. 그러고는 남의 집 토방 앞에 잔뜩 고개를 숙이고 얼굴을 감춘 채 목소리를 가늘게 해, "숙모! 밥 잔 주시요!" 하면, 어떤 엄니는 "보름 잘 쇘냐? 밥 많이 얻어래이!" 하며 선선히 소쿠리에 밥 한 그릇을 부어주지만, 어떤 엄니는 밥 얼마 얻었나 보자며 소쿠리를 달래서는 장난삼아 한참을 안 내어준다. 꼬맹이가 소쿠리 달라고 몇 번이나 우는소리를 하면 그제야 웃으면서 소쿠리를 내어주는 것인데, 찹쌀에 팥에 콩에 수수에 좁쌀을 섞어 지은 오곡밥 한 그릇이 맨 위에 속닥하니 보태져 있다. 그렇게 집집을 돈 아이들은 국민학교 계단이나 사장캐에 모여 얻어온 밥을 나누어 먹고는, 달빛이 눈처럼 소복한 낮 같은 밤의 세상을 눈 내린 날 아침의 동네 강아지들처럼 맥대로 뛰어다닌다.

해마다 그 어름이면 꼼빨재에서 떠올라 밥 얻으러 다니라며 부추기던 쟁반 같은 달이었는데, 이상하게 그날은 부릴 해찰 다 부린 뒤 뗏국물이 잔뜩 낀 채로 꼼지락대며 얼굴을 내밀었다. 그러고도 더 떠오르기가 저어되는 듯 내내 자춤거리기만 했다. 귀기스런 분위기에 달마저 맥을 못추고 있으니 밥 얻는다고 동네 고샅을 뛰어다닐 간 큰 애가 있을 리 없었다. 엄니들을 여섯이나 잡아먹은 저 아랫동네 개창은 도깨비들의 아우성으로 시끄럽다 했고, 동네 초가지붕 위로는 유황불이 훨훨 날아다닌다 했다. 그러고 보니 무슨 바람이 부는지 샘북산 소나무들이 바르르바르르 떨면서 징하게도 울어대고 있었다. 평소에는 토방에 놓아두던 요강을 방 안으로 들였고, 아이들은 초저녁부터 이불속으로 깊이 파고들었다. 초상 치를 준비 말고는 어른들도 밤에 마실 다닐 생각을 못했다. 정말 도깨비불이 있나 문을 열고 내다본 바깥은, 열나흘 작은보름인데도 그믐처럼 깜깜한 느낌이었고, 초가지붕 위로 불어가는 살찬 바람소리는, 귀신이 회오리하는 귀곡성처럼만 들리었다. 얼른 문을 닫고 봉창문 쪽유리로 내다본 바깥에는 반딧불 비슷한 것들이 이리저리 흘러 다녔다. 유황불이라 불리는 도깨비불이었다.

대보름날 동살이 틀 때면 이웃집 소연이는 우리 질앞에서, "진혁어으!" 하고 부른다. 이불속에서 눈 비비고 나오며 짜증 섞인 소리로 "머어!" 대답하면, 녀석은 "내독!" 하며 걀걀대고는 또다른 표적을 찾아 고샅을 내달린다. 그제야 상황을 파악한 나는, "함마이!" 하고 부른다. 할머니는 대답이 없다. "함마이!" 하고 다시 불러도 역시 대답을 안하신다. 신경질 가득한 소리로 다시, "함마이!!" 하고 크게 부르면, 그제서야 할머니는 마지못해, "어채 그란다냐?" 하신다. 그 순간을 놓칠세라 나는 얼른 "내독!" 하며 낄낄대는 것인데, "함마이한테 내독 하는 놈이 어딨다냐?" 하시며 할머니는 내 볼을 꼬집으신다. 죄송스럽기는 하지만 올 여름에 할머니는 더위 때문에 몹시도 헉헉대시겠다.

보름날 아침밥을 걸게 먹고는 아이들은 저저금의 연을 들고 저수지둑으로 모인다. 아이들은 자새의 실을 끝까지 풀어 가능한 한 연을 하늘 가까이 보낸다.

"너것은 중학교밖에 안 갔다야!"

"아이매이 어차것다. 그라믄 너것은 사택만밖에 안 갔게?"

"웃기네. 내것은 저기 골기미재 달었어."

"그라믄 내 연은 저 너머 큰재까지 갔것다야."

그렇게 서로 우기다가 아이들은 연싸움을 시작한다. 한 녀석이 퇴김을 주면 다른 녀석도 맞대응을 한다. 그러다가 사깃가루 먹인 연실이 다른 하나를 끊는다. 멀리 있던 연이 갑자기 휘우뚱하더니 하늘 저편으로 멀어져 간다. 아직 연을 달고 있는 녀석은 승자의 웃음을 지으며 이빨로 연실을 끊는다. 하늘 멀리 둥실둥실 떠가는 연을 보며 아이들은 저저금의 소원을 빈다.

"대가리 부스럼 온막 가져가 주세요."

"과자 많이 묵게 해 주세요."

"딱지랑 구슬이랑 많이 따게 해 주세요."

소원은 꼭 이루어지지 않아도 좋았다. 소원을 빌 대상이 있다는 것으로, 그래서 소원을 빌었다는 것으로, 그것만으로도 우리는 맛난 과자를 먹은 듯 흡족했다. 소원을 빌었으니 이제 일 년은 마음 든든할 것이었다. 우리들은 내년 정월대보름에 또하나의 연을 띄워 보내며 한 해만큼 자란 소원을 빌 것이다.

"공부 잘하게 해 주세요!"

"우리 아부지 병 낫게 해 주세요!"

"멋진 축구선수가 되게 해 주세요!"

시나브로 커가는 저 산의 소나무들처럼 우리들도 마음속에서 소원을 키우며 조금씩 성장해 갈 것이다.

쥐불놀이는 정나절 늦참에 했다. 쓰레기장이나 선창에서 주워온 통조림깡통에 듬성듬성 구멍을 뚫고는, 가생이를 꿰어 철사나 삐삐선으로 길게 끈을 묶는다. 깡통 바닥에 불씨를 놓고 그 위에 나무쪼가리를 얹어 끈을 잡고 돌리면 불이 살아나 긴 혀를 날름댄다. 너빠통에서 시작된 깡통들의 원무는 다랑이 진 뒷골의 논둑들을 태우며 아래로 내려온다. 어스름의 들판에서 빙글빙글 원을 그리며 돌아가는 불깡통들은, 정월대보름을 맞아 돌리는 아이들의 행매이[100]였고, 일 년에 한 번씩 연출해보는 우리들의 불꽃놀이였고, 밤과 달과 우리가 어우러져 만드는 서커스였고, 보고 있으면 왠지 가슴속에서 뜨거운 피를 솟구치게 하는 그것은, 정말 뜬금없다고밖에 할 수 없기는 하지만, 세상의 부정한 것들을 깡그리 서릊어 버리려는 혁명의 불꽃도 같았다.

검게 사윈 논둑들을 뒤에 남기며 불깡통들은 저수지둑에서 마지막 불꽃을 사른다. 아이들은 깡통을 돌려 둑 여기저기에 불을 덩그고는 검불을 먹어 들어가는 붉은 혓바닥을 지켜본다. 우리들이 태운 저 논둑들과 밭어덕들과 저수지둑에서는 봄이면 더 파릇한 싹이 돋을 것이고, 무성한 여름과 시드는 가을이 지나고 휑뎅그렁한 겨울이 오면, 저들은 우리와 함께 또하나의 대보름을 맞을 것이다. 그때 또 우리들은 깡통에 불을 일어 마른 풀들을 태우겠지만, 그 잎이 이 해의 저 잎이 아니듯 우리들도 이 해의 우리가 아닐 것이리라. 그때쯤이면 쥐불놀이에서 손을 떼고 한 살 더 먹은 놀이의 세계로 떠난 애들도 있을 터인데, 그러면 저기 저수지둑 아래에서 부러운 눈으로 불구경을 하고

---

100) 뼛상모.

있는 저 꼬맹이들 몇이 떠난 형들의 자리를 메울 것이다.

　본디 정월대보름은 그러해야 하는데 영 이상했다. 진즉에 대선산에 동살은 잡혔고 햇귀는 초가지붕을 넘어 마당까지 내려왔는데도 소연이 녀석이 더위 팔 생각을 안했다. 금년에는 더위 먹고 뒤지려나 보았다. 대보름날 더위를 못 파는 게 얼마나 큰 고역인지, 남의 더위까지 뒤집어쓰고 여름을 나는 게 얼마나 죽을맛인지, 맨날 더위만 팔던 소연이 녀석도 겪어봐야 한다. 녀석에게 더위를 산 게 없으니 할머니에게 팔 더위가 없다. 소연이는 엄니들의 죽음 때문에 더위를 안 팔고, 나는 할머니가 안 계셔서 더위를 못 파는구나.

　아침을 먹고는 너덧이 저수지둑에 나와 연을 띄우더니 이빨로 실을 끊어 그냥 날려 보냈다. 친구 엄니가 물에 빠져 돌아가셨는데 나만 신이 나서 소원을 빌 수는 없었다. 그래서는 안되는 것이었다. 점심을 먹고는 너덧이 깡통을 돌렸지만 저수지둑만 태우고는 서둘러 갈무리를 해버렸다. 초상집이 여섯 군데나 되는데 아이들이라고 흥이 날 리 없었다. 바람만 몰강스레 불어와 둑 위의 재를 거칠게 날려댔다.

　여섯 구의 장례가 한날 치러졌다. 우리동네 세 구 아랫동네 세 구였다. 상여채가 하나밖에 없는지라 운상꾼들은 관을 옮겨 놓고 바로 상여채를 가져와 다시 관을 메고 상두가를 불렀다. 분위기도 분위기이고 상황도 상황인지라 상여는 길게 못 놀고 바로 동네를 빠져나갔다. 정월에 땅에 손을 댔다가는 동티난다는 관습 때문에 여섯 숙모들은 바로 땅에 묻히지 못하고 전부 초분이 되었다.

　우리밭 옆에도 새로 초분이 생겨났다. 아버지의 초분이 묏등이 될 시간에 다른 초분 하나가 새로 자리한 것이다. 개창에서 낚시로 건져 올린 그 숙모였다. 보리 벨 때나 고구마 캘 때는 샛것도 나누어 먹고 고구마도 서로 캐주던 다정한 이웃이었다. 그런 숙모였는데 초분이 되어 눕자 갑자기 무서워졌다. 아버지와는 느낌이 또 달랐다. 마람으로 덮인 벼늘 속에 송장이 누웠다는 생각이 들자, 고구마를 캐면서도 그쪽을 힐끔거리게 됐고, 보리밭의 북을 돋우면서는, 한 고랑에 너덧 번씩이나 뒤를 돌아봐야 했다. 어쩔 수 없이 죽음은, 무서운 것이었다.

검은 손

"아야, 악들아! 저기 잔 봐봐라!"

공을 모는 애의 저만치 뒤에서 헤적헤적 걸어오던 녀석이 소리를 지르며 저 뒤쪽을 가리킨다. 공을 몰던 녀석이 그 자리에 서며 그쪽을 쳐다보자, 우리편 녀석이 잽싸게 공을 가로채 저쪽으로 내달린다. 저쪽편 애들은 종소리가 난 것도 아닌데 공 뺐을 생각도 않고 모두가 저 뒤쪽을 치어다본다. 공을 몰고 달리던 녀석도 뭔가 이상하다 싶은지 그 자리에 멈춰 선다. 가리키는 손가락과 그곳으로 가 있는 시선들을 따라 나도 뒤를 돌아보았다.

"야! 저기 뭐하러 올라갔으까?"

"아니, 가시내가 저기를 어떻게 올라갔다냐?"

우리교실이 있는 이층 건물의 옥상이다. 멀리 있어 누군지 가늠은 안되는데 거기에 검정 교복을 입은 여학생 하나가 올라가 있다.

참말로 저기를 어떻게 올라갔을까. 일층은 교실이 세 칸인데, 이층은 아직 한 칸을 못 올리고 있어 오른쪽 귀가 빠져 있는 상태다. 건물

왼편에 붙은 나무계단을 올라 오른쪽으로 꺾으면 우리교실이고 옆은 2학년 여학생 반이다. 복도 끝은 베니어판으로 막아 놓아 밖으로 나갈 수가 없다. 베니어판을 뜯어내고 일층 옥상으로 나갔더라도 이층 옥상으로 올라가는 통로가 없으니 저 위에까지 오르는 것은 불가능하다. 퉁거운 넝쿨을 잡고 마음대로 나무를 오르내리는 '타잔'도 아니고, 밧줄을 타고 적의 후방으로 침투하는 「전우」의 군인들도 아니고, 치마를 입은 여학생이 도대체 어떻게 저기까지, 대체 무엇 하러 올라갔을까.

"아야, 저 애기 저기서 낼칠라 그러끄나?"

여자애가 앞쪽으로 몇 발짝 걸어와 옥상 끝에 선다.

"야 이 미친놈아, 뭐한다고 저기서 낼치겠냐!"

"야, 아무래도 그럴란갑다. 얼른 선생님께 알려야겠다야."

두어 녀석이 부리나케 교무실을 향해 계단을 뛰어오른다.

애들은 농구골대 밑에 우세두세 모여 서서 옥상을 쳐다본다. 모두들 넋이 빠진 듯 헤에, 입을 벌린 채다. 아무래도 심상치 않다. 만약 누구와 저기 올라가는 내기라도 했다면, "대한민국 만세!"나 "청산중학교 만세!"를 두어 번 외치고 내려오면 될 텐데 분위기가 그게 아니다. 뭔가 엄숙하고 비장하다.

"야! 저 애기 진짜로 낼칠라는갑다야!"

"참말로 그럴라는 것 탁은데."

"워메, 진짜로 그런데."

바람에 치마가 날려 팬티가 희끗대는데도 여자애는 아랑곳 않은 채 그냥 먼 곳만 응시하고 섰다. 영락없다. 여자애는 지금 저 너머 어디를 생각하고 있고, 그리고 그리로 가려고 저곳에 올라가 있는 게 틀림없다.

"누가 어디를 올라갔다고?"

소사아저씨와 성만이형이 헐레벌떡 뛰어내려왔다.

"어, 어, 저거 뭔일이다냐? 큰일 났네."

옥상을 쳐다보며 상황을 파악한 소사아저씨가 불판나게 계단을 뛰어오른다. 급사인 성만이형이 뒤를 따르고 애들 서넛이 쪼르르 따라 뛴다.

소사아저씨와 성만이형이 시멘트계단을 뛰어 이층으로 오르는 나무계단을 막 디뎠을까. 발밑은 안 보고 저 멀리만 응시하던 애가, 우리가 저수지 안쪽 높은 곳에서 일자로 곧추선 채 물로 뛰어내리듯 그대로 앞으로 뛰어버렸다. 검은 교복에 하얀 카라를 두른 여자애는, 언젠가 덕구진 두식이가 이층건물 처마 저 구석에 올록졸록 모여 있는 비둘기들을 향해 새총을 쏘았을 때, 푸드득 소리와 함께 땅으로 곤두박질치던 비둘기처럼 여지없이 아래로 떨어져 내렸다.

퍽!

"야! 애가 낼첬다!"

"왐매에! 여자애가 옥상에서 낼체벘더으!"

애들이 와락와락 소리를 지르며 계단을 뛰어올라 갔다.

우리 키보다 훨씬 높게 축대가 쌓였고, 축대와 교실 사이의 경사진 곳에 화단이 만들어져 있다. 화단의 군데군데에는 드럼통만한 바위들이 울먹줄먹 놓였는데 그 애는 하필 그 위에 떨어져 내렸다. 바위에 부딪힌 애는 사과 쪽처럼 부쉬진 듯했다. 머리는 피 칠갑이고 흰 카라도 금세 검붉어졌다. 팔은 제멋대로 비틀렸고 목도 부러진 것 같았다.

아직 숨은 있는 듯했지만 생명은 끝난 것처럼 보였다.

우리들이 질러대는 비명소리에 수업 중이던 애들이 창문을 열고 내다보았고 몇몇은 밖으로 뛰쳐나왔다. 소리를 들었는지 소사아저씨와 성만이형이 되뛰어 내려왔다. 아귀[101]만큼 벌어진 입인 채 소사아저씨가 재빨리 등을 갖다 댔고, 성만이형이 늘어진 여자애를 안아 올려 등에 업혔다. 보건소로 가려는 모양이었다. 피로 범벅된 축 늘어진 애를 들쳐 업은 소사아저씨가 서둘러 계단을 달려 내렸다. 성만이형이 뒤따라가며 옆으로 처져 내리는 여자애의 머리통을 손으로 받쳐 올렸다. 쿨쿨 쏟아지는 피가 형의 손을 적시고는 땅바닥에 왜틀비틀한 금을 만들며 교문으로 걸어 나갔다. 벌써 틀린 목숨이었다. 냇고랑 담벼락의 쇠관에 매달린 채 네 다리가 축 늘어지고 목이 꺾인 개는 이미 죽음의 강을 건넌 것이었다. 아마 여자애도 거기 어디쯤을 가냘거리고 있지 싶었다.

점심시간이 되자 애들이 몰려와 화단 주변을 웅성거렸다. 어떤 녀석은 자기가 무슨 수사반장이라도 되는 양 현장을 덮고 있는 가마니때기를 슬쩍 들추기도 하고, 어떤 녀석은 옥상과 화단을 뼘어보며 고개를 갸웃거리기도 했다. 교실에서는 그 애와 관련된 이야기가 흥이야항이야 돌아다녔다. 일학년 일반부터 삼학년 삼반까지의 모든 교실이 다 그럴 것이었다. 갯물이 모랫벌을 쓸어버리듯 이야기는 순식간에 전교생을 덮어버렸다.

3학년 3반 박영미였다. 일찍 어머니를 여의고 아버지와 둘이서 저

---

101) 아귀.

수지 위의 외딴 집에 사는 우리동네 여자애였다. 집이 동네와 떨어져 있어 애들도 그 집에 잘 가지 않았고, 그 애도 동네에 잘 안 내려와 애들과도 소원했다. 영남이형이랑 사촌 간이어서 가끔씩 큰집에 내려왔는데 항상 아버지의 손을 꼭 잡고서였다. 엄마도 없이 아버지와 단 둘이, 그것도 동네에서 저만치 떨어져 살아서인지 그 애를 볼 때마다 가엾다는 생각이 들었다. 저수지둑에서 놀고 있다 보면, 건너편의 좁으막한 벼룻길을 걸어 오르는 부녀의 모습을 볼 수 있었는데, 어딘가 비어 있는 듯한 부녀에게 잇꽃빛 석양까지 얼비치고 있어 어린 딸과 늙은 아버지가 더욱 쓸쓸해 보였다.

가정형편 때문에 중학교를 못 갈 줄 알았는데 의외로 그 애가 중학교 교복을 입었다. 육지에 나가 있는 두 오빠의 도움이지 싶었다. 국민학교 때만 해도 외롭게 사는 가난하고 쓸쓸한 아이로만 보였는데, 마치 때를 기다리기라도 했다는 듯 중학생이 되자 전혀 다른 모양으로 바뀌어갔다. 본래 몸피는 좀 컸지만 가난으로 땟국물이 줄줄 흐르던 애였다. 그런데 그 꾸정물이 빠지면서 속에 묻혀 있던 본래 모습이 나타난 듯했다. 두어 해 사이에 누가 봐도 예쁘고 늘씬한 여학생으로 변신해 있었다. 한해위의 누가 편지를 썼다 했고, 우리 학년의 두엇이 쫓아다닌다는 소문도 돌았다. 충분히 그럴 만한 생김새였다.

외롭고 쓸쓸했던 애가 중학교에 진학해 명랑해진 것도 좋았고, 구정물이 흐르던 애가 새뜻한 여학생이 되어 남학생의 관심을 끄는 것도 좋았다. 쓸쓸한 그림자를 끌고 다니며 항상 따로 돌던 애가 친구들과 어우러지고 거기에 남학생들의 관심까지 받는 건 그 애를 위해서도 좋은 변화였다. 변죽에서 초라하게 서성대던 애가 복판으로 나와 여러 친구들의 주목을 받는 것은, 느닷없기는 했지만 그 자체를 가시눈으로 볼 이유는 없었다. 그런데 급작스런 변화에 수반되는 부작용이었는지 아니면 커가는 성장통이었는지 그 애 곁에 조금은 남루한 소문이 떠돌았다.

스무 명 남짓 되는 선생님들 대부분은 혼자 섬에 들어와 생활하고 있었다. 나이가 드신 교장선생님이나 갓난아이가 있는 선생님들 서넛만 살림을 했다. 관사에서 혼자 사는 선생님들은 겨울이면 방에 불 때는 일을 학생들에게 시켰는데 애들은 그 일을 서로 하려 했다. 어떻게든 선생님 눈에 한번이라도 더 띄고 싶어서였다. 또 시험 때가 되면 선생님들은 사택으로 애들을 불러 채점을 시켰는데, 조용히 한둘을 오라 하는 것이지만 말이 안 날 수는 없는 것이어서, 채점을 했던 애는 혹시 제 점수를 올리지는 않았는지 의심의 눈길을 받을 수밖에 없었다.

그런 과정에서 비릿한 얘기들이 학생들 사이를 떠돌았다. 나이가 지긋한 교감선생님을 비롯해 미술선생님과 체육선생님도 여학생들에게 방 청소를 시킨다 했다. 특정 애가 도맡기도 하고 돌아가며 하기도 한단다. 그렇게 시작된 이야기의 싹은, 그것이 소문이 가지는 가장 큰 속성이기도 하겠지만, 더 누추하고 너저분한 쪽으로 자라갔다. 어떤 선생님이 누구를 딸처럼 예뻐하네, 누구는 공부도 못하는데 선생님이 예뻐서 갑자기 점수가 올랐네, 어떤 선생님이 걸레질하는 누구의 엉덩이를 다러보았네, 저녁참에 불을 때고 있는 누구를 선생님이 뒤에서 덥석 안았네, 누구는 선생님과 한 이불에 발을 묻고 새설을 까네 하는 소문들이 참새들의 쪼뺏대는 부리에 실려 애들 사이를 떠다녔다. 그런 이야기들은 선생님께 지목받지 못한 애들의 시샘과 질투가 만들어낸 다소 과장된 것일 수 있었지만, 어쨌든 불을 땠으니까 굴뚝에서 내가 나지 사람도 안 사는 버려진 집 굴뚝에서 맥없이 냉갈이 몽글거릴 리는 없었다. 평소에 그 선생님들이 하는 행동거지로 봐서 충분히 그런 일이 있을 수 있고, 상상하기는 싫지만 어쩌면 그 이상의 추접한 일도 있을 수 있다고 우리들은 짐작했었다.

부삽에 불 때는 일이야 우리들에게는 일상적이고 손쉬운 것이지만 선생님에게는 힘들기도 하겠고, 또 공부를 가르치러 섬에까지 들어오신 선생님이 아궁이 앞에 쪼그려 있는 것도 볼썽사나울 수 있으니 그런것쯤이야 당연히 우리가 해 드릴 수 있다고 생각했다. 밤에 누구를 불러 채점을 하는 것은 좀 못마땅하고 미심쩍기는 하지만 그것도 그러려니 할 수 있었다. 그런데 여자애들이 밤에 사택에 가는 것은 좀 가리산이 안됐다. 토방에서 저녁밥을 먹고 있노라면 여학생 두엇이 재잘대며 위쪽으로 올라가는 소리가 담을 타고 넘어들었고, 배를 끈다고 저수지둑에 올랐다 내려오다 보면 사택으로 향하는 여자애들 한둘과 엇스치기 일쑤였다. 해거름에 혼자서 오르기도 하고 늦은 시각에 두엇이 내려오기도 했다. 대부분 3학년이었지만 2학년도 1학년도 있었다. 방을 청소하고 불을 때준다는 명목으로 그런다지만, 대낮도 아닌 이윽한 밤에 여럿이도 아니고 혼자나 둘이서, 어차피 남자일 수밖에 없는 선생님한테 오르내리는 것이 쉽게 이해되지는 않았다.

그 중심에 영어선생님이 있었다. 대학교를 졸업하고 첫 부임지가 우리 중학교였다. 육지에서 온 데다 총각선생님에 잘생기기까지 해서인지 뭇 여학생들의 우상이었다. 거의 '조용필' 수준이었다. 그 선생님도 여자애들의 그런 환호에 맞장구를 치는 듯 했다. 단어 하나만 못 외워도 슬리퍼를 벗어 뺨을 때릴 만치 남학생들에게는 인정사정없는 데도, 이상하게 여학생들은 단어 백 개를 못 외워도 스르르 넘어가 주었다. 한해위의 여학생과 그렇고그랬다는 소문도 돌았다. 예쁜 애들만 골라 방 청소를 시킨다 했고, 겉가량과 달리 음충스럽다는 이야기도 흘러 돌았다. 사택에 갔다 온 애들의 입에서, 박영미가 그 선생님 방에 걸레를 빨아 들고 들어가더란 말이 흘러 나왔다. 그것을 목격한 애들이 서너 명 더 됐고, 영어선생님이 담임인 3반 여자애들 사이에서는 갓 낚여 오른 고등어처럼 소문의 꼬리가 파닥거리며 돌아다녔단다. 여자애들의 질투심이 고등어를 펄떡펄떡 뛰게 했을 것이겠다.

말은 또다른 말을 새끼 쳐 파문으로 번져갔고 그것은 걷잡을 수가 없어졌다. 얘기의 꼭짓점은 박영미의 임신이었다. 박영미가 최근에 일주일을 무단결석했는데 광주에 가 애를 떼고 온 것이란다. 임신한 사실을 같은 반 애들은 대충 눈치를 챘단다. 언제부턴가 박영미는 4교시가 끝나면 부리나케 밖으로 나가버렸고, 반찬냄새가 안 가신 5교시 수업 중에 웩웩대며 뛰쳐나간 것도 여러 번이란다. 체육시간에는 옷도 안 갈아입고 교복인 채로 운동장에 나갔다가 출석을 부르고는 그냥 들어왔단다. 나중에는 4교시를 마치고는 제멋대로 조퇴했지만 담임은 아무 말도 안했단다. 어느 굴뚝에서 나온지는 몰라도 그런 냇내가 애들 사이를 몽글몽글 흘러 다녔다.

저녁밥을 먹고 애들과 영미네 집에 가 보았다. 동네에는 다 전기가 들어왔는데 외따로여서인지 가난해서인지 그 집은 여직 호야불을 쓰고 있었다. 영미아버지는 넋이 빠진 채 벽에 기대었고, 새총 맞은 비

257

둘기처럼 떨어져 내렸던 그 애는 관도 없이 윗목에 이불로 덮였다. 같이 간 여자애들이 몹시도 흐느껴 울었다. 특별히 할 수 있는 일도 없고 해서 마당에서 서성이다 그냥 내려왔다.

다음날 학교에 가도 별다른 움직임은 보이지 않았다. 담임의 조회가 몇 마디로 끝났고 평소처럼 수업이 시작되었다. 어쩌는가 보자며 잔뜩 별렀던 영어시간에는 십분 정도 수업을 하더니 자습하라며 나가 버렸다. 우리는 그것이 일말의 양심의 가책일 거라고 생각했지만 그런지 안그런지는 알 수 없었다.

영어선생님이 나가고 나자 애들이 웅성거리기 시작했다.

"우리가 저런 선생 수업을 받아야 해!"

"저런 사람이 어떻게 선생이여!"

"짐승만도 못한 사람 아니라고!"

"반장, 어떻게 잔 해보자!"

반장이 공부도 잘하고 똑똑하지만 저라고 무슨 용빼는 재주가 있겠는가. 그러기는 저나 우리나 내나 마찬가지일 것이었다. 우리가 지서의 순경도 아니것고,「수사반장」의 형사는 더더욱 아니것고, 그렇다고 영어선생님이 그 애를 옥상에서 직접 떠민 것도 아니것고, 둘이 그렇고그렇다는 소문은 돌았지만 확실한 증거가 있는 것도 아닌데 학생인 우리가 무엇을 어떻게 하겠는가. 그저 바라보고 있을 수밖에 없었다.

저녁을 먹고 애들과 다시 영미네 집에 가보았다. 방에 호야불은 켜 있고 영미네 아버지는 방 안에 멍하니 앉았지만, 윗목에는 영미가 없다.

"오춘, 영미 어디 갔다요?"

영미아버지는 아무 말 없이 윗목만 바라보신다. 거기에는 밥 한 그 릇 국 한 그릇 놓인 상이 촛불 아래 희미하다.

"음마! 참말로 영미 없네라!"

뒤에 있던 누군가가 방 안으로 얼굴을 디밀었다.

"갖다 묻어뻤다. 집이들 가니라."

영미아버지는 손으로 무릎을 짚으며 간신히 몸을 일으키더니 문살 이 떨어져나간 지게문을 힘겹게 닫았다.

다음날도 학교는 조용했다. 남자애들 몇이 중게중게 모여 영어선 생을 몰아내야 한다고 성토했지만 그냥 씩둑깍둑 수준이었다. 전교생 이 들고일어난다면 모를까 몇몇이서 그런 일을 해낼 수 있을 것 같지 도 않았다. 그런 단체행동을 본 적이 없으니 어찌해야 하는지 모르기 도 했지만 선생님들의 태도도 이상하게 그쪽이 아니었다. 그것과 관 련된 이야기는 일절 하지 않았고 조용히 진도만 나갔다. 선생님들도 애들도 수업은 하고 있지만 마음은 어만 데 가 있는 듯했다.

선생님들이 입을 다물고 있는 것은 암묵적 약속인지도 몰랐다. 한 둘도 아니고 너덧이나 되는 선생님들이, 그것도 교감선생님까지 연루 돼 있으니 다른 선생님들이 말을 꺼내기가 어려울 것이었다. 어쨌든 그분들은 같은 길을 가는 동료이므로 이런 일로 누가 다치는 것을 원 치 않을 수도 있고, 후미진 섬의 애 하나 죽고 애들 몇이 추행당했다 해도 그리 대단한 일로 안 볼 수도 있었다. 모두가 그러는 건 아니겠 지만 전체 분위기가 그러니 고양이 목에 방울 다는 건 엄두도 못내고, 그저 꿉꿉한 분위기가 어서 지나가 주어 아무 일 없었던 듯 조용히 지 내다가 섬에서의 기간을 채워 점수를 따고는 훌훌 떠나버리면 된다는 생각인지도 몰랐다.

저녁에 우리동네 애들이 또 모였다. 영미가 없으니 집에 가 볼 일도 없었다. 그래도 한동네 애들이라고 입에 거품을 물고 가로세로 씨월대기는 했다.

"아따 씨발, 그 인간 가만 놔두믄 안되는디."

"모래밭에 묻어부끄나?"

"그라지 말고 뗏마에 실코 가갖고 독 묶어서 바닥에 땡게베자."

"니기미, 말만 옹내미네 좆불거지드끼 하제, 진짜로 하자 글믄 꽁무니 뺄람서는."

"가시내들은 어째 그런 인간을 다 좋다고 헬레헬레했까?"

"그나저나 그 인간은 쌈북 선생질 할라나?"

"그런 선생은 쫓겨내야 쓴데."

"어른들이나 헹님들이 앞장구 잔 서 줬으믄 좋것구만."

"그 사람들이 뭘라고 이런 일에 나서것냐?"

"딴 선생들도 그랬을지 몰러."

"금메 말이다."

"영미만 불쌍하구마이."

"교감에다 선생들이 여럿 낑는데 말 꺼내것어? 아마 구렁이 담 넘듯 슬그머니 넘어 갈 거여."

"아무리 그래도 그라믄 안되제."

"글믄 니가 가서 그 선생들 멱살 잡어부러라."

"아무리 그런다고 어떻게 학생이 선생 멱살을 잡어야. 뒤질라고."

"긍께, 그럴 만한 다구 없으믄 입 다물어야."

신이야넋이야 지줄대기만 했지 무슨 구체적 행동을 하자는 건 없었다. 마음 같아서는 한갓진 모래밭으로 끌고가 머리만 내놓은 채 한 이틀 묻어 뒀으면 싶었다. 그래서 영미의 억울함도 풀어주고 그에게 반성도 시켰으면 했다. 그러나 용기가 안 났다. 어린 것인지 비겁한 것인지는 몰라도 하여튼 그랬다. 소위 선생이란 작자가 자신이 가르치는 제자에게 떠올리기조차 추악한 그런 잡짓거리를 저질렀는데 우리는 팔짱 낀 채 비겁하게 말로만 씨불대며 바라만 보고 있는 것이다. 참말로 비겁하게 말이다.

응징

저녁을 먹고 집에 있는데 영남이형이 찾아왔다. 같이 배를 탈 때 맞담배질도 하고, 삼치를 썰어 소주도 한잔씩 나누고, 배를 내린 후에도 친하게 지내는 사이였다. 따라오라면서 아랫동네로 내려간다. 점빵에서 무언가를 사들고 나오더니 선창 끝으로 간다.

"앉어라."

형이 끄트머리 계단에 앉으며 담배를 빼어 문다.

"필라냐?"

학교에 가면서부터는 안 피웠는데 분위기가 그래 받아 물었다. 오랜만이어서 그런지 한 모금 빨자 머리가 핑, 돈다.

형이 비닐봉지에서 소주병을 꺼내더니 이빨로 뚜껑을 따서는 그대로 서너 모금 꿀꺽인다. 나발에다 '깡'소주다.

"한 모금 해라."

병을 받아 두어 모금 꿀꺽였다. 오랜만이어서인지 역시나 겁나 쓰다.

"영어선생 저 새끼 말이다."

병을 받아들며 형이 저만큼의 술집을 가리킨다. 아마 그 안에 그 선생이 술을 마시고 있는 모양이다.

"저 짐승 같은 새끼가 우리 영미를 죽엤다."

영미의 죽음이 영어선생과 관련돼 있다는 소문은 벌써 전교생에게 왜자하게 퍼진 상태다.

"큰아부지가 열흘 전쯤에 돈을 꿔달라고 왔드란 말다. 아무한테도 말하지 말고 십만 원만 해주라여."

형이 길게 담배연기를 뿜는다.

"어디 쓸라냐고 물어도 대답을 안함서 그냥 돈만 잔 해주라네. 당장에 그런 큰돈이 없기도 하제만 뭘 알아야 해보든지 하제. 어디다 쓸지 말하믄 해보겠다 그니까 말씀을 하시든마."

형이 다시 병을 기울여 두어 모금 꿀꺽인다.

"영미가 선생 애를 뱄다길래 그 당장 쫓아갔든갑서. 그런데 이녁은 모르는 일이라며 펄쩍 뛰드라여. 선생이 어떻게 학생한테 그런짓을 하겠냐며 외려 성질을 불컥 내드랑마. 집이 와서 닦달하믄 영미는 그 선생이 그랬다 하고, 선생한테 따지믄 이녁은 모른다 글고. 그라믄 영미 그 애가 이놈저놈하고 자고 댕기는 걸레밖에 더되냐 안? 복장 터질 일 아니냐?"

일이 그렇게 된다. 그러면 이제 중3밖에 안된 가시내가 이 남자 저 남자와 자고 다니며 누구의 씨인지도 모르는 아이를 밴 암캐 같은 꼴 새밖에 안된다.

"할수없이 선주한테 선불 땡겨서 십만 원 해줬네라."

형이 먼 곳으로 시선을 가져가며 한숨처럼 연기를 뱉는다.

"그러기 얼마 전에 저 새끼가 큰아부지 찾아와서는, 잘 키워 각시 삼고 싶다며 영미 자기 주라드라여. 허허, 저런 개 쌍노무새끼가 뭔노무 선생이여!"

선생이란 작자가 그런 말로 꾀음꾀음 그 애의 다리를 벌리고는, 그 빳빳한 욕망의 것으로 이제 막 피어나려는 꽃송이를 뭉그러뜨려 버렸을까나.

"영미는 묻어벴든데라우."

고개를 돌리며 나도 연기를 뱉는다.

"그저께 낮에 내가 혼자 지고 가서 골기미재 밭에다 묻어벴다. 즈 그엄니 곁에다."

하더니 연기를 뱉고는,

"저런 새끼를 가만두면 쓰것냐? 맘 같아서는 배에 실코 가서 독 묶어 바닥에 땡게벴으믄 쓰것다만." 한다.

아무래도 무슨 일을 저지를 낌새다. 배를 탈 때 보니 성질이 보통이 아니었다. 외지사람을 텃세하는 동네 형을 한 방에 주저앉히고, 어른에게 술꼬장 부리는 너덧 살 많은 형을 두어 터수에 거꾸러뜨려 버렸다. 나보다는 세 살밖에 안많지만 국민학교를 졸업하고 바로 배를 타서인지 또래에 비해 어른스러웠다. 일찍부터 뱃일로 다져진지라 몸도 틀스럽고 다부진 데다 깡다구도 좋았다.

"너 여기 있다가 저 새끼 나오믄 얼른 우리집으로 뛰온나."

배에 싣고 가 바다에 던져버릴 생각은 아닌가 보다.

"담배하고 성냥하고 놓고 간다이."

형이 올라가고 두 개비를 더 피웠다. 안 피우려 했는데 기분이 꿀

꿀해 저절로 담배에 손이 갔다. 세번째에 불을 붙이려자 전깃불이 깜빡, 가겠다는 신호를 한다. 아홉시 사십오분이다. 좀 있으니 그가 술집을 나온다. 제법 비츨대고 있다.

그는 점빵들이 마주보고 있는 큰길로 걸었고, 나는 그가 알아볼지도 몰라 갯가로 난 후밋길로 돌았다. 무슨 일이 벌어질 것만 같아 가슴이 쿵쿵거린다. 큰길과 만나는 지점에 와서 돌아보니 그가 저만치에 휘척이며 오고 있다. 적당한 거리를 두고 걸으면서 가끔씩 뒤를 돌아 그가 오는 것을 확인했다. 영남이형은 저 사람을 어떻게 하려는 걸까. 그가 빤히 사택으로 오를 걸 알고 있으니 바다로 나가려는 것은 아니다. 아무래도 동네를 벗어난 곳에서 개 패듯 싸다듬이라도 해버리려지 싶다.

"성, 지금 올라오요."

그 사이 전기는 가버려 형은 호야불을 켜놓고 있다.

"들온나. 어디만큼 왔것냐?"

"동실쯤 왔을 거요."

당기면 단번에 조여지도록 새끼줄로 만든 세 개의 고달이가 방바닥에 놓였다. 그 옆에는 겨울에 어장 나갈 때 쓰는 눈만 뚫린 털모자와 목장갑이 놓였다.

"뭐 할라 그요?"

고달이와 털모자를 뒤적거리며 물었다.

"저 새끼 영금 뵐라고."

'영금 뵌다'는 걸 보니 죽이지는 않고 혼내기만 하려는갑다.

"뒤따러옴서 망 잔 봐줄라냐?"

어떻게 할지는 모르겠지만 사촌동생의 분을 풀어주기 위해 단단히 영금을 뵈려는 듯하다. 오빠로서 그래줘야 할 것 같아 이 야밤에 이러는갑다. 동네 여자애가 그렇게 비참하게 죽었는데, 그래서 형이 이렇게 나서는데, 친구라는 입장에서 나몰라라 할 수는 없는 일이었다.

"야, 알었어라우."

나는 그러겠다고 대답했다.

"이따침에 그 고깔 써라. 야심한 밤에 누가 오기야 하것냐마는 해나 모르께."

형이 털모자를 쓰고 장갑을 끼더니 사려 놓은 줄 고달이를 든다. 질앞으로 나가더니 아래를 슬쩍 내려다보고는 위쪽으로 몸을 튼다. 한참 후에 그 사람이 비척거리며 질앞을 지나갔고, 예닐곱 걸음 뒤에 나도 발끝으로 제기며 뒤를 따랐다.

무슨 일이 벌어지려는 걸까. 두렵기도 하고 궁금하기도 했다. 깜깜한 밤이고 털모자로 얼굴을 가리고 있으니 알아보기 어렵겠지만 그래도 가슴은 쿵쿵쿵 고패질을 쳤다. 삼거리를 지나고 광영이네를 지나 우리 질앞이다. 순간적으로 멈칫했으나 그냥 지나쳤다. 형의 태도로 보아 극단적인 일은 안 저지를 듯 싶었다. 그러려고 했다면 나를 끌어들이지도 않았을 테고, 형의 입장에서 상대적으로 쉽고 흔적도 안 남을 바다 쪽을 택했을 것이다. 그런데 위쪽으로 가는 걸 보면 그런 상황까지는 안 가겠다는 것이겠다.

그가 동네를 벗어나 남새밭 사이로 난 길을 걸어 쓰레기장을 지난다. 저만치 밭둑에 몸을 수그리고 있던 형이 길 가운데로 나서며 그를 밀쳐 자빠뜨린다. 그가 길바닥에 모들뜨기로 휘뜰 나가떨어지자 발에 고를 넣고는 홱 잡아채더니 친친 감아버린다. 배의 모얏줄을 묶듯 순식간이었다. 나는 망볼 생각도 잊은 채 형의 솜씨에 넋이 나가 있다.

"뭐, 뭐여?"

그가 몸을 일으키려 하지만 이미 발이 묶여버린 상태다.

"사ㅡ."

소리를 지르려는데 어느새 새끼줄의 고가 입을 아갈잡이해버렸다. 그리고 볏짚 묶듯 그 사람을 빙글 뒤집어 돌리더니 등 뒤로 두 손을 묶어버린다. 손에 고를 넣고는 두어 번 훑치면 그만이다. 수십 번 연습이라도 한 듯 아주 능숙한 솜씨다. 줄을 묶고 푸는 뱃일에 익은 손들이 보여줄 수 있는 민첩성이다. 손과 발과 입이 묶여버린 그 사람은 이제 시체나 다름없다.

형이 구태여 쓰레기장 옆을 택한 걸 보며, 그렇게 묶어서는 쓰레기장으로 굴려버리려나 했다. 그런데 그게 아니었다. 그를 질질 끌어 옆에 있는 쇠기둥에 세우더니 새끼줄로 감아 묶는다. 그는 마치 총살 전에 말뚝에 묶인 포로처럼 쇠기둥에 세워졌다. 그래놓고 가려나 하는데, 형이 그 사람의 바지와 팬티를 문틈더니 둘둘 말아 저 아래로 던져버린다. 이런! 이제 그는 나쁜 짓을 했던 자지를 드러낸 채 옴쭉달싹 못하게 됐다. 불쌍하기도 하고 우습기도 하다. 그것도 부족했는지 형이 그 사람의 윗도리까지 쫙쫙 찢어 놓는다. 이제 그는 사타구니를 훤히 드러낸 상태로 쇠기둥에 묶이게 됐다. 어둠속이라 잘 보이지 않지만 날이 새면 대단한 웃음거리겠다.

"개새끼! ……. 퉤!"

형이 한마디를 씹더니 그의 얼굴에 침을 뱉었다. 고깔을 쓰고 있는 김에 나도 싸대기라도 한 대 갈겨주고 싶었지만 그래도 그는 선생이고 나는 학생이었다.

형이 고갯짓을 하며 밭으로 들어간다. 나도 뒤를 따랐다. 허리까지 차오른 보리가 손에 스쳐 까슬댄다. 형이 밭둑을 타고 넘어 들길로 내려선다. 멀리 에워서 집으로 가려는 모양이다. 한참을 걷던 형이 길섶에 앉더니 담배를 붙여 나에게 건넨다.

"엄니도 없이 불쌍하게 컸는데 그리 힘하게 죽어분다냐. 인자 즈가 부지는 어찌 살라나 몰라."

형이 길게 담배연기를 뿜는다. 어둠속으로 번져가는 담배연기가 그 애 앞에 피우는 향불연기 같다. 나도 담배연기를 더해 준다.

"절대 남한테 말하믄 안된다이. 진혁이 너는 아무것도 모르고이. 오늘 우리 만낸 일도 없다이. 낼 뭔 말 돌아도 모른대끼 가만 있어이."

형이 다짐을 둔다.

"야. 알었어라우."

죽을 때까지 속에 묻어야 한다고 생각했다. 영남이형과 나만 아는 이 세상의 비밀 한 가지가 생겨난 밤이다.

뒷날 학교에 가니 벌써 왜자하게 소문이 나 있다. 벌거벗겨진 채 쇠기둥에 묶인 영어선생을 동네사람이 발견했는데 자지가 반쯤 잘려 있었단다. 피를 어찌나 많이 흘렸는지 죽을지도 모른단다. 누군지 모르지만 동네 청년 두엇이 술 취해 올라오는 선생을 그렇게 했단다. 분명히 죽은 영미의 분을 풀어주려고 그랬을 것이란다. 지서 순경들이 사건을 조사하고 있단다.

나는 사실과 과장을 정확히 판별할 수 있었지만 가만히 있었다. 순경들이 조사하고 있다는 얘기에 마음이 좀 불안하기는 했다. 그게 사실이라면 친척인 영남이형이 제일 먼저 용의선상에 오를 것이고, 그러면 나도 잡혀갈지 몰랐다. 하지만 사람을 해친 것도 아니고 그렇다고 크게 상하게 한 것도 아니고, 목숨을 끊은 영미에 비하면 간밤의 그것은 잘코사니 정도밖에 안될 것이었다. 그런데 소문이 이렇게 돌아버리면 영어선생은 더 이상 학교에 못 남아 있지 싶었다. 그냥 쇠기둥에 묶여 있었다면 누군가가 영금 뵈려 했다는 정도로 끝날 수 있겠지만, 선생이란 작자가 옷이 벗겨지고 거기에 자지까지 잘렸다는 것은, 그를 단순히 나쁜 짓을 한 사람 정도가 아니라, 선생으로서도 인간으로서도 도저히 해서는 안되는 추악한 짓을 해서 한 학생을 죽음으로 내몬 짐승의 탈을 쓴 존재로 낙인찍게 할 것이었다. 그런 짐승을 누가 선생님으로 대접하며, 누가 그 짐승에게서 공부를 배우려겠는가. 어쩌면 영남이형은 그걸 노리고 일을 그렇게 만들었는지 모르겠다.

쉬는시간에 여자애들 몇이 교실 앞에 몰려나와 운동장을 바라보며 훌쩍거렸다. 그 선생이 운동장을 가로질러 사택으로 향하고 있다.

"가시내 새끼들이 미치다 못해 총해벴구마, 총해베. 미친년들이, 울 데 울어야 한단 말이, 아무데나 대고 질질 짜고 지랄이다냐."

누군가 아래를 내려다보며 한마디 했다.

"그러게 말이여. 죽은 동무한테 울어야제, 어째 저 선생 가는데 운다냐. 별 속창시 없는 년들 다 보것네라."

누군가 옆에서 한마디를 거들었다.

한 여학생을 죽음으로 내몰고 자신은 벌거벗겨진 채 쇠기둥에 묶였던 '선생님'이라 불리던 그 사람은 이임인사도 없이 그렇게 학교를

269

떠났다.

다음날은 토요일이었다. 학교를 마친 우리마을 동무들은 술과 과자를 사들고 그 애가 묻힌 곳으로 올라갔다. 사람이 잘 안 다니는 귀꿈스런 도린곁에 그 애는 묻혀 있었다. 살아 있을 때도 외오돌더니 죽어서도 그렇게 외따로였다. 묏등은 애기무덤처럼 살짝만 올라와 있다. 풀이 자라면 묏등인지 아닌지도 모를 듯싶다.

살아 있을 때 많이 먹어보지도 못했을 과자봉지를 펴 놓고 술을 따랐다. 여자애들이 먼저 절을 했다. 묏등에 술을 뿌려준 뒤 새로 한 잔을 더 따라 놓고 남자애들이 절을 했다. 그 애가 동무들의 얼굴을 한 번 훑었을 만큼을 서 있다가 술잔을 들어 묏등에 뿌려 주었다. 그러고는 술을 따라 애들에게 한 잔씩 돌렸다. 반은 그 애에게 부어주고 반은 자신들이 마셨다.

푸르러가는 신록에는 오월의 햇살이 맑았다. 떠난 그 애는 땅에 묻혀 흙이 되고 잎이 되고 나무가 되어 다시 세상에 올 것이다. 그때는 슬픈 풀이나 가엾고 외로운 나무가 아니라 환하고 밝은 풀이나 옆의 것과 뜸뜸한 나무가 되었으면 좋겠다. 그렇게 되기를 기원하며 막잔을 묏등에 뿌려 주었다.

가엾은 영혼이여, 슬프고 애홉구나. 잘 가려므나.

길을 찾아서

　동네마다 자가발전으로 해질녘부터 밤 열시까지 전기는 들어왔지만 집집의 전등들은 잠들어 있는 시간이 더 많았다. 계량기가 달려 있는 것도 아니어서 꼭 그럴 필요가 없었지만, 특별한 경우가 아니면 사람들은 악착같이 전등을 안 켜려 했다. 가난이 몸에 새긴 습관이었다. 우리집도 그랬다. 정지 천장에서 드리워진 전등은 엄니가 저녁밥을 짓거나 설거지를 할 때 잠깐 빛의 맛을 보는 것이었고, 잔방의 전구는 엄니와 진향이가 잠자러 갈 때만 살짝 불을 밝히는 것이어서 항상 빛에 목이 말랐다. 큰방 종마루에 길게 매달린 전구만이 그런대로 저녁 한 끼를 얻어먹는 것인데, 그 전등은 네 식구가 둘러앉은 초라한 밥상에 반찬으로 얹혔다가, 방바닥에 배를 깔고 엎드려 숙제를 하는 세 아이들의 머리맡을 지켜보고 섰거나, 아이들 곁에서 양말을 징그는 엄니의 돋보기가 돼 주거나 했다.

　네 식구가 밥상에 둘러앉았다. 쌀알 하나 안 든 꽁보리밥에 김치와 갯것 두어 가지가 반찬으로 놓였다. 백열등 불빛이 반찬 한 가지가 되

271

어 상에 내려 있다.

"엄니, 고등학교 안 가믄 안되까?"

몇 번이나 여짓거리다 끝내 말을 꺼내버렸다. 어차피 건너야 할 두
껍다리였다.

"행일이헹님같이 그냥 돈 벌로 가믄 어쩌것는가?"

컴컴하고 음침해 금방 어둑시니라도 튀어나올 듯한 저수지둑 아래
의 시멘트굴을 마치 저수지에 멱 감으러 뛰어들 듯 드나들었다는 행
일이형이었다. 공부하기가 싫었는지 일찌감치 중학교를 작파하고 서
울로 떠났었다. 들리는 말로는 아이스께끼 장사를 해 집에 돈도 보낸
다 했다.

숨을 멈춘 듯 가만히 있던 엄니가 상에다 숟가락을 탁, 내려놓는다.

"그걸 말이라고 하냐, 시방! 그것이 동생들 앞에서 할, 말이드냐!"

우박을 주고는, 엄니는 길게 한숨을 내쉰다.

홀연히 아버지를 보내고 한 해 뒤에 할머니마저 떠났을 적에도 엄
니는 좀체 힘든 내색은 않으셨다. 남자 손이 필요한 쟁기질이나 지붕
해이는 것을 빼고는 모든 일을 혼자서 억척스레 해내셨다. 돼지막이
나 외양간에서 쇠스랑으로 고갯돔을 쳐내는 일도, 그것을 말려 논밭
에 거름으로 내는 것도 엄니는 혼자서 해내셨다. 보리가실이나 나락
가실 때 학교가 끝나자마자 논에 올라가보면, 저절로 그리 된 듯 논
배미에 보리나 나락이 가지런히 뉘어져 있었다. 엄니가 꼭두새벽부터
올라가 죽을 둥 살 둥 베어 넘긴 것이었다. 내가 보리나 나락 여섯 뭇
을 지고는 후들거리는 비탈길에 몇 번이나 지게를 받치고 전주를 때
에도, 엄니는 여덟 뭇을 묶어 이고도 내달리다시피 했다. 산삼을 캐서

혼자만 먹는다며 동네사람들이 혀를 내두를 정도였다. 그런 엄니가 숟가락 위에 짙은 한숨을 얹은 것이다.

"아니, 학교 갈 일이 깝깝해서라우. 우리 형편에 어떻게 고등학교 가것소? 진필이도 있고 진향이도 있는데."

꼰지[102]를 섰다가 숨이 차 물 밖으로 나오려는데 누군가 장난삼아 머리를 누르며 꺼방칠 때처럼 고등학교 생각만 하면 숨이 먼저 막혀 왔다. 공부 좀 하는 애들 중에 집안이 그런대로 되는 애들은 광주 인문계로, 성적은 되지만 집안형편이 안되는 애들은 돈이 적게 든다는 공업고등학교로, 공부에 별로 취미가 없는 애들은 읍에 있는 수산고나 부산의 전수학교로, 그도저도 아닌 친구들 중에 일부는 육지로 나가 공장생활을 할 것이고, 그 나머지는 섬에 남아 배를 탈 것이다. 여자애들의 상황은 더 열악해서, 인문계 서넛, 여상女商이 예닐곱, 야간학교나 산업체학교 열댓, 그리고 나머지는 섬에 남거나 육지로 돈벌이를 나설 것이다. 애당초 인문계는 그림의 떡이고, 딴 쪽을 택해도 학비에 생활비까지 장난이 아닐 텐데, 진필이도 내년이면 중학교에 가야 하고 그 밑에는 진향이도 있다. 동생들도 최소한 중학교는 나와야 하지 않겠는가. 아무리 궁리해 봐도 내가 고등학교를 포기하는 것이 최선책일 것 같았다. 야간학교를 가면 낮에는 용돈을 벌고 밤에는 공부를 할 수 있다 하니 그 길이 맞춤일 듯했다.

"꺽정 말어라. 속곳을 폴아서래도 니 고등학교는 보낸다. 긍께 그리 알어라."

---

102) 물구나무 자세로 물속으로 잠수하는 것.

한숨 묻은 한마디를 던지고는 엄니는 반 남은 밥그릇을 들고 방을 나가신다. 아마 아궁이 앞에 쪼그려 앉아 눈물에 밥을 마시겠지. 아버지에 대한 원망이 반찬이 되어 밥과 눈물에 섞일 것이다.

자식들 앞에서는 눈물을 보이지 않지만 엄니가 혼자서 속울음을 운다는 것을 나는 안다. 아버지가 없으니 경제적으로 궁핍한 것은 당연했다. 농사짓고 멸치장사하는 게 전부인 현실에서 가난은 꽁보리밥 같은 끼니였다. 그런데 그 끼니는 먹을수록 허기가 지는 이상한 끼니였다. 그런 엄니를 사람들은 뒤에서 수군거리며 할퀴어댔다. '잘난 척하더니 꼴좋다'며 아버지에 대해 홍야붕야 해대는 것이었는데, 타인의 불행을 향한 이상스런 손가락질이었다. 궁핍한 살림이 엄니의 몸을 닳게 하는 고통의 수세미라면, 아버지에 대한 뒷공론과 혼자된 어머니에 대한 비아냥은 마음을 긁어대는 갈퀴질이었다.

내 어섯눈으로 보아도 세상은 '옳고 바른 것'이 아니라 '있고 가진 것'이 장땡인 곳이었다. 힘 있는 자는 글러도 옳았고 힘없는 자는 옳아도 글렀다. 사람들은 힘을 쥔 쪽에 줄을 섰고, 그러니 그쪽 패거리는 많을 수밖에 없으며, 그래서 세상은 그들의것이 돼 있었다. 그쪽에 줄을 선 사람은 학교의 이런저런 행사에 귀빈으로 얼쩡거리며 허접한 말들로 우리를 지루감스럽게 했지만, 반대편에 섰던 사람들은 아버지처럼 원양을 떠돌거나 술로 하루하루를 보냈다. 그런 모습들을 보노라면, 바르고 정직한 것보다는 공갈치고 아부하는 것이 더 현명한 삶의 방법일지 모른다는 생각이 마음속에서 불뚝거렸다. '신념과 정신'이 아니라 '돈과 권력'이 더 중요한 게 세상이라는 생각이 드는 것이다.

동생들은 말없이 꾸역꾸역 보리밥을 뜨고 있다. 녀석들도 엄니와 내 말의 의미와 분위기를 눈치챘을 것이다. 두엄을 내면서 조용히 엄니하고만 얘기할 걸 동생들 있는 데서 괜히 말을 꺼냈지 싶다. 나도 보리밥에 김치를 얹는다. 천장에 매달린 삼십 촉 백열등이 짠하다는 눈길로 아이들 셋을 내려다보고 있다.

친구들이 삼삼오오 고등학교 얘기를 할 때면 나는 교실 밖으로 나와 버렸다. 갈 수 없는 나라는 듣는 것만으로도 마음이 아팠다. 왜 나는 그곳에 갈 수 없는가를 한탄하며 산길을 오르다 보면 나는 어느새 뒷산 중턱의 바위 앞에 다다라 있다. 나는 바위에 앉아 저기 건너다보이는 돌섬의 의미를 생각했다.

지도에서 섬을 파버릴 듯한 무서운 기세다. 몰아쳐온 태풍은 벌써 서너 척의 어선을 아작냈고, 미역양식장의 뱅꼬들을 산중턱에다 걸쳐버렸고, 그물로 덮고 그 끝에 돌까지 묶은 초가지붕 서너 채를 훌딱 거떠버렸고, 그래도 성에 안 찬 듯 샘북산의 소나무 대여섯 그루를 뿌리째 뽑아내 길게 누여버렸다. 혹시 돌섬도 없어져버렸나 그 어름을 더듬는다. 없다. 양쪽의 조그마한 바위 두 개와 가운데 우뚝 솟은 것이 山 모양을 그리며 거기 있어야 하는데 안 보이는 것이다. 태풍이 기어이 쓸어버렸구나. 눈을 비비고 다시 본다. 돌섬이 흰 포말을 흘러내리며 모습을 드러낸다. 그럼 그렇지, 거기 있어야지. 그러는 순간 다시 섬이 사라지고 없다. 거대한 파도가 밀려와 덮어버린 뒤다. 덮이고 드러나고 사라지고 생겨나고의 태풍 속 사나흘이다. 그렇게 거친 파도에 시달리다가, 몰아치던 바람도 하늘 끝 어디로 사라지고, 언제 그랬냐는 듯 온 세상이 원색의 풍경화로 눈이 부실 때, 그때 돌섬은 유난히 선명한 자태를 자랑하며 모습을 드러낸다. 몰아쳤던 태풍이 세상의 티끌까지 걷어간 뒤여서 저만치였던 돌섬이 헤엄쳐 갈 수 있을 만큼 가까이 와 있다. 그런 날, 태풍이 지나가고 세상이 잘 닦인 유리창처럼 새뜻한 그런 아침날, 저수지둑이나 너빠통에서 넋을 잃고 바라보고 있노라면, 돌섬은 샘물 같은 얼굴로 말을 걸어왔다.

"아그야, 내가 없어진지 알고 놀랐지야? 나는 아무렇도 안해야. 이렇게 멀쩡하니 있어야. 이녁이 이겨내려는 마음만 있으믄 태풍 그깟 것 아무것도 아니어야. 이녁이 견디려는 의지만 있으믄 그런 것은 얼마든지 버틸 수 있어야. 태풍한테 얻어맞고 파도에 치도곤 당해도 나는 이렇게 이겨내잖니. 다 이녁 마음먹기에 달렸어야. 긍께 니도 맘을 단대이 묵어야. 쉽게 꺾이고 굽혀서는 안되어야. 아야 봐봐라. 태풍 지난 뒤에 세상은 훨씬 맑고 깨끗하잖니. 나도 그러고 바다도 그러고. 시련과 역경은 존재를 단련시키는 법이어야. 고난을 딛고 일어설 때 존재는 더 튼튼해지는 것이어야. 그니까 너도 그래야 써이! 내 말 명심해이! 힘들 때마다 내 말 생각함서 꼭 그래야 써이!"

그게 돌섬의 이야기였고 그게 내 마음속 돌섬의 의미였다. 그런데 점점 그게 아닌 듯 해지는 것이다. 태풍 뒤에 훨씬 깨끗하고 아름다운 세상을 볼 수 있듯 과연 시련과 역경을 이겨냈을 때 더 밝고 환한 날이 기다리고 있을까. 지금 내 앞에 닥쳐 있고 앞으로 닥쳐올 역경을 헤쳐 나갈 발판도 하나 없는 허당의 현실에서 무슨 용빼는 재주로 그것들을 극복한단 말인가. 고등학교도 못 갈 이 초라한 형편에서 무슨 밝은 미래를 꿈꿀 수 있고 그 꿈을 이루기 위해 땀을 흘릴 수 있단 말인가. 다 도덕교과서에나 나오는 빛 좋은 개살구들이다. 세상이 교과서처럼만 흘러왔다면 우리집이 절대 아버지도 없는 요따위 세상 위에 지어지지는 않았을 터이고, 그랬으면 엄니가 저리도 애 피우지 않아도 될 것이고, 내가 고등학교 진학 앞에서 이리도 절망하지 않아도 될 터이었다. 내 속에 울려오던 돌섬의 이야기도 점점 거짓뿌렁처럼만 여겨지고 있었다.

가을소풍 전날이다. 빌려온 다리미에 숯을 피워 흰 체육복바지를 다리고 있었다. 프라이팬처럼 생긴 우리집 다리미는, 입으로 물을 푹푹 뿜어가며 풀 먹인 이불홑청이나 옷잇을 다릴 때나 썼다. 그 구닥다리 다리미로는 바지에 주름을 잡을 수 없는지라 숯 담는 통 위쪽에 손잡이가 달린 소연이네 다리미를 빌렸다. 빨리 쓰고 갖다줘야 해 마음이 바빴다.

"진혁아!"

우리반 녀석이 담 너머로 얼굴을 내밀더니 마당으로 뛰어든다.

"담임이 찾는다. 빨리 학교 올라가 봐라."

헐떡거리며 녀석이 말을 전했다.

"뭘라고 나를 찾어?"

소풍 때 선생님들의 점심이나 선물은 살림이 좀 여유로운 아랫동네 학부모들이 맡아 한다. 그 동네 치운이가 반장을 맡고 있으니 나를 부를 이유가 없다.

"나도 모르제. 급한 일이람서 얼른 오라드라. 고등학교 어쩌고 하든디."

'고등학교'라는 말에 귀가 번쩍 뜨여 바지를 대충 문대놓고 진동한동 학교로 올라갔다. 같이 들어오랬다며 교무실 앞에서 동주가 기다리고 있다. 나랑 앞서거니 뒤서거니 하는 녀석이다. 녀석은 골기미재를 올라가다 불려온 모양이다.

"두 사람 다 오른쪽 발바닥 보여 봐라."

교무실에 들어서자 담임이 다짜고짜 발바닥을 보여 보란다. 영문을 몰라 둘은 서로의 얼굴만 쳐다보고 섰다.

"오른발 들어보라고 이놈들아!"

그제서야 둘은 오른발을 들어 발바닥을 보인다. 둘 다 맨발이다. 양말은 겨울에나 신는 사치품이다.

"왼발도 보여 봐라."

둘은 겨끔내기로 이번에는 왼쪽 발바닥을 들어 보였다.

"오케이! 둘 다 평발은 아니구만. 됐네."

담임은 만족한 듯한 표정이다.

"그 학교 졸업하면 바로 하사관으로 간다는데 그래서 평발을 따진 모양이구마."

한 선생님이 말하자,

"평발은 달리기를 잘 못하니까 군대도 못가든가 안."

다른 선생님이 받는다.

멀뚱하니 서 있는 둘에게 담임이 팸플릿 하나를 내놓는다. 제복 같은 교복에 각이 진 모자를 쓴 네 명의 학생이 상방 십오 도를 쳐다보고 있다. 언뜻 보기에는 사관생도 같다.

"이게 박정희 대통령께서 자기 고향에 세운 금오공고다. 우리나라에서 제일 좋을 뿐 아니라, 동양에서도 최고라들 하지."

'박정희'라는 이름은 너무도 익숙해 귓가로 흘려버렸지만 감청색 교복을 입은 네 명의 사진은 순간적으로 내 머릿속에 꽉 차버렸다. 교무실 정면에 붙은 대통령 사진 대신 그것을 걸어놓고 싶다.

첫 장을 넘기자, 어깨에 대각선의 흰 띠를 두른 은빛 헬멧 네 명이 깃발 하나씩을 들고 있다. 기수단인 듯하다. 그 모습이 다시 나를 흔든다. 선도부장이랍시고 교문을 지키는 소환이가 어깨에 두르는 꾀죄죄하고 누리끼리한 벨트나, 체육대회 개막식 때 대대장 만진이가 두르는 두툼한 것도 거기에 대면 꼬마들의 소꿉장난 수준이다. 팔뚝만큼이나 퉁거운 객선의 모얏줄과, 우리할머니가 밤새 비빈 손가락 굵기의 새끼줄의 차이라고나 할까. 입을 다물지 못한 채 뒷장을 넘기자 거대한 학교건물과 여러가지 시설, 그리고 지원자격과 혜택 등이 이어진다.

한창 붐이 일고 있는 실업계 고등학교들이, 진짜로 자기네 학교를 찍은 것인지 어디 대학교를 찍어 만든 것인지는 몰라도 하나같이 삐까번쩍한 건물에 뽀대나는 시설을 자랑한다며 총천연색의 화려한 팸플릿을 보내왔지만, 오히려 그 '하나같이' 때문에 전부가 거짓말 같고 식상해 보였다. 팸플릿대로라면 대한민국의 거의 모든 공고가 건물이나 시설이 비슷하므로 구태여 선택을 고민할 필요가 없을 것 같았다. 팸플릿이 휘황찬란해도 애들은 또 그것의 내용까지 꼼꼼히 톺아볼 사정이 못되었다. 실력도 안됐고 형편도 허락지 않았다. 그래서 선생님이 지정해주면 대부분의 아이들은 두말 않고 거기로 갔다. 그것이 실력도 정보도 없는 섬 아이들의 현실이었다. 그런데 이 학교는 첫 장의 교복에 벌써 맛이 가버렸으니 뒤의 내용은 보고 자시고 할 것도 없었다. 이해가 안되는 것은, 나에게 어떤 것을 보여줘도 그저 그림의 떡이라는 걸 선생님도 알고 있으면서 뭘라고 소풍 준비에 바쁜 애를 우정 불러올려 팸플릿을 내미느냐는 것이다.

"여기만 가면 끝내준다. 백프로 공짜에다 용돈까지 준다."

대충 끝까지 뒤적여보고는 다시 맨 앞의 표지 사진에 눈을 박고 있는데 담임이 뒷동을 단다. 다 그럴 만한 이유가 있었다.

'백프로 공짜'라는 말이 순간적으로 귀를 호빈다. 그냥 고등학교도 아니고 저렇게 폼나는 학교가 완전 공짜란다. 거기에 무슨 고등학교에서 용돈까지 준단다. 아무래도 거짓말 같다. 그래도 마음속에는 한바탕 회오리가 인다.

"문제는 전국 중학교에서 오프로 이내의 애들이 모이는 곳이라 그만큼 가기가 어렵다는 것이다. 지금까지 우리학교에서는 한 명도 못갔다. 동중東中에서도 못갔으니까 섬에서는 아직 한 명도 못간 셈이다."

나는 우리 중학교 10회다. 재 너머 저쪽에는 우리보다 다섯 해 늦게 출발한 중학교가 하나 더 있다.

"두 사람은 내일 소풍 가지 말고 탐진 의료원에 가서 신체검사서 떼 오니라. 원서 써야 하니까."

그래서 동주와 나는 소풍 복장인 하얀 체육복바지 대신 검정 교복바지를 빨아 다렸다.

읍이라야 '군민의 날'에 두어 번 가 본 것이 전부였다. 면을 대표하는 선수들이랑 관계자들은 새벽에 일찌감치 객선으로 건너갔고, 어른들과 아이들도 아침밥을 먹고는 나가시배를 타고 서둘러 떠났다. 뱃삯이 없어 그것까지 못 탄 우리 같은 꼬맹이들은 뗏마에 동력을 놓은 똑딱선을 얻어 타고 늦게야 출발한다.

마치 갯돌 두 개를 맞부딪쳐 기계를 돌리는 것처럼 똑딱똑딱 소리를 줄대며 뗏마 동력선이 읍을 향해 가노라면, 똑딱대는 소리가 녀석들을 부르는 고동이라도 되는 듯 수십 마리의 상쾡이가 뗏마 주변에 나타난다. 녀석들도 그날이 군 잔칫날인 줄 아는 모양이다. 길게 줄지어 가는 뗏마들처럼 녀석들도 서로의 꼬리를 물며 자맥질 쇼를 펼치는 것인데, 대장이 호루라기로 지휘라도 하는지 에멜무지로 보이는 녀석들이 동시에 물속으로 꼰졌다 물 위로 떠올랐다 하며 우리들과 함께 달린다. 어떤 녀석은 등을 다로볼 수 있을 만큼 가까이에서 떠올라 뱃전에 물을 튀기기도 하고, 어떤 녀석은 몸을 뒤집어 배를 내보이기도 하며, 어떤 녀석은 뒤집어졌다 올케졌다 재주를 부리기도 한다. 그렇게 한참을 따라오던 상쾡이들은 어느 지점에 이르면 더 이상 따라오지 않는다. 거기까지가 자신들의 구역인 모양이었다. 이따 집에 갈 때 다시 보자며 우리는 손을 흔들어주는 것인데, 상쾡이들은 물멱질로 꼬리를 치며, 알았다고 답하고는 물속으로 사라진다.

'군민의 날'이라고는 하지만 우리들의 관심을 끌 만한 것은 별로 없었다. 선창에서 하는 수영경기나 노 젓기 대회, 그리고 국민학교 운동장에서 벌어지는 계주나 씨름은 사람이 많이 사는 읍이 우승을 차지했고, 우리 섬은 군 전체에 이름난 마라톤의 철수 형 정도가 눈에 띄었다. 그래도 읍에 간다고 돈 몇 닢은 담고 간 게 있어서, 섬에서는 구경 못한 아이스께끼 한두 개로 배를 채우며 여기저기 둘레거렸다. 그러다가 나절이 거우듬해지면 다시 뗏마를 탔다. 읍의 나들이는, 상쾡이와 함께 갔다가 아이스께끼 두어 개로 배를 채우고는, 석양의 바다를 건너오는 연례행사였다.

동주와 나는 새벽 객선을 탔다. 뗏마로는 두 시간 남짓이었는데 객

281

선으로는 시간반이 걸렸다. 두어 번 가 보아 낯은 익었지만 그래도 움츠러들 수밖에 없었다. 나름대로 촌티를 감춘다 했어도 읍의 애들이 보면 대방에 촌닭이라는 걸 알 수 있을 것이었다. 혹여 누가 시비를 걸지도 몰라 바쁘게 걸어 터미널에서 버스를 타고 탐진으로 향했다.

의료원에는 우리와 같은 목적으로 온 애들이 예닐곱 더 있었고 우리는 그 애들과 한 꿰미가 되어 움직였다. 신체검사는 생각보다 형식적이었다. 키와 몸무게를 재고, 빡죽[103] 같은 것으로 이쪽저쪽을 겨끔내기로 가려 시력 검사를 하고, 배에 청진기를 대어 보는 것이 전부였다. 그러고는 종이 두 장을 주었다. 우리는 그것을 위해 소풍도 포기한 채 그 먼 길을 간 셈이다. 섬의 이쪽 끝에서 저쪽 끝까지 삼십 분이면 넉넉한 버스도 그냥 먼발치에서 바라만 보다가, 언젠가 외할머니를 모셔다 드릴 일이 있어 딱 한 번 타 보았는데, 왕복 다섯시간의 버스는 참으로 '머나먼 길'이 아닐 수 없었다.

기대와 긴장으로 갔던 길을 맨송맨송하게 돌아와 토방에 앉아 있는데 소풍을 끝낸 여자애들이 떼를 지어 마당으로 들어섰다.

"진혁아! 합격했냐?"

내가 고등학교 입학시험을 치고 온 줄로 아는 모양이었다.

"시험 보러 간 것이 아니고 신체검사 하고 온 거여."

나는 안절부절못하고 자리에서 일어섰다.

"에이, 공갈하지 말고."

여자애들은 안 믿는 눈치다.

---

103) 주걱.

"참말이여. 일차로 서류 통과해야 시험 보러 가는 거여. 오늘은 원서 쓸라고 신체검사 하러 갔다니까."

시험은새레간에 아직 원서도 안 쓴 상태였다.

"에이, 우리는 또 시험 보러 간 줄 알았네."

여자애들은 실망한 표정을 하고는 우르르 질앞으로 몰려나간다.

"뭔 가시낙들이 노무 머시막 집에 들와서 이런다냐!"

엄니가 비땅[104]을 든 채 마당으로 나왔다. 여자애들이 그렇게 몰려왔으니 진즉에 야단을 칠 법도 한데 엄니는 일부러 정지에 있었던 모양이다. 내 입에서 무슨 말을 들으려 했지 싶었다.

"내가 시험 치고 온지 알고라우."

"이이, 그래이."

엄니는 뭔가를 물을 듯 하더니 그냥 정지로 들어간다.

'속곳을 폴아서래도' 고등학교는 보내겠다고 큰소리는 쳤지만 엄니는 매일 밤을 뒤척였을 것이다. 보내야 한다는 부모로서의 마음과 여건이 안되는 객관적 현실 사이에서 엄니는 내내 속앓이를 했으리라. 나 혼자라면 어찌 해 보겠지만 아래로 동생들이 둘이나 있다. 엄니 혼자 꾸려가는 애옥살이에서 도저히 방법이 없는 것이다. 내가 공부는 좀 한다지만, 읍의 애들하고만 비교한대도 논 귀퉁이의 둠벙에서 파닥거리는 붕어의 활갯짓일 터이고, 육지 애들과 견준다면 이제 간신히 종굽이가 떨어진 어린애의 걸음마일 것이다. 그러니 내가 장학생으로 육지의 고등학교에 간다는 것은 상퀭이와의 헤엄시합에서 내가

---

104) 부지깽이.

283

이기는 것만큼이나 불가능한 일이었다. 내 사정을 아는 상쾌이가 일부러 져주어 설사 장학생으로 고등학교에 들어간다 해도, 생활비에 용돈에 가외로 또 돈이 들 것이니 생심도 가져볼 수 없었다. 그렇다고 엄니의 입장에서 장남을 그대로 주저앉힐 수도 없는 노릇일 터였다. 동생들은 몰라도 장남인 나는 어떻게든 고등학교는 보내야 한다고 생각하고 있을 것이었다. 그것이 아버지에 대한 엄니 나름의 약속일지도 몰랐다.

그래야 하는데, 죽을 먹든 밥을 먹든 그렇게 해야 하는데, 썩을놈의 현실은 그게 아닌 것이다. 아무리 발버둥치고 서드려도 재겨 디딜 한 치가 없는 것이다. 결국 모든 원망은 떠나버린 아버지를 향했겠지만 원망만으로 해결되는 일은 세상에 없다. 세상은 살아 있는 사람들의 것이기는 해도, 어떤 사람들에게는 손발이 닳아 지문이 없어져도, 등거리가 활처럼 깊게 휘어도, 그래도 끝내 못해내는 무거운 짐이기도 하다. 세 자식을 키워야 하는 엄니의 홀살이가 그랬다. 스물네시간을 잠을 안 자고 서드린대도, 그 시간을 오직 새끼들을 위해 바친대도, 어찌 헤쳐 나갈 방법이 없는 것이다. 그런데 소풍 대신 탐진 가야 한다면서 그 '공짜 학교' 얘기를 했을 때, 어쩌면 용돈까지 줄지 모르는 기가 막힌 학교라고 했을 때, 엄니의 얼굴은 동녘 하늘의 갓밝이처럼 환해졌고, 여비를 꿔야겠다며 질앞을 나서는 엄니의 발걸음은, 봄 들판에 이낄이러[105] 나온 어석소처럼 신나 보였다. 엄니의 서두르는 걸음에는, 잘하면 그런 좋은 학교를 돈 한 푼 안 들이고 보낼 수 있을

---

105) 소가 처음으로 쟁기질 연습을 하는 것.

지도 모른다는, 그런 꿈같은 일이 우리집에 생겨날지도 모른다는, 풍선처럼 부푼 기대가 얹혀 있었다.

토방에 앉아 통시지붕 너머를 쳐다본다. 할머니가 무릎을 주무르며 혼잣말을 웅얼거리던 그 시간의 그 자리이다. 아버지가 원양을 떠났을 때 그 소리에는 흐느낌이 섞여들었고, 아버지가 세상을 떠났을 제는 그 흐느낌이 그예 통곡으로 변했었다. 이제는 할머니를 흐느끼게 했던 아버지도, 그렇게 애타게 느껴 울던 할머니도 먼곳으로 떠나고 없다. 새삼 생으로는 만나볼 수 없는 두 분이 그리워졌다.

'함마이, 잘 있는가? 거기가 여기보다 나슨가 어쩐가? 암만 그래도 여기가 어네이 낫제? 그라께 여기 더 있다 가제 뭘라고 그라고 핑 가벳는가. 그나저나 함마이, 어차믄 고등학교 갈 수 있을지도 모르것네야. 그것도 돈 하나도 안 들이고 말이네. 그라께 함마이가 좀 도와주게. 나는 나대로 열심히 공부할 테께, 함마이는 아부지랑 힘 모아서 잔 도와주게. 함마이랑 아부지랑 도와주믄 그까짓 학교 못가것는가. 영락없이 갈 수 있을 것이네. 그라께 아부지랑 힘 모아서 꼭 잔 도와주게. 그래야 쓰네이, 내 함마이.'

언제 떴는지 샘북산의 오른 어깨 위에는 반짝이는 개밥바라기다. 불현듯 그 밝다란 별에 할머니와 아버지가 올라앉아 우리식구들을 내려다보고 있는 것만 같다. 그래서 이번에는 아버지를 불렀다.

'아부지도 이참에 힘 좀 써줘야겠습니다. 암만 그래도 고등학교는 가야 사람 안되겠습니까? 어떻게든지 고등학교는 가야겠습니다. 마침 공짜학교가 있다께 그리로 가볼랍니다. 긍께 아부지랑 함마이가 좀 도와주십시오.'

내 말에 답이라도 하듯, 부지런히 노력하면 네 소망이 이루어질 거라는 듯, 인간의 지극한 정성에는 하늘도 응감한다는 듯, "불쌍한 내 새끼, 그라믄 이 함씨가 도와주제 안 도와줄 꺼이냐!"는 듯, "아들아, 함마이하고 나하고 힘을 보탤 테니 너는 공부만 부지런히 해라"는 듯, 한꺼번에 한 움큼의 성냥을 그은 것처럼, 어둠을 휘저어대는 대보름의 그 불깡통들처럼, 개밥바라기가 홀쩨 커다래졌다. 나는 그 환한 빛을, 하늘과 할머니와 아버지의 목소리로 들었다. 나에게는 분명히 그렇게 들렸다. 그래서 내 속에 희망 한 톨을 심게 됐다.

손잡고 가는 길

달도 차면 기울고, 기울었던 달도 날과 함께 다시 차오르듯, 기울고 차는 달 따라 갯물이 밀고 올랐다 썰어 내리듯, 수요일이 지나면 목요일이 왔고, 목요일이면 소년과 소녀는 약속처럼 밤길을 함께 걸었다. 그렇게 더불어 걸어주는 누군가가 있다면 세상의 어떤 길도 무섭도 외롭도 않을 듯했다.

수많은 별들이 떠 있어 세상은 마치 온달이라도 뜬 듯 환하다. 한갓진 곳에서 노량으로 해찰부리던 별들까지 가을 향내를 맡으러 나왔는지 하늘은 바늘 하나 꽂을 틈이 없다. 하늘의 중천장은 버룩하게 처져 있어 손을 뻗으면 별 두어 줌은 그냥 딸 수 있을 것만 같다.

소년과 소녀는 열녀비각 앞의 계단에 앉는다. 새로 만들어진 그곳은 언제부턴가 소년과 소녀가 잠시 앉았다 가는 장소가 되었다.

"오빠, 시험 보고 왔다면서?"

밤하늘을 우러르던 소녀가 소년을 바라본다.

"이이. 어저께 왔어."

바다 저편에 전깃불 가루가 반짝이고 있다. 밤에만 나타나는 저기 건너편 섬의 모습이다.

"합격할 것 같애?"

소녀의 눈길은 여전히 소년에게 와 있다.

"모르제. 워낙 공부 잘하는 애들이 온다니까."

소년이 살그미 소녀를 돌아본다.

"아따, 장난이 아니드라야."

그러고는 소년은 선창 쪽으로 고개를 돌린다. 그리고 며칠 전 자신이 갔던 길을 되짚는다.

정말로 장난이 아니었다. 두 소년 모두 교육청의 서류심사를 통과했고 이번에도 정성껏 교복 바지를 다렸다. 둘은 진짜 먼 길을 가야 했다. 사회시간에 배운 경상북도는 한번도 못 가봤다는 점에서 미국이나 아프리카만큼이나 생경한 곳이었다. 학교가 있다는 '구미'라는 곳도 대통령의 고향이라는 것과, 새로 부상하는 공업도시라는 정도나 알 뿐이었다.

담임은 최소한 나흘은 잡아야 한다고 했다. 가는 데 하루, 다음날 시험이 하루, 어차피 하루 만에 저녁 객선에 못 대니까 오는 데는 이틀이 걸릴 거라 했다. 시험은 하루인데 가고 오는 것이 사흘이니 배보다 배꼽이 세 배는 큰 셈이었다. 중심에서 떨어져 있다는 건 그만큼 품을 많이 들여야 한다는 의미였다. 멀리 있으니 더 부지런히 서둘러야 하고, 더 많은 짬을 내야 하며, 그렇기에 더 많은 경비가 필요하겠다. 엄니는 어떤 빛이라도 보았는지 나흘간의 경비를 꾸기 위해 이집 저집으로 뛰어다녔다.

육지에 간다는 두려움과 고등학교에 진학한다는 기대로 두 소년은 새벽에 객선을 탔다. 그리고 읍에 내려 광주행 버스에 올랐다. 비포장을 덜컹대는 버스가 때때로 조금 과하게 솟구친다 느껴졌지만, 하늘로 떠올랐다 바닷속으로 꼰지는 삼치잡이에 대면 새발의피도 안됐다. 그런데도 속이 조금씩 울렁거렸고, 생목이 올라와 무언가 목줄을 타고 넘어올 것만 같았다. 삼치잡이 첫날 느꼈던 것과 같은 듯, 그러면서도 다른 듯했다. 속에서 간질거리던 그것은 탐진을 지나자 기어이 목줄을 타고 넘어왔다. 먼 길 간다며 엄니가 정성들여 차려준 쇠고깃국과 삶은 계란과 쌀밥이었다. 손바닥으로 입을 막고 어찌어찌 버티다가, 건너편에서 오는 차를 비끼기 위해 버스가 멈춰서면, 두 소년은 앞다투어 창문을 여는 것인데, 내밀려는 까까머리보다 뿌연 흙먼지가 먼저 밀려들고, 그때마다 운전수가 뭐라 뭐라 소리를 질러대는 것이지만, 속에서 밀고 올라오는 것을 다스릴 수만 있다면 흙이라도 집어먹고픈 심정이었으니, 운전수의 지청구는 선창 건너편에서 멍멍대는 개의 소리일 뿐이었다.

머리를 처박고 웩웩거리다가, 열고 뱉고 다시 웩웩거리며 영암을 지났다. 버스가 나주 쪽으로 기울어질 어름에는, 창자 저 밑바닥에 고여 있던 똥물 같은 액까지 늘축하게 게워져 나왔다. 마치 피도 눈물도 없는 악마가 기다란 갈퀴손을 목구멍으로 쑤셔 넣어 긁었다놓았다를 반복하는 듯했다. 갈퀴손을 길게 뻗었다 당길 때마다 몸을 완전히 고블락해 창자 속의 누런 액을 게워내고, 그러고 나면 악마는 손을 펴주며 다시 액체가 고이기를 기다리는 것이다. 그것은 나가시배의 물을 푸는 것과 흡사했다. 고무패킹이 달린 막대기를 밀었다당겼다 하면 바닥에 고였던 물이 대통을 타고 올라오듯, 우리 역시 그 손이 창자를 훑을 때마다 입을 벌려 속엣것을 게워내고는, 그것이 손을 펴주면 다시 부지런히 창자액을 긁어모으는 것이다. 섬놈들이라고 영금을 보이는 것치고는 아무리 그래도 너무 지나쳤다. 마치 두 소년을 잡으려는 심사 같았다. 아무리 훑고 긁어도 이제 한 방울의 액도 안 남은 걸 확인한 악마는 두 소년으로부터 갈퀴손을 거두었다. 온 창자를 꺼펑[106]으로 득득 긁어 창자액까지 바친 두 소년은 그제서야 죽은 듯 군드러졌다.

운전수가 깨워 일어나 내린 곳은 광주 공용정류장이었다. 뗏마 타고 바다에서 며칠 표류한 듯한 꼴새로 두 소년은 정류장을 나섰다. 겨울이면 몇 개의 연이 걸려 있던 면사무소 옆의 철탑만큼이나 높은 건물들과, 나가시배 여러 척이 만선으로 부려놓은 삼치처럼 많은 차들, 그리고 파도에 쓸리는 멸치 떼처럼이나 북적이는 사람들, 그것들이 어우러져 만든 세상이 눈앞에 펼쳐져 있었다. 버스에서의 지옥 같은 네 시간을 거쳐 도착한 광주라는 도시의 모습이었다. 세상에 나서 처음으로 만나보는 도시는, 처음 보는 전깃불이나 텔레비전보다 수백 배 신기할 것이겠지만, 악마의 손에 긁히고 깎인 두 소년은 개개풀린 눈으로 망연할 뿐이었다.

멀미로 보대낀 속에 짜장면 한 그릇을 채워 넣고는 대구행 버스를 탔다. 대구까지는 다섯시간반이 걸린댔다. 꼭두새벽에 집을 나서 시간반의 객선을 타고, 마지막 창자액 한 방울까지 토해내는 지옥버스

---

106) 누룽지 긁을 때 쓰는 전복껍데기.

에 시달리며 세시간반 만에 도착한 곳이 전라남도를 못 벗어난 광주였는데, 말로만 듣던 경상도 땅까지 가는데 그보다 반시간밖에 더 안 걸린단다. 인간은 그래서 그리도 열심히 도로를 뚫고, 그것도 모자라 하늘에도 길을 내는 모양이다.

악마의 손이 또 속을 긁어대면 어쩌나 걱정했는데 의외로 대구까지는 창자가 조용했다. 비포장의 '길'과는 달리 포장된 '도로'를 달려서였는지, 아니면 갈퀴손의 악마가 자신의 행위가 너무 지나쳤었다고 생각해서였는지, 그것도 아니면 심하게 긁힌 창자가 반응할 여력이 없어서였는지, 아니면 그것들 다였는지 모르겠다.

여관에서 자고 다음날 구미로 향했다. 열차에서 바라본 구미는 사회책에서 배운 '신흥공업도시'답게 굴뚝들의 들판이었다. 높은 굴뚝들 아래로는 우리동네 앞바다만큼이나 너른 공장지대가 펼쳐졌다. 마치 공장의 바다를 보는 듯하다. 역에 내려 개찰구를 나온 우리는 또한 번 놀라지 않을 수 없었다. 팸플릿에서 보았던 예의 그 감색 교복과 각진 모자들이 수험생을 안내하고 있는 것이다. 특별히 뽑힌 것이겠지만, 훤칠한 키와 절도 있는 움직임은 도저히 고등학생 형들로는 안 보였다.

국영수 시험은 간단히 치러졌다. 바짝 긴장한 것치고는 그리 어렵다는 느낌은 안 들었다. 오히려 신체검사가 까다로웠다. 시험은 두 시간인데 신체검사가 세 시간이었다. 탐진 의료원에 갔다오면서, 사관학교도 아닌 일개 고등학교에서 신체검사서를 요구하는 게 좀 의아했는데 거기에서보다 훨씬 정밀하게 신체를 검사했다. 그 학교를 졸업하면 바로 하사관으로 입대한다 했는데 아무래도 그 때문인 듯했다.

담임이 그 말을 해줬지만 그냥 흘려들었다. 합격하는 것이 낚시로 상쾡이를 낚는 것만큼이나 불가능한 일일 터인데, 그 다음을 생각하는 것은, 그 상쾡이를 길들여 타고 마음껏 바다를 헤엄쳐 다닐 궁리를 하는 것이나 마찬가지였다. 상쾡이는 삼치를 잡는 유자망에나, 그것도 새끼 댓 마리를 달고 있는 돼지꿈이라도 꾸어야 운 좋게 걸리는 것이지, 갯가에서 천대로는 천년을 가도 낚여지는 게 아니다.

교실마다 돌아다니며 키와 몸무게를 재고 시력검사도 하고, 탐진에서는 하지 않았던 색맹검사도 했다. 특이한 것은 마지막 절차인 항문검사였다. 감독관이 잘 볼 수 있도록 뒤돌아서서 팬티를 내리고 허리를 숙여 항문을 까 보이는 것이었는데, 같은 조인 다섯 명 모두 어찌 할 줄을 몰라 멀뚱하니 서로 쳐다만 보고 있었다. "빨리 팬티 내리라!"는 감독관 말에 애들은 문치적문치적 팬티를 내렸고, "허리 숙이라!"에 허리를 숙였으나, "두 손으로 까 보이라!"는 지시에는 방법을 몰라 다시 서로를 흘끔거렸다. 나도 팬티는 내리고, 허리도 숙이고, 옆의 애가 하는 것을 보며 두 손을 엉덩이에 가져갔지만, 멈칫한 채 있었다. 순간적으로 언젠가 잔방에서 있었던 그 토끼수놈의 일이 머리를 스쳤다. 혹시 감독관이 그것을 눈치채면 어쩌나 싶어 마음이 조마거렸다. 뒤에 있는 감독관의 "니는 뭐하나?" 하는 소리에, 화들짝 놀라 양손에 힘을 주며 그곳을 까보였다.

시험은 각 도별로 이루어졌는데 그날은 전라남도와 제주도의 시험일이었다. 멀리에서 온 수험생들을 배려해서인지 시험은 일사천리로 진행돼 두 시쯤 모든 게 끝이 났다. 어차피 그날은 광주에서 자고 다음날 저녁에나 객선을 탈 것이어서 학교나 한번 둘러보기로 했다.

어디로 길을 잡아야 할지를 모를 정도로 학교는 광활했다. 교문 옆에 있는 체육관, 모랫벌처럼 넓은 대운동장, 아침에 수험생이 모였던 잔디 깔린 소운동장, '공업입국의 최선봉'이라는 여덟 개의 글자판을 이마에 붙인 붉은 벽돌의 본관, 그것의 작은집인 듯 저만큼에 있는 똑같은 색깔의 세 동의 기숙사, 기계들이 돌아가고 있는 대여섯 개의 실습동, 점심 때 공짜로 밥을 먹었던 커다란 식당, 그 모든 것을 아우르고 있는 뒤편의 동산. 마치 우리섬을 통째로 고등학교로 만든 듯 했다. 대통령이 자신의 고향에 세운 고등학교라서인지 역시 뭐가 다르긴 달랐다.

'고등학교'와 '중학교'라는 명칭의 차이인데, 거기에 비하면 우리 중학교는 통시만도 못했다. 일제시대에 '고등공민학교'로 지었다는 오래된 독교실은 바닥이 움푹움푹 패여 있어 물청소라도 할라치면 고인물을 제거하기 위해 몇 번이나 걸레로 찰박여야 했고, 바람 센 날이면 어찌나 유리창이 덜컹대는지 창문 사이에 종이쐐기를 끼어야 간신히 선생님의 기침소리라도 들을 수 있었다. 교실 뒤편 산비탈에 있는 변소는 가히 우리학교의 절창이었다. 변소는 대변 보는 곳이 여섯 칸이고 그 앞에는 서서 소변을 보는 턱이 만들어져 있다. 가능하면 학교에서는 오줌만 누고 똥 누는 것을 피하려 하는데, 할수없는 상황이어서 대변 칸에 들어가 보면, 쪼그려 앉은 바닥 위까지 똥 무더기가 차올라 있어 여차하면 엉덩이에 닿을 듯하고, 그 위에는 흰 구더기들이 느럭느럭 기어 다닌다. 변소는 가운데를 베니어판으로 막아 남녀용으로 세 칸씩 나누었는데, 여학생들은 지저분한 변소에 안 들어가고 바로 뒤의 산속으로 떼를 지어 기어들었다. 기복이네 까끔인 그곳은 여자애들의 똥과 오줌이 거름이 되는지 나무들은 유난히 푸르고 무성했지만, 코를 찌르는 지린내와 여기저기 싸놓은 똥 무더기 때문에 나무하러를 못 들어갈 지경이었다. 우리교실 옆의 새로 지은 변소도 생긴 것은 똑같았는데, 남자들의 소변 누는 한쪽에 벽돌을 쌓아 교사용을 나누고, 대변 칸 하나에 '교사용' 팻말이 붙어 있어 좀 깨끗하다는 정도였다.

그런데, 아 그런데, 이 학교의 화장실은 우리 중학교의 교무실보다 우리집 정지 바닥보다 훨씬 맨질맨질하고 깨끗하다. 널빤지로 깔린 우리학교 교무실 바닥은 세월을 먹어 언틀먼틀해져 밟을 때마다 삐걱거렸고, 우리집 정지 바닥은 하도 오랜 세월을 밟아대 흙바닥에 옹이가 박인 듯 울퉁불퉁한데, 세상에나 이곳은 똥 누고 오줌 누는 곳에 하얀 타일이 깔려 있다. 거기에다 단추를 누르면 소변기에서는 맑은 물이 주르르 흘러내렸으며, 직사각형으로 뚫려 구더기나 보일 곳에는 생전 구경도 못해본 사기로 된 하얀 변기가 반짝이고 있다. 먹을 물도 매일매일 물동이로 길어야 하고, 가뭄이 들면 샘 앞에는 양철동이가 수십 미터는 줄을 서는 판인데, 어떻게 똥을 씻어내고 오줌을 흘려보내는 데 그 맑은 물을 쓴단 말인가. 그런데 이런 엄청난 시설을 갖춘 곳이 외국인들이 묵는 호텔이 아니고, 어느 잘사는 나라의 귀족 자식들이 다니는 학교도 아니고, 바로 우리나라에 있는, 그것도 일개 고등학교라는 것이다. 더더구나 합격만 하면 전액 장학생으로 다닐 수 있는 공짜학교에서 그런단다. 내가 낚시로 상쾡이를 잡아 제주도까지 타고 갔다는 것만큼이나 두 눈으로 직접 보지 않았다면 도저히 믿을 수 없는 사실이었다.

꼭 이곳에 다시 와서 변기에 물을 내리리라.

변기의 레버를 누르고 나오면서 나는 혼자서 다짐을 했다.

"오빠 합격하면 좋겠다."

소녀가 소년을 그곳으로 데려온다.

"이이. 나도 그랬으면 좋겠다마는."

그 학교의 교복 입은 모습을 할머니와 아버지에게, 그리고 엄니와 동생들과 친구들에게 보여줄 수 있으면 얼마나 좋을까. 그곳에 합격만 한다면 나는 내년에 다시 서영이와 이 자리에 앉아 '희망'이나 '꿈'에 대해 이야기할 수 있을 것이다. 저렇게 많은 별들 중에 유난히 반짝이는 저 별 하나를 내것으로 만들었듯 너도 저기 화랑포 위에 뜬 저 별을 네것으로 만들라고. 너는 얼마든지 할 수 있으니 최선을 다하라고. 나는 서영이의 어깨를 두드리며 그렇게 말해줄 수 있으리라.

"나도 빨리 육지로 나갔으면 좋겠네."

별을 보며 그런 생각을 하고 있는데 소녀가 한마디 한다.

"고등학교 보내준다디?"

모르긴 몰라도 어려울 것이다. 꼬막껍데기 같은 오막살이에 살면서, 재취에 딸려온 여자애를 고등학교 교복을 입혀 육지로 보내고 그 뒤를 대줄 수 있을까? 어렵지 싶다.

"그냥 나갈래. 낮에는 일하고 밤에는 학교 다니는 언니들도 있다대. 나도 그래 보려고."

어찌됐든 나가기는 나가야 할 것이었다. 섬에 남아 무슨 일을 하겠는가. 국민학교나 중학교에서 이런저런 심부름을 하며 때맞춰 종을 치는 '땡순이'나, 면사무소나 농협이나 우체국에서 잔심부름하는 '심순이' 정도가 할 수 있는 일의 전부인데, 그것도 자리가 나야 가능할 것이었다.

"거기라도 합격하면 모를까 안그러면 나도 고등학교 가기 힘들 거여."

저수지둑이나 너빠퉁에 앉아 아무리 궁리해 봐도 고등학교 갈 방법은 그것밖에 없었다. 그것이 나의 객관적 현실이었다. 그것은 '객관적'이므로 내가 아무리 '주관적'으로 바꾸려 한다 해도 바뀔 수 있는 게 아니었다. 객관적 현실에 내가 맞추는 수밖에 없었다. 그 유일한 방법이 그 학교에 합격하는 것이었다. 그러니 그 공짜학교에서 오라고만 한다면, 나는 악마의 갈퀴손에 창자를 긁히며 갔던 지옥 같은 그 길을 바지게 가득 갯돌을 지고도 한 번도 안 쉬고 갈 수 있을 것이었다.

"오빠는 공부 잘하니까 합격할 거네. 오빠 같은 사람이 못가면 누가 가겠어?"

소녀의 참된 마음이 담긴 말이다. 외려 소년이 소녀에게 해주고픈 말이기도 하다.

"글쎄다. 나도 그랬으면 좋겠다마는."

산을 뒤져 뱀이나 지네를 잡는 것으로나, 나락뭇이나 보릿뭇을 져나르는 것으로나, 혹은 나가시배를 타고 나가 삼치를 잡는 것으로나, 아니면 갯가에서 물고기를 낚는 것으로나, 그래, 그것이 낙도에서 자란 소년 쪽에만 유리하다면, 새벽에 교회의 종을 친 것으로나, 바람 몰아치는 밤길을 소녀를 바래다준 횟수로나, 정말 그것도 공평치 못하다면 갯가에 앉아 바라본 빗방울의 개수로나, 저수지둑이나 마당에 누워 찾아낸 별자리 숫자로나, 만약에 그런것들로 합격을 가린다면, 그런것들이 합격의 기준이 된다면, 소년은 세상의 그 어느 누구와도 해볼 자신이 있었다. 하지만 세상은 육지 사람들과 육지의 것들이 가늠자였고 잣대였다. 그들이 상쾡이인 것이다. 그러니 아무리 용을 쓴다 해도 육지 애들에게는 상대가 될 수 없을 것이었다.

소녀는 앞에 서고 소년은 뒤에서 걷고 있다. 둘 다 말이 없다. 둘은 자신의 앞날을 뻗어보며, 자신들의 미래가 된바람 몰아치는 모티이처럼 캄캄하고 추울 것이라 예감하고 있는지 모르겠다.

"서영아, 너는 나중에 뭐가 되고 싶냐?"

길굽턱에서 왼쪽으로 휘어 '한골수방'을 지나고 있다. 소년은 움푹 팬 그곳을 흘끗 쳐다본다. 그러면서 그곳에 쪼그려 앉았을 '한골수'라는 사람을 생각해본다. 육지에서 건너온 그 사람은 추운 겨울밤 이 길을 걷다 저곳에 앉아 무슨 생각을 했을까. 나처럼 육지로 가는 꿈을 꾸었을까. 꿈은 꾸지만 갈 수 없는 자신을 한탄했을까. 도대체 그 사람은 무슨 사연이 있었길래 그리도 부지런히 객선머리를 나다녔던 것일까. 육지에서 올 누군가를 기다렸던 것일까. 아니면 육지로 나가고픈 자신을 달래었던 것일까. '한골수'라는 사람이 과연 섬에 살기는 했던 걸까. 혹 그 이름은 섬사람들이 가상으로 지어낸 것은 아닐까. 추운 겨울밤 한 푼이라도 벌기 위해 장작 한 짐을 지고 그악스런 모티이를 걸어야 했던 사람들이, '한'이 '골수'까지 새겨진 자신들의 마음을 '한골수'라는 구덩이에 새기고 그렇게 이름 붙인 것은 아닐까. 그래놓고는 지날 때마다 그곳을 쳐다보며 한스런 자신의 삶을 울었던 건 아닐까.

"선생님."

그런 생각을 하고 있는데 소녀의 대답이 건너온다. 그리 대답해 놓고는, 두어 번의 날숨 뒤에 소녀가 뒷동을 단다.

"여기 와서 우리 같은 애들 가르치고 싶은데……."

'그런데 그게 가능할까'가 말끝에 매달리려다 만다.

"열심히 하면 되겠제."

소녀를 격려한 소년은,

"너는 똑똑하니까 충분히 할 수 있을 거여" 하고 덧달아준다.

어렵게 살고 있지만 서영이는 충분히 그럴 깜냥과 다구가 있는 아이이다. 틀림없이 해낼 수 있을 것이다.

"오빠는 나중에 뭐가 되고 싶은데."

소녀가 흘낏 소년을 돌아본다.

"법관? 아니면 의사?"

자식 교육에 욕심이 많은 부모들은 국민학교 때 일찌감치 아이들을 광주나 서울로 유학 보냈다. 아마 그들은 자식들이 법관이나 의사가 되기를 바라는 마음에 버거운 현실에서도 그런 선택을 했을 것이다. 같이 학교를 다니는 애들 중에도 공부 잘하고 집안도 되는 애들 서넛이 그런 꿈을 꾸는 듯했다. 면장 아들 승배는 법관이 되고 싶다 했고, 약방집 아들 치운이는 의사가 장래희망이었다. 아버지가 해녀사업을 하는 태인이는 사업가가 꿈이었다. 많은 부모들과 그만큼의 자식들이 그런 자리를 소망한다는 것도, 그러나 아무나 그 자리에 설 수 없다는 것도, 또 자신의 형편이 그걸 꿈꿀 입장이 아니라는 것도 알지만, 이상하게 소년은 그쪽으로는 마음이 안 갔다. 소년은, 섬을 살다간 사람들의 서럽고 슬픈 살이를, 그들이 걸었던 삶의 내력과 그 안에 얽힌 세월의 타래를 이야기로 쓰고 싶었다. 그리하여 높고 화려하고 잘난 사람들만이 이 세상의 것들이었던 게 아니라, 그들만이 세상의 주인공이었던 게 아니라, 삶으로 한스러워 울며 살았던 사람들도, 나서 부지런히 일했지만 내내 배곯다 떠나간 보잘것없는 그들도 분명 이 세상의 것이었다고 말해주고 싶었다. 그럼으로써 서러운 그들의 이야기에 정성스레 술 한잔 따라 올리고 자팠다.

"아니."

"그러면?"

소년은 몇 걸음을 더 걷는다. 마음속에 그런 꿈을 꾸고 있지만 그 길이 어떤 것인지, 자신이 과연 그런 꿈을 꾸어도 되는 것인지도 아직 모르고 있다.

"뭐가 되고 싶냐니까?"

돌멩이 몇 개가 발부리에 채여도 대답이 없자 소녀가 재촉한다.

"소설가."

국민학교 6학년 때 원양에서 돌아오면서 아버지가 사다주었던 『노틀담의 곱추』나 『장발장』이나 『죄와 벌』 같은 이야기를 쓴 사람들의 이름 앞에, 개울가에서 만난 소년과 소녀가 소나기로 어우러지고, 몇 날을 기다려도 소녀가 안 나타나 소년은 애가 타고, 그러다가 소녀가 죽었다는 말을 듣고는 돌아누운 채 눈물을 흘리는 소년과 소녀의 슬픈 이야기를 쓴 사람의 이름 앞에, 분명히 '소설가'라고 붙어 있었다. 소년은 정말 그 이름이 되고 싶었다.

"우와! 참말로!"

소녀가 환호성을 지른다.

그것이 정말로 꿈이 될 수 있을까. 그 꿈의 길이 어디에서 시작되는지도 모르는데, 이렇게 고등학교를 갈 수 있을지 없을지도 모르는데, 그런데 그 막막한 꿈의 끝자락 근처에라도 가볼 수 있을까. 말을 뱉어놓고도 소년은 까무릇하다.

"이야, 멋있네! 오빠, 그러면 나중에 우리 이야기도 소설로 써라. 징그런 모티이 바람 맞으며 이렇게 걸어 다닌 이야기, 별 보며 나눴던 꿈 이야기, 한골수방에 들어가 쪼그리고 앉았던 이야기…….

한참 신이 나던 소녀가,

"그나저나 그런 것이 소설이 되기는 할까?" 하며 소년을 돌아보는데, 한 줄기 바람이 소녀의 머리를 흩날리고는 어디론가 사라진다.

"아따, 꼭 그런단 말이 아니고 말이 그렇단 거지. 그냥 꿈이라고 꿈. 내가 이루고 재핀."

소년은 순간적으로 마음에 떨림이 이는 것을 느낀다. 생각만 해도 가슴 부푼 일이 아닐 수 없다. 소녀의 슬픈 이야기를, 우리들의 이 길의 시간을, 그리고 이 길에서의 사람들의 서러운 이야기를 글로 쓸 수 있다니. 그리하여 슬픈 시간들을 돌이켜 슬픔을 위로하고, 그 슬픔의 이야기로 다른 사람들의 슬픔까지 위로할 수 있다니. 흐느끼는 슬픔의 슬픈 등거리를 다수려줄 수 있다니. 내가 그런 일을 할 수 있다니. 자신이 말해놓고도 소년은 가슴이 먹먹하다. 뻐근해진 가슴으로 하늘을 올려다본다. 잡힐 듯 별이 가까이 내려와 있다.

"오빠, 그 노래 한번 불러봐."

길은 오르막이 되면서 오른쪽으로 돈다. 소년이 바깥쪽으로 길을 잡으며 그 노래를 읊조린다.

　　나 어떡해 너 갑자기 가버리면

'대학가요제'에서 대상을 탄 노래다. 노래도 좋았지만 부르는 사람들이 '대학생'이어서 더 자주 부르게 됐다. 그들이 어떤 사람들인지는 모르나 소년에게 대학생은 하늘에 반짝이는 별과 같은 존재다. 나중에 꼭 대학생이 되어 '대학가요제'에도 나가보고 싶다.

　　나 어떡해 너를 잃고 살아갈까

친구들끼리 방 안에 둘러앉아 박수 치며 벽돌림[107]으로 부르는 노래다. 어디서 보았는지 그 모습이 멋있다 해서 밤길에 몇 번 불러주었다. '나 어떡해'는 소년과 소녀에게 '그 노래'가 되었다.

소년이 '누구 몰래'로 막 넘어가려는 참인데 소녀가 갑자기 자리에 쪼그린다. 그러더니 흐흑, 울음을 터뜨린다. 소녀를 지나가려던 바람이 무르춤하니 소녀 곁에 쪼크린다.

"어째 이러냐?"

소녀 곁에 쪼그린 바람 곁에 소년도 쪼그린다.

"오빠, 집에 가기 무서워."

소녀의 말에는 흐느낌이 섞여 있다.

"어째서야?"

대답 대신 소녀가 너덧 숨을 흐느낀다.

"그 아저씨가……."

흐느낌 사이로 흘러나오는 말이 힘에 겹다.

---

107) 빙 둘러앉아 차례로 돌아가며 노래 부르는 것.

"…… 자꾸, …몸을 만져."

소녀가 훌쩍임을 울음으로 운다.

"뭐라고? 너 지금 뭐라 했냐? 어쩐다고?"

소년은 소녀의 말을 이해하기 힘들어 다시 묻는다.

"그 아저씨가…, 술 먹으면…, 나를 자꾸…, 만져…… ."

소녀는 반은 흐느끼고 반은 운다.

아, 세상에 이럴 수가! 정말로 세상에 이러할 수가!

소년은 하늘을 올려다본다. 문어의 빨판 같은 음충스러운 악마의
손은 도처에 꿈질거린다. 소년을 잔방에 데려가 깨를 벗기고 뒤를 갉
작이던 것도, 영미를 끝내 죽음으로 몰아간 어둠의것도 다 같은 것이
었다. 그 빳빳한것이 여기 또 한 소녀를 괴롭히고 있다. 세상의 여기
저기에 그런것들은 개똥처럼이나 많다. 그런것들을 가만 두어서는 안
되는데, 절대 그래서는 안되는데, 가만히 있으면 안된다는 걸 영남이
형이 직접 보여줬는데. 하지만 당장 소녀의 집에 짓쳐들어가 영남이
형처럼 영금을 뱨줄 용기가 소년에게는 없다. 소년은 고작 열여섯일
뿐이다. 그날 밤 할머니를 보면서 그랬듯, 뒤에서 천공질하는 그 사람
에게 그랬듯, 돌은 움켜쥘 수 있지만 아무것도 찍지 못한 채 끝내 스
르르 제자리에 놓을 수밖에 없다. 분노로 이빨을 악물기는 하지만 이
내 맥없이 힘을 빼고 마는 것이다. 지금은 그리 할 수밖에 없다.

"가자."

한참을 흐느끼게 둔 소년이 소녀의 등을 다독인다. 소녀가 울음을
그치고 일어선다.

누구 몰래 다짐했던 비밀이 있었나

소년이 뒤 소절을 이어간다. 아까와는 달리 노래에 흐느낌이 배어 있다. 소녀도 따라서 노래를 읊조린다. 거기에도 흐느낌이 흐느끼고 있다.

다정했던 네가 상냥했던 네가 그럴 수 있나

몇 번을 망설거리다 소년은 소녀의 손을 잡는다. 소녀가 순간적으로 움찔, 하지만 손을 빼내지는 않는다. 소년은 소녀의 손을 잡아줘야 한다고 생각한다. 자신이 잡아주지 않으면 세상의 아무도 소녀의 손을 잡아줄 것 같지 않다. 자신은 이리 뒹굴고 저리 터지더라도 어찌저찌 버틸 수 있겠지만 소녀는 그럴 수 없을 것이다. 그래서 짠하고 안타깝다. 소년은 손에 힘을 주어본다.

소녀야, 네 손은 내가 이렇게 잡아주마, 내내.

못 믿겠어 떠난다는 그 말을

함께 부르는 노래 위에 별빛이 내려와 얹힌다. 지나가던 바람도 발걸음을 죽이며 울음 섞인 노래에 귀를 적신다.

나 어떡해 나 어떡해 나 어떡해

손잡고 둘이서 부르는 노래가, 서러웁다.

삼쾡이를 잡다

그것은 분명 할머니의 음성이었다. 오줌이 마려워 잠을 깼는데 마래로 난 지게문 틈으로 희부윰한 빛이 스며들고, 그 빛에는 누군가의 웅절거림이 얹혀 있다. 제삿날이나 명절 때 마래에 상을 차려두고 조상들께 비손하던 할머니의 새벽과 똑땄다.

새벽은 달빛으로 맑다. 꼼빨재에서 떠오른 달은 밤을 새워 샘북산을 가로질렀지만 아직도 빛은 흐붓하다. 사람들은 여직 잠들어 있고 달과 별만 깨어있는 시각, 할머니는 샘의 첫 물을 길어 건넛샘을 나선다. 샘물은 양철동이에서 은빛으로 빛나고 발걸음마다의 윤슬에는 달이 일렁거린다. 할머니는 뒤란에서 샘물로 카카리 몸을 씻는다. 장독대에 내린 달빛이 찬물소리에 오스스 진저리를 친다. 몸과 마음을 정갈히 한 할머니는 하얀 대접의 정화수를 소반에 받쳐 들고 마래로 들어간다. 상 위에 대접을 놓은 할머니는 두 손을 비비며 뭐라 뭐라 웅얼거린다. 그 새벽의 할머니는 영락없이 당골래 탁했다.

이제는 엄니가 할머니가 되어 새벽마다 물을 길었고, 몸을 씻었고,

마래에 들었고, 비손을 했다. 내가 그 학교 시험을 치고 와서부터였다. 어쩌면 엄니는 내가 그 학교 얘기를 꺼냈을 때부터 그랬는지 모르겠다. 아니 그전부터 내내 부뚜막에 정화수를 떠놓고 비손하다가 할머니가 떠나자 마래로 자리를 옮긴 것이겠다.

생량머리가 지나고 찬바람머리였다. 고구마는 겨울 양식으로 벽장에 쟁여졌고, 나머지는 얇게 썰어져 묏등이나 저수지둑에서 절간고구마로 말려지고 있었다. 나락가실이 끝난 논에는 그루터기와 검불들만 남았고, 아침이면 그 위에 하얗게 된서리가 내려 있었다. 부지런한 기러기들은 달에 비끼며 숨차게 남쪽으로 날았고, 들쥐들은 나락 한 톨에서 고구마 한 뿌리까지 깔축없이 여투느라 몹시도 바빴다. 바다는 시나브로 검푸르러지면서 겨울을 알렸고, 산은 산대로 겨울이불을 장만한다며 부지런히 잎사귀를 긁어모았다. 새벽에 찬물로 몸을 씻기에는 생각만 해도 으스스 소름이 돋는 때였다.

새벽마다 물을 긷는 엄니를 보며 나도 그냥 있어서는 안되겠다는 생각이 들었다. 엄니 곁에 나란히 서서 비손을 할 수는 없지만 그래도 뭔가는 해야 할 것 같았다. 그래서 생각한 게 다시 종을 치는 일이었다. 처음에 얼마 동안은 걸쌈내서[108] 종을 쳤지만 시간이 가면서 조금씩 시드럭해져 있었다. 토끼를 막 사 왔을 때는 아침이고 오후 참이고 부지런히 밥을 해 나르지만, 몇 조금 지나면 해찰부리며 마지못해 망태를 들고 나서듯, 첫머리에는 금방이라도 끝을 보려는 듯 무섭게 파고들지만, 얼마 안 가 금방 시지부지해지는 게 내 하는 일의 본새였

---

108) 의욕이 넘쳐.

다. 종 치는 일도 예외는 아니어서 언제 줄을 당겼는지 아물가물했다. 다시 종을 치려는 이유를 말하자 진만이형은 세상에서 제일로 좋은 기도라며 두 손 들어 환영이었다.

새벽에 일어나, 엄니가 길어온 샘물로 세수를 하고는 어둠을 쐬며 교회로 향한다. 새벽에 교회에 가는 이유를 알고 있는 엄니는 내가 울리는 종소리에 맞춰 비손을 시작했는지도 모르겠다. 엄니는 새벽 샘물을 떠 놓고 조상들께 손을 모으는 것으로, 아들은 종소리를 울려 십자가에 기도하는 것으로, 어머니와 아들은 같은 시각에 같은 소망을 빌었다. 비손하는 장소와 신앙하는 대상은 다를지라도 모자母子의 간절함은 하나가 되어 어디론가 향했을 것이다. 온 정성과 마음을 모아 소원을 빈다는 측면에서, 할머니와 엄니가 비손하는 조상들의 신위나, 내가 치는 종이나 기도하는 십자가가 그닥 다르지 않을 것이었다.

학교에 가면 빨간 자전거만 눈 빠지게 기다렸다. 발표일은 아직 여러 날 남았고 합격 소식은 우체국이 아니라 교육청을 통해 학교로 올 것인데도, 점심시간이면 집에 뛰내려가 확인하고 올라와야 직성이 풀렸다. 그러고도 오후수업은 또 듣는 둥 마는 둥이었다. 몸만 교실에 있지 정신은 온통 그것에 가 있었다. 내 자리는 본래 가운데 분단이었는데 친구를 꼬드겨 창가와 바꾸었다. 창문을 빼꼼이 열어두고는, 선생님이 판서하는 사이 눈은 여지없이 창밖으로 돌아간다. 몇 번 주의도 받고 불려나가 손바닥도 맞았지만 그래도 정은정아니었다. 그러다가 빨간 자전거가 왔다 가기라도 할라치면, 종이 나자마자 부리나케 뛰어가 힐끔힐끔 서무실을 넘어다보는 것인데, 기다리는 소식은 올 줄을 모르고, 나는 맥이 빠진 채 터벌터벌 교실로 돌아오는 것이다.

무언가를 기다리는 것은 그리도 가슴 애리는 일이었다.

애들은 모두 '6개년 고입총정리'라는 두툼한 책으로 고등학교 입시를 준비했다. 공부를 잘해 광주로 연합고사를 보러 가든, 한창 바람이 불고 있는 공업고등학교를 가든, 마지 못해 읍에 있는 수산고등학교를 가든, 유학이랍시고 부산으로 전수학교를 가든, 모두가 그 책을 입시교과서처럼 들고 다녔다. 나도 그 책을 사기는 했지만 별로 흥은 안났다. 그 책 속에 내 고등학교에의 길이 있을 것 같지 않아서였다. 내길은 경제적인 것과 관련돼 있으므로 책의 안이 아니라 책의 밖에 있을 것이었다. 만약 내 고등학교에의 길이 그 책 안에 있어, 정말로 그 책이 불가능할 것 같은 내 '고입을 총정리'해 준다면, 나는 거기에 실린 문제 하나하나를, 아니 글자 하나하나를 정성스레 오려, 굴이나 성게알을 먹듯 생으로 꿀꺽꿀꺽 삼킬 수도 있었다.

점심시간이다. 버글버글한 보리밥이나마 겨우 싸다녀 몇 알의 쌀이 섞인 '혼분식'이 오히려 부러운 아이들에게 '혼분식을 장려'한다는 이상한 나라의 도시락 검사가 있고, 도시락을 비운 애들의 일부는 입시생답게 교실에 앉아 공부를 하고, 아직 입학시험이 일 년쯤 남았다고 생각하는 애들은 점심시간 내내 운동장을 뛰어다녔다. 운동장의 애들이 샘에서 세수를 하고 들어와 오후수업을 준비하고 있는 점심시간의 끝물이다. 나는 이쪽도 저쪽도 아닌 채 창틀에 턱을 받치고 앉아 방파제 너머의 돌섬만 바라보고 있었다.

"진혁아! 교무실로!"

주번이 앞문으로 들어서며 소리쳤다. 나는 후다닥 일어나 벌써 계단을 뛰어내리고 있었다. 1층 복도를 달리는데 교장실 앞에 담임선생님이 서 있다. 나는 쿵쿵대는 가슴을 어찌어찌 누르고 있다. 담임이 슬쩍 미소를 흘리며 교장실을 노크하더니 들어가자고 손짓한다. 왜 교장실로 들어가는지는 알 수 없지만, 그러나 분명하다. 그것이다. 그것 아니면 수업 전에 나를 부를 하등의 이유가 없다. 더구나 교장실까지 들어갈 까닭은 더더욱 없다.

안으로 들어서서 교장선생님께 인사를 했다. 책상 앞에 서 있던 교장선생님이 나를 덥석 보듬으신다.

"이 녀석, 큰일했구나. 축하한다!"

아, 맞았다. 그것이었다. 바로 그것이었다. 엄니가 새벽에 건넛샘 물로 목욕을 재계하고 비손했던, 내가 새벽에 종을 치며 간절히 기도했던 바로 그것인 것이었다. 그것인 것이 내 손에 쥐여진 것이다. 무리 지어 헤엄치다 뗏마 옆으로 솟아오른 커다란 상쾡이를 내가 맨손으로 덥석 잡아올린 것이다. 상쾡이 한 마리가 느닷없이 갯가에 몸을 대이면서, 나는 네것이니 얼른 타고 마음껏 바다를 쌔다니라는 것이다. 상쾡이를 낚겠다고 갯바위에서 천대를 드리웠는데, 정말로 상쾡이가 물어 한 식경이나 실래기친[109] 끝에 갯가로 끌어올린 것이다. 아, 그렇게 말도 안되는 일이 내 앞에 벌어진 것이다. 그런데 그것이 나의 일이라는 것이다. 그것이 나의것이라는 것이다.

"짜식, 잘했다. 축하한다!"

담임도 나를 안으며 등을 두드려주었다.

"따라오니라."

---

109) 온 애를 다 쓴.

교장선생님이 앞장서 나가신다. 나를 등에 태우고 얼른 바다로 나가고 싶다고 안달하는 상쾡이를 조금만 기다리라며 달래 놓는다. 교장선생님이 교무실로 들어간다. 오후수업 전이라 선생님들이 모두 자리에 앉아 있다.

"선생님들, 여기 좀 보세요! 염진혁이가 우리학교 역사상 처음으로 금오공고에 합격했습니다. 축하해줍시다!"

교장선생님은 합격증을 들어 보이며 큰 소리로 외친다. 선생님들이 일제히 박수를 쳐준다. 나는 깊이 허리를 숙인다. 내 등거리가 함박웃음으로 환하다.

인사를 끝내고는 담임이 나를 데리고 교실로 향한다.

"야, 애들아! 진혁이 금오공고 합격했다!"

담임이 애들에게 합격증을 흔들어 보인다. 애들은 괴성을 지르고, 발을 구르고, 의자로 바닥을 내리치고 난리부르스도 아니다. 옆 반의 2학년 여자애들이 떼거리로 몰려와 눈을 휘둥그린 채 들여다보고, 아래층 애들은 간첩이라도 잡은 줄 알고 헐레벌떡 뛰어 올라왔다. 애들의 환호성으로 자칫하다가는 교실이 무너지지 싶다. 내가 큰일을 해내기는 해냈나 보다.

담임은 집에 갔다 오라며 합격증을 건네주었다. 황금유리를 받아든 것처럼 손이 몹시도 덜덜거렸다. 그러나 걸음은 한달음이었다.

"엄니! 합격했다네!"

왜장치듯 소리를 지르며 합격증이 든 봉투를 흔들어 보였다. 들깨를 두드리던 엄니는 도리깨 맞은 들깨알들처럼 와뜰 놀라 눈을 동그랗게 떴고, 에멜무지로 흩어진 들깻대들도 휘뜩 놀라 어깨를 째긋한다. 순간적으로 멍, 하시던 엄니가, "오따 내 올애이! 오따 내 새끼이!" 하시며 바이 어쩔 줄 모른다.

합격증을 꺼내 엄니께 드렸다. 엄니의 손도 부들부들 떨리고 있다. '합격증'과 '염진혁'과 뭐라 뭐라 쓰인 글자와 '금오공업고등학교장'의 글자들이 펄쩍펄쩍 뛰어다니고, 마지막에는 붉은 도장이 동네잔치 때의 장작불처럼 활활 타고 있다. 문서의 글자들이 어디로 못 도망치게 하려는 듯 마지막에 찍힌 도장이 유난히 크고 붉다. 한참이나 그것을 들여다보던 엄니는 수건을 벗어 몸을 털고는 정지로 들어간다. 들고 나온 소반에는 빈 중발이 올려져 있고 합격증은 그 위에 놓였다. 마래로 들어간 엄니는 독에서 쌀을 퍼 합격증 위에 붓는다. 그리고 마래문을 닫는다. 곧이어 뭐라 뭐라 웅절거린다. 나는 토방 앞에 서 있지만 엄니의 웅얼거림을 똑똑히 들을 수 있었다.

"조상님네 조상님네 참말로 아짐찬하요. 참말로 참말로 아짐찬하고 또 아짐찬하요. 우리 진혁이 합격시케줘서 말도 못하게 아짐찬하요. 이것이 다 조상님네 덕이제 누구 덕이것소. 그라께 어차든지 우리 새끼들 오래오래 굽어 살페주시요. 이라고 빌고 또 비께라우."

엄니는 이번에는 아버지를 향한다.

"애아부지, 거기서도 보고 있제라우. 이녁 아들 고등학교 합격했다요. 그 에럽다는 학교 들어 갔다요. 이녁이 보살페준 덕이것제라우. 그라께 앞으로도 어차든지 새끼들 잘 보살페 주시요. 이녁이 안하믄 누가 하것소. 앞으로도 한년 그래 주시요이."

고양이가 졸고 있는 담독 위에, 들깻대가 흩어진 마당의 덕석 위에, 그리고 두 손을 모으고 섰는 내 어깨 위에 투명한 늦가을 볕이 눈

부시다.

"동티날 것 탁어 말은 안했다만 나는 니가 합격할지 알었다."

한참을 마래에서 웅절거리다 나온 엄니가 토방 끝에 앉는다. 나도 그 옆에 앉는다.

"니가 그 학교 이약할 때부터 나는 그 길이 니것이라고 생각했니라."

엄니는 저기 먼 하늘 어디로 눈을 가져가신다. 한참을 그렇게 있더니 말을 잇는다.

"옛날이야기 하나 하끄나."

어떤 옛날을 말하는지는 몰라도 엄니의 눈이 무엇인가로 아련하다.

"내가야, 큰재 올라가자믄 있는 밤낭골 밭에서 짐김을 매고 있는디야,"

입이 말을 하는 게 아니라 눈이 말을 하는 듯하다.

"뭐가 뒤꽁지를 콱, 물드란 말다. 깜짝 놀래서 돌아보께로, 세상에 글쎄, 짚베늘만이나 적잖한 돼지가 나를 물고 있어야. 오매! 이것이 뭔일이다냐 함시로 얼른 도망칠라 근디도, 그 소만한 돼지가 나를 물고는 기언질 안 놔 주냐 안. 오또매! 이것이 대체 먼 일이다냐 함시로 잠을 깼네라."

하더니, 멀리에 가 있던 눈을 나에게 내린다.

"오따 근디, 그것이 태몽이었어야. 겁나게도 크단한 돼지가 나를 콱 문 것이 니 태몽이었드란 말다. 니는 소만한 돼지였어야. 긍께 니는 뭣을 해도 잘 될 것이어야. 나는 그라고 믿어야. 이참이 인자 시작인디 앞으로도 니가 부지런히 애만 쓰믄 먼 일이든지 다 잘 될 것이어야. 분맹히 그럴 것이어야. 긍께 게으름 피지 말고 부지런히 해야 써야." 하시면서 나를 멀끔히 바라보신다.

태어나 처음 들어보는 나의 처음이었다. 아마 엄니는 내색은 안 하셨지만 내심 합격하리라 믿고 있었나 보다. 그렇게 믿고 싶으셨겠지. 그래서 열일곱해 전의 태몽에라도 기대었던 것이겠다. 어쩌면 그것이 막막한 현실에서 의지할 수 있는 유일한 희망이었는지도 모르겠고. 그것은 이 세상 아무도 모르는 엄니 혼자만의 희망의 버팀목이었을 것이다. 그러고 보면 사실은 내가 맨손으로 상쾡이를 잡은 것이 아니라 엄니의 그 크단한 돼지가 그만큼이나 커다란 상쾡이를 물어 올려 내 품에 안겨준 것이겠다. 그 돼지에게 상쾡이 있는 곳을 가르쳐준 사람은 할머니이고, 상쾡이가 못 도망치게 지키고 섰던 사람은 아버지였겠다. 내가 한 일은 고작 엄니의 돼지에 물린 채 옴짝달싹 못하고 있는 상쾡이 입에 낚수만 꿴 것이겠다. 그러면 그렇지 어떻게 나 혼자서 고래만한 상쾡이를 맨손으로 잡을 수 있겠는가. 그것은 상쾡이가 로켓처럼 하늘로 솟아오르는 것만큼이나 불가능한 일인데 말이다.

애들이 '6개년'을 파는 동안 나는 혼자서 놀았다. 수업에 안 들어가도 선생님들은 뭐라 하지 않았고, 수업에 앉아 있으면 오히려 분위기 흐린다며 나가라 했다. 노느니 이나 잡는다고, 나는 그 시간에 숙직실에서 선생님들의 학습지도안을 베껴 드렸다. 담임뿐 아니라 다른 선생님들도 학습지도안을 주면서 베껴 달라 했다. 마치 내가 선생님이 되어 학습지도안을 작성하는 기분이었다.

그러다가 씨익씩해지면 학교 뒤편의 '노력·성공'에 올랐다. 산 중턱에 나란히 있는 집채만한 두 개의 바위에 몇 해 전에 어떤 선생님이 흰 페인트로 '노력'과 '성공'을 써 놓았다. 그럼으로써 그전까지는 그저 커다란 바위에 불과했던 것이, '너빠퉁'이나 '수퉁절'이나 '대세이'처럼 고유의 이름을 갖게 됐다. 본뜻을 정확히 알기 어려운 옛 지명들과는 달리 그것은 뜻이 너무 명확해 누가 보아도 억지로 갖다 붙인 이름이라는 걸 금방 알 수 있었다. 또 그 모양새나 위치에 맞춰 불려지는 '고래지미'나 '큰덜'이나 '뒤땅'과는 달리 지명에 뜬금없이 '교훈적 요소'가 들어 있어 이물스럽기도 했다. 그나마 중학교 뒷산에 있어 다소 덜하기는 했지만, 도시에서 전학 온 애가 쓰는 섬 사투리처럼 어딘가 객쩍었고, 그래서인지 쉬이 정이 안 갔다. 그렇기는 했지만 어쨌든 그 글자가 쓰인 순간부터 그 두 개의 바위는, 노력이 곧 성공의 지름길이라는 것과, 그러니 성공하기 위해서는 부지런히 노력해야 한다는 교훈을 가르치는 커다란 표어탑이 되었다. 내력을 알고 있는지라 뭔가 안 맞는 옷처럼 느껴지는 그 이름에 앉아, 나는 노력과 성공이 가지는 상관관계와, 어떤 성공을 위해 어떻게 노력할 것인가를 생각해 봤다. 그러나 아무리 궁리해도 모르겠었다. 어떤 것에 진짜로 '성공'의 이름을 붙일 수 있는지를, 대체 성공이라는 것이 무엇의 이름인지를, 그러니 어떤 성공을 위해 어떤 노력을 해야 하는지를. 누구처럼 커다란 기업을 이루는 것이나, 키 작은 그 사람처럼 한 나라를 다스리는 것은 내 마음속의 성공이 아니었다. 아버지 말씀처럼 나는, '정신의 사람'이고 싶었다. '남이 훔칠 수 없는 유산'을 상속하는 그런 사람이 돼야겠었다.

답할 수 없는 문제들은 '노력·성공'에 내려두고 위쪽으로 길을 더 듬는다. 거기에는 '거멍바구'로 불리던 엄청나게 큰 검은색 바위가 가풀막지는 비탈을 이루고 있다. 그 선생님이 거기에는 '큰뜻'이라 써놓았다. 아무래도 그 선생님은 성공보다는 큰 뜻이 더 높고 귀한 것이라 생각했던 듯하다. 그래서 더 위쪽에 그 글자를 썼을 것이겠다. 그 바위에는 오래 앉고 싶었고 그래서 오래 앉아 있었다. 무엇을 향한 것인지는 몰라도 어쨌든 뜻은 크게 가져야 할 것 같았다. 그것이 성공에 이를지 어쩔지는 나중 문제였다. 일단은 마음속에 큰 뜻을 품고 그것을 향해 정진하는 게 중요할 것 같았다. 노력이 꼭 성공을 가져올지는 아무도 모르잖겠는가. 노력하는 사람이 다 성공한다면 이 세상에 성공 못할 바보천치가 어디 있으며, 그러면 성공 못한 그 숱한 사람들은 노력도 안한 게으름뱅이들이겠는가. 중요한 것은 성공이 아니라 뜻을 품고 쉬지 않고 앞으로 나아가는 것이리라. 그것이 '남이 훔칠 수 없는 유산'일 것이며 '정신의 사람'이 가져야 할 자세이리라. 염소를 매러 다닐 때는 그냥 지나쳤던 바위가 새삼 어떤 의미가 되어 내 안으로 들어왔다. 나는 '큰뜻'의 '뜻'에 앉아 미래의 '뜻'에 대해 생각했다. 나는 이제 커다란 상괭이를 타고 육지로 나갈 것이었다. 거기에서 최선을 다해 헤엄쳐볼 것이었다. 그것이 내 마음속의 '큰뜻'이었다.

맹감나무는 빨갛게, 오리나무는 노랗게 옷을 갈아입었고, 억새의 새품은 앙상한 꽁지머리인 채 바람에 흔들리고 있었다.

멀리서 오고 있는 건, 겨울이었다.

떠난 이름들에

'그 사내'가 아직 이 세상에 있을 때 이 소설의 초고를 보여드렸다. 당신들이 고향으로 돌아왔고, '그 소년'이 상금이 꽤 많은 문학상을 받아 소위 '등단'이란 것을 했을 때이다.

그 사내는 몹시 엄숙한 표정이었다. '엄니' 역시 그 옆에 걱정어린 표정으로 앉으셨다.

"아야, 아무리 그란다고 멀쩡히 살아 있는 사람을 죽이믄 쓰것냐?"

사내의 표정이 못마땅하다는 것으로 바뀌었다.

"소설인데요."

소설가가 된 그 소년이 대답했다.

"아무리 소설이라지만 멀쩡이 살아 있는 아부지를 죽이믄 되겄냐?"

왜 그랬는지 소설가가 된 소년은 현실과 소설의 차이에 대한 설명을 덧붙이지 않았다.

"야, 알었어라우."

소설가 소년은 자리를 물러나왔다.

"악아."

엄니가 소설가 소년을 따라나왔다.

"느가부지 말대로 해라. 암만 그래도 살아 있는 사람을 죽이믄 쓰 것니."

사내가 엄니에게 소설의 내용을 이야기한 모양이었다.

"야. 알었어라우."

이번에도 소설가 소년은 순순히 그러겠다고 했다.

그러고는 십여 년의 세월이 흘렀다. 이제 그 사내는 이 세상에 없고, 엄니는 요양원에 누워 있다. 그 사내와 엄니, 그리고 '혁진이'에게 이 책을 바친다.

소설 속 이름들 대부분은 소년과 같이 컸지만 먼저 떠난 이들이다. 그들의 이름에도 술 한잔을 따른다.

그들의 이름에, 지금 여기를 같이 걷고 있는 이름들을 얹으며

나는 다시 신들메를 고쳐 맨다.

청산도에서, 三無

곳 정택진 장편소설

초판1쇄 찍은 날 | 2025년 3월 7일
초판1쇄 펴낸 날 | 2025년 3월 12일

지은이 | 정택진
펴낸이 | 송광룡
펴낸곳 | 문학들
등록 | 2005년 8월 24일 제 2005 1−2호
주소 | 61489 광주광역시 동구 천변우로 487(학동) 2층
전화 | 062−651−6968
팩스 | 062−651−9690
전자우편 | munhakdle@daum.net
블로그 | blog.naver.com/munhakdlesimmian
값 16,000원

ISBN 979−11−94544−09−8 03810